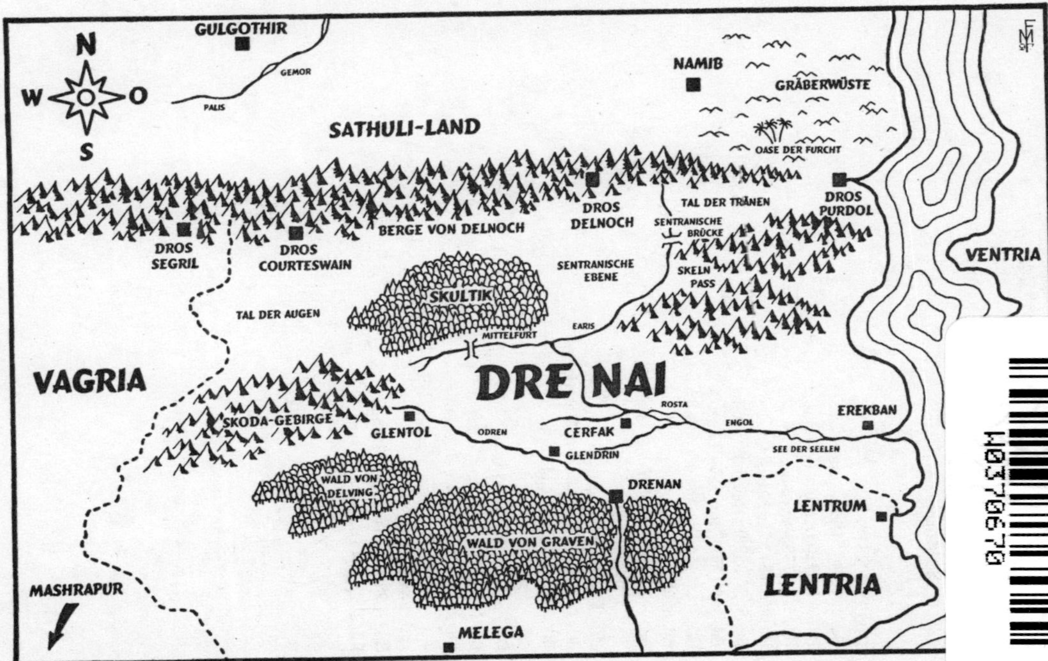

BASTEI LÜBBE

W0370670

DAVID GEMMEL IM TASCHENBUCH-PROGRAMM:

20 296 Des dunklen Ritters Heldenlied
28 329 Im Zeichen des dunklen Mondes
28 331 Die Steinerne Armee

DIE DRENAI-SAGA
Bd. 1 20 307 Die Legende
Bd. 2 20 320 Der Schattenprinz
Bd. 3 20 332 Waylander
Bd. 4 20 347 Der Bronzefürst
Bd. 5 20 359 Im Reich des Wolfes
Bd. 6 20 372 Druss - Die Legende
Bd. 7 20 414 Die Augen von Alchazzar
Bd. 8 20 426 Winterkrieger
Bd. 9 28 332 Waylander der Graue

DIE PARMENION-SAGA
Bd. 1 20 270 Der Löwe von Macedonien
Bd. 2 20 292 Der dunkle Prinz

DIE STEINE DER MACHT
Bd. 1 20 384 König der Geister
Bd. 2 20 402 Das letzte Schwert

DIE FALKENKÖNIGIN
Bd. 1 28 321 Eisenhands Tochter
Bd. 2 28 324 Die Keltenkriege

David Gemmell

Die Drenai-Saga

IM REICH DES WOLFES

Roman

Ins Deutsche übertragen
von Irmhild Seeland

BASTEI LÜBBE

BASTEI LÜBBE TASCHENBUCH
Band 20 359

1. Auflage: Mai 1999
2. Auflage: Juli 2002

Vollständige Taschenbuchausgabe

Bastei Lübbe Taschenbücher ist ein Imprint
der Verlagsgruppe Lübbe

Originaltitel: Waylander, II

Lektorat: Wolfgang Neuhaus / Stefan Bauer
Titelillustration: Mick Posen
Karte: Markus Fabian
Umschlaggestaltung: QuadroGrafik, Bensberg
Satz: KCS GmbH, Buchholz / Hamburg
Druck und Verarbeitung:
Brodard & Taupin, La Flèche, Frankreich
Printed in France
ISBN 3-404-20359-3

Widmungen

Dieser Roman ist mit tiefer Zuneigung Jennifer Taylor und ihren Kindern Simon und Emily gewidmet, weil sie die Freude am amerikanischen Abenteuer teilen, sowie Ross Lempriere, der noch einmal auf der Suche nach Waylander durch die dunklen Wälder streifte.

Danksagungen

Mein Dank gilt meinem Lektor Oliver Johnson, Justine Willett und den Korrekturleserinnen Jean Maund und Stella Graham, Tom Taylor und Edith Graham für das Probelesen sowie Mary Sanderson, Alan Fisher, Stan Nicholls und Peter Austin.

Prolog

Der Mann, den sie Angel nannten, saß still in einer Ecke der Schänke, die großen, knorrigen Hände um einen Becher Glühwein gelegt, die vernarbten Züge von einer schwarzen Kapuze verborgen. Trotz der vier offenen Fenster war die Luft in dem etwa zwanzig Meter langen Raum abgestanden, und Angel konnte den Rauch der ölgefüllten Laternen riechen, der sich mit den Ausdünstungen schwitzender Männer und dem Geruch nach Küche und schalem Bier mischte.

Angel hob den Becher an die Lippen, um einen Schluck Wein zu nehmen, den er lange im Mund behielt. Die Spitzohreule war heute abend voll; vor der Bar drängten sich die Gäste, der Speiseraum war überfüllt. Doch niemand näherte sich Angel, der nur langsam trank. Der Mann mit der Kapuze mochte keine Gesellschaft, und so wurde dem vernarbten Gladiator soviel Privatsphäre zugestanden, wie in einem Wirtshaus nur möglich war.

Kurz vor Mitternacht brach in einer Gruppe von Arbeitern Streit aus. Angels steingraue Augen waren auf die Männer gerichtet und blickten prüfend in deren Gesichter. Es waren fünf, und sie stritten sich um ein verschüttetes Bier. Angel konnte sehen, wie ihnen das Blut ins Gesicht stieg, und wußte, daß trotz ihrer erhobenen Stimmen keiner von ihnen in wirklicher Rauflust war. Wenn ein Kampf kurz bevorsteht, weicht alles Blut aus dem Gesicht, so daß es geisterhaft bleich wird. Dann zuckte Angels Blick zu einem jungen Mann am Rande der Gruppe. Dieser hier war gefährlich! Das Gesicht des Mannes war blaß, die Lippen zu einem dünnen Strich zusammengepreßt, und seine rechte Hand war in den Falten seiner Tunika verborgen.

Angel wandte sich nach Balka um, dem Kneipenwirt. Der stämmige ehemalige Ringer stand hinter dem Tresen und beobachtete die Männer. Angel entspannte sich. Balka hatte die Gefahr erkannt und war bereit.

Der Streit flaute ab, doch der blasse junge Bursche sagte etwas zu einem der anderen, und plötzlich flogen Fäuste. Ein Messer blitzte im Schein der Laternen auf, und ein Mann schrie schmerzerfüllt auf.

Mit einer kurzen, hölzernen Keule in der Hand schwang Balka sich über den Tresen und sprang den blassen Messerstecher an. Zuerst hieb er ihm die Keule gegen das Handgelenk, so daß er die Klinge fallen lassen mußte; dann hämmerte er ihm einen Schlag gegen die Schläfe. Der junge Bursche stürzte wie vom Blitz getroffen auf den mit Sägemehl bestreuten Boden.

»Das war's, Freunde!« dröhnte Balka. »Der Abend ist vorbei.«

»Och, nicht noch ein Bier, Balka?« bat ein Stammgast.

»Morgen«, fauchte der Wirt. »Kommt schon, Jungs. Wir wollen den Mist hier aufräumen.«

Die Männer tranken ihr Bier oder ihren Wein aus. Einige packten den bewußtlosen Messerstecher und zerrten ihn hinaus auf die Straße. Der Mann hatte sein Opfer in die Schulter gestochen; die Wunde war tief, sein Arm gefühllos. Balka gab ihm einen großen Branntwein, ehe er ihn zu einem Arzt schickte.

Schließlich schloß der Wirt die Tür und legte den Riegel vor. Sein Schankkellner und die Serviermädchen begannen, Krüge, Becher und Teller einzusammeln sowie Tische und Stühle wieder aufzurichten, die bei dem kurzen Handgemenge umgestürzt waren. Balka steckte die Keule in die große Tasche seiner Lederschürze zurück und schlenderte zu Angel.

»Wieder ein ruhiger Abend«, murmelte er, zog sich einen Stuhl heran und ließ sich dem Gladiator gegenüber nieder. »Janic!« rief er. »Bring mir einen Krug.«

Der junge Kellerbursche goß eine Flasche vom besten lentrischen Roten in einen Tonkrug, suchte einen sauberen Zinnbecher hervor und brachte beides zum Tisch. Balka sah zu dem Jungen auf und zwinkerte. »Bist ein guter Bursche, Janic«, sagte er. Janic lächelte, warf Angel einen nervösen Blick zu und trat den Rückzug an. Balka seufzte und lehnte sich in seinem Stuhl zurück.

»Warum gießt du ihn nicht einfach aus der Flasche ein?« fragte Angel, dessen graue Augen den Wirt musterten, ohne zu blinzeln.

Balka lachte vergnügt. »Aus einem Tonkrug schmeckt er besser.«

»Pferdemist!« Angel griff über den Tisch, nahm den Krug und hielt ihn unter seine ungestalte Nase. »Lentrischer Roter ... mindestens fünfzehn Jahre alt.«

»Zwanzig«, sagte Balka grinsend.

»Andere Leute sollen nicht wissen, daß du reich genug bist, um so etwas zu trinken«, stellte Angel fest. »Das würde deinem Ruf schaden. Mann des Volkes.«

»Reich? Ich bin nur ein armer Wirt.«

»Und ich eine ventrische Schleiertänzerin.«

Balka nickte und füllte seinen Becher. »Auf dich, mein Freund«, sagte er und leerte den Becher in einem einzigen Zug, so daß Wein in seinen gegabelten grauen Bart rann. Angel lächelte, schlug seine Kapuze zurück und fuhr sich mit der Hand über sein schütter werdendes rotes Haar. »Mögen die Götter dich mit Glück überschütten«, sagte Balka, schenkte sich erneut ein und leerte den Becher ebenso rasch wie den ersten.

»Ich könnte es gebrauchen.«

»Keine Kopfjagden?«

»Ein paar – aber niemand will heutzutage Geld ausgeben.«

»Die Zeiten sind hart«, gab Balka ihm recht. »Die Vagrischen Kriege haben die Schatzkammern geleert, und jetzt, da Karnak die Gothir und die Ventrier gegen sich aufgebracht hat, können wir wohl mit neuen Kämpfen rechnen. Die Pest über den Mann!«

»Er hat recht daran getan, ihre Botschafter rauszuwerfen«, sagte Angel mit schmalen Augen. »Wir sind kein Vasallenvolk. Wir sind die Drenai, und wir sollten nicht vor niederen Rassen das Knie beugen.«

»Niedere Rassen?« Balka hob eine Augenbraue. »Vielleicht überrascht es dich, Angel, aber meines Wissens haben auch Nichtdrenai zwei Arme, zwei Beine und einen Kopf. Merkwürdig, nicht wahr?«

»Du weißt, was ich meine«, fuhr Angel auf.

»Ich weiß – aber zufällig bin ich nicht deiner Meinung. Hier, genieß einen Schluck guten Wein.«

Angel schüttelte den Kopf. »Ein Glas ist genug.«

»Und das trinkst du nie aus. Warum kommst du her? Du haßt Menschen. Du redest nicht mit ihnen, und du magst keine Menschenmengen.«

»Ich höre gern zu.«

»Was kannst du in einer Kneipe schon hören, außer Trunkenbolden und Aufschneidern? Hier wird nicht groß philosophiert.«

Angel zuckte die Achseln. »Das Leben. Gerüchte. Ich weiß nicht.«

Balka beugte sich vor und stützte die kräftigen Unterarme auf den Tisch. »Du vermißt es, nicht wahr? Die Kämpfe, den Ruhm, den Jubel.«

»Kein bißchen«, erwiderte der andere.

»Komm schon, du redest mit Balka. Ich habe dich an dem Tag gesehen, als du Barsellis besiegt hast. Er hat dich schlimm getroffen – aber du hast gesiegt. Ich sah dein Gesicht, als du dein Schwert vor Karnak in die Höhe hieltest. Du hast triumphiert.«

»Das war damals. Ich vermisse es nicht. Ich sehne mich nicht danach«, seufzte Angel. »Aber ich erinnere mich genau an diesen Tag. Barsellis war ein guter Kämpfer, groß, stolz, schnell. Aber sie zerrten seinen Leichnam durch die Arena. Weißt du noch? Mit dem Gesicht im Dreck, und sein Kinn zog eine lange, blutige Furche in den Sand. Das hätte auch ich sein können.«

Balka nickte ernst. »Aber du warst es nicht. Du hast dich unbesiegt zur Ruhe gesetzt – und du bist nie zurückgegangen. Das ist ungewöhnlich. Sie gehen alle wieder zurück. Hast du letzte Woche Caplyn gesehen? So was Peinliches! Früher war er tödlich wie eine Natter. Aber da sah er aus wie ein alter Mann.«

»Ein toter alter Mann«, erwiderte Angel abfällig. »Ein toter alter Narr.«

»Du könntest sie immer noch alle besiegen, Angel. Und ein Vermögen machen.«

Angel fluchte, und sein Gesicht verdüsterte sich. »Ich wette, das hat man Caplyn auch gesagt.« Er seufzte. »Es waren bessere Zeiten, als wir noch mit bloßen Händen gekämpft haben, ohne Waffen. Jetzt will der Pöbel nur Blut und Tod sehen. Laß uns von etwas anderem reden.«

»Worüber denn – Politik? Religion?«

»Irgendwas. Hauptsache, es ist interessant.«

»Karnaks Sohn wurde heute morgen verurteilt: ein Jahr Exil in Lentria. Ein Mann wird ermordet, seine Frau stürzt sich zu Tode, und der Mörder wird für ein Jahr in einen Palast an der Küste verbannt. Das nennt sich dann Gerechtigkeit.«

»Karnak hat den Burschen wenigstens vor Gericht gebracht«, sagte Angel. »Das Urteil hätte schlimmer ausfallen können. Und vergiß nicht, der Vater des Ermordeten hat um Milde gebeten. Mit einer bewegenden Ansprache, wie ich hörte – über lockere Stimmung, Unfälle, die nun mal passieren können, und Vergebung.«

»Stell dir vor!« sagte Balka trocken.

»Was soll das heißen?«

»Ach, komm schon, Angel! Sechs Männer – alles Adlige – alle betrunken, schnappen sich eine junge, verheiratete Frau und versuchen, sie zu vergewaltigen. Als ihr Mann sie retten will, wird er niedergeschlagen. Die Frau rennt davon und stürzt über eine Klippe. Lockere Stimmung? Und was den Vater des Ermordeten angeht – ich habe gehört, daß Karnak von seiner Bitte um Milde so gerührt war, daß er ein persönliches Geschenk von zweitausend Raq ins Dorf des Mannes geschickt hat, dazu einen gewaltigen Vorrat an Getreide für den Winter.«

»Nun, da hast du es«, sagte Angel. »Er ist ein guter Mann.«

»Manchmal kann ich dich einfach nicht begreifen, mein Freund. Findest du es nicht seltsam, daß der Vater plötzlich eine solche Bitte vorträgt? Bei den Göttern, Mann, er wurde dazu gezwungen! Leute, die Karnak kritisieren, neigen zu *Unfällen*.«

»Ich glaube diese Geschichte nicht. Karnak ist ein Held. Er und Egel haben dieses Land gerettet.«

»Ja, und schau nur, was mit Egel geschehen ist.«

»Ich glaube, ich habe genug von Politik«, fuhr Angel auf, »und über Religion will ich nicht reden. Was gibt's sonst noch?«

Balka schwieg einen Moment, dann grinste er. »Ach ja, es geht das Gerücht, daß man der Gilde eine gewaltige Summe geboten hat, wenn sie Waylander aufspürt.«

»Zu welchem Zweck?« fragte Angel, offensichtlich verblüfft.

Balka zuckte die Achseln. »Ich weiß nicht. Aber ich hörte es von Symius, und sein Bruder ist Schreiber bei der Gilde. Fünftausend Raq für die Gilde und weitere zehntausend für den Mann, der ihn tötet.«

»Wer hat die Kopfjagd ausgeschrieben?«

»Das weiß niemand. Aber man hat eine hohe Belohnung für jeden Hinweis über Waylander ausgesetzt.«

Angel lachte und schüttelte den Kopf. »Das wird nicht leicht sein. Niemand hat Waylander seit ... wieviel? ... zehn Jahren? ... gesehen. Er könnte schon tot sein.«

»Irgend jemand ist offenbar anderer Ansicht.«

»Das ist Wahnsinn – eine Vergeudung von Geld und Leben.«

»Die Gilde ruft ihre besten Männer zusammen«, lockte Balka. »Sie werden ihn finden.«

»Sie werden sich noch wünschen, es nicht geschafft zu haben«, sagte Angel leise.

1

Miriel war knapp über eine Stunde gelaufen. In dieser Zeit hatte sie die etwa vierzehn Kilometer von der Hütte zur Hochweide, hinunter zum Flußpfad, über die Kuppe von Axe Ridge und zurück über den alten Wildpfad zurückgelegt.

Jetzt wurde sie allmählich müde, ihr Herz schlug schneller, und die Lungen versuchten, Sauerstoff in ihre erschöpften Muskeln zu pumpen. Doch sie lief weiter, fest entschlossen, die Hütte zu erreichen, ehe die Sonne am höchsten stand.

Der Hang war vom Regen der letzten Nacht schlüpfrig, und sie stolperte zweimal, so daß die lederne Messerscheide um ihre Taille gegen ihre nackten Schenkel schlug. Leicht gereizt hastete sie weiter. Ohne das lange Jagdmesser und das Wurfmesser, das an ihrem linken Arm festgeschnallt war, hätte sie eine bessere Zeit geschafft. Aber das Wort ihres Vaters war Gesetz, und Miriel verließ die Hütte nie, ohne ihre Waffe umzuschnallen.

»Hier ist doch niemand außer uns«, hatte sie eingewandt, nicht zum erstenmal.

»Erwarte das Beste – sei bereit für das Schlimmste«, war alles, was ihr Vater gesagt hatte.

Und so rannte sie mit der schweren Scheide, die gegen ihr Bein schlug, während der Griff des Wurfmessers die Haut an ihrem Unterarm abschürfte.

Als sie zu einer Biegung des Pfades gelangte, sprang sie über den umgestürzten Baum, landete leichtfüßig und bog nach links zum letzten Hügel ab. Ihre langen Beine steigerten das Tempo; ihre nackten Füße gruben sich in die weiche Erde. Ihre schlanken Waden brannten, und ihre Lungen waren heiß. Doch sie jubilierte, denn die Sonne war noch mindestens zwanzig Minuten von ihrem Mittagsstand entfernt, und sie hatte nur noch drei Minuten bis zur Hütte.

Ein Schatten bewegte sich links von ihr – Klauen und Zähne blitzten auf. Sofort warf Miriel sich nach vorn, prallte mit der rechten Seite auf und rollte sich auf die Füße. Die Löwin, verwirrt, weil sie ihr Opfer beim ersten Sprung verfehlt hatte, kauerte sich nieder, die Ohren flach an den Schädel gelegt, die gelbbraunen Augen auf die hochgewachsene junge Frau gerichtet.

Miriels Gedanken überschlugen sich. *Aktion und Reaktion. Übernimm die Kontrolle!*

Ihr Jagdmesser glitt ihr in die Hand, und sie brüllte, so laut sie konnte. Erschreckt von dem Lärm zog die Löwin sich zurück. Miriels Kehle war ausgedörrt, und ihr Herz schlug wild, doch die Hand mit dem Messer zitterte nicht. Sie brüllte noch einmal und sprang das Tier an. Entnervt von der plötzlichen Bewegung wich das Tier noch ein paar Schritte zurück. Miriel leckte sich die Lippen. Eigentlich hätte es jetzt davonlaufen sollen. Angst stieg ihr in die Kehle, doch sie schluckte sie hinunter.

Angst ist wie Feuer im Bauch. Wenn du sie beherrscht, wärmt sie dich und hält dich am Leben. Beherrscht du sie nicht, verbrennt und zerstört sie dich.

Sie erwiderte mit ihren nußbraunen Augen starr den Blick der Löwin aus den gelbbraunen Lichtern. Dabei sah sie, daß das Tier in schlechter Verfassung war. Eine tiefe, häßliche Narbe zog sich über das rechte Vorderbein. Da es nicht mehr schnell laufen konnte, vermochte es das schnelle Wild nicht mehr zu jagen und litt Hunger. Es würde – konnte – diesem Kampf nicht ausweichen.

Miriel dachte an alles, was Vater ihr über Löwen erzählt hatte. *Nimm nicht den Kopf als Ziel – der Schädel ist zu dick, als daß ein Pfeil ihn durchdringen könnte. Ziele hinter das Vorderbein, nach oben in die Lunge.* Aber er hatte nichts darüber gesagt, wie sie gegen ein solches Tier kämpfen sollte, wenn sie nur mit einem Messer bewaffnet war.

Die Sonne glitt hinter einer Herbstwolke hervor, und das Licht glitzerte auf der Messerklinge. Sofort drehte Miriel die Klinge, so daß das Funkeln die Augen der Löwin traf. Der große Kopf drehte sich; die Augen blinzelten im grellen Strahl. Wieder brüllte Miriel.

Doch anstatt zu fliehen, griff die Löwin plötzlich mit einem wilden Satz das Mädchen an.

Für einen Moment war Miriel wie erstarrt. Dann fuhr das Messer hoch. Ein schwarzer Armbrustbolzen drang dem Tier knapp hinter dem Ohr in den Hals, ein zweiter in die Seite. Das Gewicht der Löwin traf Miriel und warf sie nach hinten, doch das Jagdmesser fuhr dem Tier in den Bauch.

Miriel lag ganz still, die Löwin auf ihr. Der stinkende Atem des Tieres schlug dem Mädchen ins Gesicht. Doch die Klauen zerfetzten sie nicht, die Zähne schlossen sich nicht um sie. Mit einem hustenden Grunzen starb die Löwin. Miriel schloß die Augen, holte tief Luft und wand sich unter dem Kadaver hervor. Ihre Beine waren zittrig, und sie setzte sich mit bebenden Händen auf den Pfad.

Ein großer Mann mit einer kleinen Doppelarmbrust aus schwarzem Metall tauchte aus dem Unterholz auf und kauerte sich neben sie. »Gut gemacht«, sagte er mit tiefer Stimme.

Sie blickte in seine dunklen Augen und lächelte gezwungen. »Sie hätte mich umgebracht.«

»Vielleicht«, gab er zu. »Aber dein Messer hat ihr Herz getroffen.«

Erschöpfung hüllte sie ein wie eine warme Decke, und sie legte sich zurück, atmete tief und langsam. Früher hätte sie die Löwin wahrgenommen, lange bevor irgendeine Gefahr drohte; aber diese Gabe war für Miriel jetzt verloren, wie auch die Mutter und ihre Schwester für sie verloren waren. Danyal war vor fünf Jahren bei einem Unfall umgekommen, und Krylla hatte im vergangenen Sommer geheiratet und war fortgezogen. Miriel verdrängte solche Gedanken und setzte sich. »Weißt du«, flüsterte sie, »ich war erschöpft und müde, als ich zum letzten Hügel kam. Ich atmete schwer, und meine Beine fühlten sich an, als wären sie aus Blei. Doch als die Löwin angriff, war meine Müdigkeit wie weggeblasen.« Sie blickte zu ihrem Vater auf.

Er lächelte und nickte. »Das habe ich schon oft erlebt. Im Herzen eines Kämpfers läßt sich immer noch Kraft finden – und ein solches Herz läßt dich nur selten im Stich.«

Sie warf einen Blick auf die tote Löwin. »Ziele nie auf den Kopf – das hast du mir gesagt«, sagte sie und berührte den Bolzen, der aus dem Hals des Tieres ragte.

Er zuckte die Achseln und grinste. »Ich habe daneben geschossen.«

»Das ist nicht gerade tröstlich. Ich dachte, du wärst vollkommen.«

»Ich werde alt. Bist du verletzt?«

»Ich glaube nicht …« Rasch untersuchte sie ihre Arme und Beine, da Wunden von Klauen oder Zähnen eines Löwen sich oft entzündeten. »Nein. Ich hatte großes Glück.«

»Ja, das stimmt«, pflichtete er ihr bei. »Aber du hattest Glück, weil du alles richtig gemacht hast. Ich bin stolz auf dich.«

»Wieso warst du hier?«

»Du hast mich gebraucht«, antwortete er. Er erhob sich geschmeidig und streckte eine Hand aus, um sie hochzuziehen. »Jetzt häute das Tier und viertele es. Es gibt nichts besseres als Löwenfleisch.«

»Ich glaube nicht, daß ich es essen möchte«, sagte Miriel. »Ich würde es lieber vergessen.«

»Du darfst nie vergessen«, ermahnte er sie. »Dies war

ein Sieg. Und er hat dich stärker gemacht. Wir sehen uns später.« Der große Mann sammelte seine Bolzen wieder ein, säuberte sie vom Blut und steckte sie zurück in den ledernen Köcher, der an seiner Seite hing.

»Gehst zu zum Wasserfall?« fragte Miriel leise.

»Ein Weilchen«, antwortete er. Seine Stimme klang entrückt. Er drehte sich noch einmal zu ihr um. »Du findest, daß ich dort zuviel Zeit verbringe?«

»Nein«, sagte sie traurig. »Es geht nicht um die Zeit, die du dort sitzt. Auch nicht um die Sorgfalt, mit der du das Grab pflegst. Es geht um dich. Sie ist jetzt schon … fünf Jahre … tot. Du solltest wieder zu leben anfangen. Du brauchst … mehr als das.«

Er nickte, aber sie wußte, daß ihre Worte ihn nicht erreicht hatten. Er lächelte und legte ihr eine Hand auf die Schulter. »Eines Tages wirst du deine Liebe finden, und dann können wir unter gleichen Bedingungen miteinander reden. Das soll nicht herablassend klingen. Du bist aufgeweckt und intelligent. Du hast Mut und Witz. Aber manchmal ist es so, als würde ich versuchen, einem Blinden Farben zu beschreiben. Liebe hat große Macht. Selbst der Tod kann sie nicht zerstören. Und ich liebe Danyal noch immer.« Er beugte sich vor, zog Miriel an sich und küßte sie auf die Stirn. »Ich hoffe, du wirst eine solche Liebe finden. Und jetzt zieh das Tier ab. Wir sehen uns heute abend.«

Sie sah ihm nach, wie er davonging, ein hochgewachsener Mann, der sich geschmeidig und vorsichtig bewegte, das schwarzsilberne Haar zu einem Zopf zurückgebunden, am Gürtel die Armbrust.

Und dann war er fort – in den Schatten verschwunden.

Der Wasserfall war schmal, nicht einmal zwei Meter breit. Er floß in einer glitzernden Kaskade über weiße Steine in einen blattförmigen Teich, der etwa zehn Meter lang und fünfzehn Meter breit war. An seinem südlichsten Punkt entsprang ein zweiter Wasserfall, von dem aus der Bach eilig drei Kilometer nach Süden floß, um dort in den Fluß zu münden. Goldene Blätter tanzten auf der Wasserfläche, und mit jedem Windhauch trudelte neues Laub von den Bäumen herab.

Um den Teich herum wuchsen viele Blumen. Die meisten hatte der Mann gepflanzt, der neben dem Grab kniete. Er warf einen Blick zum Himmel empor. Die Sonne verlor allmählich ihre Kraft; die kalten Herbstwinde fuhren über die Berge. Waylander seufzte. Eine Zeit des Todes. Er blickte auf die goldenen Blätter, die auf dem Wasser trieben, und dachte daran, wie er hier an einem anderen Herbsttag vor zehn Lebzeiten mit Danyal und den Kindern gesessen hatte.

Krylla hatte ihre winzigen Füßchen ins Wasser gehalten, Miriel schwamm zwischen den Blättern umher. »Sie sind wie die Seelen der Verstorbenen«, hatte Danyal Krylla erzählt. »Sie schweben auf dem Meer des Lebens zu einem Ort der Ruhe.«

Er seufzte noch einmal und wandte seine Aufmerksamkeit wieder dem blumengeschmückten Hügel zu, unter dem alles lag, wofür er gelebt hatte.

»Miriel hat heute mit einem Löwen gekämpft«, erzählte er. »Sie hat sich ihm gestellt und ist nicht in Panik geraten. Du wärst stolz auf sie gewesen.« Er legte die Armbrust mit den Ebenholzgriffen beiseite und pflückte müßig die verwelkten, roten Blüten von den Geranien, die vor dem Grabstein wuchsen. Der Sommer war schon weit fortgeschritten, und es war unwahrscheinlich, daß sie noch einmal blühen würden. Bald mußte er sie herausziehen, die Wurzeln trockenschütteln und sie in die Hütte hängen, damit er sie im Frühling wieder einpflanzen konnte.

»Aber sie ist noch immer zu langsam«, fügte er hinzu. »Sie handelt so, wie sie es gelernt hat, und nicht aus Instinkt. Nicht wie Krylla.« Er lachte in sich hinein. »Erinnerst du dich, wie die Dorfjungs sich um sie scharten? Sie wußte, wie sie mit ihnen umgehen mußte, die Neigung des Kopfes, das schmollende Lächeln. Das hat sie von dir gehabt.«

Er streckte die Hand aus, berührte den kalten, rechteckigen marmornen Grabstein und fuhr mit dem Zeigefinger die eingemeißelten Worte nach.

Danyal, Gattin von Dakeyras,
ein Kieselstein im Mondschein.

Das Grab war von Ulmen und Buchen beschattet, und in der Nähe wuchsen Rosen, deren riesige gelbe Blüten die Luft mit ihrem süßen Duft erfüllten. Er hatte sie in Kasyra gekauft, sieben Büsche. Drei waren auf der Rückreise eingegangen, doch die anderen gediehen in dem satten Lehmboden prächtig.

»Ich werde Miriel bald in die Stadt bringen müssen«, sagte er. »Sie ist jetzt achtzehn, und sie muß lernen. Ich werde einen Mann für sie suchen.« Er seufzte. »Das heißt, ich muß dich für eine Weile verlassen, und ich kann nicht sagen, daß ich mich darauf freue.«

Die Stille wuchs; selbst der Wind in den Blättern erstarb. Seine dunklen Augen blickten in die Ferne, seine Erinnerungen waren feierlich. Geschmeidig stand er auf, nahm die Tonschale neben dem Grabstein und ging zum Teich, wo er die Schale füllte und begann, die Rosen zu wässern. Der gestrige Regen war kaum mehr als ein Schauer gewesen, und die Rosen waren sehr durstig.

Kreeg kauerte sich tief ins Gebüsch, die Armbrust geladen. Wie einfach, dachte er und konnte ein Lächeln nicht unterdrücken.

Suche Waylander und töte ihn. Kreeg mußte zugeben, daß die Aussicht auf eine solche Jagd ihm Angst eingeflößt hatte. Schließlich war Waylander der Schlächter ein gewaltiger Gegner. Als seine Familie von Räubern erschlagen worden war, hatte er das Land durchkämmt, bis er jeden einzelnen der Mörder aufgespürt hatte. Waylander war in der Gilde eine Legende, ein fähiger Schwertkämpfer, doch mit dem Messer beinahe unschlagbar und ein Armbrustschütze, wie es keinen zweiten gab. Darüber hinaus besaß er mystische Fähigkeiten, hieß es. Er spürte immer, wenn Gefahr im Verzug war.

Kreeg betrachtete die Armbrust auf dem Rücken des großen Mannes. Mystische Fähigkeiten? Pah. Ein Herzschlag noch, und er war tot.

Der Mann am Grab nahm eine Tonschale auf und ging zu dem Teich. Kreeg zielte erneut, doch sein Opfer hockte sich nieder und füllte die Schale. Kreeg senkte seine Waffe ein kleines Stück und ließ langsam den angehaltenen Atem aus den Lungen. Waylander kehrte ihm jetzt die Seite zu; ein sicherer Todesschuß mußte dem Kopf gelten. Was machte er mit dem Wasser? Kreeg beobachtete, wie der große Mann bei den Rosen niederkniete, die Schale kippte und ihren Inhalt um die Wurzeln goß. Er geht bestimmt wieder zum Grab, dachte Kreeg. Und dann habe ich ihn.

So viel im Leben hing vom Glück ab. Als die Gilde den Mordauftrag erhielt, hatte Kreeg ohne Geld dagestanden und wurde von einer Hure in Kasyra ausgehalten, nachdem das Gold, das er durch den Mord an einem ventrischen Kaufmann verdient hatte, schon lange in den Spielhallen der Südstadt verschwunden war. Jetzt begrüßte Kreeg das Pech, das ihn in Kasyra verfolgt hatte. Denn er wußte, das ganze Leben ist ein Kreis. Und in Kasyra hatte er von dem Einsiedler in den Bergen gehört, dem hochgewachsenen Witwer mit der scheuen Tochter. Er dachte an die Nachricht von der Gilde.

Spüre einen Mann namens Dakeyras auf. Er hat eine Frau mit Namen Danyal und eine Tochter, die Miriel heißt. Der Mann hat schwarzsilbernes Haar und dunkle Augen. Er ist groß und knapp fünfzig Jahre alt. Oft trägt er eine kleine Doppelarmbrust aus Ebenholz und Bronze. Töte ihn und bring die Armbrust als Beweis nach Drenan. Sei vorsichtig. Der Mann ist Waylander. Zehntausend in Gold warten.

In Kasyra hätte Kreeg alles getan, eine solche phantastische Summe zu verdienen. Dann – gelobt seien die Götter – hatte er der Hure von der Jagd erzählt.

»Es gibt da einen Mann mit einer Tochter, die Miriel heißt. Dieser Mann lebt in den Bergen im Norden«, sagte sie. »Ihn selbst habe ich nie gesehen, aber seine Töchter habe ich vor Jahren in der Schule der Priester kennengelernt. Wir haben dort lesen und schreiben gelernt.«

»Weißt du noch, wie die Mutter hieß?«

»Ich glaube, irgendwas wie Daneel … Donalia …«

»Danyal?« flüsterte Kreeg und setzte sich im Bett auf, so daß die Laken von seinem hageren, narbenbedeckten Körper glitten.

»Genau«, sagte sie. »Danyal.«

Kreegs Mund war trocken geworden, sein Herz klopfte heftig. Zehntausend! Aber Waylander? Was für eine Chance hatte er gegen einen solchen Gegner?

Fast eine Woche lang zog er durch Kasyra und fragte nach dem Mann aus den Bergen. Sheras, der dicke Müller, bekam den Mann etwa zweimal im Jahr zu Gesicht und erinnerte sich an die kleine Armbrust, die der Fremde stets bei sich hatte.

»Der Mann ist sehr still«, sagte Sheras, »aber ich möchte seine dunkle Seite lieber nicht kennenlernen, wenn du verstehst, was ich meine. Ein harter Mann. Kalte Augen. Er war früher ziemlich freundlich, aber dann starb seine Frau – vor fünf, sechs Jahren. Ihr Pferd stürzte und fiel auf sie. Sie hatten zwei Töchter, Zwillinge. Hübsche Mädchen. Eins hat einen Jungen aus dem Süden geheiratet und ist fortgezogen. Die andere lebt immer noch bei ihm. Schüchternes Kind. Zu dünn für meinen Geschmack.«

Goldin, der Wirt, ein Flüchtling aus Gothir mit einem hageren Gesicht, erinnerte sich ebenfalls an den Mann aus den Bergen. »Als seine Frau getötet wurde, kam er eine Zeitlang her und ertränkte seinen Kummer. Er hat nie viel gesagt. Eines Abends ist er einfach zusammengeklappt, und ich ließ ihn vor der Tür liegen. Seine Töchter kamen und brachten ihn nach Hause. Damals waren sie etwa zwölf. Die Stadtväter sprachen schon davon, ihm die Mädchen wegzunehmen. Schließlich bezahlte er zwei Plätze in der Schule der Priester, und dort verbrachten sie fast drei Jahre.«

Goldins Geschichte machte Kreeg Mut. Wenn der große Waylander zu trinken angefangen hatte, mußte man ihn nicht mehr fürchten. Doch seine Hoffnungen verflogen, als der Wirt fortfuhr.

»Er war nie beliebt. Bleibt zuviel für sich allein«, sagte Goldin. »Aber letztes Jahr tötete er einen bösartigen Bären, und das gefiel den Leuten. Der Bär hatte einen jungen Bauern und seine Familie umgebracht. Dakeyras stellte ihn. Erstaunlich! Er benutzte eine kleine Armbrust. Taric hat es gesehen – der Bär griff an, und er stand einfach da, und dann, im allerletzten Moment, als der Bär sich schon vor ihm aufrichtete, schoß er ihm zwei Bolzen durch das offene Maul ins Gehirn. Taric sagt, so was habe er noch nie gesehen. Kalt wie Eis, dieser Mann.«

Kreeg suchte Taric auf, einen schlanken, blonden Stallknecht, der in den Ställen des Grafen arbeitete.

»Wir waren dem Biest seit drei Tagen auf der Spur«, erzählte er, setzte sich auf einen Heuballen und nahm einen tiefen Zug aus der lederbezogenen Feldflasche mit Branntwein, die Kreeg ihm anbot. »Und dann kam dieser Fremde – und er ist kein junger Mann mehr. Als der Bär sich aufrichtete, zielte er in aller Ruhe mit seiner Armbrust und schoß. Unglaublich! Der Mann kennt keine Furcht.«

»Warum warst du bei ihm?«

Taric lächelte. »Ich habe versucht, Miriel den Hof zu machen, aber ich kam nicht weit. Schüchtern, weißt du. Schließlich habe ich's aufgegeben. Und der Mann ist seltsam. War mir nicht sicher, ob ich ihn als Schwiegervater haben wollte. Verbringt die meiste Zeit am Grab seiner Frau.«

Das hob Kreegs Stimmung erneut. Auf so etwas hatte er gehofft. Einen Mann in den Wäldern zu jagen, war riskant. Doch kannte man die Gewohnheiten des Opfers, war die Aufgabe weniger gefährlich. Aber eine Stelle zu wissen, die das Opfer immer wieder aufsuchte … das war ein Geschenk der Götter. Und auch noch ein Grab! Waylanders Gedanken würden beschäftigt sein, voller Kummer und vielleicht zärtlicher Erinnerungen …

Nach Tarics Beschreibungen hatte Kreeg den Wasserfall an diesem Morgen kurz nach Tagesanbruch gefunden und ein Versteck gesucht, von dem aus er den Grabstein im Auge behalten konnte. Jetzt fehlte nur noch der Todesschuß. Kreegs Blick zuckte zu der Armbrust aus Ebenholz, die noch immer im Gras neben dem Grab lag.

Zehntausend in Gold! Er leckte sich die dünnen Lippen und wischte sich die schweißnassen Hände an der blattgrünen Tunika ab.

Der große Mann ging zurück zum Teich, holte erneut Wasser und ging dann zu den Rosenbüschen, die am weitesten entfernt waren. Dort kauerte er wieder neben den Wurzeln nieder. Kreeg blickte zum Grabstein hinüber. Fast fünfzehn Meter. Auf diese Entfernung würde der Bolzen mit den Widerhaken durch Waylanders Rücken dringen, die Lungen durchschlagen und durch die Brust wieder austreten. Selbst wenn er das Herz verfehlte, würde sein Opfer in wenigen Minuten sterben, weil es an seinem eigenen Blut erstickte.

Kreeg wollte das Töten möglichst rasch hinter sich bringen, und seine Augen suchten den großen Mann.

Er war nirgends zu sehen.

Kreeg blinzelte. Die Lichtung war verlassen.

»Du hast deine Chance verpaßt«, sagte eine kalte Stimme.

Kreeg fuhr herum, versuchte, die Armbrust zu heben. Er erhaschte einen Blick auf sein Opfer, das den Arm gehoben hatte und irgend etwas Schimmerndes in der Hand hielt. Der Arm fuhr herab. Es war, als ob ein Pfeil aus reinem Sonnenlicht in Kreegs Schädel explodierte. Er spürte keinen Schmerz oder irgend etwas anderes. Er fühlte, wie die Armbrust seinen Händen entglitt, und die Welt um ihn herum drehte sich.

Sein letzter Gedanke galt seinem Pech.

Es hatte sich überhaupt nichts geändert.

Waylander kniete neben dem Toten nieder und nahm dessen verzierte Armbrust in die Hand. Das Schulterstück aus Ebenholz war hervorragend gearbeitet und mit verschlungenen Goldfäden eingelegt. Die Waffe selbst bestand aus Stahl, höchstwahrscheinlich ventrischem, denn die Oberfläche war seidenglatt und ohne den geringsten Makel. Er legte die Waffe beiseite und betrachtete den

Toten. Der Mann war hager und zäh, das Gesicht hart, das Kinn eckig, der Mund dünn. Waylander war sicher, daß er ihn nie zuvor gesehen hatte. Er beugte sich vor, zog sein Messer aus der Augenhöhle des Mannes und wischte die Klinge im Gras ab. Bevor er sie wieder in die schwarze Lederscheide an seinem linken Unterarm steckte, trocknete er sie an der Tunika des Toten ab.

Eine rasche Durchsuchung der Kleider des Mannes brachte nichts weiter zum Vorschein als vier Kupfermünzen und ein verstecktes Messer, das an einer Schnur um seinen Hals hing. Waylander packte die blattgrüne Tunika, hievte den Mann hoch und warf ihn sich über die rechte Schulter. Füchse und Wölfe würden sich um die Leiche balgen, und solche Zankereien wollte er in der Nähe von Danyals Grab nicht haben.

Langsam ging er zum zweiten Wasserfall, warf den Leichnam über die Kante und beobachtete, wie er in den dahineilenden Bachlauf gespült wurde. Zuerst wurde der Körper zwischen zwei Steinen eingekeilt, doch allmählich wurde die Kraft des Wassers stärker, und Kreegs leblose Gestalt schwamm davon zum Fluß, mit dem Gesicht im Wasser. Waylander holte seine eigene Armbrust, nahm die Waffe des Meuchelmörders an sich und ging zurück zu seiner Hütte.

Rauch stieg träge aus dem steinernen Schornstein auf. Am Waldrand hielt Waylander inne und betrachtete verdrossen das Heim, das er für sich und Danyal gebaut hatte. Es stand am Fuße einer zurückweichenden Klippe, von oben geschützt durch überhängende Felsen. Das Blockhaus war etwa zwanzig Meter lang und hatte drei große, mit Läden versehene Fenster sowie eine Tür. Das Gelände vor dem Haus war von sämtlichen Bäumen, Büschen und Felsen befreit worden, und niemand konnte sich auf dreißig Meter nähern, ohne gesehen zu werden.

Die Hütte war eine Festung, dennoch besaß sie ein

wenig Schönheit. Danyal hatte die Eckpfosten mit rot und blau gefleckten Steinen bedeckt und unter den Fenstern Blumen gepflanzt: Rosen, die an den hölzernen Wänden emporkletterten und deren Blüten sich rosa und golden vor der rauhen, rissigen Borke abhoben.

Waylander betrachtete prüfend das offene Gelände, suchte den Waldrand nach einem zweiten Attentäter ab, der sich dort verbergen mochte. Doch er konnte niemanden sehen. Sorgfältig in Deckung bleibend, umkreiste er die Hütte und suchte nach Spuren, fand aber keine außer denen seiner eigenen Mokassins und Miriels nackten Füßen. Endlich zufrieden, ging er zur Hütte und trat ein. Miriel hatte eine Mahlzeit aus warmem Haferbrei und wilden Erdbeeren bereitet, den letzten des Sommers. Sie lächelte, als er eintrat, doch ihr Lächeln schwand, als sie die fremde Armbrust sah, die er trug.

»Wo hast du die Waffe gefunden?« fragte sie.

»Am Grab hatte sich ein Mann versteckt.«

»Ein Räuber?«

»Ich glaube nicht. Diese Armbrust hier kostet viele hundert Goldstücke. Es ist eine schön gearbeitete Waffe. Ich glaube eher, es war ein Kopfgeldjäger.«

»Warum sollte er dich jagen?«

Waylander zuckte die Achseln. »Es gab mal eine Zeit, als ein Preis auf meinen Kopf ausgesetzt war. Vielleicht ist es noch immer so. Oder ich habe den Bruder oder den Vater des Mannes getötet. Wer weiß? Eins ist sicher – er kann es mir nicht mehr sagen.«

Miriel setzte sich an den langen Eichentisch und betrachtete Waylander. »Du bist zornig«, sagte sie schließlich.

»Ja. Er hätte nicht so nah kommen dürfen. Ich müßte eigentlich tot sein.«

»Was ist geschehen?«

»Er hatte sich etwa vierzig Schritt vom Grab entfernt im

Gebüsch versteckt und wartete auf die Gelegenheit, mir den Todesschuß zu geben. Als ich Wasser für die Rosen holen ging, sah ich, wie ein Vogel sich auf dem Baum über ihm niederlassen wollte, aber im letzten Moment weiterflog.«

»Das hätte auch ein Fuchs oder irgendeine plötzliche Bewegung sein können«, meinte Miriel. »Vögel sind nun mal scheu.«

»Ja, so hätte es sein können«, gab er ihr recht. »Aber so war es nicht. Und wenn der Mann genug Selbstvertrauen gehabt hätte, einen Kopfschuß zu versuchen, läge ich jetzt neben Danyal.«

»Dann hatten wir heute beide Glück«, sagte sie.

Er nickte, antwortete jedoch nicht, da er immer noch an dem Vorfall herumrätselte. Zehn Jahre lang hatte er gelebt, ohne daß seine Vergangenheit ihn eingeholt und verfolgt hatte. In diesen Bergen war er lediglich der Witwer Dakeyras. Wer würde ihm nach so langer Zeit einen Kopfgeldjäger hinterherschicken?

Und wie viele würden noch kommen?

Die Sonne hing über den Gipfeln im Westen – eine grelle, kupferne Feuerscheibe, die einen letzten, trotzigen Schein über die Berge warf. Miriel blinzelte ins Licht.

»Es ist zu hell«, beschwerte sie sich.

Aber seine Hand fuhr hoch, und das hölzerne Hackbrett segelte durch die Luft. Geschmeidig hob Miriel die Armbrust an die Schulter. Ihre Finger drückten auf den bronzenen Auslöser. Der Bolzen schoß aus der Waffe und verfehlte den Lichtbogen des Holzes um mehr als dreißig Zentimeter. »Ich sagte doch, es ist zu hell«, wiederholte sie.

»Denke an einen Fehlschlag, und er wird eintreten«, erklärte er streng und hob das Holzbrett auf.

»Dann laß mich für dich werfen.«

»Ich brauche die Übung nicht, sondern du!«

»Du könntest das Brett auch nicht treffen, oder? Gib's zu!«

Er blickte in ihre funkelnden Augen, sah das Sonnenlicht, das rötlich auf ihrem Haar glänzte, die bronzebraune Haut ihrer Schultern. »Du solltest heiraten«, sagte er plötzlich. »Du bist viel zu schön, um mit einem alten Mann auf einem Berg festzusitzen.«

»Versuch nicht, das Thema zu wechseln«, erwiderte sie zornig, schnappte sich das Brett und ging zehn Schritte zurück. Er kicherte kopfschüttelnd in sich hinein und akzeptierte seine Niederlage. Sorgsam legte er den stählernen Riegel des unteren Schußarms zurück. Der Federhaken klickte. Er legte einen kurzen schwarzen Bolzen ein und drückte die Kimme sanft gegen die Sehne. Dann wiederholte er den Vorgang mit dem oberen Schußarm. Anschließend stellte er die Spannung in den gekrümmten bronzenen Auslösern ein. Die Waffe hatte ihn vor vielen Jahren ein kleines Vermögen in Opalen gekostet, doch sie war von einem Meister gefertigt, und Waylander hatte den Kauf nie bereut.

Er hob den Blick und wollte Miriel gerade auffordern, zu werfen, als sie plötzlich das Brett hoch in die Luft schleuderte. Das Sonnenlicht stach ihm in die Augen, doch er wartete, bis das sich drehende Brett den höchsten Punkt seiner Flugbahn erreicht hatte. Dann streckte er den Arm aus und drückte den ersten Auslöser. Der Bolzen blitzte durch die Luft und hämmerte in das Brett, riß es beinahe in zwei Teile. Als es herabstürzte, schoß er den zweiten Bolzen ab. Das Brett explodierte in Fetzen.

»Du bist schrecklich!« sagte sie.

Er machte eine tiefe Verbeugung. »Du solltest dich geehrt fühlen«, erwiderte er und unterdrückte ein Lächeln. »Normalerweise gebe ich keine Vorstellung ohne Bezahlung.«

»Wirf noch einmal«, befahl sie und spannte die Armbrust erneut.

»Das Brett ist zerschmettert«, erinnerte er sie.

»Wirf das größte Stück.«

Er holte seine Bolzen zurück und wog das größte Stück in den Händen. Es war nicht mehr als zehn Zentimeter breit und nicht einmal dreißig Zentimeter lang. »Bist du bereit?«

»Wirf einfach!«

Mit einer Drehung des Handgelenks wirbelte er das Stück in die Luft. Die Armbrust fuhr hoch; der Bolzen sirrte und schlug in das Holz. Waylander spendete dem Schuß Beifall. Miriel machte eine elegante Verbeugung.

»Von Frauen erwartet man, daß sie knicksen«, sagte er.

»Und daß sie Kleider tragen und sticken lernen«, gab sie zurück.

»Wohl wahr«, räumte er ein. »Wie gefällt dir die Armbrust des Mörders?«

»Sie ist gut ausgewogen und sehr leicht.«

»Ventrisches Ebenholz, und der Schaft ist hohl. Bist du für ein paar Schwertspielereien bereit?«

Sie lachte. »Ist dein Stolz für den nächsten Schlag bereit?«

»Nein«, gab er zu. »Ich glaube, wir sollten früh zu Bett gehen.«

Sie sah enttäuscht aus, als sie ihre Waffen einsammelten und sich auf den Weg zur Hütte machten. »Ich glaube, du brauchst einen besseren Schwertlehrer als mich«, sagte er beim Gehen. »Es ist deine beste Waffe, und du bist wirklich begabt. Ich denke ernsthaft darüber nach.«

»Ich dachte, du wärst der beste«, neckte sie.

»Das glauben Töchter immer von den Vätern«, bemerkte er trocken. »Nun ja, mit der Armbrust oder dem

Messer bin ich hervorragend. Mit dem Schwert? Nur ausgezeichnet.«

»Du bist sehr bescheiden! Gibt es ein Gebiet, auf dem du nicht glänzt?«

»Ja«, antwortete er, und sein Lächeln verging.

Er beschleunigte seinen Schritt. Seine Gedanken verloren sich in schmerzlichen Erinnerungen. Seine erste Familie war von Räubern hingemetzelt worden – seine Frau, seine beiden Mädchen, noch Säuglinge, und sein Sohn. Das Bild stand noch immer klar vor seinen Augen. Er hatte den Jungen tot im Blumengarten gefunden, das kleine Gesicht umrahmt von Blüten.

Und vor fünf Jahren, nachdem er zum zweitenmal die Liebe gefunden hatte, mußte er hilflos mit ansehen, wie Danyals Pferd über eine verborgenen Baumwurzel gestolpert war. Der Hengst war schwer zu Boden gestürzt, hatte sich herumgerollt, so daß er auf Danyal zu liegen kam, und ihr die Brust zerquetscht. Sie war in wenigen Minuten unter quälenden Schmerzen gestorben.

»Gibt es ein Gebiet, auf dem du nicht glänzt?«

Nur eins.

Ich kann die Menschen, die ich liebe, nicht am Leben halten.

2

Ralis erzählte den Leuten gern, daß er schon Kesselflicker gewesen sei, als die Sterne noch jung waren, und allzu weit war das nicht von der Wahrheit entfernt. Er konnte sich noch daran erinnern, als der alte König, Orien, nicht mehr als ein bartloser Prinz war, der hinter seinem Vater herging, bei der Frühjahrsparade auf der ersten Straße, die man den Drenai-Weg nannte.

Jetzt hieß sie Allee der Könige, und sie war viel breiter und führte durch den Triumphbogen, der zur Feier des Sieges über die Vagrier errichtet worden war.

So viele Veränderungen. Ralis erinnerte sich voller Zuneigung an Orien, den ersten Kriegskönig der Drenai, Träger der Bronzerüstung, Sieger in hundert Schlachten und zahlreichen Kriegen.

Manchmal, wenn er in einsamen Wirtshäusern saß und sich von seinen Reisen ausruhte, erzählte der alte Kesselflicker den Leuten von seiner Begegnung mit Orien, kurz nach der Schlacht um Dros Corteswain. Der König war im Wald von Skultik auf Wildschweinjagd gewesen, und Ralis, damals noch jung und mit einem dunklen Bart, war mit seinem Bündel unterwegs zur befestigten Stadt Delnoch gewesen.

Sie waren sich an einem Fluß begegnet. Orien saß auf einem Felsen, die nackten Füße im kalten Wasser, die teuren Stiefel hatte er beiseite gestellt. Ralis hatte die Riemen seines Ranzens gelöst, war zum Wasser gegangen und hatte sich niedergekniet, um zu trinken.

»Dein Ranzen sieht schwer aus«, sagte der goldhaarige König.

»Aye, das ist er«, antwortete Ralis.

»Bist Kesselflicker, was?«

»Aye.«

»Du weißt, wer ich bin?«

»Du bist der König«, sagte Ralis.

Orien kicherte in sich hinein. »Du bist nicht beeindruckt? Gut für dich. Du hast wohl nicht zufällig eine Salbe dabei? Ich habe Blasen, so groß wie kleine Äpfel.«

Ralis schüttelte den Kopf und breitete entschuldigend die Arme aus. In diesem Augenblick traf eine Gruppe junger Adeliger am Schauplatz ein und umringte den König. Sie lachten und riefen und prahlten mit ihren Fähigkeiten.

Ralis war unbemerkt davongegangen.

Als die Jahre vergingen, verfolgte er die Taten des Königs – beinahe so, als würde er Neuigkeiten über einen alten Freund sammeln. Doch er bezweifelte, daß die Erinnerung an ihre Begegnung bei dem König länger als ein, zwei Augenblicke vorgehalten hatte.

Jetzt ist alles anders, dachte er, als er sein Bündel für den Marsch hinauf zur Hütte schulterte. Das Land hatte keinen König – und das war nicht richtig. Die QUELLE würde nicht wohlwollend auf ein Land ohne Prinzen hinabschauen.

Ralis atmete schwer, als er den letzten Hügelkamm erreichte und auf die blumenumrankte Hütte hinunterblickte. Der Wind ließ nach, und eine wundervolle Stille senkte sich über den Wald. Ralis holte tief Luft. »Ihr beide könnt jetzt herauskommen«, sagte er leise. »Ich kann euch vielleicht nicht sehen, aber ich weiß, daß ihr da seid.«

Die junge Frau erschien zuerst. In ihren Beinkleidern aus geöltem schwarzem Leder und einer Tunika aus grauer Wolle erhob sie sich aus dem Gebüsch und grinste den alten Mann an. »Du wirst scharfsichtiger, Ralis«, stellte sie fest.

Er nickte und wandte sich nach rechts. Der Mann trat hervor. Wie Miriel trug er Beinkleider aus schwarzem Leder und eine Tunika, doch er hatte darüber hinaus noch schwarze Ketten-Schulterstücke und ein Wehrgehänge umgelegt, von dem drei Wurfmesser herabhingen. Ralis schluckte. Dieser stille Mann aus den Bergen hatte etwas an sich, das den alten Kesselflicker schon immer beunruhigt hatte, seit sie sich vor zehn Jahren zum erstenmal auf diesem Berg begegnet waren. Er hatte oft darüber nachgedacht. Es lag nicht daran, daß Dakeyras ein Krieger war – Ralis hatte viele Krieger gekannt –, und es war auch nicht die wölfische Art, mit der er sich bewegte. Nein, es war etwas Undefinierbares, das Ralis an Sterblichkeit denken ließ. So dicht neben Dakeyras zu stehen hieß irgendwie, dem Tod nahe zu sein. Er schauderte.

»Schön, dich zu sehen, alter Mann«, grüßte Dakeyras. »Wir haben Fleisch auf dem Tisch und kaltes Quellwasser. Und getrocknete Früchte – falls deine Zähne damit fertig werden.«

»Mit meinen Zähnen ist alles in Ordnung, Junge«, fauchte Ralis. »Sie sind vielleicht nicht mehr das, was sie mal waren, aber die, die übrig sind, erledigen ihre Aufgabe noch.«

Dakeyras wandte sich an das Mädchen. »Bring ihn hinein. Ich komme gleich nach.«

Ralis sah ihm nach, wie er lautlos zwischen den Bäumen verschwand. »Ihr erwartet wohl Ärger, was?« fragte er.

»Wie kommst du darauf?« erwiderte das Mädchen.

»Er war immer schon vorsichtig – aber er trägt Kettenpanzerung. Schön gearbeitet, aber trotzdem schwer. Ich glaube nicht, daß er den Panzer hier in den Bergen einfach zur Schau trägt.«

»Wir hatten Ärger«, gab sie zu.

Er folgte ihr hinunter in die Hütte, stellte sein Gepäck an der Tür ab und streckte sich in einem tiefen, mit Roßhaar gepolsterten Ledersessel aus. »Ich werde zu alt für dieses Leben«, ächzte er.

Sie lachte. »Wie lange sagst du das schon?«

»Ungefähr sechzig Jahre«, antwortete er. Er lehnte sich

zurück und schloß die Augen. Ich frage mich, ob ich schon hundert bin, überlegte er. Ich muß es eines Tages herausfinden – einen Anhaltspunkt finden.

»Wasser oder vergorenen Apfelsaft?« fragte sie.

Er öffnete den Beutel an seiner Seite, holte ein kleines Päckchen heraus und reichte es ihr. »Mach einen Tee daraus«, bat er. »Gieß einfach kochendes Wasser drauf und laß es eine Weile stehen.«

»Was ist das?« wollte sie wissen, hob das Päckchen an die Nase und atmete den Duft ein.

»Ein paar Kräuter, Dill und so etwas. Hält mich jung«, fügte er mit einem breiten Grinsen hinzu.

Sie ließ ihn allein, und er blieb still sitzen und nahm die Umgebung in sich auf. Die Hütte war fest gebaut, der Hauptraum lang und breit, die Feuerstelle und der Kamin solide aus Kalkstein gemauert. Die südliche Wand war mit Holzbrettern verkleidet, an denen ein Bärenfell hing.

Ralis lächelte. Er war schon durch diese Berge gewandert, ehe Dakeyras geboren war, und er wußte von der Höhle und hatte dort selbst ein-, zweimal Schutz gesucht. Aber es war eine schlaue Idee, eine Hütte vor einer Höhle zu bauen und dann den Eingang zu verbergen. Ein Mann sollte immer einen Fluchtweg offenhaben.

»Wie lange soll ich es ziehen lassen?« erklang Miriels Stimme aus dem Hinterzimmer.

»Ein paar Minuten«, antwortete Ralis. »Wenn die zerstoßenen Blätter zu Boden sinken, ist es fertig.«

Das Waffengestell an der Wand zog seinen Blick an: zwei Langbögen, mehrere Schwerter, ein Säbel, ein Sathuli-Krummsäbel und ein halbes Dutzend Messer verschiedener Längen und Krümmungen. Er setzte sich auf. Auf dem Tisch lag eine neue Armbrust. Es war ein schönes Stück. Ralis erhob sich aus dem Sessel und nahm die Waffe in die Hand, um die goldene Einlegearbeit zu betrachten.

»Es ist eine gute Waffe«, sagte Miriel, die wieder ins Zimmer kam.

»Besser als der Mann, dem sie gehörte«, sagte er.

»Du hast ihn gekannt?«

»Kreeg. Eine Kreuzung aus Schlange und Ratte. Aber ein gutes Mitglied der Gilde. Hätte reich sein können, wäre er nicht ein so miserabler Spieler gewesen.«

»Er hat versucht, meinen Vater zu töten – wir wissen nicht, warum.«

Ralis erwiderte nichts. Miriel ging in die Küche und kam mit seinem Tee zurück, den er langsam schlürfte. Dann aßen sie in behaglichem Schweigen, wobei der alte Mann drei Portionen Löwenfleisch vertilgte. Während er ein Stück frischgebackenes Brot in die dicke Sauce tunkte, schaute er Miriel an und seufzte. »So gut essen sie nicht mal im Palast in Drenan«, sagte er.

»Du bist ein Schmeichler, Ralis«, schalt sie ihn. »Aber es gefällt mir.«

Er ging zu seinem Ranzen, öffnete den Überschlag und wühlte in den Tiefen herum, bis er schließlich einen verkorkten Metallflakon und drei kleine Silberbecher zum Vorschein brachte. Er kehrte zum Tisch zurück und füllte die Becher mit einer bernsteinfarbenen Flüssigkeit. »Schmeckt himmlisch«, sagte er.

Miriel hob ihren Becher und nippte an dem Schnaps. »Es ist, als ob man Feuer schluckt«, sagte sie errötend.

»Ja. Gut, nicht wahr?«

»Erzähl mir von Kreeg.«

»Da gibt's nicht viel zu erzählen. Er kam aus dem Süden. War eigentlich ein Bauernjunge. Kämpfte in den Vagrischen Kriegen und schloß sich dann Jonat bei der Rebellion an. Als Karnak die Rebellenarmee zerschlug, verbrachte Kreeg ein oder zwei Jahre in Ventria. Als Söldner, glaube ich. Vor drei Jahren ist er zur Gilde gestoßen. Nicht gerade einer ihrer Besten, verstehe mich recht, aber gut genug.«

»Dann hat ihn jemand bezahlt, um meinen Vater zu töten?«

»Ja.«

»Warum?«

Der alte Mann zuckte die Achseln. »Warten wir, bis er zurück ist.«

»Das klingt wie ein Geheimnis.«

»Ich wiederhole mich nicht gern. In meinem Alter ist Zeit kostbar. Wie gut erinnerst du dich an deine Kindheit?«

»Was meinst du damit?«

»Ich meine, Dakeyras ... wo hast du ihn kennengelernt?« Er sah, daß die Frage sie überraschte und beobachtete, wie ihr Gesichtsausdruck von offen und freundlich zu wachsam und mißtrauisch wechselte.

»Er ist mein Vater«, sagte sie leise.

»Nein«, sagte er. »Deine Familie wurde bei einem Überfall während der Vagrischen Kriege getötet. Und Dakeyras, unterwegs mit einem Mann namens Dardalion, fand dich und deine Schwester ... und deinen Bruder, glaube ich, in der Obhut einer jungen Frau.«

»Woher weißt du das?«

»Wegen Kreeg«, sagte er und füllte seinen Becher nach.

»Das verstehe ich nicht. Wie ...«

Die Stimme von Dakeyras unterbrach sie von der Tür her. »Er will damit sagen, daß er weiß, wen Kreeg töten sollte.« Der große Mann löste die Bänder von seinem Lederumhang und hängte ihn über den Stuhl. Dann nahm er den dritten Silberbecher und stürzte den Inhalt hinunter.

»Fünfzehntausend in Gold«, sagte Ralis. »Fünf für die Gilde, zehn für den Mann, der deine Armbrust zur Zitadelle bringt. Es heißt, daß mehr als fünfzig Männer das Land nach Neuigkeiten über dich durchkämmen. Morak der Ventrier gehört dazu, ebenso Belash, Courail und Senta.«

»Von Morak und Courail habe ich schon gehört«, sagte Dakeyras.

»Belash ist ein Nadir und kämpft mit dem Messer. Senta ist ein Schwertkämpfer, der dafür bezahlt wird, Duelle auszufechten. Er ist sehr gut – alte Adelsfamilie.«

»Ich nehme an, es gibt auch eine hohe Belohnung für Informationen über meinen Aufenthaltsort«, sagte Dakeyras leise.

»Das bezweifle ich nicht«, meinte Ralis, »aber es müßte schon ein tapferer Mann sein, der Waylander den Schlächter verrät.«

»Bist du ein tapferer Mann?« Die Worte waren sanft gesprochen, doch der Unterton war gespannt, und der Magen des alten Mannes krampfte sich zusammen.

»Mehr Mut als Verstand«, gab Ralis zu, ohne dem dunklen Blick des anderen auszuweichen.

Waylander lächelte. »So sollte es auch sein«, sagte er, und der Augenblick der Spannung verflüchtigte sich.

»Was sollen wir tun?« fragte Miriel.

»Uns auf einen langen Winter vorbereiten«, antwortete Waylander.

Ralis schlief leicht. Deshalb hörte er das Quietschen der ledernen Angeln, als die Haupttür aufging. Der alte Mann gähnte und schwang die Beine aus dem Bett. Obwohl beinahe schon der Morgen graute, sickerten noch immer dünne Mondstrahlen durch die Ritzen in den Schlagläden der Fenster. Er stand auf und streckte sich. Die Luft war kühl und frisch, mit einer Ankündigung des kommenden Winters. Ralis schauderte und zog seine warmen, wollenen Beinkleider und seine Tunika an.

Er öffnete die Tür seines Schlafgemachs und trat in den Hauptraum. Er sah, daß jemand die glühende Asche des vergangenen Abends neu angefacht und Anmachholz auf die hungrigen Flammen gelegt hatte. Waylander war ein aufmerksamer Gastgeber, denn normalerweise hätten sie so früh an einem Herbsttag noch kein Feuer angezündet. Er ging zum Fenster, hob den Riegel und stieß den hölzernen Laden zurück. Draußen verblaßte der Mond an einem grauen Himmel. Die Sterne erloschen; das blasse Rosa des Morgens zeigte sich über den Gipfeln im Osten.

Eine Bewegung erregte Ralis' Aufmerksamkeit, und er kniff die Augen zusammen, um besser sehen zu können. Auf dem Berghang, mindestens fünfhundert Meter entfernt, glaubte er, einen Mann rennen zu sehen. Ralis gähnte und kehrte zum Feuer zurück, wo er sich in dem tiefen Ledersessel niederließ. Das Anmachholz brannte gut, und er legte zwei abgelagerte Holzstücke aus dem Stapel neben der Feuerstelle darauf.

Also, dachte er, ist das Geheimnis endlich gelüftet. Überraschend war nur, daß er jetzt so niedergeschlagener Stimmung war. Jahrelang hatte er Dakeyras und seine Familie gekannt, die schöne Frau, die Zwillingsmädchen. Und immer hatte er gespürt, daß hinter dem Mann noch mehr steckte. Und das Geheimnis hatte seine Gedanken beschäftigt, hatte vielleicht sogar dazu beigetragen, daß er in einem Alter aktiv blieb, in dem die meisten – wenn nicht alle – Zeitgenossen seiner Jugend schon tot waren.

Ein Ausreißer, ein Adeliger, der Reichtum und Privilegien den Rücken gekehrt hatte, ein Flüchtling vor der Tyrannei der Gothir … all das hatte er sich ausgemalt, als er an Dakeyras dachte. Und noch mehr. Aber jetzt waren diese Spekulationen müßig: Dakeyras *war* der legendäre Waylander – der Mann, der König Oriens Sohn, Niallad, getötet hatte. Aber er war auch der Held, der die verborgene Bronzerüstung gefunden und sie dem Volk der Drenai zurückgegeben hatte, um es auf diese Weise von den mörderischen Exzessen der einmarschierenden Vagrier zu befreien.

Der alte Mann seufzte. Welche neuen Geheimnisse konnte er jetzt wohl finden, um seinen Geist zu beschäftigen und den Lauf der Zeit sowie das unausweichliche Herannahen des Todes zu verdrängen?

Er hörte, wie Miriel in dem anderen Zimmer aufstand. Sie schlenderte herein, groß und schlank und nackt. »Guten Morgen«, grüßte sie ihn freundlich. »Hast du gut geschlafen?«

»Ziemlich gut, Mädchen. Du solltest dir etwas überziehen.« Seine Stimme war barsch; die Worte kamen in einem schärferen Tonfall, als er beabsichtigt hatte. Es war nicht so, daß ihre Nacktheit ihn erregte – eher im Gegenteil, stellte er fest. Ihre Jugend und ihre Schönheit ließen ihn nur um so mehr das Gewicht seiner Jahre spüren, die sich hinter ihm als gewaltiger Berg auftürmten. In Melaga hatte er es zuerst bemerkt, vor etwa fünfzehn Jahren. Er hatte sich eine Hure genommen, ein dralles Frauenzimmer, aber er hatte nicht gekonnt, trotz all ihrer Liebeskünste.

Schließlich hatte sie die Achseln gezuckt. »Tote Vögel können nicht mehr aus dem Nest fliegen«, sagte sie grausam.

Miriel kehrte zurück, jetzt in grauen Beinkleidern und einem Hemd aus cremefarbener Wolle. »Gefällt dir das besser, Herr Kesselflicker?«

Er lächelte gezwungen. »Alles an dir, meine Liebe, gefällt mir. Aber nackt erinnerst du mich an alles, was einmal war. Verstehst du das?«

»Ja«, antwortete sie, aber er wußte, daß sie ihm nur einen Gefallen tun wollte. Was verstanden die jungen Leute schon? Sie zog einen hohen Stuhl zum Feuer, drehte ihn um und setzte sich ihm rittlings gegenüber, die Ellbogen auf die hohe Rückenlehne gestützt. »Du hast einige der Männer erwähnt, die meinen Vater jagen«, sagte sie. »Kannst du mir etwas über sie erzählen?«

»Es sind gefährliche Männer, einer wie der andere – und da sind auch noch die, die ich nicht kenne. Aber ich kenne Morak den Ventrier. Er ist tödlich, wahrhaft tödlich. Und ich glaube, daß er verrückt ist.«

»Welche Waffen bevorzugt er?« fragte sie.

»Säbel und Messer. Aber er ist auch ein sehr geschickter Bogenschütze. Und er ist sehr schnell – wie eine zustoßende Schlange. Er tötet jeden – Mann, Frau, Kind, einen Säugling auf dem Arm. Er hat die Gabe, den Tod zu bringen.«

»Wie sieht er aus?«

»Mittelgroß, schlank. Er trägt gern grüne Kleidung, und er hat einen Ring aus schwerem Gold, in den ein grüner Stein gefaßt ist. Er paßt zu seinen Augen, kalt und hart.«

»Ich werde nach ihm Ausschau halten.«

»Wenn du ihn siehst – töte ihn«, knurrte Ralis. »Aber du wirst ihn nicht sehen.«

»Du glaubst nicht, daß er herkommen wird?«

»Das habe ich nicht gesagt. Ihr beide wäret am besten beraten, hier zu verschwinden. Selbst Waylander kann nicht alle besiegen, die sich ihm entgegenstellen.«

»Unterschätze ihn nicht, Kesselflicker«, warnte sie ihn.

»Das tue ich nicht«, erwiderte er. »Aber ich bin ein alter Mann, und ich weiß, daß die Zeit aus uns allen kindische Greise macht. Früher war ich einmal jung, schnell und stark. Aber langsam, wie Wasser einen Stein höhlt, nimmt die Zeit dir deine Schnelligkeit und deine Kraft. Waylander ist kein junger Mann mehr. Diejenigen, die ihn jagen, stehen in der Blüte ihrer Jahre.«

Sie nickte und wandte den Blick ab. »Dein Rat ist also, davonzulaufen?«

»An einen anderen Ort, unter einem anderen Namen. Ja.«

»Erzähl mir von den anderen Männern«, bat sie.

Und das tat er und sagte ihr alles, was er über Belash, Courail, Senta und viele andere wußte. Sie hörte meist schweigend zu, doch hin und wieder unterbrach sie ihn mit sachlichen Fragen. Zufrieden, daß sie Ralis' Wissen aufgesogen hatte, stand sie schließlich auf.

»Ich mache dir Frühstück«, sagte sie. »Du hast es dir redlich verdient.«

»Was hast du durch meine Geschichten gewonnen?« fragte er.

»Es ist wichtig, den Feind zu kennen«, antwortete sie. »Nur mit Wissen läßt sich der Sieg sichern.«

Ralis erwiderte nichts.

Waylander saß still auf der roh gezimmerten Plattform, hoch in der Eiche, und starrte nach Westen, über die hügelige Ebene zu den fernen Türmen Kasyras. Etwa sechs Kilometer links von ihm verlief die Kornstraße, ein schmales Band, das von der Sentranischen Ebene gen Süden nach Drenan verlief. Hier fuhren jetzt nur wenige Karren, denn das Korn war eingebracht und gespeichert oder zu den Märkten in Mashrapur oder Ventria verschickt worden. Er sah einige Reiter auf der Straße, die alle in Richtung Kasyra oder zu den umliegenden Dörfern unterwegs waren.

Eine frische Brise rauschte in den Blättern, und er lehnte sich zurück. Seine Gedanken schweiften durch die Kammern seiner Erinnerung, suchten und siebten. Seine frühe Ausbildung als Soldat in den Sathuli-Kriegen sagte ihm, daß ein unbeweglicher Feind einer Niederlage entgegensah. Der Wald und die Berge von Skeln rühmten sich vieler Höhlen und Verstecke, doch ein hartnäckiger Feind würde ihn finden, denn ein Mann mußte jagen, um zu essen, und bei der Jagd hinterließ er Spuren. Nein, der Soldat, der er gewesen war, kannte nur einen Weg, um zu siegen: den Angriff!

Aber wie? Und wo? *Und gegen wen?*

Das Kopfgeld hatte man der Gilde zugesagt. Selbst wenn er den Mann finden konnte, der seinen Tod befohlen hatte, und ihn tötete, würde die Jagd weitergehen.

Der Wind frischte auf, und Waylander zog seinen pelzgefütterten Umhang enger um sich. Der Lauf war schwer gewesen. Seine alternden Muskeln beschwerten sich über die Anstrengung der Bewegung, seine Lungen brannten, und sein Herz schlug wie eine Trommel. Er streckte das rechte Bein aus und rieb die noch immer schmerzenden Muskeln an seiner Wade. Dabei dachte er an das, was er über die Gilde wußte.

Vor fünfzehn Jahren war die Gilde auf Waylander zugetreten und hatte ihm angeboten, seine Verträge auszuhandeln. Er hatte abgelehnt, da er es vorzog, allein zu arbeiten. In jenen Tagen war die Gilde eine geheimnisvolle, schattenhafte Organisation gewesen, die im geheimen arbeitete. Ihre Regeln waren einfach. Erstens waren alle Morde mit Klinge, Pfeil oder geknotetem Seil auszuführen. Mord durch Gift oder Feuer war nicht erlaubt – die Gilde wollte nicht, daß unschuldige Opfer ums Leben kamen. Zweitens wurde alles Geld direkt an die Gilde gezahlt; ein unterzeichnetes Dokument wurde bei ihrem Patriarchen hinterlegt, in dem die Gründe für den Auftrag angegeben waren. Bei diesen Gründen durfte es sich nicht um Herzensangelegenheiten oder religiöse Streitigkeiten handeln.

Theoretisch konnte ein betrogener Ehemann keinen Kopfgeldjäger anheuern, um seine Frau, ihren Liebhaber oder beide ermorden zu lassen. In der Praxis zählten solche Kleinigkeiten natürlich nicht. So lange der Vertragspartner erklärte, daß seine Gründe geschäftlicher oder politischer Art waren, wurden keine Fragen gestellt. Unter Karnak war das Geschäft wenn auch nicht moralisch annehmbar, so doch wenigstens legitimer geworden.

Waylander lächelte. Indem er der Gilde erlaubte, offen zu arbeiten, hatte der finanziell stets unter Druck stehende Karnak eine weitere steuerliche Einnahmequelle gefunden. Und in Kriegszeiten waren solche Einnahmen lebenswichtig, um Soldaten, Waffenschmiede, Kaufleute, Bootsbauer und Maurer zu bezahlen … die Liste war endlos.

Waylander stand auf und streckte den schmerzenden Rücken. Wie viele Gegner würden ihn hetzen? Die Gilde hatte gewiß noch andere Verträge zu erfüllen. Sie konnte es sich nicht leisten, alle ihre Kämpfer das Land nach Informationen über ihn, Waylander, durchkämmen zu lassen. Sieben? Zehn? Die besten würden nicht zuerst kommen. Sie würden abwarten und beobachten, während die schwächeren die Jagd begannen. Männer wie Kreeg.

Und waren sie schon da? Verborgen, wartend?

Er dachte an Miriel, und sein Magen verkrampfte sich. Sie war stark und zäh, geschickt mit allen Waffen. Aber sie war jung und hatte nie gegen Krieger gekämpft, Waffe gegen Waffe.

Waylander zog seinen Umhang aus, rollte ihn zusammen, warf ihn sich über die Schulter und band ihn an seinem Messergürtel fest. Der kalte Wind biß in seine nackte Brust, doch er beachtete es nicht, als er nun den Baum hinunterkletterte. Sein Blick suchte das Gebüsch ab, doch es war nichts zu sehen. Geschickt sprang er vom untersten Ast und landete leichtfüßig auf dem moosbedeckten Erdboden.

Den ersten Schritt würde er dem Feind überlassen müssen. Diese Tatsache ärgerte ihn; doch nachdem er sie akzeptiert hatte, schob er sie aus seinen Gedanken. Ihm blieb jetzt nur die Möglichkeit, sich vorzubereiten. Du hast gegen Männer und wilde Tiere gekämpft, gegen Dämonen und Bastarde, sagte er sich. Und du lebst immer noch, während deine Feinde längst Staub sind.

Aber damals warst du jünger, meldete sich eine leise Stimme aus seinem Herzen.

Blitzschnell fuhr er auf dem Absatz herum, riß ein Wurfmesser aus der Scheide am Unterarm und ließ es durch die Luft sirren, so daß es in den schmalen Stamm einer Ulme drang, die in der Nähe stand.

Jung oder alt, ich bin immer noch Waylander.

Miriel beobachtete den alten Mann, der langsam nach Nordwesten zur fernen Festung Dros Delnoch zog. Sein Ranzen ragte hoch über seine Schultern, das weiße Haar und der Bart flatterten im Wind. Auf der Kuppe eines Hügels blieb er stehen, drehte sich um und winkte. Dann war er fort. Miriel wanderte durch den Wald zurück, lauschte dem Gesang der Vögel und erfreute sich an den durchbrochenen Sonnenstrahlen, die durch das Blätterdach auf den Pfad fielen. Die Berge waren schön im Herbst, die Blätter wie aus poliertem Gold, die letzten verwelkenden Blüten des Sommers, die Berghänge, die in Grün und Rot glühten, alles scheinbar nur geschaffen, um ihr Freude zu bereiten.

Als sie einen Hügelkamm erreichte, hielt sie inne. Ihr Blick suchte die Bäume und die Wege ab, die sich hinunter zur Sentranischen Ebene wanden. Eine Gestalt kam in Sicht, ein großer Mann, der einen grünen Umhang trug. Die Kälte des Winters berührte plötzlich ihre Haut und ließ sie erschaudern. Ihre Hand griff nach dem Kurzschwert an ihrer Seite. Der grüne Umhang kennzeichnete den Mann als den Mörder Morak. Nun, er war ein Mörder, der nicht lange genug leben würde, um ihren Vater angreifen zu können.

Miriel trat auf den Pfad und wartete, während der Mann langsam zu ihr hochkletterte. Als er näher kam, betrachtete sie seine Züge – die breiten, flachen Wangenknochen, die vernarbten, haarlosen Augenbrauen, eine gebrochene, platte Nase, den unwirschen Mund. Das Kinn war kräftig und eckig, der Hals voller Muskelstränge.

Er blieb vor ihr stehen. »Der Weg ist schmal«, sagte er ziemlich höflich. »Wärst du so nett, zur Seite zu treten?«

»Nicht für deinesgleichen«, zischte Miriel erstaunt, daß ihre Stimme so ruhig blieb, ohne ihre Furcht zu verraten.

»Ist es in dieser Gegend üblich, Fremde zu beleidigen, Mädchen? Oder vertraust du darauf, daß Ritterlichkeit dich schützt?«

»Ich brauche keinen Schutz«, sagte sie, trat einen Schritt zurück und zog ihr Schwert.

»Hübsche Klinge«, sagte er. »Und nun steck sie weg – sonst nehme ich sie dir ab und verhaue dich für deine Frechheit.«

Ihre Augen wurden schmal. Zorn verdrängte ihre Furcht, und sie lächelte. »Zieh dein Schwert – dann werden wir sehen, wer wen verhaut«, sagte sie.

»Ich kämpfe nicht mit Mädchen«, erwiderte er. »Ich suche einen Mann.«

»Ich weiß, wen du suchst, und warum. Aber um zu ihm zu gelangen, mußt du erst an mir vorbei. Und das wird nicht einfach sein, wenn dir deine Eingeweide um die Knöchel schlackern.« Plötzlich machte sie einen Satz nach vorn. Die Spitze ihres Schwerts zielte auf den Bauch des Mannes. Er wich aus; sein Arm zuckte vor, seine Hand schmetterte gegen ihre Wange. Miriel taumelte, stürzte, rollte sich auf die Füße. Ihr Gesicht brannte von dem Schlag.

Der Mann ging einen Schritt nach rechts, löste die Bänder seines grünen Umhangs und legte das Kleidungsstück über einen umgestürzten Baum. »Wer hat dir beigebracht, so anzugreifen?« fragte er. »Vielleicht ein Bauer? Oder ein Schäfer? Das ist keine Hacke, die du da hast. Der Stoß sollte immer verdeckt kommen und von einer Riposte oder einer

Parade gefolgt werden.« Er zog sein eigenes Schwert und kam auf sie zu. Miriel wartete nicht auf seinen Angriff, sondern trat ihm entgegen und stieß erneut zu. Diesmal zielte sie auf sein Gesicht. Er wehrte den Hieb ab und wirbelte auf dem Absatz herum, so daß seine Schulter vor ihre Brust prallte und sie von den Füßen riß.

Sie sprang auf und stürmte auf ihn zu, hieb mit dem Schwert nach seinem Hals. Seine Klinge fuhr hoch und blockte Miriels ab. Doch jetzt fuhr sie herum, sprang und stieß ihm ihren gestiefelten Fuß gegen das Kinn. Sie erwartete, daß er fiel, doch er taumelte lediglich, fing sich wieder und spuckte Blut. »Gut«, sagte er leise. »Sehr gut. Schnell und vollkommen im Gleichgewicht. Vielleicht steckt doch noch was in dir.«

»Man kann nie wissen«, sagte sie und griff blitzschnell mit einer Reihe von Hieben an, zielte mit ihrer Klinge auf Gesicht und Körper. Er wehrte jeden einzelnen Stoß ab, ohne jemals zum Gegenschlag anzusetzen. Schließlich wich sie zurück, verwirrt und verzagt. Sie konnte seine Verteidigung nicht durchbrechen. Aber viel ärgerlicher war, daß er keinerlei Versuch machte, die ihre zu durchbrechen.

»Warum willst du nicht mit mir kämpfen?« fragte Miriel.

»Warum sollte ich?«

»Ich will dich töten.«

»Hast du irgendeinen Grund für diese Feindseligkeit?« fragte er, und der häßliche Spalt seines Mundes verzog sich zu einem Lächeln.

»Ich kenne dich, Morak. Ich weiß, warum du hier bist. Das sollte reichen.«

»Es würde …«, setzte er an, doch sie attackierte erneut, und diesmal war er nicht ganz schnell genug. Ihre Klinge stieß an seinem Gesicht vorbei und ritzte sein Ohrläppchen. Er holte mit der Faust aus und hämmerte sie gegen ihr Kinn. Halb betäubt, verlor Miriel ihr Schwert und fiel auf die Knie. Die Klinge des Mannes berührte ihren Hals. »Genug mit diesem Unsinn«, sagte er, drehte sich um und holte seinen Umhang.

Miriel hob ihr Schwert auf und stellte sich ihm wieder in den Weg. »Ich lasse dich nicht vorbei«, sagte sie grimmig.

»Du kannst mich nicht aufhalten«, erwiderte er, »aber es war ein nettes Spiel. Und jetzt sag mir, wo ist Waylander?« Miriel rückte näher. »Warte«, sagte er und steckte das Schwert in die Scheide. »Ich bin nicht Morak. Hörst du? Ich bin nicht von der Gilde.«

»Ich glaube dir nicht«, sagte Miriel. Ihr Schwert ruhte jetzt an seiner Kehle.

»Hätte ich dich töten wollen, hätte ich es getan. Du weißt, daß ich recht habe.«

»Wer bist du?«

»Ich heiße Angel«, antwortete er, »und vor langer Zeit war ich ein Freund deiner Familie.«

»Du bist hier, um uns zu helfen?«

»Ich kämpfe nicht die Kämpfer anderer, Mädchen. Ich kam, ihn zu warnen. Jetzt sehe ich, daß es nicht nötig war.«

Langsam senkte Miriel ihr Schwert. »Warum jagen sie meinen Vater? Er hat niemandem etwas getan.«

Er zuckte die Achseln. »Seit vielen Jahren nicht, da gebe ich dir recht. Aber er hat viele Feinde. Das ist einer der Nachteile im Leben eines Kopfgeldjägers. Hat *er* dich gelehrt, das Schwert zu gebrauchen?«

»Ja.«

»Er sollte sich schämen. Mit dem Schwert zu kämpfen bedeutet vollkommene Harmonie von Herz und Verstand«, sagte er streng. »Hat er dir das nicht gesagt?«

»Doch«, fauchte sie.

»Ach. Aber wie die meisten Frauen hörst du wohl nur zu, wenn es dir in den Kram paßt, stimmt's? Kannst du wenigstens kochen?«

Miriel zügelte ihr Temperament und schenkte ihm ihr süßestes Lächeln. »Das kann ich. Ich kann auch sticken, stricken, nähen und … was noch? Ach, ja …« Ihre Faust krachte gegen sein Kinn. Da er neben dem umgestürzten Baum stand, hatte er keine Zeit, auszuweichen und Halt zu finden, und so schickte ein zweiter Schlag ihn quer über den Baum in eine Schlammpfütze auf der anderen Seite. »Das hätte ich fast vergessen«, sagte sie. »Mein Vater hat mir auch beigebracht, mit den Fäusten zu kämpfen.«

Angel kam auf die Knie und erhob sich langsam. »Meine erste Frau war wie du«, sagte er und rieb sich das Kinn. »Eine schreckliche Frau. Außen sanft wie Gänsedaunen, innen Eisen und Leder. Aber eins sage ich dir, Mädchen – er hat dich besser boxen als fechten gelehrt. Wie wär's jetzt mit Waffenstillstand?«

Miriel kicherte. »Waffenstillstand«, willigte sie ein.

Angel rieb sich das angeschwollene Kinn, als er hinter dem großen Mädchen herging. Ein Tritt wie ein zorniges Pferd und eine fast genauso kräftige Faust. Er lächelte reumütig. Sein Blick verfolgte ihren Gang, anmutig und doch kraftvoll. Sie kämpft gut, dachte er, aber zuviel mit dem Kopf, zu wenig mit Instinkt. Selbst die Fausthiebe waren schlecht verdeckt gewesen. Doch Angel hatte zugelassen, daß Miriel sie austeilte, da er fühlte, daß sie ein Ventil für die Enttäuschung brauchte, so leicht besiegt worden zu sein. Eine stolze Frau. Und gutaussehend, dachte er zu seiner eigenen Überraschung. Angel hatte immer Frauen mit großen Brüsten bevorzugt, mollig und anschmiegsam, warm unter den Laken. Miriel war für seinen Geschmack etwas zu dünn, und ihre Beine waren zwar lang und schön geformt, aber ein wenig zu muskulös. Trotzdem: wie man so sagte, war sie eine Frau, mit der man durch die Berge streifen konnte.

Er kicherte plötzlich in sich hinein, und sie drehte sich um. »Was macht dir denn solchen Spaß?« fragte sie mit frostiger Miene.

»Gar nichts, Miriel. Ich dachte nur gerade an das letzte Mal, das ich durch diese Berge wanderte. Du und deine Schwester, ihr müßt ungefähr acht, neun Jahre alt gewesen sein. Ich mußte gerade daran denken, wie schnell das Leben fortschreitet.«

»Ich kann mich nicht an dich erinnern«, sagte sie.

»Ich sah damals auch anders aus. Meine zerquetschte Nase war früher eine Adlernase. Und ich hatte damals noch Augenbrauen. Das war lange, ehe die Panzerhandschuhe anderer Faustkämpfer mir die Haut aufgeschlagen und abgezogen haben. Und mein Mund war voller. Und ich hatte langes, rotes Haar, das mir bis auf die Schultern reichte.«

Sie beugte sich vor und betrachtete ihn eingehend. »Damals nanntest du dich nicht Angel«, erklärte sie.

»Nein. Ich war Caridris.«

»Jetzt erinnere ich mich. Du hast mir ein Kleid mitgebracht – ein gelbes! Und ein grünes für Krylla! Aber du hast …«

»Gut ausgesehen? Ja, habe ich. Und jetzt bin ich häßlich.«

»Ich wollte nicht …«

»Spielt keine Rolle, Mädchen. Schönheit vergeht. Ich habe mir einen rauhen Beruf ausgesucht.«

»Ich verstehe nicht, wie ein Mann sich eine solche Art Leben wünschen kann. Anderen weh zu tun, selbst verletzt zu werden, den Tod zu riskieren. Wofür? Damit eine Horde dickbäuchiger Kaufleute Blut sehen kann!«

»Früher habe ich mehr darin gesehen«, sagte er leise, »aber ich will nicht mit dir streiten. Es war brutal und barbarisch, und meistens habe ich es geliebt.«

Sie gingen wieder zur Hütte. Nachdem Angel gegessen

hatte, setzte er sich an das ersterbende Feuer und zog sich die Stiefel aus. Er warf einen Blick auf die Feuerstelle. »Ein bißchen früh für ein Feuer, nicht?«

»Wir hatten einen Gast – einen alten Mann«, sagte Miriel und setzte sich ihm gegenüber. »Er spürt die Kälte.«

»Der alte Ralis?« erkundigte er sich.

»Ja. Kennst du ihn?«

»Er geht seinem Beruf schon seit Jahren, nein, Jahrzehnten nach. Zwischen Drenan und Delnoch. Er hat früher Messer gefertigt, wie ich sie seitdem nie mehr gesehen habe. Dein Vater besitzt ein paar davon.«

»Es tut mir leid, daß ich dich geschlagen habe«, sagte sie plötzlich. »Ich weiß auch nicht, warum ich das getan habe.«

»Ich bin schon öfter geschlagen worden«, antwortete er achselzuckend. »Und du warst wütend.«

»Ich bin normalerweise nicht so ... aufbrausend. Aber ich glaube, ich habe Angst.«

»Das ist gut so. Ich war immer auf der Hut vor furchtlosen Männern – oder Frauen. Sie haben die Neigung, dich umzubringen. Aber nimm einen Rat von mir an, junge Miriel. Wenn die Jäger kommen, fordere sie nicht mit dem Schwert heraus. Erschieße sie aus der Ferne.«

»Ich dachte, ich wäre gut mit dem Schwert. Mein Vater sagt immer, ich sei besser als er.«

»Beim Üben vielleicht. Aber im Kampf möchte ich das bezweifeln. Du denkst dir deine Bewegungen aus, und das nimmt dir deine Schnelligkeit. Schwertfechten erfordert subtile Fähigkeiten und ein unmittelbares Zusammenspiel von Hand und Verstand. Ich werde es dir zeigen.« Er beugte sich zur Seite, zog einen langen Zweig aus dem Zunderkasten und stand auf. »Stell dich mir gegenüber«, befahl er. Dann hielt er das Stöckchen zwischen seinen Zeigefingern und sagte: »Halt deine Hand darüber, und wenn ich ihn fallen lasse, fang ihn auf. Kannst du das?«

»Natürlich, das ist doch ...« Während sie noch antwortete, öffnete er seine Finger. Der Zweig sauste zu Boden. Miriels Hand zuckte, ihre Finger schlossen sich um Luft, der Zweig landete vor ihren Füßen. »Ich war noch nicht so weit«, wandte sie ein.

»Dann versuch's noch mal.«

Noch zweimal verfehlte sie den fallenden Zweig. »Und was beweist das?« fauchte sie.

»Reaktionszeit, Miriel. Die Hand muß sich bewegen, sobald das Auge den Zweig fallen sieht – aber deine tut das nicht. Du schickst eine Botschaft an deine Hand. Und dann bewegst du dich. Zu diesem Zeitpunkt ist dir der Zweig schon entfallen.«

»Wie kann man ihn denn sonst fangen?« fragte sie. »Du mußt doch deiner Hand befehlen, sich zu bewegen.«

Er schüttelte den Kopf. »Du wirst schon sehen.«

»Zeig's mir«, forderte sie.

»Zeig ihr was?« fragte Waylander von der Tür.

»Sie möchte lernen, wie man Zweige fängt«, sagte Angel und drehte sich langsam um.

»Es ist lange her, Caridris. Wie geht es dir?« fragte der Mann aus den Bergen, dessen kleine Armbrust auf Angels Herz gerichtet war.

»Ich bin nicht hergekommen, um zu töten, mein Freund. Ich arbeite nicht für die Gilde. Ich kam, dich zu warnen.«

Waylander nickte. »Ich hörte, daß du dich von der Arena zurückgezogen hast. Was machst du jetzt?«

»Ich habe Jagdwaffen verkauft. Ich hatte einen Stand am Marktplatz, aber er wurde wegen meiner Schulden beschlagnahmt.«

»Mit zehntausend Goldstücken könntest du ihn leicht zurückkaufen«, sagte Waylander kalt.

»Allerdings – fünfmal. Aber wie ich bereits sagte, ich

arbeite nicht für die Gilde. Und du solltest nicht einmal daran denken, mich einen Lügner zu nennen!«

Waylander löste die Bolzen aus der Waffe und entspannte die Sehnen. Er legte die Armbrust auf den Tisch und wandte sich wieder an den entstellten Kämpfer. »Du bist kein Lügner«, sagte er. »Aber warum solltest du mich warnen? Wir standen uns doch nie nahe.«

Angel zuckte die Achseln. »Ich dachte an Danyal. Ich wollte nicht, daß sie Witwe wird. Wo ist sie?«

Waylander antwortete nicht, doch Angel sah, wie die Farbe aus seinem Gesicht wich und ein Ausdruck von Kummer darüberflog, der jedoch rasch verborgen wurde. »Du kannst die Nacht über bleiben«, sagte Waylander. »Und danke für deine Warnung.« Mit diesen Worten nahm er die Armbrust und verließ die Hütte.

»Meine Mutter starb«, flüsterte Miriel. »Vor fünf Jahren.«

Angel seufzte und sank in seinem Sessel zurück. »Hast du sie gut gekannt?« fragte sie.

»Gut genug, um ein bißchen in sie verliebt zu sein. Wie starb sie?«

»Beim Reiten. Das Pferd stürzte und fiel auf sie.«

»Nach allem, was sie durchgemacht hat ... Schlachten ... Kriege ...« Er schüttelte den Kopf. »In solchen Dingen liegt kein Sinn, überhaupt keiner. Fünf Jahre, sagst du. Bei den Göttern! Dein Vater muß sie angebetet haben, so lange allein zu bleiben.«

»Das hat er. Er tut es immer noch. Er verbringt viel zuviel Zeit an ihrem Grab und redet mit ihr, als könnte sie ihn noch hören. Manchmal macht er das auch hier.«

»Jetzt verstehe ich«, sagte Angel leise.

»Was verstehst du?«

»Ist das nicht offensichtlich, Miriel? Die Mörder sammeln sich – Attentäter, Kopfgeldjäger, nächtliche Schleicher. Er kann sie nicht alle töten, und das weiß er. Warum ist er dann noch hier?«

»Sag du es mir.«

»Er ist wie der alte Hirsch, den die Wölfe jagen. Er zieht sich auf die Höhen zurück. Er weiß, daß er am Ende ist, und dann dreht er sich um und wartet, stellt sich dem Feind für eine letzte Schlacht.«

»Aber er ist nicht wie dieser Hirsch. Er ist nicht alt! Ist er nicht! Und er ist auch nicht am Ende.«

»Er sieht das anders. Danyal war alles, wofür er gelebt hat. Vielleicht glaubt er, daß sie im Tod wieder vereint werden. Ich weiß es nicht. Was ich allerdings *weiß* – und er auch … wenn er hierbleibt, bedeutet das Tod.«

»Du irrst dich«, widersprach Miriel, doch ihre Worte klangen nicht überzeugend.

3

Auf einem Meer von Schmerzen treibend, wußte Ralis, daß er starb. Seine Arme waren ihm auf den Rücken gebunden, die Haut seiner Brust versengt und zerschnitten, die Beine gebrochen. Man hatte ihn aller Würde beraubt durch die gequälten Schreie, welche die Messer und heißen Eisen seiner Seele entrissen hatten. Von dem Menschen Ralis war nichts mehr übrig außer einem kleinen, flackernden Funken Stolz.

Er hatte ihnen nichts gesagt. Kaltes Wasser durchweichte ihn und linderte die Schmerzen seiner Verbrennungen, und er öffnete sein eines verbliebenes Auge. Morak kniete vor ihm, ein entspanntes Lächeln auf dem gutaussehenden Gesicht.

»Ich kann dich von diesen Schmerzen befreien, alter Mann«, sagte er. Ralis erwiderte nichts. »Was ist er für dich? Ein Sohn? Ein Neffe? Warum erleidest du das für ihn? Du wanderst seit … fünfzig, sechzig? … Jahren durch die Berge. Er ist hier, und du weißt, wo er ist. Wir werden ihn am Ende doch finden.«

»Er … wird … euch … alle … töten«, flüsterte Ralis.

Morak lachte, die anderen fielen ein. Ralis roch für einen Moment sein brennendes Fleisch, ehe der Schmerz in seinen Schädel fuhr. Doch seine Kehle war heiser und blutig vom Schreien, und er konnte nur noch ein kurzes, gebrochenes Stöhnen von sich geben.

Und plötzlich, wunderbarerweise, war der Schmerz verflogen, und Ralis hörte eine Stimme, die ihn rief.

Er erhob sich von seinen Fesseln und flog der Stimme entgegen. »Ich habe ihnen nichts gesagt, Vater«, rief er triumphierend. »Ich habe ihnen nichts gesagt!«

»Alter Narr«, stieß Morak hervor und starrte den Leichnam an, der in den Seilen hing. »Gehen wir!«

»Zäher alter Knabe«, meinte Belash, als sie die Lichtung verließen. Morak fuhr den untersetzten Stammesangehörigen der Nadir an.

»Seinetwegen haben wir einen halben Tag vergeudet – und wofür? Hätte er es uns gleich gesagt, wäre er mit zehn, vielleicht zwanzig Goldstücken davongegangen. Jetzt ist er nur noch totes Fleisch für die Füchse und die Aasgeier. Ja, er war zäh. Aber er war auch dumm!«

Belashs jettschwarze Augen starrten in Moraks Gesicht. »Er starb ehrenhaft«, murmelte der Nadir. »Und man wird ihn in der Halle der Helden herzlich willkommen heißen.«

Morak brach in Gelächter aus. »Die Halle der Helden, was? Sie müssen wohl unter Nachschubmangel leiden, wenn sie schon auf alte Kesselflicker warten müssen. Welche Geschichten wird er wohl in der Tafelrunde erzählen? Wie ich ein Messer zum zweifachen seines Wertes verkauft habe, oder wie ich einen kaputten Kochtopf flickte? Ihnen stehen wahrlich fröhliche Abende bevor.«

»Die meisten Männer verspotten das, was sie niemals erreichen können«, sagte Belash und schritt voran, die Hand am Schwertknauf.

Die Worte zerschlugen Moraks gute Laune, und sein Haß auf den kleinen Nadir wallte auf. Der Ventrier fuhr zu den neun Männern herum, die ihm folgten. »Kreeg kam in diese Berge, weil er Informationen besaß, nach denen Waylander hier sein soll. Wir teilen uns auf und vierteln das Gebiet. In drei Tagen treffen wir uns am Fuß dieses Gipfels dort im Norden, wo der Fluß sich gabelt. Baris, du gehst nach Kasyra. Frag nach Kreeg – bei wem er wohnte, wo er trank. Finde heraus, woher er seine Informationen hatte.«

»Warum ich?« fragte der große junge Mann mit dem sandfarbenen Haar. »Und was geschieht, wenn ihr ihn findet, während ich weg bin? Bekomme ich dann trotzdem meinen Anteil?«

»Wir alle bekommen unseren Anteil«, versprach Morak. »Wenn wir ihn finden und töten, ehe du zurückkommst, sorge ich dafür, daß das Gold in Drenan für dich bereitgehalten wird. Kann ich gerechter sein?«

Der Mann wirkte noch nicht überzeugt, nickte aber und ging davon. Morak ließ seinen Blick über die verbliebenen acht Männer schweifen. Alle waren Waldläufer und erfahrene Krieger, Männer, die er früher schon eingesetzt hatte, zäh und nicht durch irgendwelche moralischen Skrupel behindert. Er verabscheute sie alle, achtete jedoch sorgfältig darauf, seine Gedanken für sich zu behalten. Niemand wollte aufwachen, weil eine Sägezahnklinge ihm die Kehle durchraspelte. Doch Belash war der einzige, den Morak haßte. Der Stammesangehörige war furchtlos und mit Messer oder Bogen absolut tödlich. Bei einer Jagd wie dieser war er soviel wert wie zehn Männer. Aber eines Tages, dachte Morak mit grimmiger Freude, eines Tages werde ich dich töten. Ich werde dir ein Messer in deinen flachen Leib rammen und dir die Eingeweide herausreißen.

Er teilte die Männer zu Paaren ein und gab seine Anweisungen. »Wenn ihr auf Ansiedlungen trefft, fragt nach einem großen Mann mit einer jungen Tochter. Er benutzt vielleicht nicht den Namen Dakeyras, also sucht nach jedem Witwer, auf den die Beschreibung paßt. Und wenn ihr ihn findet, rührt euch nicht. Wartet, bis wir alle zusammen sind. Verstanden?«

Die Männer nickten ernst, dann brachen sie auf.

Zehntausend Raq in Gold warteten auf den Mann, der Waylander tötete, aber das Geld bedeutete Morak nicht viel. Er hatte zehnmal so viel bei Kaufleuten in Mashrapur und Ventria versteckt. Was für ihn zählte, waren die Jagd und das Töten – der Mann zu sein, der eine Legende erschlug. Er fühlte Vorfreude in sich aufsteigen, als er an all die Dinge dachte, die er tun würde, um Waylanders letzte Stunden mit Qualen zu erfüllen. Da war natürlich das Mädchen. Er konnte sie vor Waylanders Augen vergewaltigen und töten. Oder sie foltern. Oder sie den Männern überlassen, um sie zu mißbrauchen. Sei ruhig, befahl er sich. Laß die Vorfreude wachsen. Zuerst mußt du ihn finden.

Er schwang sich seinen blattgrünen Umhang um die Schultern und machte sich auf die Suche nach Belash. Der Nadir hatte in einer geschützten Senke ein Lager aufgeschlagen und kniete auf seiner Decke, die Hände im Gebet gefaltet. Einige alte Fingerknochen, gelblich und porös, lagen vor ihm. Morak ließ sich auf der anderen Seite des Feuers nieder. Was für eine abscheuliche Sitte, dachte er, die Knochen seines Vaters in einem Beutel mit sich herumzutragen. Barbaren! Wer würde sie je verstehen? Belash beendete seine Gebete und steckte die Knochen wieder in den Beutel an seiner Seite.

»Hatte dein Vater dir was Interessantes mitzuteilen?« fragte Morak. Seine grünen Augen leuchteten vor Vergnügen.

Belash schüttelte den Kopf. »Ich spreche nicht mit meinem Vater«, sagte er. »Er ist tot. Ich spreche mit den Mondbergen.«

»Ah, ja, die Berge. Wissen sie, wo Waylander sich aufhält?«

»Sie wissen nur, wo jeder einzelne Nadirkrieger ruht.«

»Da haben sie aber Glück«, erwiderte Morak.

»Es gibt Dinge, über die du nicht spotten solltest«, warnte Belash ihn. »Die Berge beherbergen die Seelen aller Nadir, der vergangenen und der zukünftigen. Und durch sie werde ich, wenn ich tapfer bin, den Mann finden, der meinen Vater tötete. Ich werde die Knochen meines Vaters im Grab dieses Mannes beisetzen, so daß sie auf seiner

Brust ruhen. Und dann wird er meinem Vater für alle Zeit dienen.«

»Interessante Vorstellung«, meinte Morak mit unbeteiligter Stimme.

»Ihr *kol-isha* glaubt, ihr wißt alles. Ihr glaubt, die Welt wurde zu eurem Vergnügen erschaffen, aber ihr versteht das Land nicht. Du sitzt hier und atmest die Luft und fühlst die kalte Erde unter dir, und du merkst nichts. Und warum? Weil ihr euer Leben in Städten aus Stein lebt, Mauern baut, um den Geist des Landes fernzuhalten. Ihr seht nichts. Ihr hört nichts. Ihr fühlt nichts.«

Ich kann das Furunkel sehen, das sich auf deinem Hals bildet, du unwissender Wilder, dachte Morak. Und ich kann den Gestank aus deinen Achselhöhlen riechen. Laut sagte er: »Und was ist der Geist dieses Landes?«

»Er ist weiblich«, antwortete Belash. »Wie eine Mutter. Sie nährt jene, die ihr antworten, und gibt ihnen Stärke und Stolz. Wie dem alten Mann, den du getötet hast.«

»Und sie spricht zu dir?«

»Nein, denn ich bin der Feind dieses Landes. Aber sie läßt mich wissen, daß sie da ist und mich beobachtet. Und sie haßt mich nicht. Aber sie haßt dich.«

»Warum sollte das stimmen?« fragte Morak, der sich plötzlich unbehaglich fühlte. »Frauen haben mich immer gemocht.«

»Sie liest in deiner Seele, Morak. Und sie weiß, daß sie voll ist von finsterem Licht.«

»Aberglaube!« fauchte Morak. »Es gibt keine solche Frau. Es gibt keine Macht auf der Welt außer der, die in zehntausend scharfen Schwertern ruht. Sieh dir Karnak an. Er befahl die Ermordung des großen Helden Egel, und jetzt herrscht er an dessen Stelle, verehrt, sogar geliebt. Er ist die Macht in der Welt der Drenai. Liebt diese Frau ihn?«

Beash zuckte die Achseln. »Karnak ist ein großer

Mann – trotz all seiner Fehler – und er kämpft für das Land. Vielleicht liebt sie ihn wirklich. Und kein Mensch weiß mit Sicherheit, ob Karnak Egels Ermordung befahl.«

Ich weiß es, dachte Morak und erinnerte sich an den Augenblick, als er vor dem Bett des großen Mannes stand und ihm den Dolch ins rechte Auge stach.

O ja, ich weiß es.

Es war kurz vor Mitternacht, als Waylander zurückkam. Angel saß am Feuer, Miriel schief im Hinterzimmer. Waylander legte den Riegel in die Eisenhalterungen der Tür, dann schnallte er den Köcher von seinem Gürtel und legte ihn neben der Ebenholzarmbrust auf den Tisch. Angel blickte auf. Das einzige Licht im Zimmer kam von dem flackernden Feuer. In seinem Schein sah Waylander wie eine Zaubergestalt aus, umgeben von tanzenden Dämonenschatten.

Schweigend nahm Waylander das schwarzlederne Wehrgehänge mit den drei Wurfmessern ab; dann band er die beiden Scheiden von den Unterarmen los und legte die Waffen auf den Tisch. Aus verborgenen Scheiden in den kniehohen Mokassins kamen noch zwei weitere Messer zum Vorschein. Schließlich ging er zum Feuer und setzte sich dem ehemaligen Gladiator gegenüber.

Angel lehnte sich zurück. Seine hellen Augen beobachteten den Krieger und bemerkten seine Anspannung.

»Ich habe gesehen, daß du mit Miriel gekämpft hast«, sagte Waylander.

»Nicht lange.«

»Nein. Wie oft hast du sie niedergeschlagen?«

»Zweimal.«

Waylander nickte. »Die Spuren waren nicht einfach zu lesen. Deine Fußabdrücke waren tiefer als ihre, aber sie überlagerten sich.«

»Woher weißt du, daß ich sie zu Boden geschlagen habe?«

»Der Boden war weich, und ich fand die Stelle, wo sie mit dem Ellbogen aufgekommen ist. Du hast sie leicht besiegt.«

»Ich habe siebenunddreißig Gegner in der Arena besiegt. Glaubst du, ich könnte einem Mädchen unterliegen?«

Für einen Augenblick sagte Waylander nichts. Dann fragte er: »Wie gut war sie?«

Angel zuckte die Achseln. »Gegen einen ungeübten Schwertkämpfer würde sie überleben, aber gegen Männer wie Morak oder Senta? Sie wäre in Sekunden tot.«

»Sie ist besser als ich«, meinte Waylander. »Und ich würde gegen sie länger überleben.«

»Sie ist besser als du, wenn ihr *übt*«, erwiderte Angel. »Du und ich, wir beide kennen den Unterschied zwischen Üben und der Wirklichkeit eines Kampfes. Miriel ist zu angespannt. Danyal hat mir einmal von der Probe erzählt, vor die du sie gestellt hast. Erinnerst du dich?«

»Wie könnte ich das vergessen?«

»Nun, wenn du diesen Test mit Miriel versuchst, würde sie versagen. Das weißt du, oder?«

»Vielleicht«, gab Waylander zu. »Wie kann ich ihr helfen?«

»Du kannst ihr nicht helfen.«

»Aber du könntest es.«

»Ja. Aber warum sollte ich?«

Waylander warf ein frisches Stück Holz auf die Kohlen und schwieg, während die ersten gelben Flammen an der Rinde leckten. Sein dunkler Blick richtete sich auf Angel. »Ich bin reich, Caridis. Ich bezahle dir zehntausend in Gold.«

»Wie ich sehe, lebst du nicht gerade in einem Palast«, meinte Angel.

»Ich ziehe es vor, hier zu leben. Kaufleute aus Drenan kümmern sich um meine Investitionen. Ich gebe dir einen Brief an einen dieser Leute mit. Er wird dich auszahlen.«

»Selbst wenn du tot bist?«

»Auch dann.«

»Ich habe nicht die Absicht, für dich zu kämpfen«, sagte Angel. »Verstehst du? Ich werde deiner Tochter ein Lehrer sein, aber das ist alles.«

»Ich brauche niemanden, der für mich kämpft«, fuhr Waylander ihn an. »Jetzt nicht. Niemals.«

Angel nickte. »Ich nehme dein Angebot an. Ich bleibe und unterrichte sie, aber nur so lange, wie ich glaube, daß sie dazulernt. Wenn der Tag kommt – und das wird der Fall sein! –, da ich ihr nichts mehr beibringen kann oder sie nichts mehr lernen kann, gehe ich. Bist du einverstanden?«

»Ja.« Waylander stand auf und ging zur rückwärtigen Wand der Hütte. Angel beobachtete, wie er die Handfläche gegen einen flachen Stein drückte und dann in eine verborgene Höhlung griff. Waylander drehte sich um und warf einen schweren Beutel durch den Raum. Angel fing ihn und hörte das Metall darin klirren. »Das ist eine Teilzahlung«, sagte Waylander.

»Wieviel?«

»Fünfzig Goldraq.«

»Ich hätte die Aufgabe allein dafür übernommen. Warum zahlst du so viel mehr?«

»Sag du es mir«, entgegnete Waylander.

»Du setzt den Preis so hoch wie das Kopfgeld auf dich. Damit nimmst du mir die Versuchung.«

»Das ist wahr, Caridris. Aber nicht die ganze Wahrheit.«

»Und was ist die ganze Wahrheit?«

»Danyal mochte dich«, antwortete Waylander und stand auf. »Und ich möchte dich nicht töten. Und jetzt sage ich dir gute Nacht.«

Der Schlaf wollte sich nicht einstellen, doch Waylander blieb still liegen, die Augen geschlossen, um seinem Körper Ruhe zu gönnen. Morgen würde er wieder laufen, um seine Kraft und seine Ausdauer zu trainieren, damit er auf den Tag vorbereitet war, an dem die Kopfgeldjäger kommen würden.

Er freute sich, daß Angel zu bleiben beschlossen hatte. Es wäre gut für Miriel. Und wenn die Mörder ihn aufspürten, würde er den Gladiator bitten, das Mädchen nach Drenan zu bringen. Sobald sie dort war, würde sie sein Vermögen erben, konnte sich einen Mann wählen und ein Leben ohne Gefahren genießen.

Langsam entspannte er und glitt in die Träume hinüber.

Danyal war neben ihm. Sie ritten an einem Seeufer entlang, und die Sonne leuchtete von einem strahlendblauen Himmel.

»Wer zuerst an der Weide ist!« rief sie und stieß ihrer grauen Stute die Fersen in die Flanken.

»Nein!« schrie Waylander in wachsener Panik. Doch sie ritt schon davon. Er sah das Pferd stolpern und stürzen, sah, wie es sich über Danyal wälzte, so daß der Sattelknauf ihr die Brust zerschmetterte. »Nein!« schrie er wieder und erwachte schweißgebadet.

Alles war still. Er schauderte. Seine Hände zitterten, und er stand auf und goß sich einen Becher Wasser ein. Zusammen hatten er und Danyal ein kriegsgeschütteltes Land durchquert, umgeben von Feinden. Werungeheuer hatten sie gejagt, Nadirkrieger hatten ihnen nachgespürt. Aber sie hatten überlebt. Doch in Friedenszeiten, an einem stillen See, war Danyal gestorben.

Er verdrängte diese Gedanken und konzentrierte sich statt dessen auf die Gefahren, die ihm bevorstanden, und wie er ihnen am besten begegnete. Angst stieg in ihm auf. Er hatte von Morak gehört. Der Mann war ein Folterer, der Freude an den Qualen anderer hatte – er mochte verstört, vielleicht sogar verrückt sein, aber er hatte noch nie versagt. Belash kannte er nicht, aber er war ein Nadir, und das bedeutete, daß er ein furchtloser Kämpfer war. Als Kriegerrasse hatten die Nadir wenig Zeit für Weichlinge. Immer im Kriegszustand, bekämpften die Stammeskrieger einander mit erbarmungsloser Wildheit, und nur die Starken erreichten das Mannesalter.

Senta, Courail, Morak, Belash ... wie viele noch? Und wer hatte sie bezahlt? Die letzte Frage schob er beiseite. Das spielte keine Rolle. Das kannst du noch herausfinden, wenn du die Jäger erst getötet hast, sagte er sich.

Wenn du die Jäger erst getötet hast ...

Eine tiefe geistige Müdigkeit überfiel ihn. Er nahm eine Bronzelaterne von einem Haken über seinem Bett, griff nach den Anzündern und entfachte eine Flamme, die er an den Docht hielt. Ein goldenes Licht flackerte auf. Waylander hängte die Laterne wieder auf, setzte sich aufs Bett und betrachtete seine Hände.

Hände des Todes. Die Hände des Schlächters.

Als junger Soldat hatte er auf seiten der Drenai gegen die Sathuli-Banden gekämpft, um die Bauern und Siedler der Sentranischen Ebene zu beschützen. Aber er hatte sie nicht gut genug beschützt, denn eine kleine Bande von Mördern war über die Berge gekommen, um zu rauben und zu plündern. Auf dem Rückweg hielten sie an seinem Bauernhaus, vergewaltigten und ermordeten seine Frau und tötete die Kinder.

An jenem Tag hatte Dakeyras sich verändert. Der junge Soldat reichte seinen Abschied ein und machte sich an die Verfolgung der Mörder. Als er ihr Lager fand, erschlug er zwei von ihnen, die anderen flohen. Aber er folgte ihnen und spürte einen nach dem anderen auf. Er folterte jeden Mann, den er fand. Er zwang sie, ihm die Namen und möglichen Ziele der noch fehlenden Mörder zu nennen. Es kostete ihn Jahre, und auf der endlosen Reise starb der junge Offizier Dakeyras und wurde durch die Tötungsmaschine ersetzt, die man als Waylander kannte.

Damals bedeuteten Tod und Leiden für den schweigenden Jäger nichts. Eines Nachts in Mashrapur, als er ohne Geld dastand, war ein Kaufmann auf ihn zugetreten, der sich an einem geschäftlichen Konkurrenten rächen wollte. Für vierzig Silberstücke führte Waylander seinen ersten Mord aus. Er versuchte nicht, seine Handlung zu rechtfertigen, nicht einmal vor sich selbst. Seine Jagd bedeutete ihm alles, und um die Mörder zu finden, brauchte er Geld. Kalt und herzlos zog er weiter, ein Mann, zerrissen und gefürchtet, der sich selbst vormachte, er könne wieder Dakeyras werden, wenn seine Aufgabe erfüllt war.

Doch als der letzte der Räuber unter Schreien gestorben war, gepfählt über einem Lagerfeuer, wußte Waylander, daß Dakeyras für immer verschwunden war. Und er hatte sein blutiges Geschäft fortgesetzt. Der Pfad zur Hölle trug ihn weiter bis zu dem Tag, an dem er den Drenai-König getötet hatte.

Die Ungeheuerlichkeit der Tat und ihre entsetzlichen Folgen verfolgten ihn noch immer. Das Land war in Krieg gestürzt. Tausende wurden erschlagen, waren verwitwet, verwaist.

Der goldene Schein der Laterne flackerte auf der gegenüberliegenden Wand, und Waylander seufzte. Er hatte versucht, sich zu erlösen, aber konnte ein Mann für solche Verbrechen je Vergebung erlangen? Er zweifelte daran. Und selbst wenn die QUELLE ihm Absolution erteilte, würde es nichts bedeuten. Denn sich selbst konnte er nicht vergeben. Vielleicht ist Danyal deswegen gestorben, dachte er nicht zum erstenmal. Vielleicht sollte er für alle Zeit gramgebeugt sein.

Er schenkte sich noch einen Becher Wasser ein, trank ihn aus und ging wieder zu Bett. Der sanfte Priester Dardalion hatte ihn vom Weg ins Verderben weggeführt, und Danyal hatte den winzigen Funken von Dakeyras gefunden, der noch glomm. Sie hatte ihn angefacht und ihn von den Toten zurückgeholt.

Aber jetzt war auch Danyal tot. Nur Miriel war geblieben. Ob er auch ihren Tod mit ansehen mußte?

Miriel würde bei dem Test versagen. Das hatte Angel gesagt, und er hatte recht. Dakeyras erinnerte sich an den Tag, als er Danyal auf die Probe gestellt hatte. Tief im Gebiet der Nadir hatten Attentäter ihn aufgespürt, und er hatte sie getötet. Danyal hatte ihn gefragt, wie er mit einer solchen Leichtigkeit töten könne.

Er entfernte sich ein paar Schritte von ihr, bückte sich und hob einen kleinen Stein auf. »Fang ihn«, sagte er und warf ihr den Kieselstein zu. Ihre Hand schoß vor und fing den Stein geschickt auf. »Das war leicht, oder?«

»Ja«, gab sie zu.

»Wenn ich jetzt Krylla und Miriel hier hätte, und zwei Männer hielten Messer an ihre Kehlen, und man würde dir sagen: ›Wenn du den Stein verfehlst, müssen sie sterben.‹ Wäre er dann immer noch leicht zu fangen? Angst macht die einfachsten Handlungen komplex und schwierig. Ich bin, was ich bin, weil der Stein – wie auch die Folgen sein mögen – immer ein Stein bleibt.«

»Kannst du mir das beibringen?«

»Ich habe nicht die Zeit.«

Sie hatte auf ihn eingeredet, und schließlich sagte er: »Was fürchtest du in diesem Moment am meisten?«

»Ich fürchte, dich zu verlieren.«

Er ging, um einen zweiten Stein aufzuheben. Wolken verdeckten teilweise den Mond, und Danyal bemühte sich, seine Hand zu erkennen. »Ich werde ihn dir zuwerfen«, sagte er. »Wenn du ihn fängst, bleibst du, und ich werde dich unterrichten. Wenn du ihn verfehlst, kehrst du nach Skarta zurück.«

»Nein, das ist nicht fair! Das Licht ist zu schlecht.«

»Das Leben ist nicht fair, Danyal. Wenn du nicht einverstanden bist, reite ich allein weiter.«

»Dann bin ich einverstanden.«

Ohne ein weiteres Wort schleuderte er ihr den Stein entgegen – ein schlechter Wurf, zu schnell und zu weit links von ihr. Ihre Hand zuckte vor, und der Stein prallte von ihrer Handfläche ab. Doch als er fiel, schlossen sich blitzschnell ihre Finger darum und umklammerten ihn wie eine Trophäe.

Sie lachte.

»Warum freust du dich so?« fragte er.

»Ich habe gewonnen!«

»Nein. Sag mir, was du getan hast.«

»Ich habe meine Angst überwunden.«

»Nein.«

»Was dann? Ich verstehe dich nicht.«

»Das mußt du aber, wenn du lernen willst.«

Plötzlich lächelte sie. »Ich verstehe das Geheimnis, Waylander.«

»Dann sag mir, was du getan hast.«

»Ich habe einen Stein bei Mondlicht gefangen.«

Waylander seufzte. Der Raum war kalt, aber seine Erinnerungen waren warm. Draußen heulte ein Wolf den Mond an, ein einsamer Laut, ursprünglich und melancholisch. Und Waylander schlief ein.

»Du bewegst dich mit der Anmut einer kranken Kuh«, wütete Angel, als Miriel sich auf die Knie hob und sich mühte, Luft in ihre müden Lungen zu pumpen. Verärgert sprang sie auf die Füße. Ihre Schwertspitze zielte auf Angels Bauch. Er wich geschickt aus, parierte den Stoß und schlug ihr mit der flachen linken Hand hinters Ohr. Miriel stürzte mit dem Gesicht voran zu Boden.

»Nein, nein, nein!« sagte Angel. »Du mußt lernen, deine

Wut zu beherrschen. Und jetzt ruh dich etwas aus.« Er ging zum Brunnen, wand den kupferbeschlagenen Eimer hoch und spritzte sich Wasser ins Gesicht.

Miriel stand erschöpft auf. Ihre Stimmung war gedrückt. Monatelang hatte sie geglaubt, ihre Fähigkeiten im Umgang mit dem Schwert wären gut – besser als die der meisten Männer, hatte ihr Vater gesagt. Jetzt mußte sie der unangenehmen Wahrheit ins Auge sehen. Eine kranke Kuh, also wirklich! Langsam ging sie zu Angel, der auf dem Brunnenrand saß. Er war jetzt bis zur Hüfte nackt, und sie konnte die zahlreichen Narben auf seiner muskulösen Brust und dem Bauch sehen, auf den kräftigen Unterarmen und den breiten Schultern.

»Du hast viele Wunden davongetragen«, sagte sie.

»Das zeigt, wie viele gute Schwertkämpfer es gibt«, antwortete er mürrisch.

»Warum bist du wütend?«

Er schwieg einen Augenblick. Dann holte er tief Luft. »In der Stadt gibt es viele Schreiber, Verwaltungsangestellte, Organisatoren. Ohne sie würde Drenan nicht funktionieren. Es sind geschätzte Männer. Aber hier in den Bergen würden sie verhungern, inmitten von Wild und eßbaren Wurzeln. Verstehst du? Wie groß die Fähigkeiten eines Menschen sind, hängt von der Umgebung ab oder den Herausforderungen, denen er sich stellen muß. Im Vergleich mit den meisten Männern würdest du als hoch begabt gelten. Du bist schnell, und du hast Mut. Aber die Männer, die deinen Vater jagen, sind Krieger. Belash würde dich binnen zweier, dreier Herzschläge töten. Morak würde nicht viel länger brauchen. Senta und Courail haben ihre Fähigkeiten beide in der Arena erworben.«

»Kann ich genauso gut werden?«

Er schüttelte den Kopf. »Ich glaube nicht. Auch wenn ich es nur ungern zugebe, ich glaube, in Männern wie ihnen … Männern wie mir … steckt das Böse. Wir sind von Natur aus Killer, und wenn wir auch nicht viel über unsere Gefühle reden, kennt doch jeder von uns die bittere Wahrheit. Wir lieben den Kampf. Wir lieben es zu töten. Ich glaube nicht, daß dies auch für dich gilt. Und ich bin der Meinung, das ist gut so.«

»Du glaubst, mein Vater tötet gern?«

»Er ist ein Rätsel«, gab Angel zu. »Ich erinnere mich, daß ich einmal mit Danyal darüber gesprochen habe. Sie sagte, in seinem Innern wären zwei Männer – der eine sanft, der andere ein Dämon. In jeder Seele gibt es Türen, die niemals geöffnet werden dürfen. Aber dein Vater fand einen Schlüssel.«

»Zu mir ist er immer sanft gewesen und zu meiner Schwester auch.«

»Das bezweifle ich nicht. Was ist mit Krylla geschehen?«

»Sie hat geheiratet und ist fortgezogen.«

»Als ich euch als Kinder kannte, hattet ihr eine … Macht, ein Talent. Du und Krylla, ihr konntet miteinander reden, ohne zu sprechen. Ihr konntet Dinge sehen, die in weiter Ferne waren. Könnt ihr das immer noch?«

»Nein«, sagte sie und wandte sich ab.

»Wann hat es aufgehört?«

»Ich möchte nicht darüber reden. Können wir mit dem Unterricht weitermachen?«

»Natürlich«, antwortete er. »Dafür werde ich ja bezahlt. Steh still.« Er stand auf und stellte sich vor sie hin. Dann fuhr er mit den Händen über ihre Schultern und Arme; seine Finger drückten die Muskeln, verfolgten die Linie ihres Bizeps und Trizeps, hinauf über die Deltamuskeln und die Schultergelenke.

Sie fühlte, wie sie rot wurde. »Was tust du da?« fragte sie und zwang sich, ihm in die Augen zu sehen.

»Deine Arme sind nicht stark genug«, sagte er, »vor allem hier hinten nicht«, fügte er hinzu und drückte ihren

Trizeps. »Deine ganze Kraft liegt in den Beinen und den Lungen. Und dein Gleichgewicht stimmt nicht. Gib mir deine Hand.« Noch beim Sprechen ergriff er ihr Handgelenk, hob ihren Arm und starrte auf ihre Finger hinunter. »Lang«, sagte er, fast zu sich selbst. »Zu lang. Das bedeutet, du kannst das Schwert nicht gut im Griff halten. Wir schneiden heute abend mehr Leder dafür zurecht. Folge mir!«

Er ging zum Waldrand, wanderte von Stamm zu Stamm und prüfte die Äste. Zufrieden blieb er schließlich unter einer ausladenden Ulme stehen. Ein dicker Ast sproß knapp außer seiner Reichweite über ihm. »Ich möchte, daß du springst, dich an den Ast hängst und dich dann langsam hochziehst, bis du ihn mit dem Kinn berühren kannst. Dann – immer noch langsam, vergiß das nicht – läßt du dich wieder herab, bis deine Arme fast ausgestreckt sind. Verstehst du?«

»Natürlich verstehe ich das«, fauchte sie. »Es war nicht gerade eine besonders schwierige Anweisung.«

»Dann tu es!«

»Wie oft?«

»So oft du kannst. Ich möchte die Grenzen deiner Kraft sehen.«

Sie sprang in die Höhe. Ihre Finger schlossen sich um den Ast, und für einen Augenblick blieb sie hängen, um sich richtig festzuhalten. Dann zog sie sich langsam hoch.

»Wie geht es?« fragte er.

»Einfach«, antwortete sie und ließ sich hinunter.

»Noch einmal!«

Bei drei spürte sie, wie ihr Bizeps sich streckte. Bei fünf begannen die Muskeln zu brennen. Bei sieben zitterten ihre Arme, und sie ließ los und fiel zu Boden. »Schwach«, sagte Angel. »Aber immerhin ein Anfang. Morgen früh beginnst du den Tag mit sieben Zügen, wenn du kannst, mit acht. Anschließend machst du Laufübungen. Wenn du zurückkommst, machst du noch einmal sieben Züge. In drei Tagen erwarte ich, daß du zwölf schaffst.«

»Wie viele schaffst du?«

»Mindestens hundert«, antwortete er. »Folge mir!«

»Könntest du aufhören, *folge mir* zu sagen! Ich komme mir vor wie ein Hund.«

Doch er bewegte sich schon, während Miriel noch protestierte, und sie folgte ihm zurück über die Lichtung. »Warte hier«, befahl er. Dann ging er zu der Seite der Hütte, wo das Kaminholz für den Winter aufgestapelt war. Er suchte zwei große Scheite aus und brachte sie zu Miriel, wo er sie im Abstand von etwa sieben Metern auf den Boden legte. »Ich möchte, daß du von einem zum anderen läufst«, sagte er.

»Du willst, daß ich sieben Meter laufe? Warum?«

Seine Hand schoß vor und traf ihre Wange. »Hör auf, dumme Fragen zu stellen und tu, was man dir sagt.«

»Du Hurensohn!« brüllte sie. »Rühr mich noch einmal an, und ich bringe dich um!«

Er lachte und schüttelte den Kopf. »Noch nicht. Aber tu, was ich dir sage – dann hast du vielleicht eines Tages wirklich die Fähigkeit dazu. Und jetzt geh zu dem ersten Holzstück.«

Immer noch von Zorn erfüllt, ging sie zum ersten Scheit, gefolgt von seiner Stimme. »Lauf zu dem zweiten, bück dich und berühr das Holz mit der rechten Hand. Mach sofort kehrt, renn zum ersten Scheit und berühre es mit der linken Hand. Bin ich zu schnell für dich?«

Miriel schluckte eine zornige Entgegnung hinunter und begann zu laufen. Doch sie überwand die Distanz mit nur wenigen Schritten und mußte bremsen. Sie kam sich linkisch vor und fühlte sich unbehaglich, als sie sich bückte, mit der Hand auf das Holzstück schlug, kehrt machte und zurücklief. »Die Idee hast du wohl begriffen«, sagte er. »Und jetzt zwanzigmal. Und ein bißchen schneller!«

Drei Stunden lang scheuchte er sie durch eine Reihe von strapaziösen Übungen, ließ sie laufen, springen und in endlosen Wiederholungen von Stößen und Hieben mit dem Schwert üben. Sie beklagte sich kein einziges Mal, doch sie sprach auch kein Wort mit ihm. Grimmig hielt sie alle Übungen durch, bis er mittags eine Pause vorschlug. Müde ging Miriel zurück zur Hütte. Ihre Glieder zitterten. Sie war es gewohnt zu laufen, abgehärtet gegen den Schmerz in den brennenden Lungen und den Waden, die von Sauerstoffmangel verkrampften. In Wahrheit genoß sie diese Gefühle sogar, das Gefühl von Freiheit, von Geschwindigkeit, von Kraft. Aber jetzt spürte sie die Erschöpfung und die Schmerzen an ungewohnten Stellen. Ihre Hüften und Taille fühlten sich zerschlagen an, ihre Arme waren bleiern, ihr Rücken tat weh.

Für Miriel bedeutete Kraft alles, und der Glaube an ihre eigenen Fähigkeiten war groß gewesen. Jetzt hatte Angel ihr Selbstvertrauen erschüttert – erst mit der ausgemachten Leichtigkeit, mit der er sie im Wald besiegt hatte, und jetzt mit den Strafübungen, die all ihre Schwächen offenbarten. Sie war wach gewesen, als Waylander dem ehemaligen Gladiator sein Angebot machte, und hatte seine Antwort gehört. Miriel glaubte zu wissen, was Angel vorhatte: Er wollte sie zwingen, seinen Unterricht zu verweigern. Er wollte sie demütigen, indem er sie zur Aufgabe zwang. Dann würde er seinen Lohn von ihrem Vater fordern. Und weil Dakeyras ein Mann von Stolz und Ehre war, würde er die zehntausend zahlen.

Aber so leicht mache ich es dir nicht, Angel! versprach sie. Nein, du wirst für dein Geld hart arbeiten müssen, du häßlicher Hurensohn!

Angel war mit den Übungen des Tages ziemlich zufrieden. Miriel hatte sich besser geschlagen, als er erwartet hatte, zweifellos angetrieben durch ihren Zorn über die Ohrfeige. Doch ihre Motive waren Angel egal. Es reichte, daß das Mädchen bewiesen hatte, daß es eine Kämpfernatur war. Damit ließ sich wenigstens arbeiten. Solange er Zeit hatte, natürlich.

Waylander war gleich nach Sonnenaufgang aufgebrochen. »Ich bin in vier Tagen zurück. Vielleicht auch fünf. Nutzt die Zeit gut.«

»Du kannst mir vertrauen«, hatte Angel erwidert.

Waylander lächelte dünn. »Versuch sie davon abzuhalten, jeden anzugreifen. Dann dürfte sie einigermaßen sicher sein. Die Gilde hat Regeln, was unschuldige Opfer betrifft.«

Morak hält sich nicht an Regeln, dachte Angel, aber er sagte nichts, als der hochgewachsene Krieger mit langen Schritten nach Norden marschierte.

Eine Stunde vor der Abenddämmerung beendete Angel die Arbeit für den Tag, war jedoch überrascht, als Miriel erklärte, sie wolle noch etwas laufen. Ist das nur Prahlerei? fragte er sich. »Trag ein Schwert«, ordnete er an.

»Ich habe mein Messer«, antwortete sie.

»Das habe ich nicht gemeint. Ich möchte, daß du ein Schwert *trägst*. Daß du es in der Hand hältst.«

»Ich muß laufen, um meine Muskeln zu entspannen, sie zu strecken. Das Schwert würde mich behindern.«

»Ich weiß. Tu es trotzdem.«

Sie nahm es ohne weitere Widerrede hin. Angel kehrte in die Hütte zurück und zog seine Stiefel aus. Auch er war müde, aber er wollte verdammt sein, wenn er das Mädchen dies wissen ließ. Zwei Jahre fern der Arena, und seine Ausdauer und Zähigkeit waren verschwunden. Er goß sich etwas Wasser ein und sank vor dem erloschenen Feuer in den Sessel.

In einem Monat, vielleicht in zweien, konnte er etwas aus dem Mädchen machen. Ihre Geschwindigkeit steigern, ihre Reaktionszeit verkürzen. Die Sprints würden ihr zu besserem Gleichgewichtsgefühl verhelfen, die Aufbauarbeit an Armen und Schultern ihren Stößen und Hieben mehr Kraft verleihen. Aber das eigentliche Problem lag in ihrem Herzen. Wenn sie wütend wurde, war sie unbeherrscht und damit eine leichte Beute für einen geübten Schwertkämpfer. Wenn sie kühl war, waren ihre Bewegungen gestelzt, ihre Angriffe leicht zu berechnen und zu kontern.

Sie war vielleicht eine Stunde fort, als er ihre leichten Schritte auf der festgestampften Erde der Lichtung hörte. Er sah auf, als sie eintrat, die Tunika schweißnaß, das Gesicht gerötet, das lange Haar feucht. Das Schwert lag immer noch in ihrer Hand.

»Hast du es den ganzen Weg getragen?« fragte er leise.

»Ja. Das hast du mir doch gesagt.«

»Du hast es nicht am Wegrand niedergelegt und bei deiner Rückkehr wieder aufgenommen?«

»Nein!« antwortete sie gekränkt.

Er glaubte ihr und fluchte innerlich. »Tust du immer, was man dir sagt?« fuhr er sie an.

»Ja«, sagte sie schlicht.

»Warum?«

Sie warf das Schwert auf den Tisch und stellte sich vor ihn, die Hände in die Hüften gestemmt. »Kritisierst du mich jetzt dafür, daß ich dir gehorche? Was willst du eigentlich von mir?«

Er seufzte. »Nur dein Bestes – und das hast du heute gegeben. Ruh dich aus. Ich mache uns etwas zu essen.«

»Unsinn«, sagte sie zuckersüß. »Du bist ein alter Mann, und du siehst müde aus. Setz dich her, und ich bringe dir etwas zu essen.«

»Ich dachte, wir hätten einen Waffenstillstand«, sagte er

und folgte ihr in die Küche, wo sie einen großen Schinken vom Haken nahm und ihn aufzuschneiden begann.

»Das war gestern. Bevor du versucht hast, meinen Vater zu betrügen.«

Sein Gesicht verdunkelte sich. »Ich habe in meinem ganzen Leben noch nie jemanden betrogen.«

Sie fuhr zu ihm herum. »Nein? Und wie würdest du zehntausend in Gold für ein paar Wochen Arbeit nennen?«

»Ich habe nicht um die Summe gebeten! Er hat sie angeboten. Und wenn du schon gelauscht hast – eine weibliche Tugend, wie ich feststellen konnte –, dann hast du auch gehört, daß ich ihm sagte, ich hätte es für fünfzig getan.«

»Willst du Käse zum Schinken?« fragte sie.

»Ja, und Brot. Hast du gehört, was ich gesagt habe?«

»Ich habe es gehört, aber ich glaube dir nicht. Du wolltest mich zwingen, aufzugeben. Gib's zu!«

»Ja, ich gebe es zu.«

»Dann gibt es dazu nichts mehr zu sagen. Hier ist dein Essen. Wenn du fertig bist, spül deinen Teller ab. Und dann tu mir den Gefallen und verbring den Abend in deinem Zimmer. Ich habe für heute genug von deiner Gesellschaft.«

»Die Arbeit endet nicht, nur weil die Sonne untergegangen ist«, sagte er leise. »Tagsüber haben wir an deinem Körper gearbeitet, heute abend arbeiten wir an deinem Geist. Und ich gehe dann in mein Zimmer, wenn es mir paßt. Was willst du essen?«

»Dasselbe wie du.«

»Hast du Honig?«

»Nein.«

»Getrocknete Früchte?«

»Ja – warum?«

»Iß ein paar. Ich habe vor langer Zeit gelernt, daß Süßigkeiten und Kuchen einem müden Magen gut bekommen.

Man schläft besser und wacht erfrischter auf. Und trink viel Wasser.«

»Sonst noch was?«

»Wenn mir noch etwas einfällt, sage ich es dir. Und jetzt laß uns zu Ende essen, damit wir mit der Arbeit beginnen können.«

Nachdem er seine Mahlzeit beendet hatte, fegte Angel die Asche des alten Feuers beiseite, legte frisches Anmachholz zurecht und hielt einen Funken an den Zunder. Miriel hatte in der Küche gegessen und war dann durch die Hütte und hinaus in die Nacht gegangen. Angel war wütend auf sich. Du bist kein Lehrer, dachte er. Und das Mädchen hatte recht – er wollte, daß sie aufgab. Aber nicht aus den Gründen, die sie vermutete. Er seufzte, lehnte sich zurück und beobachtete, wie die winzigen Flammen das Anmachholz verzehrten. Bald spürte er die ersten wärmenden Strahlen des Feuers.

Er hatte versucht, den Jungen Ranuld zu unterweisen, ihm die Bewegungen und Deckung zu zeigen, die er in seinem neuen Beruf brauchen würde, doch Ranuld war in seinem ersten Kampf durch einen Hieb gestorben, der ihm die Eingeweide herausriß. Dann war da Sorrin gewesen, groß und athletisch, furchtlos und schnell. Er hatte sieben Kämpfe durchgestanden – war sogar ein Liebling der Massen geworden. Senta hatte ihn getötet – blitzschnelle Drehung und ein Rückhandhieb gegen die Kehle, wunderbar ausgeführt. Sorrin war tot, ehe er es wußte.

Das war der Tag gewesen, an dem Angel seinen Abschied genommen hatte. Er hatte gegen einen langweiligen Vagrier gekämpft, an dessen Namen er sich nicht erinnern konnte. Der Mann war zäh, aber eine noch frische Wunde machte ihn langsam. Trotzdem hatte er Angel beinahe besiegt, ihn zweimal getroffen. Nach dem Kampf hatte Angel im Lazarett der Arena gesessen. Der Arzt nähte seine Wunden, während auf dem Tisch daneben Sorrins blutiger Leichnam lag. Daneben saß Senta, einen in Honig und Wein getränkten Verband um eine leichte Fleischwunde in der Schulter gewickelt.

»Du hast ihn gut ausgebildet«, sagte Senta. »Er hätte mich fast geschafft.«

»Ja. Fast«, antwortete Angel.

»Ich freue mich darauf, gegen den Meister anzutreten.«

Angel hatte in die eifrigen Augen des jungen Mannes geblickt, den spöttischen Ausdruck des schönen Gesichts gesehen, das Lächeln, das fast eine höhnische Grimasse war. »Das wird nicht geschehen, Junge«, hatte Angel erwidert, und die Worte hatten ihm wie Säure im Mund gebrannt. »Ich bin zu alt und zu langsam. Es ist dein Tag. Genieße ihn.«

»Du verläßt die Arena?« flüsterte Senta erstaunt.

»Ja. Das war mein letzter Kampf.«

Der junge Mann nickte; dann fluchte er, als der Pfleger den Verband um seine Schulter verknotete. »Du Tölpel!« fuhr er ihn an.

»Es tut mir leid, Herr!« sagte der Mann zurückweichend, das Gesicht vor Angst verzerrt.

Senta blickte wieder zu Angel hinüber. »Ich glaube, du bist klug, alter Mann. Aber ich bin enttäuscht. Du bist ein Liebling der Massen. Ich hätte ein Vermögen machen können, indem ich dich besiegte.«

Angel legte Holz aufs Feuer und stand auf. Senta hatte nur noch ein Jahr weitergekämpft; dann hatte er sich der Gilde angeschlossen, bei der er als Kopfgeldjäger weit mehr verdiente als zu seiner Zeit als Gladiator. Die Tür hinter Angel ging auf, und er spürte einen kalten Hauch. Als er sich umdrehte, sah er Miriel in ihr Zimmer gehen. Sie war nackt und trug ihre Kleider über dem Arm. Ihr Körper war naß von einem Bad im Fluß. Sein Blick nahm den schmalen Rücken und ihre Taille auf, die langen, muskulösen Beine und das feste, runde Hinterteil. Erregung durchflutete ihn, und er drehte sich abrupt wieder zum Feuer um.

Nach ein paar Minuten gesellte sich Miriel zu ihm, ihr Körper jetzt verhüllt von einem losen Gewand aus grauer Wolle. »An was für eine Arbeit dachtest du?« wollte sie wissen und setzte sich in einen Sessel ihm gegenüber.

»Weißt du, warum ich dich geschlagen habe?«

»Du wolltest mich beherrschen.«

»Nein. Ich wollte dich wütend sehen. Ich mußte wissen, wie du reagierst, wenn dein Blut in Wallung gerät.« Müßig stocherte er mit einem eisernen Schürhaken im Feuer. »Hör mir zu, Mädchen. Ich bin kein Lehrer. Ich habe nur zwei Menschen ausgebildet – junge Männer, die ich gern hatte. Beide starben. Ich bin ... war ... ein guter Kämpfer. Aber nur, weil *ich* eine Fähigkeit besitze, heißt das nicht, daß ich sie auch weitergeben kann. Verstehst du das?« Sie schweig, und ihre großen Augen starrten ihn ausdruckslos an. »Ich war ein bißchen in Danyal verliebt, glaube ich, und ich habe Achtung vor deinem Vater. Ich kam hierher, um ihn zu warnen, damit er die Gegend verläßt, nach Ventria oder Gothir geht. Und ich gebe zu, ich könnte das Gold gut gebrauchen. Aber deswegen bin ich weder hergekommen noch geblieben. Wenn du mir nicht glauben willst, dann gehe ich morgen früh – und ich werde keinen Anspruch auf das Gold erheben.« Miriel sagte noch immer nichts.

»Ich weiß nicht, was ich dir sonst noch sagen soll.« Er zuckte die Achseln und lehnte sich zurück.

»Du hast gesagt, wir wollten arbeiten«, erwiderte sie leise. »An meinem Geist. Was hast du damit gemeint?«

Er breitete die Hände aus und starrte ins Feuer. »Hat

dein Vater dir jemals von der Probe erzählt, auf die er Danyal gestellt hat?«

»Nein. Aber ich hörte, wie du gesagt hast, ich würde sie nicht bestehen.«

»Doch, du würdest.« Und Angel erzählte ihr von dem Kieselstein im Mondlicht. Er sprach von dem Herzen eines Kriegers und der Bereitschaft, alles zu riskieren, aber dem Vertrauen auf den Glauben, daß das Risiko berechenbar blieb.

»Wie erreicht man das?« fragte sie.

»Ich weiß es nicht«, gestand Angel.

»Die beiden Männer, die du ausgebildet hast – hatten sie diese Fähigkeiten?«

»Ranuld glaubte es. Aber in seinem ersten Kampf verkrampfte er sich. Seine Muskeln waren angespannt, seine Bewegungen stockend. Sorrin hatte die Gabe, glaube ich, aber er traf auf einen besseren Mann. Die Gabe entspringt der Fähigkeit, jenen Teil der Vorstellungskraft abzuschirmen, der seine Nahrung aus Angst gewinnt. Du weißt schon, den Teil des Verstandes, der sich schreckliche Verletzungen und Wundbrand ausmalt, Blutströme und die Finsternis des Todes. Aber gleichzeitig muß der Verstand weiterfunktionieren, die Schwächen des Gegners erkennen, Wege durch seine Deckung finden. Ich bin oft verwundet worden, aber ich habe immer gesiegt. Und ich habe bessere Männer geschlagen, schnellere, stärkere Männer. Ich schlug sie, weil ich zu störrisch war aufzugeben. Und dann begann ihr Selbstvertrauen zu bröckeln, und die Fenster in ihrem Geist öffneten sich allmählich. Ihre Phantasie kroch hervor, und sie begannen zu zweifeln, sich zu fürchten. Und von diesem Moment an spielte es keine Rolle mehr, ob sie besser, stärker oder schneller waren. Denn ich wuchs in ihren Augen, und in meinen Augen schrumpften sie.«

»Ich werde es lernen«, versprach sie.

»Ich bezweifle, daß man so etwas lernen kann. Dein Vater wurde Waylander, weil seine erste Familie von Räubern niedergemetzelt wurde, aber ich glaube nicht, daß diese Tat Waylander *erschuf*. Er war immer da, unter der Oberfläche von Dakeyras. Die wahre Frage ist – was liegt unter der Oberfläche von Miriel?«

»Wir werden sehen«, meinte sie.

»Dann möchtest du, daß ich bleibe?«

»Ja. Ich möchte, daß du bleibst. Aber beantworte mir eine Frage.«

»Und wie lautet sie?«

»Wovor hast *du* Angst?«

»Warum glaubst du, daß ich vor irgend etwas Angst habe?« wich er aus.

»Ich weiß, daß du nicht bleiben wolltest, und ich spüre, daß du hin- und hergerissen bist zwischen deinem Wunsch, mir zu helfen und dem Bedürfnis zu gehen. Also, was ist es?«

Angel blickte sie an. »Belassen wir es dabei, daß du recht hast. Es *gibt* etwas, das ich fürchte, aber ich will nicht darüber sprechen. So, wie du nicht über den Verlust deiner Gabe sprechen willst.«

Sie nickte. »Unter den Attentätern ist einer – oder mehrere – dem du nicht begegnen willst. Bin ich nahe dran?«

»Wir müssen den Griff deines Schwertes dicker machen«, sagte Angel. »Schneide ein paar Lederstreifen zurecht – dünn, nicht mehr als fingerbreit. Habt ihr Leim?«

»Ja. Vater macht ihn aus Fischgräten und Tierhaut.«

»Umwickle zuerst den Griff, bis er bequem für dich ist. Wenn du ihn umfaßt, sollte dein längster Finger die Hand unter dem Daumen nur eben berühren. Wenn du zufrieden bist, leime die Streifen fest.«

»Du hast mir nicht geantwortet«, sagte sie.

»Nein«, erwiderte er. »Schneide und binde die Streifen heute abend. Dann hat der Leim Zeit zu trocknen. Ich sehe dich morgen früh.« Er stand auf und durchquerte den Raum.

»Angel!«

Seine Hand ruhte auf dem Türriegel. »Ja?«

»Schlaf gut.«

4

Dardalion drehte sich vom Fenster zu den beiden Priestern um, die vor seinem Schreibtisch standen.

»Das Argument«, erklärte er, »ist nur von intellektuellem Interesse. Es hat keine wirkliche Bedeutung.«

»Wie kann das sein, Vater Abt?« fragte Magnic. »Es ist doch sicherlich von zentraler Bedeutung für unseren Glauben?«

»Da muß ich meinem Bruder recht geben«, warf der gabelbärtige Vishna ein, dessen dunkle Augen den Abt anstarrten, ohne zu blinzeln. Dardalion bedeutete ihnen, sich zu setzen, und lehnte sich in seinem breiten Ledersessel zurück. Magnic sieht neben Vishna sehr jung aus, dachte Dardalion. Das blasse Gesicht mit den weichen Zügen, noch ohne Falten, das blonde, widerspenstige Haar, das ihm das Aussehen eines Jungen gab, der noch Jahre von den Zwanzig entfernt war. Vishna, hochgewachsen und streng, der schwarze gegabelte Bart sorgfältig gekämmt und geölt, sah alt genug aus, um Magnics Vater zu sein. Doch beide waren knapp vierundzwanzig.

»Die Debatte ist nur deshalb von Wert, weil sie uns über die QUELLE nachdenken läßt«, sagte Dardalion schließlich. »Die pantheistische Ansicht, daß Gott in allem existiert, in jedem Stein und jedem Baum, ist interessant. Wir glauben, daß das Universum von der QUELLE in einem einzigen Augenblick blendender Energie erschaffen wurde. Aus Nichts wurde Etwas. Was könnte dieses Etwas sein, außer dem Leib der QUELLE? So argumentieren die Pantheisten. Deine Ansicht, Magnic, daß die QUELLE losgelöst von der Welt existiert und daß hier nur der Chaos-Geist herrscht, ist ebenfalls weit verbreitet. Nach einem furchtbaren Krieg gegen ihre eigenen rebellischen Engel schleuderte die QUELLE sie zur Erde, um hier zu herrschen, wie sie im Himmel herrscht. Dieses Argument macht aus unserer Welt die Hölle. Und ich muß zugeben, daß manchmal alle Anzeichen dafür sprechen, daß dem so ist.

Doch bei all diesen Debatten versuchen wir, uns das Unvorstellbare vorzustellen, und darin liegt eine große Gefahr. Die Quelle aller Dinge können wir nicht begreifen. Ihre Handlungen sind zeitlos und gehen so weit über unser Verständnis, daß sie uns ohne Sinn erscheinen. Dennoch versuchen wir unseren Verstand zu zwingen, sie zu verstehen. Wir bemühen uns, die Größe der QUELLE zu erfassen, sie in uns aufzunehmen und in passende Schubladen zu sortieren. Das führt zu Streit und Uneinigkeit, zu Zwietracht und Disharmonie. Und das sind die Waffen des Chaos-Geistes.« Dardalion stand auf, ging um den Eichenschreibtisch und stellte sich neben die beiden Priester, um ihnen die Hände auf die Schultern zu legen. »Wichtig ist, daß wir wissen, daß die QUELLE existiert, und auf ihr Urteil zu vertrauen. Versteht ihr? Ihr könntet beide recht und unrecht haben. Hier handelt es sich um die Ursache aller Ursachen, um die eine große Wahrheit in einem Universum voller Lügen. Wie könnten wir darüber urteilen? Aus welcher Perspektive? Wie nimmt die Ameise den Elefanten wahr? Alles, was die Ameise sieht, ist ein Teil des Fußes. Ist das der Elefant? Für die Ameise schon. Habt Geduld. Wenn der Tag des Ruhms kommt, wird alles enthüllt. Wir werden die QUELLE gemeinsam finden – wie wir es geplant haben.«

»Der Tag ist nicht mehr fern«, sagte Vishna ruhig.

»Nicht sehr«, stimmte Dardalion ihm zu. »Welche Fortschritte macht die Ausbildung?«

»Wir sind stark«, antwortete Vishna, »aber wir haben noch immer Probleme mit Ekodas.«

Dardalion nickte. »Schickt ihn heute abend zu mir, nach der Meditation.«

»Du wirst ihn nicht überzeugen können, Vater Abt«, warf Magnic schüchtern ein. »Er wird uns eher verlassen als kämpfen. Er kann seine Feigheit nicht überwinden.«

»Er ist kein Feigling«, entgegnete Dardalion und verbarg seinen Zorn. »Das weiß ich. Ich ging einst dieselbe Straße, träumte dieselben Träume. Manchmal kann man dem Bösen mit Liebe begegnen. Das ist in der Tat der beste Weg. Aber manchmal muß man das Böse mit Stahl und einem starken Arm bekämpfen. Doch du darfst Ekodas nicht einen Feigling nennen, weil er an hohen Idealen festhält. Das setzt dich im selben Maße herab, wie es ihn beleidigt.«

Der blonde Priester errötete heftig. »Es tut mir leid, Vater Abt.«

»Und jetzt erwarte ich einen Besucher«, sagte Dardalion. »Vishna, nimm ihn am vorderen Tor in Empfang und bringe ihn sofort in mein Studierzimmer. Magnic, geh in den Keller und hole eine Flasche Wein, etwas Brot und Käse.«

Beide Priester standen auf. »Noch eins«, sagte Dardalion, und seine Stimme war kaum mehr als ein Flüstern. »Gebt dem Mann nicht die Hand und berührt ihn auch sonst nicht. Und versucht nicht, seine Gedanken zu lesen.«

»Ist er böse?« fragte Vishna.

»Nein, aber seine Erinnerungen würden euch verbrennen. Jetzt geht und wartet auf ihn.«

Dardalion kehrte wieder zum Fenster zurück. Die Sonne stand hoch am Himmel und schien auf die fernen Gipfel von Delnoch, und von seinem hohen Fenster aus konnte der Abt gerade noch die blasse, graue Linie der ersten Mauer der Festung Delnoch erkennen. Seine Augen folgten den gewaltigen Berggipfeln von Westen nach Osten zum fernen Meer. Tiefhängende Wolken versperrten die Sicht, doch Dardalion stellte sich die Festung Dros Purdol vor, sah wieder die schreckliche Belagerung, hörte die Schreie der Sterbenden. Er seufzte. Vor den Mauern Purdols war das mächtige Vagria gedemütigt worden, und jene furchtbaren Kriegsmonate hatten den Lauf der Welt verändert. Gute Männer waren gestorben, von eisernen Speeren durchbohrt …

Die ersten Dreißig waren dort niedergemacht worden, als sie gegen die dämonischen Mächte der Bruderschaft kämpften. Dardalion hatte als einziger überlebt. Er schauderte, als er wieder schmerzhaft durchlebte, wie der Speer in seinen Rücken drang, und die Einsamkeit, als die Seelen seiner Freunde von ihm fortgeflogen waren, in den Ewigen Frieden der QUELLE. Die Dreißig hatten nur auf der astralen Ebene gekämpft und sich geweigert, in der Welt des Fleisches Waffen zu tragen. Wie unrecht sie gehabt hatten!

Die Tür hinter ihm ging auf, und er versteifte sich. Sein Mund war plötzlich wie ausgetrocknet. Rasch schloß er die Pforten seiner Gabe, um die berstende Gewalt auszuschließen, die von dem Besucher ausstrahlte. Langsam drehte er sich um. Sein Gast war hochgewachsen, breitschultrig und schlank, mit dunklen Augen und strenger Miene. Er war ganz in Schwarz gekleidet, und selbst der Kettenpanzer seiner Schulterstücke war schwarz gefärbt. Dardalions Augen wurden von den zahlreichen Waffen angezogen, den drei Messern, die vom Wehrgehänge des Mannes hingen, den Wurfmessern in den Scheiden an seinen Unterarmen, dem kurzen Säbel und dem Köcher für die Armbrustbolzen an seiner Seite. Noch zwei weitere Messer waren, wie er wußte, in den knielangen Mokassins des Mannes verborgen. Aber die tödliche Waffe, die ihn am meisten anzog, war die kleine Armbrust aus Ebenholz, die der Mann in seiner rechten Hand hielt.

»Guten Tag, Dakeyras«, sagte Dardalion, und in seiner Stimme lag keinerlei Willkommensfreude.

»Ich grüße dich, Dardalion. Du siehst gut aus.«

»Das ist dann alles, Vishna«, sagte der Abt, und der Priester in dem weißen Gewand verbeugte sich und ging.

»Setz dich«, forderte Dardalion seinen Besucher auf, doch der Mann blieb stehen. Seine Augen suchten prüfend den Raum ab – die Bücherregale, in denen dicht an dicht alte Bände standen, die offenen Schränke, aus denen Manuskripte und Schriftrollen quollen, die staubigen Teppiche und die fadenscheinigen Samtvorhänge vor dem hohen Bogenfenster. »Ich studiere hier«, erklärte Dardalion.

Die Tür öffnete sich, und Magnic trat mit einem Tablett ein, auf dem eine Flasche Wein stand, daneben zwei Laibe Schwarzbrot und ein großes Stück blaugeäderter Käse. Nachdem er alles auf den Schreibtisch gestellt hatte, verbeugte sich der blonde Priester und ging.

»Sie sind meinetwegen nervös«, sagte Waylander. »Was hast du ihnen erzählt?«

»Ich sagte ihnen, sie sollten dich nicht berühren.«

Waylander kicherte in sich hinein. »Du änderst dich nie, oder? Immer noch derselbe dünkelhafte, eingebildete Priester.« Er zuckte die Achseln. »Nun, das ist deine Sache. Ich bin nicht hergekommen, um dich zu kritisieren. Ich möchte dich um Informationen bitten.«

»Ich kann dir keine geben.«

»Du weißt noch nicht, wonach ich fragen werde. Oder doch?«

»Du möchtest wissen, wer die Meuchelmörder angeheuert hat und warum?«

»Das ist ein Teil meiner Frage.«

»Was sonst?« fragte Dardalion, füllte zwei Becher mit Wein und bot einen seinem Gast an. Waylander nahm ihn mit der linken Hand entgegen, nippte höflich daran und stellte den Becher dann auf den Tisch. Vom Hof unterhalb des Fensters drang das Klirren von Schwertern herauf. Waylander ging zum Fenster und lehnte sich hinaus.

»Du lehrst deine Priester zu kämpfen? Du überrascht

mich, Dardalion. Ich dachte, du wärst gegen derartige Gewalt.«

»Ich bin gegen die Gewalt des Bösen. Was wolltest du sonst noch wissen?«

»Ich habe nichts von Krylla gehört, seit sie fortgezogen ist. Du könntest ... deine Gabe benutzen, um mir zu sagen, ob es ihr gutgeht.«

»Nein.«

»Das ist alles? Ein schlichtes *Nein*? Ohne ein Wort der Erklärung?«

»Ich schulde dir keine Erklärungen. Ich schulde dir gar nichts.«

»Das stimmt«, sagte Waylander kalt. »Ich habe dir das Leben gerettet. Nicht einmal, sondern oft. Aber du schuldest mir nichts. So sei es denn, Priester. Du bist ein gutes Beispiel für tätige Religion.«

Dardalion wurde rot. »Alles, was du getan hast, diente deinen eigenen Zwecken. Ich habe meine ganze Macht gebraucht, um dich zu schützen. Ich sah meine Schüler sterben, während ich dich beschützte. Ja, einmal in deinem Leben hast du etwas Anständiges getan. Gut für dich! Du brauchst mich nicht, Waylander. Du hast mich nie gebraucht. Alles, woran ich glaube, wird durch dein Leben verhöhnt. Kannst du das begreifen? Deine Seele ist wie eine sengende Fackel aus dunklem Licht, und ich muß mich wappnen, um im selben Raum mit dir zu sein, und meine Gabe abschirmen, damit dein Licht mich nicht verdirbt.«

»Du hörst dich an wie ein furzendes Schwein, und deine Worte stinken ebenso«, fauchte Waylander. »Dich verderben? Glaubst du, ich habe nicht gesehen, was du hier tust? Du hast in Kasyra Rüstungen fertigen lassen und Helme, die Runenzahlen tragen. Messer, Bögen, Schwerter. Kriegerpriester! Ist das nicht ein Widerspruch in sich, Dardalion? Meine Gewalt ist wenigstens ehrlich.

Ich kämpfe, um am Leben zu bleiben. Ich töte nicht mehr für Geld. Ich habe eine Tochter, die ich zu beschützen versuche. Was ist deine Entschuldigung dafür, daß du Priester zum Töten ausbildest?«

»Das würdest du nicht verstehen!« zischte der Abt. Er spürte, daß sein Herz schneller schlug und daß der Zorn ihn zu überwältigen drohte.

»Du hast recht, Dardalion. Ich verstehe es nicht. Aber ich bin auch kein religiöser Mensch. Ich diente einst der QUELLE, aber dann verstieß sie mich und tötete meine Frau. Jetzt sehe ich ihren Abt, der Soldat spielt. Nein, ich verstehe es nicht. Aber ich verstehe das Wesen der Freundschaft. Ich würde für die Menschen sterben, die ich liebe. Und wenn ich eine Gabe hätte wie deine, würde ich sie ihnen nicht verweigern. Bei den Göttern, Mann, ich würde sie nicht einmal einem Menschen verweigern, den ich nicht mag.« Ohne ein weiteres Wort marschierte der schwarzgekleidete Krieger aus dem Zimmer.

Dardalion sank in seinen Sessel und bemühte sich, ruhig zu werden. Eine Zeitlang betete er. Dann meditierte er, bevor er wieder betete. Schließlich öffnete er die Augen. »Ich wünschte, ich hätte es dir sagen können, mein Freund«, flüsterte er. »Aber das wäre zu schmerzlich für dich gewesen.«

Dardalion schloß erneut die Augen und ließ seinen Geist frei. Er glitt durch Fleisch und Knochen, als ob sein Körper zu Wasser geworden wäre, und tauchte auf wie ein Schwimmer, der nach Luft ringt. Als er hoch über dem Tempel war, blickte er auf die graue Burg und den hohen Hügel hinunter, auf dem sie stand, und er sah, wie sich die Stadt um den Fuß des Hügels herum ausbreitete, die schmalen Straßen, die großen Marktplätze und dahinter die Bärenkäfige, blutbesudelt. Doch seine Geist-Augen suchten nach dem Mann, der sein Freund gewesen war. Er ging leichten Schrittes den gewundenen Pfad zum Wald entlang, und Dardalion spürte seinen Kummer und seinen Zorn. Und die Freiheit des Himmels konnte nicht die Traurigkeit vertreiben, die den Abt überfiel.

»Du hättest es ihm sagen können«, flüsterte die Stimme Vishnas in seinem Geist.

»Das Gleichgewicht ist zu zerbrechlich.«

»Ist er denn so wichtig?«

»Er selbst? Nein«, antwortete Dardalion. »Aber seine Taten werden die Zukunft von Nationen verändern – das weiß ich. Und ich darf nicht – werde nicht – versuchen, ihn zu leiten.«

»Was wird er tun, wenn er die Wahrheit herausfindet?«

Dardalion zuckte die Achseln. »Was er immer tut, Vishna. Er wird jemanden suchen, den er töten kann. Das ist seine Art – ein ehernes Gesetz. Er ist nicht böse, mußt du wissen, aber er besitzt keine Kompromißbereitschaft. Könige glauben, daß es ihr Wille ist, der die Geschichte lenkt. Sie irren. Zu allen großen Ereignissen gehören Menschen wie Waylander. Die Geschichte erinnert sich vielleicht nicht an sie, aber sie sind da.« Er lächelte. »Frag ein Kind, wer den Vagrischen Krieg gewonnen hat, und es wird dir antworten: Karnak. Doch Waylander holte die Bronzerüstung zurück. Waylander tötete den feindlichen General Kaem.«

»Er ist ein Mann mit Macht«, stimmte Vishna zu. »Das konnte ich spüren.«

»Er ist der tödlichste Mann, dem ich je begegnet bin. Die ihn jagen, werden es zu spüren bekommen, fürchte ich.«

Waylander stellte fest, daß er seinen Zorn nur schwer beherrschen konnte, als er dem gewundenen Bergpfad folgte, der hinunter zum Wald führte. Er hielt inne und setzte sich an den Wegrand. Zorn macht blind, sagte er sich. Zorn stumpft die Sinne ab! Er holte tief und langsam Luft.

Was hast du von ihm erwartet?

Mehr als ich bekam.

Es war quälend, denn er hatte den Priester geliebt. Und ihn bewundert – die Sanftheit seiner Seele, den unerschöpflichen Brunnen von Vergebung und Verständnis, die er aufbringen konnte. Was hat dich verändert, Dardalion? fragte er sich. Aber er kannte dic Antwort, und sie lastete auf seinem Herzen mit dem ganzen Gewicht, das nur Schuld bewirken kann.

Vor zehn Jahren hatte er den jungen Dardalion gefunden, der von Räubern gefoltert wurde. Wider sein besseres Wissen hatte er ihn gerettet – und damit war er in den Vagrischen Krieg hineingezogen worden. Er half Danyal und den Kindern, fand die Bronzerüstung, kämpfte gegen Werungeheuer und dämonische Krieger. Der Priester hatte sein Leben verändert. Dardalion war damals rein gewesen, ein Anhänger der QUELLE, unfähig zu kämpfen, selbst um zu überleben; nicht bereit, auch nur Fleisch zu essen. Er konnte nicht einmal die Männer hassen, die ihn folterten, oder den furchtbaren Feind, der das Land verheerte und Tausenden Blut und Tod brachte.

Waylander hatte ihn verändert. Als der Priester in Trance gewesen war und sein Geist durch die Leere irrte, hatte Waylander sich in den Arm geschnitten und ihn über Dardalions Gesicht gehalten. Und das Blut war auf die Wangen des Priesters getropft, auf seine Haut und die Lippen und in seinen Mund. Der bewußtlose Dardalion hatte heftig reagiert; sein Körper krümmte sich in beinahe epileptischen Krämpfen.

Und er tötete den Dämonen-Geist, der ihn jagte.

Um Dardalions Leben zu retten, hatte Waylander seine Seele besudelt.

»Du hast mich auch besudelt«, flüsterte Waylander.

»Du hast mich mit deiner Reinheit berührt. Du hast ein Licht auf die dunklen Stellen geworfen.« Müde stemmte er sich hoch. Von hier aus konnte er die Stadt unter sich liegen sehen, die kleine Kirche, nur einen Steinwurf von den blutbespritzten Bärengehegen entfernt, die aus Holz gebauten Häuser und Ställe. Er hatte nicht hierherkommen wollen. Im Süden lag sein Zuhause; im Süden wartete Danyal auf ihn, still inmitten der Blumen und des glitzernden Wasserfalls.

Sobald er die Deckung des Waldes erreicht hatte, entspannte er ein wenig und spürte den langsamen, ewigen Herzschlag des Waldes um sich herum. Was scherten sich diese Bäume um die Hoffnungen der Menschen? Ihr Geist war immerwährend, wurde in die Blätter hineingeboren, sank wieder zu Boden, mischte sich mit der Erde, nährte den Baum, und wurde wieder zu Blättern. Ein endloser, passiver Zyklus aus Geburt und Wiedergeburt im Laufe der Äonen. Keine Morde gab es hier, keine Schuld. Er fühlte das Gewicht seiner Waffen und wünschte, er könnte sie alle von sich werfen und nackt durch den Wald wandern, die weiche Erde unter seinen Füßen, die warme Sonne auf seinem Rücken.

Ein Schmerzensschrei ertönte ein Stück links von ihm, gefolgt von Flüchen. Mit raschen Schritten, ein Messer in der Hand, schob er sich durch die Büsche und sah, etwa fünfzig Schritt entfernt, vier Männer, die vor dem Eingang einer flachen Höhle standen, am Fuß eines sanften Abhangs. Drei trugen hölzerne Keulen, ein vierter hatte ein Kurzschwert, das – wie Waylander selbst auf diese Entfernung sehen konnte – teilweise verrostet war.

»Das Mistvieh hat mir fast den Arm abgerissen«, klagte ein untersetzter Mann mit beginnender Glatze. Aus einer Fleischwunde an seinem Unterarm tropfte Blut.

»Wir brauchen einen Bogen oder Speere«, sagte ein anderer.

»Laßt das Tier doch. Es ist ein Dämon«, sagte ein dritter und wich zurück. »Außerdem stirbt es sowieso.«

Einer nach dem anderen zogen sie sich von der Höhle zurück, doch der letzte Mann blieb stehen und warf einen großen Stein in die Dunkelheit. Ein tiefes Grollen war zu hören, und ein riesiger Hund erschien im Eingang, Blut an den Fangzähnen. Die Männer brachen plötzlich in Panik aus und rannten den Hang hinauf. Der erste, der dicke Glatzkopf mit dem verletzten Arm, sah Waylander dort stehen und hielt.

»Geh nicht dort hinunter, Freund«, sagte er. »Der Hund ist mörderisch.«

»Tollwut?« erkundigte sich Waylander.

»Nee. Einer der Kampfhunde. Heute morgen gab es einen Bärenkampf, und einen verdammt guten dazu. Aber einer von Jezels Hunden riß aus. Der schlimmste von ihnen, ein halber Wolf. Wir dachten, der Bär hätte ihn umgebracht, und waren dabei, die Kadaver rauszuzerren, aber er war nicht tot. Das Mistvieh sprang auf und zerriß Jezel die Kehle. Schrecklich. Wirklich schrecklich. Dann rannte er davon. Die Götter mögen wissen, wie er das geschafft hat. Wo er doch von dem Bär halb zerrissen war.«

»Nicht viele Hunde greifen ihre Besitzer an«, meinte Waylander.

»Kampfhunde schon«, warf ein zweiter Mann ein, hochgewachsen und klapperdürr. »Das ist die Ausbildung, verstehst du? Die Schläge und das Hungernlassen und so. Jezel ist ... war ... ein verdammt guter Ausbilder. Der beste.«

»Danke für die Warnung«, sagte Waylander.

»Keine Ursache«, erwiderte der Dünne. »Brauchst du ein Bett für die Nacht? Mir gehört das Gasthaus. Wir haben ein schönes Zimmer.«

»Danke, nein. Ich habe kein Geld.«

Sofort ließ das Interesse des Mannes nach, und mit

einem raschen Lächeln ging er an Waylander vorbei und schlenderte, gefolgt von den anderen, in Richtung Stadt. Waylanders Blick schweifte zu dem Hund, der erschöpft ins Gras gesunken war und jetzt schwer atmend auf der rechten Seite lag. Die blutverkrusteten Flanken bebten.

Waylander ging langsam den Hang hinab und blieb ein Stück vor dem verwundeten Tier stehen. Von dort konnte er sehen, daß er zahlreiche Verletzungen hatte, und die grauen Flanken trugen andere, ältere Narben von Klauen, Zähnen und Peitsche. Der Hund blickte ihn aus gequälten Augen an, hatte aber keine Kraft mehr, und als Waylander sich erhob und zu ihm ging, ließ er nur noch ein müdes Grollen hören.

»Du kannst damit aufhören«, sagte Waylander und streichelte sanft den großen grauen Kopf des Tieres. An den Wunden konnte er ersehen, daß der Hund den Bären mindestens dreimal angegriffen hatte. Aus vier parallelen Kratzern in seinem Fell sickerte Blut; die Haut hatte sich zurückgezogen, so daß Muskeln und Fleisch zu sehen waren. Nach der Größe der Klauenspuren zu urteilen, mußte der Bär sehr groß gewesen sein. Waylander steckte sein Messer weg und untersuchte die Wunden. Einige Muskeln waren zerfetzt, aber er konnte keine gebrochenen Knochen finden.

Wieder ließ der Hund ein tiefes Grollen hören, als Waylander einen Hautlappen zurechtzog. Das Tier versuchte, den Kopf zu drehen und die Zähne zu blecken. »Bleib still liegen«, befahl der Mann, »wir werden sehen, was wir tun können.« Aus einem Lederbeutel an seinem Gürtel nahm Waylander eine lange Nadel und einen dünnen Faden und nähte damit die größte Wunde zusammen, um so den Blutstrom zu stoppen. Schließlich war er zufrieden und kraulte das Tier hinter den Ohren. »Du mußt versuchen aufzustehen«, sagte er mit leiser, beruhigender Stimme. »Ich muß mir deine linke Seite ansehen. Hoch, Bursche!«

Der Hund mühte sich ab, sank aber wieder zu Boden. Die Zunge hing ihm aus dem großen Maul.

Waylander stand auf und ging aus der Höhle zu einem umgestürzten Baum, von dem er einen langen Streifen Rinde schnitt, die er zu einer flachen Schale bog. In der Nähe war ein kleiner Wasserlauf, an dem er die Schale füllte. Er trug sie zurück zu dem verwundeten Hund und hielt sie ihm unters Maul. Die Nüstern des Tieres bebten, und wieder versuchte es mühsam, sich zu erheben. Waylander schob seine Hand unter die gewaltigen Schultern und half ihm auf die Füße. Der Kopf senkte sich, die Zunge schlappte langsam das Wasser auf. »Gut«, sagte Waylander. »Gut. Trink alles auf.« Auf der linken Flanke des Hundes waren noch vier ausgefranste Wunden, die jedoch mit Schmutz und Erde verklebt waren, was wenigstens die Blutungen gestillt hatte.

Nachdem der Hund gesoffen hatte, sank er wieder erschöpft zu Boden. Der große Kopf ruhte auf den gewaltigen Pfoten. Waylander setze sich neben das Tier, das ihn beäugte, ohne zu blinzeln. Er sah die vielen Narben, alte und neue, die kreuz und quer über die Flanken und den Kopf des Hundes verliefen. Das rechte Ohr war ihm vor ein paar Jahren abgerissen worden, und eine lange Narbe erstreckte sich von der Schulter zum ersten Gelenk des rechten Beines. »Bei den Göttern, du bist ein Kämpfer, Bursche«, sagte Waylander bewundernd. »Und du bist kein Jüngling mehr. Wie alt bist du? Acht? Zehn? Na, diese Feiglinge haben sich jedenfalls geirrt. Du wirst nicht sterben, oder? Die Genugtuung gibst du ihnen nicht, was?«

Der Mann griff in sein Hemd und zog ein Stück Trockenfleisch hervor, das in ein Tuch gewickelt war. »Damit wollte ich noch zwei Tage auskommen«, sagte Waylander, »aber ich kann es auch eine Zeitlang ohne Mahlzeit aushalten. Bei dir bin ich mir da nicht so sicher.« Er faltete das Tuch auseinander, nahm sein Messer und schnitt ein Stück Fleisch ab, das er dem Hund vorlegte. Das Tier schnüffelte lediglich daran; dann blickten die braunen Augen wieder den Mann an. »Friß, du Dummkopf«, sagte Waylander, nahm das Fleisch und hielt es dem Hund an die langen Zähne. Die Zunge schoß vor, und der Mann beobachtete, wie der Hund müde kaute. Langsam, während die Stunden vergingen, fütterte er den verletzten Hund mit dem restlichen Fleisch. Im letzten Licht des Tages warf er noch einen Blick auf die Wunden. Die meisten hatten sich geschlossen, wenn auch aus der tiefsten Verletzung an der rechten hinteren Flanke noch Blut sickerte.

»Mehr kann ich nicht für dich tun, mein Junge«, sagte Waylander und stand auf. »Viel Glück. Wenn ich du wäre, würde ich hier nicht mehr allzu lange bleiben. Möglicherweise kommen diese Schwachköpfe zurück, um dich zu jagen – und diesmal bringen sie vielleicht einen Bogenschützen mit.« Ohne sich noch einmal umzusehen, verließ der Mann den Hund und ging zurück in den Wald.

Der Mond stand schon hoch, als er einen Lagerplatz fand, eine geschützte Höhle, so daß man sein Feuer nicht sehen konnte. Er saß noch bis tief in die Nacht, in seinen Umhang gewickelt. Er hatte für den Hund getan, was er konnte, aber das Tier hatte nur eine geringe Chance zu überleben. Es mußte jagen, um zu fressen, und mit seinen Verwundungen konnte es sich kaum bewegen. Wenn der Hund kräftiger gewesen wäre, hätte Waylander ihn ermuntert, ihn zu begleiten, und hätte ihn mit in die Hütte genommen. Miriel hätte das Tier gemocht. Waylander erinnerte sich an den verwaisten Fuchswelpen, den Miriel als Kind bemuttert hatte. Welchen Namen hatte sie ihm noch gegeben? Blue. Das war es. Er blieb fast ein Jahr lang in der Nähe der Hütte. Dann, eines Tages, war er davongelaufen und nie zurückgekehrt. Miriel war damals zwölf gewesen. Es war kurz bevor …

Die Erinnerung an das stürzende Pferd, sich überschlagend, der furchtbare Schrei …

Waylander schloß die Augen, verdrängte die Erinnerung, konzentrierte sich auf das Bild der kleinen Miriel, die den Fuchswelpen mit Brot fütterte, das in warmer Milch eingeweicht war.

Kurz vor Morgengrauen hörte er, wie sich etwas am Höhleneingang bewegte. Er rollte sich auf die Füße und zog sein Schwert. Der graue Wolfshund hinkte in die Höhle und ließ sich zu seinen Füßen nieder. Waylander lachte in sich hinein und schob das Schwert wieder in die Scheide. Er hockte sich nieder und streckte die Hand aus, um das Tier zu streicheln. Der Hund ließ ein tiefes, warnendes Grollen hören und bleckte die Zähne.

»Bei den Göttern, ich mag dich«, sagte Waylander. »Du erinnerst mich an mich selbst.«

Miriel beobachtete den häßlichen Krieger bei seinen Übungen, wie seine kräftigen Hände den Ast umklammerten; der Oberkörper war in Schweiß gebadet. »Siehst du«, sagte er, während er sich geschmeidig hochzog, »die Bewegung muß flüssig sein, die Füße geschlossen. Berühr das Holz mit dem Kinn und laß dich dann herab – aber denk dran, nicht zu schnell, ohne zu verkrampfen. Entspanne deinen Geist.« Seine Stimme klang ruhig, ohne eine Spur von Anstrengung.

Er war kräftiger gebaut als ihr Vater; seine Schultern und Arme waren voller dicker Muskelstränge. Miriel sah Schweiß über seine Schulter und an seiner Seite herabrinnen. Wie ein winziger Bach floß er über die Hügel und Täler seines Körpers. Sonnenlicht glitzerte auf seiner bronzenen Haut, und die weißen Narben schimmerten wie Elfenbein auf seiner Brust und seinen Armen. Ihr Blick wanderte zu seinem Gesicht, der eingeschlagenen Nase, den gespaltenen, deformierten Lippen, den geschwollenen, zerrissenen Ohren. Der Kontrast war beängstigend. Sein Körper war so schön.

Aber sein Gesicht …

Er ließ sich zu Boden fallen und grinste. »Früher hätte ich hundert geschafft. Aber fünfzig sind auch nicht schlecht. Was denkst du gerade?«

Miriel fühlte sich ertappt und wurde rot. »Bei dir sieht es so einfach aus«, sagte sie und wandte den Blick ab.

In den drei Tagen, die sie jetzt übte, hatte sie nur einmal fünfzehn Klimmzüge geschafft. Er zuckte die Achseln. »Du schaffst es schon noch, Miriel. Du mußt nur mehr daran arbeiten.« Er ging an ihr vorbei, nahm ein Handtuch und legte es sich um den Hals. »Was passierte mit deiner Frau?« fragte sie plötzlich.

»Mit welcher?«

»Wie viele hattest du denn?«

»Drei.«

»Ist das nicht etwas übertrieben?«

Er kicherte leise. »Mir kommt's inzwischen auch so vor«, gab er zu.

»Was war mit der ersten?«

Er seufzte. »Höllenkatze. Himmel, konnte sie kämpfen. Ein halber Dämon – und das war noch die sanfte Hälfte. Die Götter allein wissen, woher die andere Hälfte stammte. Sie schwor, ihr Vater sei ein Drenai, aber das habe ich keinen Augenblick geglaubt. Aber wir hatten auch schöne Zeiten. Wenn sie auch selten waren.«

»Starb sie?«

Er nickte. »Pest. Sie kämpfte dagegen, glaub mir. Alle Schwellungen waren weg, die Verfärbung. Ihr wuchsen sogar schon wieder die Haare. Dann holte sie sich eine Erkältung und hatte keine Kraft mehr, dagegen anzugehen. Starb in der Nacht. Ganz friedlich.«

»Warst du damals schon Gladiator?«

»Nein. Ich war Buchhalter bei einem Kaufmann.«

»Ich glaub' es nicht! Wie hast du sie kennengelernt?«

»Sie tanzte in einer Kneipe. Eines Abends packte ihr jemand ans Bein. Sie trat ihm in den Mund. Er zog einen Dolch. Ich hielt ihn auf.«

»Du? Ein Buchhalter?«

»Mach nicht den Fehler, den Mut oder die körperlichen Fähigkeiten eines Mannes danach zu beurteilen, welche Art von Arbeit er tun muß«, sagte er. »Ich kannte einmal einen Arzt, der auf vierzig Schritt mit einem Pfeil durch einen Goldring traf. Und einen Straßenfeger in Drenan, der einmal zwanzig Sathulikrieger allein aufhielt und drei von ihnen tötete, ehe er seinen verletzten Offizier zurück zum Lager schleppte. Beurteile einen Mann nach seinen Taten, nicht nach seiner Beschäftigung. Und jetzt laß uns wieder an die Arbeit gehen.«

»Was ist mit den anderen Frauen?«

»Du willst wohl nicht arbeiten, was? Na schön. Mal sehen, was kann ich dir über Kalla erzählen? Sie war auch Tänzerin. Arbeitete im Südviertel von Drenan. Mädchen aus Ventria. Süß – aber sie hatte eine Schwäche. Sie liebte die Männer. Konnte nicht nein sagen. Die Ehe hielt acht Monate. Dann lief sie mit einem Kaufmann aus Mashrapur davon. Und schließlich war da noch Voria. Sie war älter als ich, aber nicht viel. Ich war damals ein junger Kämpfer, und sie war die Gönnerin der Sechsten Arena. Sie entwickelte eine Vorliebe für mich, überschüttete mich mit Geschenken. Ich heiratete sie ihres Geldes wegen, muß ich zugeben. Aber ich lernte sie zu lieben – auf meine Art.«

»Und sie starb auch?«

»Nein. Sie erwischte mich mit zwei Dienstmädchen und warf mich hinaus. Machte mir das Leben zur Hölle. Drei Jahre lang versuchte sie, mich in der Arena umbringen zu lassen. Einmal versetzte sie meinen Spezialwein sogar mit einem Schlafmittel. Ich konnte mich kaum auf den Beinen halten, als ich in die Arena mußte. Dann heuerte sie zwei Meuchelmörder an. Ich mußte Drenan für eine Weile verlassen. Ich kämpfte in Vagria, in Gothir, sogar in Mashrapur.«

»Haßt sie dich immer noch?«

Er schüttelte den Kopf. »Sie heiratete einen jungen Edelmann. Dann starb sie plötzlich und hinterließ ihm ihr ganzes Geld. Sie stürzte aus einem Fenster. – Ein Unfall, hieß es. Aber ich sprach mit einem Diener, und der sagte mir, er habe gehört, daß sie einen schrecklichen Streit mit ihrem Mann hatte, kurz bevor sie … fiel.«

»Du glaubst, er hat sie getötet?«

»Da bin ich mir sicher.«

»Und jetzt lebt er genüßlich von ihrem Reichtum?«

»Nein. Seltsamerweise stürzte er zwei Nächte später aus demselben Fenster. Bei dem Fall brach er sich das Genick.«

»Du hattest nicht zufällig etwas damit zu tun?«

»Ich? Wie kommst du darauf? Aber jetzt an die Arbeit! Wir machen Schwertübungen.«

Gerade als Miriel ihr Schwert zog, nahm sie eine Bewegung im Gebüsch nördlich der Hütte wahr. Zuerst dachte sie, ihr Vater sei zurückgekehrt, denn der erste Mann, den sie erblickte, war ganz in Schwarz gekleidet. Aber er trug einen Langbogen und hatte einen dunklen Bart. Ein kleinerer, stämmigerer Mann in einer gelbbraunen Lederjacke folgte ihm.

»Überlaß das mir«, flüsterte Angel. »Und sag kein Wort, auch wenn sie dich ansprechen.«

Er drehte sich um und wartete, als die Männer näher kamen. »Guten Tag«, sagte der Schwarzgekleidete.

»Dir auch, mein Freund. Auf der Jagd?«

»Ja. Dachten, wir finden vielleicht einen Hirsch.«

»Südlich von hier gibt es viele. Auch Wildschweine, wenn man das Fleisch mag.«

»Hübsche Hütte. Deine?«

»Ja«, antwortete Angel.

Der Mann nickte. »Dann bist du wohl Dakeyras?«

»Richtig. Das ist meine Tochter. Woher kennst du mich?«

»Wir haben ein paar Leute in den Bergen getroffen. Sie sagten, daß du hier deine Hütte hast.«

»Dann wolltet ihr uns besuchen?«

»Nicht ganz. Wir dachten, du könntest ein alter Freund von mir sein. Er hieß auch Dakeyras, aber er war größer als du und dunkler.«

»Ist ja kein seltener Name«, meinte Angel. »Wenn ihr einen Hirsch erlegt, kaufe ich gern etwas von dem Fleisch. Wenn der Winter kommt, wird das Wild ziemlich knapp.«

»Ich denke daran«, sagte der Bogenschütze.

Die beiden Männer wanderten Richtung Süden davon. Angel sah ihnen nach, bis sie außer Sichtweite waren.

»Kopfgeldjäger?« fragte Miriel.

»Fährtensucher, Jäger. Sie dürften in den Diensten von Senta oder Morak stehen.«

»Du bist ein ganz schönes Risiko eingegangen mit der Behauptung, du wärst Dakeyras.«

»Eigentlich nicht«, widersprach er. »Sie hatten vermutlich eine Beschreibung von Waylander – und die paßt bestimmt nicht auf mich.«

»Und wenn sie keine Beschreibung haben? Was, wenn sie dich einfach angegriffen hätten?«

»Dann hätte ich sie getötet. Und jetzt an die Arbeit.«

Kesa Khan starrte finster in die grünen Flammen, ohne daß seine jettschwarzen Augen blinzelten. Er räusperte sich und spie ins Feuer. Seine Miene war ausdruckslos, sein Herz klopfte wild.

»Was siehst du, Schamane?« fragte Anshi Chen. Der

alterswelke Schamane befahl mit einer Handbewegung Stille, und der untersetzte Häuptling gehorchte. Er konnte dreihundert Schwerter mobilisieren, aber er fürchtete den kleinen Mann so sehr, wie er nichts auf der Welt fürchtete, nicht einmal den Tod.

Kesa Khan hatte alles gesehen, was er brauchte, doch seine schrägen Augen blickten immer noch gebannt in die tanzenden Flammen. Mit einer knochigen Hand griff er in einen der vier irdenen Töpfe, die vor ihm standen, nahm eine Preise gelbes Pulver heraus und schnippte sie ins Feuer. Die Flammen flackerten auf, orange und rot; Schatten sprangen an die Höhlenwand und tobten wie Dämonen umher. Anshi Chen räusperte sich und schniefte laut. Seine dunklen Nadiraugen huschten nervös hin und her.

Kesa lächelte dünn. »Ich habe den Drachen im Traum gesehen«, sagte er mit einem zischenden Wispern.

Die Farbe wich aus Anshis Gesicht. »Dann ist es vorbei? Wir sind alle tot?«

»Vielleicht«, gab Kesa ihm recht. Er genoß die Furcht, die von dem Krieger ausging.

»Was können wir tun?«

»Was die Nadir stets getan haben. Wir werden kämpfen.«

»Die Gothir haben Tausende von Kriegern, gute Rüstungen, stählerne Schwerter, die nicht stumpf werden. Bogenschützen. Lanzenreiter. Wie können wir gegen sie kämpfen?«

Kesa schüttelte den Kopf. »Ich bin nicht der Kriegsherr der Wölfe, du bist es.«

»Aber du kannst in den Herzen unserer Feinde lesen! Du könntest Dämonen ausschicken, die ihnen die Bäuche aufreißen. Oder ist Zhu Chao mächtiger als Kesa Khan?« Für einen Moment herrschte Schweigen, dann beugte Anshi Chen sich vor und senkte den Kopf. »Vergib mir, Kesa. Ich sprach im Zorn.«

Der Schamane nickte. »Ich weiß. Aber in deiner Furcht liegt Wahrheit. Zhu Chao *ist* mächtiger. Er kann das Blut vieler Seelen in Anspruch nehmen. Der Kaiser hat tausend Sklaven, und viele Herzen werden auf den Altar des Dunklen Gottes gelegt. Und was habe ich?« Der kleine Mann drehte sich um und deutete auf die drei toten Hühnchen. Er lachte trocken. »Damit kann ich kaum Dämonen befehligen, Anshi Chen.«

»Wir könnten die Grünaffen überfallen und einige Kinder rauben«, schlug Anshi vor.

»Nein! Ich werde keine Kinder der Nadir opfern.«

»Aber sie sind der Feind.«

»Heute sind sie der Feind, aber eines Tages werden alle Nadir vereint – so steht es geschrieben. Dies ist die Botschaft, die Zhu Chao dem Kaiser gebracht hat. Deswegen taucht der Drache im Traum auf.«

»Dann kannst du uns nicht helfen?«

»Sei kein Narr, Anshi Chen. Ich helfe dir jetzt! Bald werden die Gothir gegen uns reiten. Wir müssen uns für diesen Tag vorbereiten. Unser Winterlager muß nahe den Mondbergen sein, und wir müssen bereit sein, dorthin zu fliehen.«

»Die Berge?« flüsterte Anshi. »Aber die Dämonen …«

»Entweder das, oder wir sterben. Deine Frauen und deine Kinder, und die Kinder deiner Kinder.«

»Warum nicht nach Süden fliehen? Wir könnten reiten, bis wir Hunderte von Kilometern von Gulgothir entfernt sind. Wir könnten uns unter andere Stämme mischen. Wie sollten sie uns dort finden?«

»Zhu Chao würde dich finden«, erwiderte Kesa. »Sei stark, Kriegsherr. Von einem aus unserer Mitte wird der Führer kommen, auf den die Nadir warten. Kannst du das verstehen? Der Mann, der die Stämme eint! Er wird die Gothirherrschaft beenden. Er wird uns die Welt geben.«

»Werde ich das noch erleben?«

Kesa schüttelte den Kopf. »Nein. Aber ich auch nicht«, versicherte er dem Häuptling.

»Es wird geschehen, wie du sagst«, versprach Anshi. »Wir werden unser Lager verlegen.«

»Und nach Belash schicken.«

»Ich weiß nicht, wo er ist.«

»Südlich der neuen Festung der Drenai, in den Bergen, die sie Skeln nennen. Schicke Shia, daß sie ihn heimholt.«

»Belash liebt mich nicht, Schamane. Das weißt du.«

»Ich weiß viele Dinge, Anshi. Ich weiß, daß wir uns in den kommenden Tagen auf dein beständiges Urteil verlassen werden und auf deine Fähigkeiten. Du bist bekannt und geachtet als der Schlaue Fuchs. Aber ich weiß, daß wir die Macht Belashs brauchen, den Weißen Tiger in der Nacht. Und er wird einen anderen mitbringen: Er wird uns den Schatten des Drachen bringen.«

Ekodas blieb vor dem Studierzimmer des Abts stehen, um seine Gedanken zu sammeln. Er liebte das Leben im Tempel, die Ruhe und Kameradschaft, die Stunden des Studierens und der Meditation, selbst die körperlichen Übungen: Laufen, Bogenschießen und Schwertfechten. Er fühlte sich in jeder Weise als Teil der Dreißig.

Mit einer Ausnahme.

Er klopfte an die Tür; dann drückte er die Klinke herunter. Der Raum wurde durch drei verglaste Laternen erhellt, und er sah Dardalion am Schreibtisch sitzen, über eine Karte aus Ziegenleder gebeugt. Der Abt blickte auf. In dem sanften Licht wirkte er jünger; die silbernen Strähnen in seinem Haar sahen aus wie schimmerndes Gold.

»Willkommen, mein Junge. Komm herein und setz dich.« Ekodas verbeugte sich und ging zu einem Stuhl. »Sollen wir unsere Gedanken teilen, oder möchtest du lieber laut sprechen?« fragte Dardalion.

»Ich möchte sprechen, Vater.«

»Schön. Vishna und Magnic erzählten mir, daß du noch immer Kummer hast.«

»Ich habe keinen Kummer, Vater. Ich weiß, was ich weiß.«

»Und du siehst keine Arroganz darin?«

»Nein. Meine Überzeugungen sind nur die gleichen wie deine, ehe du deine Abenteuer mit dem Mörder Waylander erlebt hast. Hattest du damals unrecht?«

»Ich glaube nicht«, antwortete Dardalion. »Aber inzwischen bin ich nicht mehr der Meinung, daß es nur noch einen einzigen Weg zur QUELLE gibt. Egel war ein Mann mit Visionen und ein Gläubiger. Dreimal am Tag betete er um Führung. Doch er war auch ein Soldat, und durch ihn – ja, auch durch Karnak – wurde das Land der Drenai vor dem Feind gerettet. Jetzt ist er tot. Glaubst du, die QUELLE hat sich geweigert, seine Seele ins Paradies zu führen?«

»Die Antwort darauf weiß ich nicht«, sagte der junge Mann. »Aber ich weiß, daß ich gelehrt wurde – von dir und anderen –, daß Liebe das größte Geschenk der QUELLE ist. Liebe zu allem Leben, zu ihrer ganzen Schöpfung. Jetzt aber höre ich von dir, daß ich ein Schwert tragen und Leben nehmen soll. Das kann nicht richtig sein.«

Dardalion lehnte sich vor, die Ellbogen auf den Schreibtisch gestützt, die Hände gefaltet wie im Gebet. »Akzeptierst du, daß die QUELLE den Löwen schuf?«

»Natürlich.«

»Und das Reh?«

»Ja – und der Löwe schlägt das Reh. Das weiß ich. Ich verstehe es nicht, aber ich akzeptiere es.«

»Ich möchte fliegen«, sagte Dardalion. »Komm mit mir.«

Der Abt schloß die Augen. Ekodas machte es sich in seinem Sessel etwas bequemer und ließ die Arme auf den gepolsterten Lehnen ruhen; dann holte er tief Luft. Die Freilassung des Geistes wirkte bei Dardalion mühelos. Für Ekodas dagegen war es meist außerordentlich schwierig, als ob seine Seele mit Widerhaken am Fleisch hinge. Er folgte den Lektionen, die er seit zehn Jahren lernte, wiederholte die Mantras, klärte seinen Geist.

Die Taube im Tempel, die sich öffnende Tür, der goldene Kreis im blauen Feld, ausgebreitete Flügel im goldenen Käfig, das Abstreifen der Ketten auf dem Boden des Tempels.

Er spürte, wie er seinen Körper loszulassen begann, als ob er in den warmen Wassern des Mutterschoßes trieb. Hier war er sicher, zufrieden. Das Gefühl kehrte zurück: sein Rücken am das harte Holz des Stuhles, seine Füße in den Sandalen auf dem kalten Fußboden. Nein, nein, schalt er sich selbst. Du verlierst es! Er verstärkte seine Konzentration wieder. Aber er konnte nicht fliegen.

Dardalions Stimme flüsterte in seinen Gedanken. »Nimm meine Hand, Ekodas.«

Ein Licht schien golden und wärmend, und Ekodas nahm das Verschmelzen dankend hin. Die Freilassung erfolgte sofort, und sein Geist durchbrach den Tempel seines Körpers, stieg empor durch den zweiten Tempel aus Stein, um hoch am nächtlichen Himmel über Drenai zu fliegen.

»Warum ist es für mich so schwierig?« fragte er den Abt.

Dardalion – wieder jung, das Gesicht faltenlos – streckte eine Hand aus und berührte seinen Schüler an der Schulter. »Zweifel sind Ängste, mein Junge. Und Träume des Fleisches. Kleine Sünden, bedeutungslos, aber beunruhigend.«

»Wohin fliegen wir, Vater?«

»Folge mir und beobachte.« Sie flogen nach Osten, über das glitzernde, sternenbeschienene Ventrische Meer. Ein Sturm tobte hier, und weit unter ihnen kämpfte eine kleine Trireme gegen die Elemente. Große Wellen schlugen über ihrem flachen Deck zusammen. Ekodas sah, wie ein Seemann über Bord gespült wurde, wie er in den Wellen versank, wie der glitzernde Funke seiner Seele aufstieg und verschwand.

Das Land unter ihnen wirkte dunkel; die Berge und Ebenen von Ventria erstreckten sich nach Osten, während hier, an der Küste, hell erleuchtete Städte und Häfen wie Juwelen auf einem schwarzen Mantel schimmerten. Dardalion flog hinab, hinab … Die beiden Priester schwebten ein paar hundert Meter hoch in der Luft, und Ekodas sah die zahlreichen Schiffe, die hier vor Anker lagen, hörte das dröhnende Hämmern der Waffenschmiede in der Stadt.

»Die ventrische Kriegsflotte«, sagte Dardalion. »Sie wird im Laufe der Woche auslaufen. Sie werden Purdol, Erekban und Lentrum angreifen und Armeen an Land setzen, um in Drenai einzumarschieren. Krieg und Zerstörung.«

Er flog weiter, überquerte die hohen Berge und glitt dann über eine Stadt aus Marmor, deren Häuser in gitterförmig angelegten Prachtstraßen und einem Gewirr kleiner Straßen lagen. Auf dem höchsten Hügel stand ein Palast, umgeben von hohen Mauern, die von zahlreichen Wächtern in goldbetreßten, weißsilbernen Rüstungen bemannt waren. Dardalion flog in den Palast, durch die Mauern und die Wandbehänge aus Samt und Seide, bis er schließlich in ein Schlafzimmer kam, wo ein Mann mit dunklem Bart im Schlaf lag. Über dem Mann schwebte sein Geist, formlos und vage, unbewußt und unwissend.

»Wir könnten den Krieg jetzt aufhalten«, sagte Dardalion, in dessen Hand ein silbernes Schwert erschien. »Ich könnte die Seele dieses Mannes erschlagen. Dann wären Tausende von Drenaibauern und Soldaten, Frauen und Kindern in Sicherheit.«

»Nein!« schrie Ekodas und schwebte rasch zwischen den Abt und den formlosen Geist des ventrischen Königs.

»Glaubst du wirklich, ich würde so etwas tun?« fragte Dardalion traurig.

»Ich ... ich, es tut mir leid, Vater. Ich sah das Schwert und ...« Seine Stimme brach.

»Ich bin kein Mörder, Ekodas. Und ich kenne nicht den ganzen Willen der QUELLE. Den kennt niemand. Und niemals wird ein Mensch ihn kennen, auch wenn es viele gibt, die dieses Wissen zu besitzen behaupten. Nimm meine Hand, mein Sohn.« Die Mauern des Palastes verschwanden, und mit schwindelerregender Geschwindigkeit überquerten die beiden Seelen noch einmal das Meer, diesmal nach Nordosten. Farben zuckten vor Ekodas' Augen, und hätte Dardalion ihn nicht so fest gehalten, wäre er in den wirbelnden Lichtern verlorengegangen. Sie wurden langsamer, und Ekodas blinzelte, um sich wieder zurechtzufinden. Unter ihm lag eine weitere Stadt mit Marmorpalästen. Ein riesiges Amphitheater im Westen und ein gewaltiges Stadion für Wagenrennen im Zentrum wiesen sie als Gulgothir aus, die Hauptstadt des Gothirreiches.

»Was wollen wir hier sehen, Vater?« fragte Ekodas.

»Zwei Männer«, antwortete Dardalion. »Wir haben die Pforten der Zeit durchschritten, um hier zu sein. Die Szene, die du sehen wirst, geschah vor fünf Tagen.«

Immer noch die Hand des jungen Priesters haltend, schwebte Dardalion über die Palastmauern in einen kleinen Raum hinter dem Thronsaal. Der Kaiser der Gothir saß auf einem seidenbespannten Diwan. Er war ein junger Mann, nicht älter als zwanzig, mit großen, vorstehenden Augen und einem fliehenden Kinn, das von einem Bärtchen halb verdeckt wurde. Auf einem niedrigen Hocker vor ihm saß ein zweiter Mann, in lange, dunkle Gewänder aus schimmernder Seide gekleidet, die mit Silber bestickt waren. Sein Haar war dunkel und mit Öl flach an den Schädel geklebt; die Koteletten waren unnatürlich lang und hingen geflochten bis auf die Schultern. Seine Augen unter den dichten, hohen Brauen waren schräg; sein Mund bildete eine dünne Linie.

»Du sagst, das Reich ist in Gefahr, Zhu Chao«, sagte der Kaiser, dessen tiefe Stimme, volltönend und stark, sein schwächliches Äußeres Lügen strafte.

»In der Tat, Majestät. Wenn Ihr nicht handelt, werden Eure Nachkommen abgesetzt, Eure Städte erobert. Ich habe die Omen gelesen. Die Nadir warten nur auf den, der die Stämme eint. Und er wird kommen, vom Stamme der Wolfsschädel.«

»Und was kann ich dagegen tun?«

»Wenn die Wölfe deine Schafe töten, mußt du die Wölfe töten.«

»Du sprichst von einem ganzen Stamm der Nadir.«

»Allerdings, Majestät. Achthundertundvierzig Wilde. Sie sind keine Menschen, so wie Ihr und ich dieses Wort verstehen. Ihre Leben sind bedeutungslos. Aber ihre künftigen Söhne könnten das Ende der Zivilisation der Gothir bedeuten.«

Der Kaiser nickte. »Es wird einige Zeit dauern, um genügend Männer für diese Aufgabe zu sammeln. Wie du weißt, stehen die Ventrier kurz davor, ins Land der Drenai einzumarschieren, und ich habe meine eigenen Pläne.«

»Das verstehe ich, Majestät. Ihr wollt sicher die Sentranische Ebene als Teil Gothirs zurückerobern, was nur richtig und gerecht ist. Aber das wird nicht mehr als zehntausend Mann erfordern. Eurem Befehl unterstehen zehnmal so viele.«

»Aber ich brauche sie, Zauberer. Es gibt immer Feinde

im Innern, die den Monarchen stürzen wollen. Ich kann dir fünftausend Mann für diese kleine Aufgabe überlassen. In einem Monat hast du das Massaker, das du dir wünscht.«

»Ihr mißversteht mich, Majestät«, sagte Zhu Choa mit einer tiefen Verbeugung, bei der er die Hände ausbreitete wie ein Bittsteller. »Ich denke nur an die Zukunft Gothirs.«

»Oh, ich glaube an die Prophezeiung, Zauberer. Andere Magier und mehrere Schamanen haben mir ähnliche Geschichten erzählt, wenn auch keiner einen einzelnen Stamm beim Namen nannte. Aber du hast andere Gründe für deinen Wunsch, die Wölfe zu vernichten, sonst hättest du den, der die Stämme eint, zurückverfolgt bis zu einem Mann mit einem Namen. Das hätte die Aufgabe sehr viel einfacher gemacht: ein Messer in der Nacht. Halte mich nie für einen Dummkopf, Zhu Chao. Du hast eigene Gründe dafür, warum sie alle sterben sollen.«

»Ihr seid allweise, Majestät, und allwissend«, flüsterte der Zauberer, fiel auf die Knie und berührte mit der Stirn den Boden.

»Nein, das bin ich nicht. Und das zu wissen, ist meine Stärke. Aber ich werde dir die Toten geben, die du willst. Du bist mir ein guter Diener gewesen und hast nie ein falsches Spiel mit mir gespielt. Und wie du schon sagst, es sind nur Nadir. Es wird die Truppe anstacheln, die Soldaten anfeuern vor der Invasion von Drenan. Ich verstehe dich doch recht – du willst die Ritter der Bruderschaft in den Kampf schicken?«

»Selbstverständlich, Majestät. Wir brauchen sie, um gegen die böse Macht Kesa Khans zu kämpfen.«

Die Szene verblaßte, und Ekodas fühlte wieder das warme Gefängnis seines Körpers. Er öffnete die Augen und sah, wie Dardalion ihn anstarrte. »Sollte ich daraus etwas lernen, Vater Abt? Ich sah nur schlechte Männer, stolz und unbarmherzig. Die Welt ist voll davon.«

»Das stimmt«, gab Dardalion ihm recht. »Und sollten wir unser Leben damit verbringen, durch die Welt zu reisen und sie zu erschlagen, gäbe es am Ende unserer Reise mehr von ihnen als zu Beginn.«

»Aber genau das ist doch mein Argument, Herr Abt«, sagte Ekodas erstaunt.

»Stimmt. Und das solltest du bedenken. Ich schätze dein Argument, und ich akzeptiere die Voraussetzung, auf der es beruht. Dennoch glaube ich an die Sache der Dreißig. Ich glaube trotzdem, daß wir ein Tempel der Schwerter sein müssen. Ich möchte, daß du morgen abend die Diskussion leitest, Ekodas. Ich werde deine Argumente vortragen, als wären es meine eigenen. Und du wirst meine vortragen.«

»Aber … das macht doch keinen Sinn, Vater. Ich verstehe deine Sicht nicht einmal ansatzweise!«

»Gib dein Bestes. Ich werde aus dieser Debatte eine offene Wahl machen. Die Zukunft der Dreißig hängt von ihrem Ausgang ab. Ich werde mein möglichstes tun, um unsere Brüder von der Stichhaltigkeit deiner Argumente zu überzeugen. Du darfst nicht weniger tun. Wenn ich gewinne, dann verschwinden die Schwerter und Rüstungen wieder in den Lagern, und wir werden als mönchischer Orden weiter bestehen. Gewinnst du, wollen wir die Führung der QUELLE abwarten und unserem Schicksal entgegenreiten.«

»Warum kann ich nicht für meine eigenen Überzeugungen eintreten?«

»Glaubst du, ich werde ihnen keine Gerechtigkeit widerfahren lassen?«

»Nein, natürlich nicht, aber …«

»Dann ist es abgemacht.«

5

Morak hörte sich mit wachsender Verärgerung die Berichte der Jäger an. Nirgends eine Spur von Waylander, und der Mann namens Dakeyras hatte sich als kahl werdender Rotschopf entpuppt, mit einem Gesicht, das aussah, als wäre eine Büffelherde darüber hinweggetrampelt.

Ich hasse Wälder, dachte Morak, der mit dem Rücken an den Stamm einer Weide gelehnt saß, den grünen Umhang fest um sich gewickelt. Ich hasse den Geruch von Moder, den kalten Wind, den Dreck und den Schlamm. Er warf einen Blick auf Belash, der abseits der anderen saß und mit langen Strichen sein Messer schärfte. Das Knirschen des Wetzsteins verschlechterte Moraks Laune noch.

»Nun, irgendwer hat Kreeg getötet«, sagte er schließlich. »Irgend jemand hat ihm ein Messer oder einen Pfeil durchs Auge gejagt.« Niemand sagte etwas. Sie hatten den Leichnam am Vortag gefunden, im Schilf am Ufer des Flusses Earis.

»Könnten Räuber gewesen sein«, meinte Wardal, ein hochgewachsener, dünner Bogenschütze aus dem Gravenwald weit im Süden.

»Räuber?« höhnte Morak. »Schwachsinn! Ich hatte schon Läuse, die mehr Hirn hatten als du! Wenn es Räuber gewesen wären – meinst du nicht, ein Kämpfer wie Kreeg hätte dann mehr Wunden? Glaubst du nicht, es hätte dann einen Kampf gegeben? Jemand, der sehr gefährlich ist, hat ihm das Geschoß durchs Auge gejagt. Ein Mann mit seltenen Gaben wird getötet – daraus schließe ich, daß er von einem Mann mit *größeren* Gaben getötet wurde. Geht das in deinen Schädel hinein?«

»Du glaubst, es war Waylander«, murmelte Wardal.

»Eine großartige Leistung deiner Vorstellungskraft. Ich gratuliere herzlich. Die Frage ist nur, wo steckt er?«

»Warum sollte er so einfach zu finden sein?« fragte Belash plötzlich. »Er weiß, daß wir da sind.«

»Und welcher leuchtende Funke der Logik bringt dich zu diesem Schluß?«

»Er hat Kreeg getötet. Er weiß Bescheid.«

Morak fühlte einen kalten Windhauch und schauderte. »Wardal, du und Tharic, ihr übernehmt die erste Wache.«

»Weswegen sollen wir denn Wache stehen?« fragte Tharic.

Morak schloß die Augen und holte tief Luft. »Nun«, sagte er schließlich. »Ihr könntet Ausschau nach riesigen Elefanten halten, die unsere gesamten Vorräte zertrampeln. Aber wenn ich du wäre, würde ich auf einen großen Mann achten, ganz in Schwarz gekleidet, der ziemlich gut darin ist, anderen Leute scharfe Gegenstände in die Augen zu schießen.« In diesem Moment trat eine hochgewachsene Gestalt aus dem Gebüsch. Moraks Herz setzte einen Schlag aus; dann aber erkannte er Baris. »Normalerweise ruft man ›Hallo, Lager‹«, tadelte er. »Du hast dir Zeit gelassen, Baris.«

Der blonde Waldläufer ließ sich am Feuer nieder. »Kasyra ist kein Dorf, aber ich habe die Hure gefunden, mit der Kreeg zusammenlebte. Sie hat ihm von einem Mann namens Dakeyras erzählt, der hier in der Nähe lebt. Ich weiß, wo.«

»Es ist der falsche Mann«, sagte Morak. »Wardal und Tharic sind ihm schon begegnet. Was hast du noch herausgefunden?«

»Nicht viel Interessantes«, antwortete Baris und zog die Reste eines Brotlaibs aus dem Beutel an seiner Seite. »Übrigens, seit wann ist Angel Mitglied der Gilde?«

»Angel? Meines Wissens gar nicht«, sagte Morak. »Warum?«

»Er war vor ungefähr einer Woche in Kasyra. Der Wirt hat ihn erkannt. Senta ist auch da. Ich soll dir sagen, wenn er deine Leiche findet, sorgt er für ein schönes Begräbnis.«

Morak hörte gar nicht mehr zu. Er lachte und schüttelte den Kopf. »Wardal, bist du je in der Arena gewesen?«

»Ja. Hab' Senta kämpfen gesehen. Besiegte einen Vagrier namens … namens …«

»Spielt keine Rolle! Hast du Angel je kämpfen sehen?«

»O ja. Harter Bursche. Habe einmal sogar Geld auf ihn gesetzt und gewonnen.«

»Würdest du sein Gesicht wiedererkennen?«

»Hatte rote Haare, oder?« antwortete Wardal.

»Richtig, Dummkopf. Rote Haare. Und ein Gesicht, das selbst seine Mutter verleugnen würde. Ich frage mich, ob wohl ein winziger Gedanke versucht, seinen Weg durch die Knochenmasse zu finden, die dein Hirn umschließt. Wenn ja, teile ihn mit uns.«

Wardal schniefte laut. »Der Mann bei der Hütte!«

»Der Mann, der behauptete, er wäre Dakeyras, ja«, sagte Morak. »Es war die richtige Hütte, nur der falsche Mann. Morgen geht ihr noch einmal hin. Nehmt Baris und Tharic mit. Nein, das reicht vielleicht nicht. Jonas und Seeris auch. Tötet Angel, und bringt das Mädchen her.«

»Angel ist Gladiator«, wandte Jonas ein, ein kräftiger Krieger mit beginnender Glatze und gegabeltem Bart.

»Ich habe nicht gesagt, du sollst gegen ihn kämpfen«, flüsterte Morak. »Ich sagte, tötet ihn.«

»Von Gladiatoren war nicht die Rede«, beharrte Jonas. »Aufspüren, sagtest du, findet diesen Dakeyras. Ich habe Angel auch kämpfen sehen. Er ist furchteinflößend. Schlag ihn, verletze ihn … er macht einfach weiter.«

»Ja, ja, ja! Er würde sich gewiß freuen, wenn er hört, daß du zu seinen größten Bewunderern zählst. Aber er ist älter geworden. Hat sich zur Ruhe gesetzt. Geht einfach hin, unterhaltet euch mit ihm, und dann tötet ihn. Wenn das für dich zu riskant ist, dann geh nach Kasyra. Aber verabschiede dich von jedem Gedanken an einen Anteil von den zehntausend Goldstücken.«

»Warum tötest *du* ihn nicht?« fragte Jonas. »Du bist hier der Schwertkämpfer.«

»Willst du damit sagen, ich hätte Angst vor ihm?« entgegnete Morak mit gefährlich leiser Stimme.

»Nein, nein, ganz und gar nicht«, antwortete Jonas errötend. »Wir wissen alle wie ... gut du bist.«

»Hast du je den Adel jagen sehen, Jonas?«

»Natürlich.«

»Hast du gesehen, daß sie Hunde dabeihaben, wenn sie ein Wildschwein jagen?«

Der Mann nickte verdrossen.

»Gut«, sagte Morak. »Dann meißel dir diesen Gedanken in dein Vogelhirn! Ich bin ein jagender Edelmann, und ihr seid meine Hunde. Ist das klar? Ich werde nicht dafür bezahlt, Angel zu töten. Ich bezahle euch!«

»Wir könnten ihn ja aus der Entfernung erschießen«, meinte Jonas. »Wardal ist sehr gut mit seinem Bogen.«

»Schön«, brummte Morak. »Hauptsache, ihr tut es. Aber bringt das Mädchen her, gesund und unversehrt. Ist das klar? Sie ist der Schlüssel zu Waylander.«

»Das verstößt gegen die Regeln der Gilde«, sagte Belash. »Kein Unschuldiger darf benutzt werden ...«

»Ich kenne die Regeln der Gilde!« fuhr Morak auf. »Und wenn ich Unterricht in gutem Benehmen wünsche, lasse ich es dich wissen. Schließlich sind die Nadir ja bekannt dafür, sich streng an zivilisiertes Benehmen zu halten!«

»Ich weiß, was du von dem Mädchen willst«, sagte Belash. »Und das ist nicht der Schlüssel zu ihrem Vater.«

»Ein Mann hat ein Recht auf gewisse Vergnügungen, Belash. Sie machen das Leben erst lebenswert.«

Der Nadir nickte. »Ich kenne einige Männer, die dieselben ... Vergnügungen ... schätzen wie du. Wenn wir sie unter den Nadir erwischen, schneiden wir ihnen Hände und Füße ab und pfählen sie über einem Ameisenhügel. Aber wir verstehen euch zivilisierte Menschen ja nicht, wie du schon sagtest.«

Das Gesicht war riesig und weiß wie ein Fischbauch, die Augenhöhlen leer, die Lider geformt wie Fangzähne, die klapperten, wenn sie sich schlossen. Der Mund war lippenlos, die Zunge gewaltig und mit lauter kleinen Mäulern besetzt.

Miriel nahm Kryllas Hand, und die Kinder versuchten zu fliehen – aber der Dämon war schneller, stärker. Eine schuppige Hand schloß sich um Miriels Arm, die Berührung brannte.

»Bring sie zu mir!« sagte eine leise Stimme, und Miriel sah einen Mann in der Nähe stehen. Sein Gesicht war ebenfalls blaß, seine Haut geschuppt wie eine schöne Albinoschlange. Aber an dem Mann war nichts Schönes. Krylla fing an zu weinen.

Das Ungeheuer, das sie festhielt, beugte sich über die Kinder, berührte mit seinem höhlenartigen Maul Miriels Gesicht. Sie spürte einen Schmerz, einen furchtbaren Schmerz. Und sie schrie.

Und schrie …

»Wach auf, Mädchen«, sagte der Dämon, der seine Hand wieder auf ihrer Schulter hatte. Ihre Finger schossen vor, hieben wie Klauen in sein Gesicht, doch er packte sie am Handgelenk. »Hör auf. Ich bin es, Angel!«

Sie schlug die Augen auf und sah die Balken der Hütte, das Mondlicht, das durch die schmalen Ritzen in den Fensterläden fiel, spürte die rauhe Wolle der Decken auf ihrem nackten Körper. Sie schauderte und sank zurück. Er streichelte ihre Stirn und strich ihr das schweißnasse Haar zurück. »Nur ein Traum, Mädchen. Nur ein Traum«, flüsterte er. Für einen Moment sagte sie nichts, sondern versuchte, ihre Gedanken zu sammeln. Ihr Mund war trocken, und sie setzte sich auf und griff nach dem Becher mit Wasser neben dem Bett.

»Es war ein Alptraum. Immer derselbe«, sagte sie zwischen zwei Schlucken. »Krylla und ich wurden durch einen dunklen Ort gejagt, einen Ort des Bösen. Täler ohne Bäume, ein Himmel ohne Sonne oder Mond, grau, seelenlos.« Sie schauderte. »Dämonen haben uns gefangen, und schreckliche Menschen ...«

»Es ist vorbei«, beruhigte er sie. »Du bist jetzt wach.«

»Es ist niemals vorbei. Es ist jetzt ein Traum – aber damals war es das nicht.« Sie schauderte wieder, und Angel zog sie an sich. Seine Arme ruhten auf ihrem Rücken, seine Hand tätschelte sie. Sie legte den Kopf an seine Schulter und fühlte sich ein wenig besser. Die Erinnerung an die Kälte der Leere war bitter, doch die Wärme seiner Haut drängte sie zurück.

»Erzähl mir davon«, bat er.

»Es war, nachdem Mutter starb. Wir waren verängstigt, Krylla und ich. Vater verhielt sich seltsam, brüllte und weinte. Wir wußten nichts über Betrunkene. Und Vater stolpern und stürzen zu sehen war beängstigend. Krylla und ich saßen oft in unserem Zimmer und hielten uns bei den Händen. Dann flogen unsere Geister hoch in den Himmel. Dann waren wir frei und sicher, dachten wir. Aber eines Nachts, als wir unter den Sternen spielten, merkten wir, daß wir nicht allein waren. Im Himmel waren noch andere Geister bei uns. Sie versuchten, uns zu fangen, und wir flohen. Wir flogen so schnell wir konnten und mit solchem Entsetzen im Herzen, daß wir nicht wußten, wo wir waren. Aber der Himmel war grau, das Land verwüstet. Dann kamen die Dämonen. Herbeigerufen von den Männern.«

»Aber ihr seid ihnen entkommen.«

»Ja. Nein. Ein anderer Mann erschien, in silberner Rüstung. Wir kannten ihn. Er kämpfte gegen die Dämonen, tötete sie und brachte uns nach Hause. Er war unser Freund. Aber jetzt taucht er in meinen Träumen nicht mehr auf.«

»Leg dich hin«, sagte Angel. »Schlaf ein bißchen.«

»Nein. Ich will nicht wieder träumen.«

Angel zog die Wolldecke zurück und schlüpfte neben sie, so daß ihr Kopf auf seiner Schulter ruhte. »Keine Dämonen, Miriel. Ich bin hier, um dich zurückzuholen, falls sie kommen.« Er zog die Decke über sie beide und lag still. Sie konnte den langsamen, rhythmischen Schlag seines Herzens fühlen und schloß die Augen.

Sie schlief etwas mehr als eine Stunde und erwachte erfrischt. Angel schlief lautlos neben ihr. Im schwachen Licht, das kurz vor Tagesanbruch herrscht, war seine Häßlichkeit gemildert, und sie versuchte, ihn sich so vorzustellen, wie er vor vielen Jahren gewesen war, als er ihr das Kleid mitgebracht hatte. Es war fast unmöglich. Ihr Arm lag über seiner Brust, und sie zog ihn langsam zurück, spürte seine weiche Haut und den Gegensatz der harten Muskeln seines Bauches. Er wachte nicht auf, und Miriel wurde sich mit aller Macht ihrer eigenen Nacktheit bewußt. Ihre Hand glitt hinunter, ihre Fingerspitzen strichen über den Pelz aus dicht gelocktem Haar unterhalb des Nabels. Er regte sich. Sie verharrte bewegungslos, merkte jetzt, daß ihr Herz schneller schlug. Angst kroch in ihr hoch, doch es war eine köstliche Angst. Es hatte Dorfjungen gegeben, die sie mit Sehnsucht erfüllt hatten, sie von verbotenen Stelldicheins träumen ließen. Aber so wie jetzt hatte sie noch nie empfunden, diese Angst, gepaart mit Leidenschaft. Niemals war sie sich ihrer Wünsche so bewußt gewesen. Ihrer Bedürfnisse. Sein Atem ging wieder tiefer. Ihre Hand glitt hinab, ihre Finger liebkosten ihn, umkreisten ihn, spürten, wie er lebendig wurde und anschwoll.

Zweifel, gefolgt von Panik, brachen plötzlich in ihr auf.

Was, wenn er die Augen öffnete? Er könnte wütend sein wegen ihrer Kühnheit, sie für eine Hure halten. Was ich ja auch bin, dachte sie in einem Anfall von Selbstverachtung. Sie ließ ihn los und rollte sich aus dem Bett. Sie hatte am Vorabend gebadet, aber irgendwie erschien ihr die Vorstellung von eiskaltem Wasser auf ihrer Haut nicht nur wünschenswert, sondern notwendig. Behutsam, um ihn nicht zu wecken, öffnete sie die Schlafzimmertür und huschte durch die Hütte.

Sie hob den Riegel aus der Halterung, öffnete die Haustür und trat hinaus in die sonnenbeschienene Lichtung vor der Hütte. Die Büsche und Bäume waren noch silbrig beglänzt vom Tau, die Herbstsonne wärmte ihre Haut kaum. Wie konntest du nur so etwas tun, dachte sie, als sie zum Fluß schlenderte. Miriel hatte oft von Liebhabern geträumt, aber nie waren sie in ihrer Phantasie häßlich gewesen. Nie waren sie so alt gewesen. Und sie wußte, daß sie nicht in den ehemaligen Gladiator verliebt war. Nein, erkannte sie, das macht dich ja gerade zu einer Hure. Du wolltest einfach nur rammeln wie ein Tier.

Als sie den Wasserlauf erreichte, setzte sie sich ins Gras und ließ die Füße ins Wasser baumeln. Da der Bach hoch in den Bergen entsprang, schwammen kleine Eisschollen auf der Oberfläche, wie gefrorene Lilien. Und es war kalt.

Sie hörte hinter sich eine Bewegung, aber in Gedanken verloren, war sie nicht schnell genug, und als sie sich auf die Füße rollte, packte die Hand eines Mannes ihre Schulter und warf sie ins Gras. Sie stieß heftig den Ellbogen zurück und traf seinen Bauch. Er grunzte vor Schmerz und sackte über ihr zusammen. Der Geruch von Holzrauch, eingefettetem Leder und abgestandenem Schweiß drang ihr in die Nase, und ein bärtiges Gesicht fiel gegen ihre Wange. Mit einer Drehung schlug sie dem Mann die flache Hand gegen die Nase, so daß sein Kopf zurückgeworfen wurde. Sie kroch auf die Füße und versuchte davonzulaufen, doch der Mann packte ihren Knöchel, und ein zweiter Mann sprang aus einem Versteck. Miriels Faust krachte gegen das Kinn des zweiten Angreifers, doch sein Gewicht trieb ihn nach vorn, und Miriel wurde zu Boden geworfen, ihre Arme unter ihr festgehalten.

»Eine echte Höllenkatze«, keuchte der zweite Mann, ein hochgewachsener blonder Waldläufer. »Ist alles in Ordnung mit dir, Jonas?« Der erste Mann kämpfte sich auf die Füße; Blut rann aus seiner Nase in den schwarzen Bart.

»Halt sie fest, Baris. Ich habe genau die Waffe, um sie zur Vernunft zu bringen.« Der kahl werdende Krieger begann die Riemen seiner Beinkleider zu lösen und trat vor, so daß er über Miriel stand.

»Du hast gehört, was Morak sagte. Unversehrt«, wandte Baris ein.

»Ich wüßte nicht, daß eine Frau jemals *davon* versehrt worden ist«, erwiderte Jonas.

Miriel, die Arme und Schultern nicht bewegen konnte, bog ihren Rücken durch und trat dem Waldläufer mit dem rechten Fuß zwischen die Beine. Jonas grunzte und ging in die Knie. Baris schlug ihr ins Gesicht, packte sie an den Haaren und riß sie hoch. »Du gibst wohl nie auf, was?« fauchte er und schlug sie wieder, diesmal mit der Rückseite der Hand. Miriel sackte gegen ihn.

»So ist's schon besser«, sagte er. Ihr Kopf fuhr ruckartig hoch und krachte gegen sein Kinn. Er taumelte zurück; dann zog er sein Messer und holte zum Wurf aus. Miriel, noch halb betäubt, warf sich nach rechts und rollte sich auf die Knie. Dann war sie auf den Beinen und rannte.

Ein weiterer Mann sprang ihr in den Weg, doch sie wich ihm aus und hatte schon fast die Lichtung erreicht, als ein Stein aus einer Schleuder sie an der Schläfe traf. Sie fiel auf die Knie und versuchte, ins Unterholz zu kriechen, doch das Geräusch von Schritten hinter ihr sagte ihr, daß sie am

Ende war. Ihr Kopf schmerzte, und ihr schwanden die Sinne. Dann hörte sie Angels Stimme.

»Zeit zu sterben, Jungs.«

Miriel erwachte in ihrem eigenen Bett, einen feuchten Lappen auf der Stirn. Ihr Kopf dröhnte schmerzhaft. Sie versuchte sich aufzusetzen, doch ihr wurde erst schwindlig, dann übel. »Bleib still liegen«, sagte Angel. »Das war ein böser Treffer. Du hast eine Beule so groß wie ein Gänseei.«

»Hast du die Männer getötet?« fragte sie mit schwacher Stimme.

»Nein. Habe noch nie Männer so schnell laufen gesehen. Sie verschwanden in einer Staubwolke. Ich glaube, sie haben mich erkannt. Das war sehr erfreulich.«

Miriel schloß die Augen. »Bitte sag meinem Vater nicht, daß ich ohne Waffen hinausgegangen bin.«

»Nein. Aber es war dumm. Woran hast du gedacht? An deinen Traum?«

»Nein, nicht den Traum. Ich war … war einfach nur dumm, wie du schon sagst.«

»Der Mann, der nie einen Fehler macht, macht niemals etwas«, sagte er.

»Ich bin kein Mann!«

»Das habe ich wohl bemerkt. Aber ich bin sicher, das gilt auch für Frauen. Zwei der Männer bluteten, also hast du ihnen wohl ein paar Wunden zugefügt, ehe sie dich niederwarfen. Gut gemacht, Miriel.«

»Das ist das erste Mal, daß du mich lobst. Sei vorsichtig. Es könnte mir zu Kopf steigen.«

Er tätschelte ihre Hand. »Ich kann ein gemeiner Hurensohn sein, ich weiß. Aber du bist ein prima Mädchen – zäh, stark, entschlossen. Ich möchte nicht, daß sie deinen Geist zerstören – aber ich möchte deinen Körper ebensowenig zerstört sehen. Und ich beherrsche nur eine Art, jemanden etwas zu lehren. Ich bin nicht einmal sicher, daß ich die sehr gut beherrsche.«

Miriel versuchte zu lächeln, doch der Schmerz wurde stärker, und sie spürte, wie sie in den Schlaf hinüberglitt.

»Danke«, sagte sie noch. »Danke, daß du da warst ...«

Von seinem hohen Arbeitszimmerfenster aus sah Dardalion die Truppe von Lanzenreitern den gewundenen Pfad emporkommen, fünfundzwanzig Männer in silberner Rüstung, mit roten Umhängen, auf jettschwarzen Pferden, deren Flanken mit Ketten gepanzert waren. An ihrer Spitze ritt ein Mann, den Dardalion gut kannte. Im Vergleich zur geschmeidigen, martialischen Vollkommenheit seiner Krieger hätte Karnak eigentlich komisch aussehen müssen, mit seinem Übergewicht und den schreienden Farben seiner Kleidung: roter Umhang, orangefarbenes Hemd, grüne Hosen, an denen blaue Beinschoner hingen, und darunter schwarze Reitstiefel mit silbernem Rand. Aber niemand lachte über seine exzentrische Kleidung. Denn dies war der Held von Dros Purdol, der Retter der Drenai.

Karnak der Einäugige.

Die körperliche Kraft des Mannes war legendär, aber sie verblaßte vor der ungeheuren Macht seiner Persönlichkeit. Mit einer Rede konnte er einen zusammengewürfelten Haufen aus Bauern in schwertschwingende Helden verwandeln, die einer Armee trotzten. Dardalions Lächeln schwand. Ja, und sie würden für ihn sterben, *waren* für ihn gestorben – zu Tausenden. Sie würden auch weiterhin für ihn sterben.

Vishna betrat das Studierzimmer, und seine Geiststimme flüsterte in Dardalions Gedanken: »Wird ihre Ankunft die Debatte verzögern, Vater?«

»Nein.«

»War es klug, Ekodas zu befehlen, die rechte Sache zu vertreten?«

»Ist es denn die rechte Sache?« entgegnete Dardalion laut und drehte sich zu dem Adeligen aus Gothir mit dem dunklen Bart um.

»Du hast es mich immer so gelehrt.«

»Wir werden sehen, mein Junge. Jetzt geh hinunter und geleite Graf Karnak zu mir. Und sorge dafür, daß seine Männer zu essen bekommen und die Pferde versorgt werden. Sie haben einen weiten Ritt hinter sich.«

»Ja, Vater.«

Dardalion ging wieder ans Fenster, doch er sah weder die fernen Berge noch die Gewitterwolken, die im Norden drohten. Statt dessen sah er wieder die Hütte am Berg, die beiden verängstigten Kinder und die beiden Männer, die gekommen waren, sie zu töten. Und er spürte das Gewicht der tödlichen Waffe in seinen Händen. Er seufzte. Die rechte Sache? Das wußte nur die QUELLE.

Er hörte dröhnendes Gelächter von der Wendeltreppe, die zu seinem Raum führte, und empfand die ungeheure physische Präsenz Karnaks, ehe der Mann auch nur die Schwelle überschritten hatte.

»Götter, es tut gut, dich zu sehen, alter Junge!« dröhnte Karnak, schritt durch den Raum und hieb mit seiner gewaltigen Pranke auf Dardalions Schulter. Das Lächeln des Mannes war breit und echt, und Dardalion erwiderte es.

»Und dich, Graf. Ich sehe, dein Geschmack in Fragen der Kleidung ist so farbenfroh wie eh und je.«

»Gefällt's dir? Der Mantel ist aus Mashrapur, das Hemd aus einer kleinen Weberei in Drenan.«

»Sie stehen dir gut.«

»Himmel, du bist ein elender Lügner, Dardalion. Deine Seele wird dereinst im Höllenfeuer schmoren. Und jetzt setz dich und laß uns über wichtigere Dinge reden.« Der Führer der Drenai ging um den Schreibtisch zu Dardalions

Stuhl, so daß der schlanke Abt ihm gegenüber Platz nehmen mußte. Karnak schnallte seinen Schwertgürtel ab und legte ihn neben sich auf den Boden; dann ließ er seine Körpermassen in den Stuhl plumpsen. »Verdammt unbequemes Möbel«, sagte er. »So, wo waren wir? Ach, ja! Was kannst du mir über die Ventrier sagen?«

»Sie werden innerhalb dieser Woche auslaufen und in Purdol, Erekban und an der Mündung des Earis landen«, antwortete Dardalion.

»Wie viele Schiffe?«

»Mehr als vierhundert.«

»So viele, hm? Ich nehme nicht an, daß du in Erwägung ziehst, die Bastarde mit einem Sturm zu versenken?«

»Selbst wenn ich es könnte – was ich nicht kann –, würde ich eine solche Bitte ablehnen.«

»Natürlich«, sagte Karnak mit einem breiten Grinsen. »Liebe, Frieden, die QUELLE, Anstand und so weiter. Aber es gibt Leute, die das könnten, oder?«

»So heißt es«, gab Dardalion ihm recht, »unter den Nadir und Kiatze. Aber die Ventrier haben eigene Zauberer, Herr, und ich zweifle nicht daran, daß sie Opfer darbringen und Zauber einsetzen, um gutes Wetter zu gewährleisten.«

»Mach dir keine Gedanken um ihre Probleme«, erwiderte Karnak. »Könntest du einen Dämonenbeschwörer für mich auftreiben?«

Jetzt war es Dardalion, der lachte. »Du bist ein Wunder, Herr. Und ich werde so frei sein, diese Bitte als Scherz aufzufassen.«

»Was sie natürlich nicht war«, sagte Karnak. »Aber du hast deinen Standpunkt klargemacht. Und was ist mit den Gothir?«

»Sie haben ein Abkommen mit den Sathulistämmen getroffen, die eine Invasionstruppe ungehindert durchziehen lassen werden, um die Sentranische Ebene zu besetzen, sobald die Ventrier gelandet sind. Etwa zehntausend Mann.«

»Ich wußte es!« fauchte Karnak verärgert. »Welche Legionen?«

»Die Erste, die Zweite und die Fünfte. Dazu zwei Söldnerlegionen, die aus vagrischen Flüchtlingen bestehen.«

»Großartig. Die Zweite und die Fünfte machen mir keinen Kummer – unsere Spione sagen, sie bestehen vorwiegend aus frischen Rekruten mit wenig Disziplin. Aber die Erste besteht aus den besten Soldaten des Kaisers, und die Vagrier kämpfen wie tollwütige Tiger. Trotzdem, ich habe noch eine Woche, sagst du. In der Zeit kann viel geschehen. Wir werden sehen. Erzähl mir von dem Häuptling der Sathuli.«

Noch eine Stunde lang fragte Karnak Dardalion aus, bis er schließlich zufrieden aufstand, um zu gehen. Dardalion hob die Hand. »Es gibt noch etwas zu besprechen, Herr.«

»Ach, ja?«

»Ja. Waylander.«

Karnaks Gesicht rötete sich. »Das geht dich nichts an, Priester. Ich will nicht, daß du mir nachspionierst.«

»Er ist mein Freund, Karnak. Und du hast befohlen, ihn zu töten.«

»Das sind Staatsangelegenheiten, Dardalion. Bei allen Göttern, Mann, er hat den König umgebracht! Seit Jahren steht ein Preis auf seinen Kopf.«

»Aber deswegen hast du nicht die Gilde verpflichtet, Graf. Ich kenne den Grund, und es ist Torheit! Eine schlimmere Torheit, als du ahnst.«

»Ach, ja? Erklär es mir.«

»Vor zwei Jahren, als die Schatzkammern der Armee leer waren und eine Rebellion bevorstand, hast du eine Schenkung von einem Kaufmann in Mashrapur erhalten, einem Mann namens Gamalian. Hunderttausend in Gold. Sie haben dich gerettet. Stimmt's?«

»Und wenn schon.«

»Das Geld kam von Waylander. Ebenso wie die diesjährige Schenkung von achtzigtausend Raq des Kaufmanns Perlisis von Waylander kam. Er unterstützt dich seit Jahren. Ohne ihn wärst du längst am Ende.«

Karnak fluchte und ließ sich wieder in den Sessel fallen. Mit seiner massigen Hand rieb er sich das Gesicht. »Ich habe keine Wahl, Dardalion. Verstehst du das nicht? Glaubst du, ich will, daß er getötet wird? Glaubst du, das würde mir irgendeine Befriedigung verschaffen?«

»Sicher nicht. Aber indem du ihn jagen läßt, hast du eine furchtbare Kraft freigelassen. Waylander lebte zurückgezogen in den Bergen und trauerte um seine Frau. Er war nicht mehr Waylander der Schlächter, nicht mehr der Mann, den man fürchten muß, aber jetzt wird er Tag für Tag wieder mehr zu Waylander. Und bald wird er daran denken, den Mann zu jagen, der den Preis auf seinen Kopf ausgesetzt hat.«

»Es wäre mir lieb, würde er's versuchen«, erwiderte Karnak müde. »Aber ich werde darüber nachdenken, was du gesagt hast, Priester.«

»Ruf die Männer zurück, Karnak«, flehte Dardalion. »Waylander ist eine Macht wie keine andere, geradezu elementar, wie ein Sturm. Er ist zwar nur ein Mann, aber er läßt sich nicht aufhalten.«

»Der Tod hält jeden auf«, erwiderte Karnak.

»Denk daran, Graf«, riet Dardalion ihm.

Es war der Hund, der die Überreste des alten Kesselflickers fand. Waylander war wachsam durch den Wald gewandert, als der Hund plötzlich den Kopf hob. Die großen, schwarzen Nüstern bebten. Dann war das Tier nach links davongesprungen. Waylander folgte ihm und fand den Hund, wie er verwesendes Fleisch vom Bein des alten Mannes riß.

Der Hund war nicht der erste, der sich an der Leiche zu schaffen machte; der Körper war bereits schrecklich zugerichtet.

Waylander machte keinen Versuch, den Hund zurückzurufen. Es hatte einmal eine Zeit gegeben, da eine solche Szene ihm Abscheu eingeflößt hätte, doch seitdem hatte er zuviel Tod gesehen: Seine Erinnerungen waren übersät mit Toten. Er dachte an seinen Vater, der mit ihm in der Nähe ihres Hauses im Tal durch den Wald spaziert war. Sie hatten einen toten Habicht gefunden. Das Kind, das er damals gewesen war, hatte der Anblick traurig gestimmt. »Das ist nicht der Vogel«, hatte sein Vater gesagt. »Das ist nur das Kleid, das er trug.« Der Mann deutete zum Himmel empor. »Dort ist der Habicht jetzt, Dakeyras. Er fliegt zur Sonne.«

Der alte Ralis war tot. Was von ihm noch übrig war, diente lediglich als Futter für die Aasfresser. Dennoch wallte kalter Zorn in Waylander auf. Der Kesselflicker war harmlos gewesen und stets unbewaffnet gereist. Es gab keinen Grund für eine so sinnlose Folter. Aber das war Moraks Art. Der Mann liebte es, anderen Schmerzen zuzufügen.

Die Spuren waren leicht zu lesen, und Waylander ließ den Hund fressen und machte sich an die Verfolgung der Mörder. Unterwegs deutete er die Fährten. Es waren elf Männer in der Gruppe, aber sie hatten sich bald aufgeteilt. Er kniete nieder und untersuchte die Spuren. Es hatte eine Versammlung stattgefunden. Ein Mann – Morak? – hatte zu der Gruppe gesprochen. Anschließend hatten sie Paare gebildet und waren auseinandergegangen. Eine einzelne Fußspur wandte sich nach Osten, vielleicht nach Kasyra. Die anderen verliefen in verschiedenen Richtungen. Sie hatten den Wald aufgeteilt, und das bedeutete, sie wußten nichts von der Hütte. Der alte Mann hatte ihnen nichts gesagt.

Als Waylander die Spur Moraks gefunden hatte – spitze Stiefel mit hohen Absätzen – beschloß er, dem Ventrier zu folgen. Morak würde den Wald nicht durchsuchen. Er würde sich einen Platz suchen und warten. Waylander brach wieder auf, bewegte sich behutsam, blieb immer wieder stehen, um die Bäume und die Berge prüfend zu betrachten, und hielt sich stets in Deckung.

Gegen Abend machte er halt und lud seine Armbrust. Vor ihm lag ein schmaler Pfad, der sich einen sanften Hügel hinaufwand. Der Wind hatte gedreht, und er roch Rauch aus Südwesten. Er kauerte sich an einer riesigen, knorrigen Eiche nieder und wartete, daß die Sonne unterging. Seine Gedanken waren schwermütig. Diese Männer waren in den Wald gekommen, um ihn zu töten. Das verstand er, das war ihr erwählter Beruf. Aber die Folter und Ermordung des alten Mannes hatte ein kaltes Feuer in Waylanders Herz entzündet.

Sie würden für diese Tat bezahlen.

Und sie würden mit gleicher Münze bezahlen.

Eine Scheuneneule segelte durch die Nacht auf der Suche nach Nagern; ein grauer Fuchs schlich direkt vor dem wartenden Mann über den Pfad. Doch Waylander rührte sich nicht, und der Fuchs beachtete ihn nicht. Langsam ging die Sonne unter, und die Nacht veränderte den Wald. Der flüsternde Wind wurde zum geisterhaften Zischen einer Schlange; die sanften Bäume wurden starr und abweisend, und der Mond ging auf, zu einem Viertel voll und gekrümmt wie ein Sathuli-Säbel. Ein Mördermond.

Waylander erhob sich und nahm seinen Umhang ab, faltete ihn zusammen und legte ihn über einen Stein. Anschließend stieg er lautlos den Hang hinauf, die Armbrust in der Hand. Unter einer hohen Kiefer saß ein Wächter. Um nicht überrascht zu werden, hatte er trockene Zweige in einem weiten Kreis um den Baum herum verstreut. Jetzt saß er auf einem umgestürzten Baumstamm, das Schwert in der Hand. Sein Haar war hell, fast silbern im Mondlicht.

Waylander legte seine Armbrust zu Boden und umkreiste den Mann. Seine mokassinbeschuhten Füße schoben leise die Zweige beiseite. Mit der linken Hand packte er die Haare des Mannes und riß seinen Kopf zurück, mit der rechten holte er aus und schnitt ihm mit seinem Messer Kehle und Stimmbänder durch. Der Wächter schlug wild mit den Füßen, doch aus seiner Kehle schoß das Blut, und in wenigen Sekunden hörten alle Bewegungen auf. Waylander ließ den Toten zu Boden gleiten und ging zurück zu seiner Armbrust. Das Lagerfeuer lag etwa dreißig Schritt weiter nach Norden, und er konnte eine Gruppe Männer erkennen, die darum herum saß. Als er näher kam, zählte er sie. Sieben. Drei fehlten also. Lautlos umkreiste er das Lager und fand noch zwei weitere Wächter. Beide starben, bevor sie die Gefahr überhaupt wahrnahmen.

Dichter am Feuer rätselte Waylander über den fehlenden Mann nach. War er derjenige, den sie nach Kasyra geschickt hatten? Oder war da noch ein Wächter, den er nicht gefunden hatte? Er ließ seinen Blick über die Gruppe am Feuer schweifen. Da war Morak, auf der anderen Seite des Feuers, eingehüllt in einen grünen Umhang. Aber wer fehlte? Belash! Der Nadir, der Messerkämpfer.

Sich dicht am Boden haltend, kroch Waylander tiefer in die Schatten des Waldes. Er hielt nur einmal inne, um sein Gesicht mit Lehm einzureiben. Seine Kleider waren schwarz, und er verschmolz mit der Dunkelheit. Wo, zum Teufel, steckte der Nadir? Er schloß die Augen und überließ sich den leisen Geräuschen des Waldes. Nichts.

Dann lächelte er. Warum sich um etwas sorgen, das du

nicht unter Kontrolle hast? dachte er. Soll Belash sich doch um mich sorgen! Er glitt aus seinem Versteck und bewegte sich auf das Lager zu. Ein wenig Verwirrung war angebracht.

Nördlich des Lagers stand ein dichtes, niedriges Gebüsch. Waylander ließ sich auf alle viere nieder, arbeitete sich weiter vor und erhob sich dann, die Armbrust im Anschlag. Der erste Bolzen durchschlug die Schläfe eines Mannes, der zweite drang einem bärtigen Krieger ins Herz, als er aufspringen wollte.

Gebückt lief Waylander nach Süden, überquerte einen Abhang und lief dann wieder nach Norden, so daß er sich dem Lager von der entgegengesetzten Seite näherte. Wie er erwartet hatte, war es jetzt verlassen, bis auf die zwei Leichname. Er lud die Armbrust erneut, kauerte sich in die Schatten und wartete. Es dauerte nicht lang, bis er zu seiner Rechten eine Bewegung wahrnahm. Er grinste und ließ sich auf den Bauch fallen.

»Irgendeine Spur von ihm?« flüsterte Waylander.

»Nein«, antwortete eine Stimme dicht bei ihm. Waylander schickte zwei Bolzen in Richtung der Stimme. Dem Einschlag der Bolzen folgte ein Grunzen und das Geräusch eines fallenden Körpers.

Dummkopf! dachte Waylander und schob sich wieder ins Gebüsch.

Der Mond verschwand hinter einer dichten Wolkenbank. Völlige Dunkelheit senkte sich über den Wald. Waylander blieb tief geduckt, wartend, lauschend. Er nahm zwei Bolzen aus dem kleinen Köcher und wartete, bis der Nachtwind in den Blättern rauschte, ehe er die Sehnen zurückzog und die Waffe wieder lud, so daß die Geräusche des Waldes das leise Einrasten der Bolzen übertönten. Der Mann, den er angeschossen hatte, schrie schmerzerfüllt nach Hilfe. Doch niemand kam.

Waylander kroch tiefer in den Wald. Waren sie davongelaufen, oder jagten sie ihn? Der Nadir würde nicht davonlaufen. Morak? Wer wußte schon, was in einem Folterer vor sich ging.

Links von ihm stand eine uralte Buche mit gespaltenem Stamm. Waylander warf einen Blick zum Himmel. Der Mond war noch immer verborgen, doch die Wolken brachen langsam auf. Er trat an den Stamm, griff mit seiner linken Hand hinauf und zog sich rasch auf den untersten Ast, von dem aus er noch ein paar Meter höher kletterte.

Der Mond schien wieder hell, und er kauerte sich nieder. Unter ihm war der Wald von einem zauberhaften Licht erhellt. Er suchte prüfend das Unterholz ab. Ein Mann hockte hinter einem Ginstergestrüpp. Ein zweiter war ganz in der Nähe. Er trug einen vagrischen Jagdbogen, auf dessen Sehne ein Pfeil mit Widerhaken lag. Waylander legte die Armbrust ab, schob sich auf die andere Seite des Baumes und suchte nach den anderen. Aber er konnte niemanden sehen.

Er kehrte an seine ursprüngliche Position zurück, zog eine große, dreieckige Kupfermünze aus der Tasche und warf sie in das Ginstergebüsch, hinter dem der erste Attentäter steckte. Der Mann fluchte und sprang auf. Sofort fuhr der zweite Mann herum und schickte einen Pfeil los, der den ersten in der Schulter traf.

»Du verdammter Idiot!« brüllte der Verwundete.

»Tut mir leid!« erwiderte der Bogenschütze, ließ den Bogen fallen und eilte an die Seite seines Kameraden. »Ist es schlimm?«

»Du hättest mich beinahe umgebracht!« klagte der erste.

»Falsch«, sagte Waylander. »Er *hat* dich umgebracht.«

Ein Bolzen drang dem Mann unmittelbar über der Nase in den Schädel. Der Bogenschütze sprang auf, um sich in Deckung zu bringen, doch Waylanders zweiter Bolzen traf ihn im Nacken. Ein Pfeil sauste an Waylanders Gesicht vorbei und bohrte sich in den Stamm der Buche. Geduckt rannte er in Deckung, warf sich über einen umgefallenen Baum und kroch einen kurzen Steilhang hinauf in dichtes Unterholz.

Noch drei.

Und einer davon war der Nadir!

Mit dem Schwert in der Hand verbarg sich Morak hinter einem großen Felsblock und lauschte auf jede Bewegung. Er war allein, und er hatte Todesangst.

Wie viele waren schon tot?

Der Mann war ein Dämon! Der Griff von Moraks Schwert war glitschig vor Schweiß, und er wischte ihn an seinem Umhang ab. Seine Kleider waren schmutzig, seine Hände lehmverkrustet. Dies war kein Ort zum Sterben für einen Adeligen – umgeben von Dreck und Würmern und verfaulenden Blättern. Er hatte schon oft gegen Männer gekämpft, Klinge gegen Klinge, und er wußte, daß er kein Feigling war, doch die Dunkelheit des Waldes, das Zischen des Windes, das schlangengleiche Wispern der Blätter und das Wissen, daß Waylander unterwegs zu ihm war wie der Schatten des Todes, brachten ihn beinahe um den Verstand. Eine Bewegung hinter ihm ließ sein Herz aussetzen. Er fuhr herum, versuchte, sein Schwert zu heben, doch Belashs kräftige Hand packte sein Handgelenk. »Folge mir«, flüsterte der Nadir und verschwand wieder im Unterholz. Morak war mehr als bereit zu gehorchen, und die beiden Männer schlichen nach Süden. Belash ging voran, den Hang hinab zu dem Felsen, auf dem Waylanders Umhang lag.

»Er kommt hierher zurück«, sagte Belash leise.

Morak sah, daß der Nadir einen kurzen Jagdbogen aus vagrischem Horn trug; einen Köcher mit Pfeilen hatte er um die breiten Schultern geschlungen. »Was ist mit den anderen?« fragte er.

»Tot – alle außer Jonas. Er hat einen Pfeil auf Waylander abgeschossen, ihn aber verfehlt. Jonas ließ seinen Bogen fallen und lief davon.«

»Feiger Hund!«

Belash grinste. »So ist unser Anteil größer, was?«

»Ich dachte, du interessierst dich nicht für Geld. Ich dachte, das hier wäre für dich nur eine Übung in Tapferkeit. Du weißt schon, die Knochen deines Vaters und so.«

»Jetzt ist keine Zeit zum Reden, Morak. Du bleibst hier sitzen und ruhst dich aus. Ich bleibe in der Nähe.«

»Hier sitzen? Dann sieht er mich ja.«

»Natürlich. Es ist eine kleine Armbrust – er wird nahe herankommen. Dann töte ich ihn.«

Morak stieß einen Fluch aus. »Und wenn er nun heranschleicht und schießt, ehe du ihn siehst?«

»Dann stirbst du«, sagte Belash.

»Einen seltsamen Sinn für Humor hast du. Warum setzt du dich nicht hier hin? Ich nehme den Bogen.«

»Wie du willst«, antwortete Belash verächtlich. Seine dunklen Augen glitzerten vor Vergnügen. Er reichte Morak die Waffe, setzte sich mit verschränkten Armen nieder und starrte nach Süden. Morak verschwand im Unterholz und legte einen Pfeil auf die Sehne.

Das Mondlicht warf geisterhafte Schatten auf die kleine Lichtung, auf der Belash wartete, und Morak schauderte. Was, wenn Waylander nun aus einer anderen Richtung kam? Was, wenn er – gerade in diesem Augenblick – lautlos hinter ihm durch den Wald schlich? Morak drehte den Kopf, konnte aber nichts Ungewöhnliches erkennen. Aber wer konnte in dieser elenden Finsternis auch schon etwas sehen!

Der Plan des Nadirs war schlicht – einem schlichten Hirn entsprungen. Aber sie hatten es hier nicht mit einem

Simpel zu tun. Wenn er hierblieb, konnte das seinen Tod bedeuten. Der Plan bot keine Gewähr. Doch wenn er den Nadir zurückließ, würde Belash sich verraten fühlen. Und falls er überlebte, würde der Nadir ihn jagen. Morak spielte mit dem Gedanken, das Risiko einzugehen, leise davonzuschleichen, doch Belash war ein Waldläufer von nahezu mystischen Fähigkeiten. Er würde ihn hören – und sofort verfolgen. Also ein Pfeil in den Rücken? Nein. Der Nadir war stark. Was, wenn der Pfeil ihn nicht sofort tötet? Morak wußte, daß er Belash Schwert gegen Schwert überlegen war, doch die ungeheure Kraft des Nadirs ließ ihn vielleicht so nahe kommen, daß er sein verdammtes Messer einsetzen konnte ... der Gedanke behagte ihm gar nicht.

Denk nach, Mann!

Morak ließ den Bogen fallen und tastete auf der weichen Erde herum, bis er einen faustgroßen Stein fand. Das war die Lösung. Er stand auf und trat hinaus auf die Lichtung. Belash drehte sich um.

»Was ist los?«

»Ich habe einen anderen Plan«, sagte Morak.

»Und?«

»Ist er das?« zischte Morak und deutete nach Norden. Belashs Kopf fuhr herum.

»Wo?« fragte er.

Der Stein krachte gegen den Nacken des Nadirs. Belash fiel vornüber, und Morak schlug ihn noch einmal. Und noch einmal. Der Nadir sackte zu Boden. Morak ließ den Stein fallen und zog sein Messer. Es war besser, stets sicherzugehen. Plötzlich hörte er eine Bewegung im Gebüsch. Morak wich vor dem Geräusch zurück, machte kehrt und rannte den Pfad entlang.

Und sah nicht den häßlichen Hund, der aus den Büschen kam.

Belash tauchte aus der Finsternis auf in ein schmerzhaftes Bewußtsein. Unter seinem Gesicht spürte er weiche Erde. Sein Kopf dröhnte. Er versuchte aufzustehen, doch Übelkeit überwältigte ihn. Er griff mit einer Hand in seinen Nacken. Das Blut begann zu verkrusten. Seine Hand glitt weiter zu seinem Gürtel. Das Messer steckte noch in der Scheide. Eine Zeitlang versuchte er sich zu erinnern, was geschehen war. Hatte Waylander sie überrascht?

Nein. Dann wäre er jetzt tot.

Sein Mund war trocken. Etwas Kaltes stieß gegen sein Gesicht. Er wandte den Kopf und starrte in die unheilvollen Augen eines riesigen, narbenbedeckten Hundes. Belash blieb vollkommen still liegen, bis auf seine Hand, die sich langsam, zentimeterweise, zu seinem Messer tastete.

»Das wäre nicht klug«, sagte eine kalte Stimme.

Zuerst dachte Belash, der Hund hätte zu ihm gesprochen. Ein Höllenhund, der gekommen war, um seine Seele zu holen?

»Hierher, Hund!« erklang die Stimme wieder. Der Hund trottete davon. Belash zwang sich auf die Knie und sah die schwarzgekleidete Gestalt auf dem Stein sitzen. Die Armbrust des Mannes hing von seinem Gürtel, die Messer steckten in ihren Scheiden.

»Wie hast du mich überwältigt?« fragte Belash.

»Das war ich nicht. Dein Freund – Morak? – hat dich von hinten niedergeschlagen.«

Belash versuchte aufzustehen, doch seine Beine waren zu schwach, und er sackte wieder zusammen. Langsam drehte er sich auf den Rücken, packte den Ast eines umgestürzten Baumes und zog sich in eine sitzende Stellung hoch. »Warum lebe ich noch?« fragte er.

»Du interessierst mich«, sagte der Mann.

Die Wege der Südländer sind wahrlich geheimnisvoll, dachte Belash und lehnte den Kopf an die rauhe Rinde des

Baumstammes. »Du hast mir meine Waffen gelassen. Warum?«

»Ich sah keinen Grund, sie dir wegzunehmen.«

»Hältst du mich für einen so unwürdigen Gegner, daß du mich nicht fürchten mußt?«

Der Mann lachte. »Ich habe noch nie einen Nadir getroffen, den man als unwürdigen Gegner bezeichnen könnte. Aber ich habe schon viele Kopfwunden gesehen, und deine wird dafür sorgen, daß du noch ein paar Tage ziemlich schwach bist, wenn nicht länger.«

Belash antwortete nicht. Er stemmte sich in die Höhe, stand schwankend auf und setzte sich auf den Baumstamm. Ihm war schwindlig und übel. Er war nur drei Schritt von Waylander entfernt, und er fragte sich, ob er sein Messer ziehen und den Mann überraschen könnte. Es war unwahrscheinlich, aber es war seine einzige Chance, am Leben zu bleiben.

»Du solltest nicht einmal daran denken«, sagte Waylander leise.

»Kannst du Gedanken lesen?«

»Ich brauche keine besonderen Fähigkeiten, um die Gedanken eines Nadir zu verstehen. Nicht, wenn es sich um den Kampf dreht. Aber du würdest es nicht schaffen, glaub mir. Bist du ein Keista?«

Belash war erstaunt. Nur wenige Südländer verstanden die komplexen Strukturen, die die Nadirstämme und ihre Zusammensetzung bestimmten. Keista bedeutete kein Stamm, ein Ausgestoßener. »Nein. Ich gehöre zu den Wölfen.«

»Du bist weit weg von den Mondbergen.«

»Du bist bei dem Zeltvolk gewesen?«

»Oft. Als Freund und als Feind.«

»Welchen Namen haben die Nadir dir gegeben?« erkundigte sich Belash.

Der Mann lächelte dünn. »Sie nannten mich den Seelenräuber. Und ein alter Keista-Führer gab mir einmal den Namen Ochsenschädel.«

Belash nickte. »Du bist mit dem Riesen, mit Eis-Auge, geritten. Es gibt Lieder über dich – dunkle Lieder, von dunklen Taten.«

»Und sie sind wahr«, gab der Mann zu.

»Was geschieht jetzt?«

»Ich habe mich noch nicht entschieden. Ich bringe dich zu mir nach Hause. Dort kannst du dich ausruhen.«

»Warum glaubst du, ich würde dich nicht töten, sobald ich wieder stark genug bin?«

»Die Gilde läßt keine Nadir als Mitglieder zu. Deswegen dürftest du von Morak bezahlt werden. Wenn ich mir die Beulen an deinem Schädel betrachte, würde ich sagen, daß Morak deine Anstellung beendet hat. – Was hättest du davon, mich zu töten?«

»Nichts«, pflichtete Belash ihm bei. Außer der Ehre, der Mann zu sein, der den Seelenräuber getötet hat. Und die Berge würden doch sicher freundlich auf den Mann blicken, der den Diebstahl des Schatzes rächte? Bestimmt würden sie ihm dann die Rache gewähren, die er suchte.

Waylander trat vor. »Kannst du gehen?«

»Ja.«

»Dann folge mir.« Der große Mann ging davon. Sein breiter Rücken bildete ein einladendes Ziel.

Noch nicht, dachte Belash. Erst muß ich meine Kräfte wiedergewinnen.

6

Der Tisch war dreizehn Meter lang und einen Meter breit und war einst mit feinen Leintüchern und goldenen Tellern und Bechern gedeckt gewesen. Die erlesensten Speisen hatten die Teller gekrönt, und die Edlen hatten ihr Fleisch mit goldenen Messern geschnitten. Jetzt gab es keine Tischdecken; die Teller waren aus Zinn, die Becher aus Steingut. Brot und Käse lagen auf den Tellern, und in den Bechern war kaltes Quellwasser. Am Tisch saßen achtundzwanzig Priester in weißen Gewändern. Hinter jedem Priester glitzerte im Schein der Laternen eine Rüstung: ein strahlender Silberhelm, ein schimmernder Brustharnisch und ein Schwert in einer Scheide. Und an jeder Rüstung lehnte ein langer, hölzerner Stab.

Ekodas saß am Kopfende des Tisches, Dardalion an seiner Seite.

»Laß mich meine eigenen Argumente vorbringen«, bat Ekodas.

»Nein, mein Sohn. Aber ich werde ihnen Gerechtigkeit widerfahren lassen, ich verspreche es dir.«

»Daran zweifle ich nicht, Herr. Aber ich kann *deinen* Argumenten nicht Genüge tun.«

»Tu dein Bestes, Ekodas. Niemand kann mehr verlangen.« Dardalion legte einen Finger an die Lippen; dann schloß er die Augen. Sofort senkten sich alle Köpfe, und die Vereinigung begann. Ekodas fühlte, wie er schwebte. Er sah nichts, hörte nichts, spürte nichts. Nur Wärme. Er spürte Vishna und Magnic, Palista, Seres ... all die anderen trieben um ihn herum.

»Wir sind eins«, pulste Dardalion.

»Wir sind eins«, echoten die Dreißig.

Und der Betgesang begann, die große Hymne an die QUELLE, im Geiste gesungen in einer Sprache, die niemand von ihnen verstand, nicht einmal Dardalion. Die Worte waren unauslotbar, doch die Gefühle, die diese Leute hervorriefen, schufen eine süße Magie, die die Seele mit Licht erfüllte.

Ekodas wurde zurück in seine Kindheit versetzt. Er sah wieder den hoch aufgeschossenen, dunkelhaarigen Jungen mit den violetten Augen, der hinter seinem Vater auf den Feldern arbeitete, die Saat pflanzte, die Ernte einbrachte. Es waren schöne Tage, auch wenn er es damals noch nicht wußte. Gemieden von den anderen Jungen des Dorfes, hatte Ekodas keine Freunde und niemanden, mit dem er die kleinen Freuden, seine Entdeckungen, teilen konnte. Aber jetzt, als er in der Hymne schwebte, sah er die Liebe, die seine Eltern ihm schenkten, trotz ihrer Angst vor seiner Gabe. Er spürte die warmen Umarmungen seiner Mutter, die schwielige Hand des Vaters, der ihm die Haare zauste.

Und die Hymne hatte eine solche Macht, daß er sogar ohne Haß sehen konnte, wie die vagrischen Soldaten sein Zuhause angriffen. Er konnte die Axt sehen, die seinem Vater den Schädel spaltete, das zustoßende Messer, das seiner Mutter das Leben raubte. Er war in der Scheune gewesen, als die Vagrier kamen. Seine Eltern waren in der ersten Minute des Überfalls getötet worden. Ekodas war vom Heuboden gesprungen und auf die Soldaten zugelaufen. Einer drehte sich um und holte mit seinem Schwert aus. Es traf den Jungen an Schulter und Hals, glitt ab und ritzte ihm die Schläfe auf.

Als er erwachte, war er der einzige lebende Drenai im Umkreis vieler Kilometer. Die Vagrier hatten selbst das Vieh abgeschlachtet. Alle Gebäude brannten, und eine dichte Rauchwolke hing über dem Land. Am dritten Tag nach dem Überfall wanderte Ekodas die drei Kilometer zum Dorf. Überall lagen Tote, und obgleich der Rauch sich inzwischen verzogen hatte, kreisten Scharen von Krähen am Himmel. Er sammelte, was er an Lebensmitteln noch finden konnte – ein halb verkohltes Stück Schinken, einen kleinen Sack mit Haferflocken –, und fand eine Schaufel, die er mit nach Hause nahm, wo er ein tiefes Grab für seine Eltern aushob.

Ein Jahr lang hatte er allein gelebt, Korn gesammelt, eßbare Wurzeln und Blumen, aus denen er eine Suppe kochen konnte. In diesem Jahr sah er keinen Menschen. Am Tag arbeitete er. Des Nachts träumte er, träumte davon, durch den Nachthimmel zu fliegen, über den Bergen im reinen Licht der Sterne zu schweben. Wundervolle Träume!

Eines Nachts, als er kreiste und schwebte, war eine dunkle Gestalt vor ihm erschienen. Sie hatte das Gesicht eines Mannes, schwarzes Haar, das dicht am Schädel klebte, schräggestellte Augen und lange, geflochtene Koteletten, die ihm bis auf die Schultern hingen.

»Woher kommst du, Junge?« fragte der Mann.

Ekodas hatte Angst bekommen. Er wich zurück, doch das Gesicht schwoll an, und ein Körper erschien. Lange Arme streckten sich nach ihm aus. Die Hände waren mit Schuppen und Klauen bewehrt, und Ekodas floh. Andere dunkle Gestalten tauchten auf, wie die Krähen über dem Dorf, und sie riefen nach ihm. Weit unten sah er die kleine Schutzhütte, die er aus den unverbrannten Balken der Scheune für sich gezimmert hatte. Hinab, hinab floh er, vereinte sich mit seinem Körper und erwachte schlagartig, mit wild klopfendem Herzen.

In dem Augenblick zwischen Traum und Erwachen war er sicher, ein triumphierendes Gelächter gehört zu haben.

Zwei Tage später kam ein Reisender vorbei, ein schlanker Mann mit sanftem Gesicht. Er ging langsam, und als er sich setzte, zuckte er vor Schmerz zusammen, denn er hatte eine frisch vernähte Wunde am Rücken.

»Guten Morgen, Ekodas«, hatte er gesagt. »Ich bin Dardalion. Du mußt diesen Ort verlassen.«

»Warum? Es ist mein Zuhause.«

»Ich glaube, du weißt, warum. Zhu Chao hat deinen Geist schweben gesehen. Er wird Männer schicken, die dich zu ihm bringen sollen.«

»Warum sollte ich dir trauen?«

Der Mann lächelte und streckte die Hand aus. »Du hast das Talent, die Gabe der QUELLE. Berühre mich. Sieh, ob du einen Funken Böses finden kannst.«

Ekodas faßte die Hand, und in derselben Sekunde flossen Dardalions Erinnerungen durch ihn ... die große Belagerung von Purdol, die Kämpfe mit der Bruderschaft, die Reise mit Waylander, die entsetzlichen Erinnerungen an Blutvergießen und Tod.

»Ich komme mit dir, Herr.«

»Du wirst nicht allein sein, mein Junge. Bis jetzt gibt es neun wie dich. Es werden noch mehr.«

»Wie viele mehr?«

»Wir werden dreißig sein.«

Die Gebetshymne endete. Ekodas spürte die Kälte der Trennung, wurde sich seiner Muskeln und Sehnen bewußt, spürte die kalte Brise, die durchs offene Fenster drang und seine nackten Beine streifte. Er schauderte und öffnete die Augen.

Dardalion stand auf. Ekodas blickte in das schmale, asketische Gesicht des Abtes.

»Meine Brüder«, sagte Dardalion, »hinter euch steht die Rüstung der Dreißig. Daneben steht der Stab des QUELLEN-Priesters. Heute abend werden wir entscheiden, wo unsere Bestimmung liegt. Tragen wir die Rüstung und finden die QUELLE im Kampf bis auf den Tod gegen die Mächte des Bösen, oder gehen wir getrennte Wege in Frieden und Harmonie? Heute abend spreche ich für letzteres. Ekodas wird für das erste argumentieren. Wenn der

Abend zu Ende geht, wird jeder von euch aufstehen und seine Entscheidung treffen. Ihr werdet entweder den Stab oder das Schwert nehmen. Möge die QUELLE uns bei unserer Entscheidung leiten.«

Darauf schwieg er eine Weile; dann begann er von der bindenden Macht der Liebe zu sprechen, den Veränderungen, die sie in den Herzen der Menschen bewirkte. Er sprach von dem Bösen, das in Haß und Gier und Lust steckte, wies mit großer Beredsamkeit darauf hin, wie töricht es sei zu glauben, daß Schwerter und Lanzen das Böse vernichten könnten. Er sprach von Zorn und den Dämonen, die in jeder menschlichen Seele auf der Lauer lagen, Dämonen mit feurigen Peitschen, die einen guten Mann zu Vergewaltigung und Mord anstacheln konnten. Ekodas lauschte mit wachsendem Erstaunen. All seine Argumente und noch mehr trug der Abt vor.

»Ja, die Liebe«, fuhr Dardalion fort, »sie kann die Wunden des Hasses heilen. Liebe kann Lust und Gier auslöschen. Durch Liebe kann auch ein böser Mensch bereuen und Erlösung finden. Denn die QUELLE verstößt keinen Menschen.

Jeder von uns ist von der QUELLE gesegnet. Wir haben Talente. Wir können Gedanken lesen, wir können fliegen. Einige können mit einer Berührung Wunden heilen. Wir sind begnadet. Wir können gehen und unsere Botschaft der Liebe im ganzen Reich verkünden.

Vor vielen Jahren befand ich mich in einer sehr schlimmen Lage. Die Dunkle Bruderschaft formierte sich erneut, suchte nach begabten Kindern und brachte sie auf ihren Pfad des Bösen. Diejenigen, die sich weigerten, wurden den Mächten der Finsternis geopfert. Damals beschloß ich, daß auch ich nach jenen suchen würde, die Talent hatten, um sie auszubilden und wieder die Dreißig aufzubauen, die gegen das Böse kämpfen sollten. Währenddessen traf ich auf zwei Schwestern, Kinder einer Tragödie. Sie lebten bei einem Witwer, einem starken Mann, furchtlos und tödlich. Aber sie waren verloren im seelenlosen Grau der Leere, gejagt von dämonischen Kräften und zwei Rittern der Bruderschaft. Ich schlug sie in die Flucht und rettete den Geist dieser Kinder, indem ich sie nach Hause brachte. Und dann kehrte ich in meinen Körper zurück und ritt zu ihrer Hütte. Die Mörder der Bruderschaft wußten, wo sie die Kinder finden konnten, und ich wollte ihren Vater warnen.

Doch als ich dort ankam, war er bewußtlos, denn er hatte sich mit starkem Wein vollaufen lassen und versucht, seinen Kummer über den Tod seiner Frau zu ertränken. Die Kinder waren allein. Als ich in der Hütte war, spürte ich, daß jeden Augenblick zwei Männer kommen würden. Ich konnte ihre Lust an Gewalt und Tod fühlen, die vor ihnen herwehte wie roter Nebel. Wir konnten nirgends hin. Uns nirgends verstecken.

Da tat ich etwas, das ich immer bedauert habe. Ich nahm dem Bewußtlosen seine kleine Doppelarmbrust ab und lud sie. Dann ging ich hinaus, um auf die Mörder zu warten. Während der vagrischen Kriege hatte ich mit dem Schwert gekämpft, aber ich hatte geschworen, nie wieder ein menschliches Leben zu nehmen. Während ich wartete, betete ich, daß sie allein aufgrund der Bedrohung durch die Armbrust umkehren würden.

Aber sie kamen, und sie lachten mich aus, denn sie kannten mich. Ich war ein Priester der QUELLE, der die Liebe predigte. Sie verspotteten mich und zogen ihre Schwerter. Die Waffe, die ich in Händen hielt, hatte viele Männer getötet, und sie besaß Macht, schreckliche Macht, in ihren Ebenholzarmen. Die Männer kamen näher. Mein Arm fuhr hoch. Und der erste Bolzen flog. Der erste Mann starb. Der zweite machte kehrt, um davonzulaufen. Ohne zu überlegen, schoß ich ihm in den Nacken. Ich hätte vor Freude in die Luft springen können. Ich hatte die Kinder gerettet. Dann kam mir die Ungeheuerlichkeit meiner Tat zu Bewußtsein, und ich fiel auf die Knie und schleuderte die Armbrust von mir.

In Dros Purdol hatten die ersten Dreißig gegen Dämonen und böse Geister gekämpft. Aber niemand von ihnen – außer mir selbst – hatte jemals ein Schwert gegen einen menschlichen Feind erhoben. Und sie starben ohne Widerstand, als der Feind die Mauern durchbrach. Doch in einem einzigen Moment hatte ich alles verraten, wofür wir einstanden.

Ich hatte nicht nur menschliches Leben genommen, ich hatte zwei Männer jeder Chance auf Erlösung beraubt.

Ich ging zurück zu den Kindern und nahm sie in die Arme. Mein Geist drang in sie beide ein und verschloß die Türen zu ihrem Talent, beraubte sie ihrer von der QUELLE verliehenen Gabe, damit die Bruderschaft sie nie mehr finden könnte. Ich brachte sie zu Bett und beruhigte sie, so daß sie einschlafen konnten. Dann schleppte ich die Toten von der Lichtung und begrub sie in einem flachen Grab.

Seitdem werde ich von diesem Tag verfolgt, und keine Stunde meines Lebens vergeht, ohne daß ich daran denke. Ich möchte nicht, daß einer von euch ein solches Bedauern empfinden muß. Und die sicherste Methode, die ich kenne, um diesen Schmerz zu vermeiden, besteht darin, daß jeder von euch den Stab der QUELLE nimmt.« Dardalion setzte sich, und Ekodas sah, daß die Hände des Abtes zitterten.

Der junge Priester holte tief Luft und stand auf. »Brüder, unser Abt hat kein Wort gesprochen, dem ich nicht zustimmen würde. Aber das allein macht seine Argumente noch nicht stichhaltig. Er sprach davon, daß Liebe Liebe hervorbringt und daß aus Haß weiterer Haß entsteht. Wir alle stimmen dem zu – und wenn das alles wäre, was wir besprechen wollten, gäbe es keinen Anlaß mehr für mich, das Wort zu ergreifen. Aber die Sache ist unendlich viel schwieriger. Man hat mich aufgefordert, ein Argument zu vertreten, das ich grundsätzlich ablehne. Hat Ekodas recht, und sein Argument ist falsch? Ist das Argument gut, und Ekodas' Urteilsvermögen nicht ungetrübt? Woher soll ich das wissen? Wie kann einer von uns das wissen? Also laßt uns ein umfassenderes Bild betrachten.

Wir sitzen hier in Sicherheit, in einem Kreis von Schwertern, die von anderen geführt werden. Rekruten in Delnoch, Lanzenreiter am Skeln-Paß, Infanteristen in Erekban: Sie alle bereiten sich darauf vor zu kämpfen und möglicherweise sogar zu sterben, um ihre Familien, ihr Land und uns alle zu schützen. Sind sie schlecht? Wird die QUELLE ihnen das Geschenk der Ewigkeit verwehren? Ich hoffe nicht! Diese Welt wurde von der QUELLE geschaffen, jedes Tier, jedes Insekt, jede Pflanze, jeder Baum. Aber damit ein Ding leben kann, muß für gewöhnlich ein anderes sterben. Das ist der Weg aller Dinge. Wenn die Rose wächst, nimmt sie kleineren Pflanzen das Licht, das sie brauchen, und erstickt sie. Damit der Löwe gedeihen kann, mußt der Hirsch sterben. Die ganze Welt liegt miteinander im Kampf.

Aber wir sind in Sicherheit. Und warum? Weil wir zulassen, daß die Verantwortung – ja, und die Sünde – in den Händen anderer liegt.« Er hielt inne und betrachtete die lauschenden Priester, den stolzen Vishna, früher ein Adeliger aus Gothir, den feurigen Magnic, dessen Augen sein Erstaunen angesichts des scheinbaren Wandels des Sprechers spiegelten, den schlanken, geistreichen Palista, der ihn mit einem Ausdruck trockenen Humors anschaute.

Ekodas lächelte. »Ach, meine Brüder, wenn das Argument nur lauten würde, daß wir Kriegerpriester würden, wäre es einfacher, moralische Einwände zu erheben. Aber das ist nicht die Wirklichkeit. Wir sind hier zusammengekommen, weil die Dunkle Bruderschaft durch die Welt streift, bereit, Chaos und Verzweiflung über dieses und andere Länder zu bringen. Und wir wissen, durch die Erinnerungen unseres Vater Abts, wessen diese Männer fähig sind. Wir wissen, daß gewöhnliche Krieger gegen ihre finsteren Mächte nicht bestehen können.«

Wieder hielt er inne und nahm einen Schluck Wasser aus seinem irdenen Becher. »Der Vater Abt sprach davon, wie er die Männer erschlug, die die Kinder holen wollten – aber was war die Alternative? Was die Männer und ihre Erlösung betrifft, wer kann sagen, wohin ihre Seelen reisten und welche Hoffnung auf Erlösung es dort gibt?

Nein, was diesen furchtbaren Tag betrifft, so hat unser Abt Grund, nur eins zu bedauern: die Freude, die er beim Töten empfand. Denn das ist der Angelpunkt seines Arguments. Als Kriegerpriester müssen wir – *wenn* wir denn kämpfen müssen – ohne Haß kämpfen. Wir müssen die Verteidiger des Lichts sein.

Diese von der QUELLE erschaffene Welt befindet sich in einem empfindlichen Gleichgewicht, und wenn die Waagschale des Bösen schwerer ist als die des Guten, was sollen wir dann tun? Die QUELLE hat uns Gaben verliehen, Gaben, die uns in die Lage versetzen, der Bruderschaft die Stirn zu bieten. Sollen wir diese Gaben verleugnen? Es gibt viele Männer, die den Stab nehmen könnten. Viele Priester könnten – und werden – die Welt mit ihren Liedern von Frieden bereisen.

Aber wo sind die Krieger des Lichts, die sich der Bruderschaft entgegenstellen können? Wo sind die Ritter der QUELLE, die die Magie des Bösen abwenden können?« Er breitete die Hände aus. »Wo, wenn nicht hier? Nicht einer von uns kann mit Gewißheit sagen, daß der Pfad, den wir gewählt haben, der rechte ist. Doch wir beurteilen eine Rose nach ihrer Blüte und ihrem Duft. Die Bruderschaft strebt nach Herrschaft und damit nach einem neuen Zeitalter des Blutes. Wir streben danach, die Menschen in Frieden und Harmonie zu sehen, frei zu lieben, frei, Söhne und Töchter großzuziehen, frei, abends den herrlichen Sonnenuntergang zu betrachten, im Wissen, daß das Böse fern ist.

Wir wissen, wo das Böse liegt, und wir sollten ihm mit reinem Herzen entgegentreten. Wenn es durch Liebe abgewendet werden kann, so sei es! Aber wenn es Totschlag und Grauen sucht, dann sollten wir uns ihm mit Schwert und Schild stellen. Denn das ist unsere Bestimmung. Wir sind die Dreißig!« Er setzte sich und schloß die Augen, von Gefühlen übermannt.

»Laßt uns beten«, sagte Dardalion, »und dann soll jeder seinen Weg wählen.«

Einige Minuten lang herrschte Schweigen. Dann sah Ekodas, wie Vishna aufstand, das silberne Schwert ergriff und es vor sich auf den Tisch legte. Magnic war der nächste; das schabende Geräusch des Schwerts, das aus der Scheide glitt, durchschnitt die Stille. Einer nach dem anderen wählten die Priester die Schwerter, bis nur noch Dardalion und Ekodas übrig waren. Dardalion wartete, und Ekodas lächelte. Er stand auf, die Augen fest auf den gleichmütigen Blick des Abtes gerichtet.

»Hast du mich hereingelegt, Vater?« pulste Ekodas.

»Nein, mein Sohn. Hast du dich selbst überzeugt?«

»Nein, Dardalion. Ich glaube immer noch, daß es Torheit ist, gegen das Böse mit seinen eigenen Waffen zu kämpfen, und daß es nur zu mehr Haß und mehr Tod führt.«

»Warum hast du dann das Argument mit solcher Kraft vorgetragen?«

»Weil du mich darum gebeten hast. Und ich verdanke dir alles.«

»Dann nimm den Stab, mein Sohn.«

»Dafür ist es zu spät, Vater.« Ekodas schloß seine Finger um den Griff des silbernen Langschwertes. Die Klinge sauste durch die Luft und fing das Licht der vielen Laternen ein.

»*Wir sind eins!*« rief Vishna.

Und dreißig Schwerter wurden hochgehalten, lodernd wie Fackeln.

Karnak schritt durch die jubelnden Truppen, lächelnd und winkend. Dreimal blieb er stehen, um ein paar Worte mit einzelnen Soldaten zu wechseln, an deren Namen er sich erinnerte. Es war dieser joviale Zug, der ihn bei den Männern so beliebt machte, und das wußte er.

Hinter ihm gingen zwei Offiziere seines Generalstabs. Gan Asten, ein ehemaliger Unteroffizier, den Karnak im Bürgerkrieg befördert hatte, war jetzt einer der mächtigsten Befehlshaber der Drenai-Armee. An seiner Seite ging Dun Galen, offiziell Karnaks Adjutant, in Wahrheit jedoch der Mann, dessen Spionagenetz dafür sorgte, daß Karnak die Zügel der Macht in den Händen behielt.

Karnak erreichte das Ende der Reihe und bückte sich, um ins Zelt zu treten. Asten und Galen folgten ihm. Die beiden Wächter kreuzten ihre Lanzen vor der Öffnung und signalisierten auf diese Weise, daß der Reichsverweser nicht gestört werden durfte, und die Soldaten schlenderten zurück zu ihren Lagerfeuern.

Drinnen verschwand Karnaks Lächeln. »Wo, bei den Göttern, steckt er?« fauchte er.

Der klapperdürre Galen zuckte die Achseln. »Er war im Palast und hat den Wachen angeblich gesagt, er würde Freunde besuchen. Dann hat man ihn nicht mehr gesehen. Später, als sein Zimmer durchsucht wurde, stellte man fest, daß er Kleider zum Wechseln mitgenommen und Gold aus Varacheks Schatzkammer gestohlen hatte – ungefähr zweihundert Raq. Seitdem gibt es keine Spur mehr von ihm.«

»Er hatte Angst vor Waylander«, sagte Asten. »Jedes nächtliche Geräusch, jedes Klappen eines Fensterladens jagt ihm Furcht ein.«

»Waylander ist ein toter Mann!« brüllte Karnak. »Konnte er mir denn nicht so weit trauen? Bei Shemaks Eiern, er ist nur ein einzelner Mann! Einer!«

»Und noch immer am Leben«, betonte Asten.

»Sag das nicht!« wütete Karnak. »Ich weiß, du hast mir davon abgeraten, die Gilde einzuschalten. Aber wie, im Namen aller Dinge, die heilig sind, sind wir bloß in dieses Durcheinander geraten? Ein Mädchen stirbt – ein Unfall. Und doch hat es mich fast zwanzigtausend in Gold gekostet – Geld, das ich mir eigentlich nicht leisten kann –, und mein Sohn huscht davon wie ein verängstigtes Kaninchen!«

»Ein Trupp von Lanzenreitern ist ihm zur Zeit auf den Fersen, General«, sagte der schwarzgekleidete Galen. »Sie werden ihn herbringen.«

»Das glaube ich erst, wenn ich es sehe«, schnaubte Karnak.

»Die Gilde hat sich als Enttäuschung erwiesen«, betonte Asten ruhig.

Karnak grinste. »Nun, wenn der Krieg vorüber ist, werde ich sie auflösen und mir das Geld zurückholen. Das ist einer der Vorteile der Macht.« Sein Lächeln schwand. »Drei Frauen, Scharen von willigen Weibern, und was kriege ich? Bodalen! Was habe ich getan, einen solchen Sohn zu verdienen, Asten?«

Klugerweise beschloß Gan Asten, nicht darauf zu antworten, doch Galen sprang geschwind ein. »Er hat viele Talente, General. Er wird hoch geschätzt. Er ist jung und übermütig. Ich bin sicher, er wollte nicht, daß das Mädchen stirbt. Es war einfach nur ein Sport – junge Männer, die ein Fohlen jagen.«

»Bis sie fiel und sich den Hals brach«, schnaubte Asten. Sein frisches Gesicht blieb ausdruckslos.

»Ein Unfall!« erwiderte Galen und warf dem General einen mörderischen Blick zu.

»Es war kein Unfall, als sie ihren Mann töteten.«

»Der Bursche lief mit einem Schwert auf sie zu. Sie haben sich verteidigt. Was würdest du von adeligen Drenai sonst erwarten?«

»Ich weiß nichts über die Sitten von Adeligen, Galen. Mein Vater war Bauer. Aber ich nehme an, du hast recht. Wenn betrunkene junge Adelige sich aufmachen, um zu vergewaltigen, sollte man sich nicht wundern, wenn es mit Mord endet.«

»Genug davon«, sagte Karnak. »Geschehen ist geschehen. Ich würde mir den rechten Arm abhacken, um das Mädchen zurückzuholen – aber sie ist tot. Und ihr Vormund lebt. Keiner von euch kennt Waylander. Aber ich. Ihr würdet nicht wollen, daß er euch oder eure Söhne jagt.«

»Wie du selbst sagtest, General, er ist nur ein einzelner Mann«, sagte Galen. Seine Stimme wurde sanfter, war aber immer noch ein wenig gereizt. »Und Bodalen ist nicht einmal im Reich.«

Karnak setzte sich auf einen baumwollbezogenen Hocker. »Ich mochte Waylander, wißt ihr«, sagte er ruhig. »Er hat es mit mir aufgenommen.« Er kicherte in sich hinein. »Er marschierte ins Land der Nadir und bekämpfte Stammeskrieger, dämonische Bestien und die vagrische Bruderschaft. Erstaunlich!« Er blickte zu Galen auf. »Aber er muß sterben. Ich kann nicht zulassen, daß er meinen Sohn tötet.«

»Du kannst dich auf mich verlassen, General«, antwortete Galen mit einer tiefen Verbeugung.

Karnak fuhr zu Asten herum. »Was ist mit dieser Hexe passiert, mit Hewla?«

»Sie wollte ihre Macht nicht gegen Waylander einsetzen«, antwortete der General.

»Warum nicht?«

»Das hat sie mir nicht gesagt. Aber sie sagte, sie würde in Erwägung ziehen, einen Sturm gegen die ventrische Flotte zu entfachen. Ich lehnte ab.«

»Du hast abgelehnt?« tobte Karnak und sprang auf. »Dafür solltest du aber einen verdammt guten Grund haben, Asten!«

»Sie wollte hundert Kinder geopfert haben. Sagte etwas von einem Preis für dämonischen Beistand.«

Karnak fluchte. »Wenn wir verlieren, werden weit mehr als hundert Kinder leiden. Eher zehntausend.«

»Soll ich noch einmal zu ihr gehen?«

»Natürlich nicht! Bei den Göttern, warum hat der Feind immer mehr Macht in den Händen? Ich wette, der ventrische König würde keine Sekunde wegen ein paar Bälger überlegen.«

»Wir könnten gefangene Sathuli-Kinder nehmen«, schlug Galen vor. »Ein schneller Überfall in den Bergen. Schließlich haben sie sich mit den Gothir gegen uns verbündet.«

Karnak schüttelte den Kopf. »Eine solche Aktion würde meinen Ruf schädigen und die Leute gegen mich aufbringen. So etwas läßt sich nie geheimhalten. Nein, meine Freunde, wir werden uns wohl auf tapfere Herzen und scharfe Schwerter verlassen müssen. Und auf das Glück, das wollen wir nicht vergessen! Aber in der Zwischenzeit, findet mir Bodalen.«

»Wahrscheinlich glaubt er, es wäre sicherer, sich zu verstecken«, meinte Asten.

»Finde ihn und überzeuge ihn vom Gegenteil«, befahl Karnak.

Waylander deckte das Feuer ab, lehnte sich gegen den Stein und beobachtete den schlafenden Nadir. Belash hatte versucht, sich aufrecht zu halten, war aber mehrere Male gestürzt und hatte sich neben dem Pfad übergeben. Die Schläge auf den Kopf hatten den Krieger geschwächt, und Waylander hatte ihm bis zu der geschützten Senke geholfen.

»Vielleicht ist dein Schädel gebrochen«, sagte Waylander, als der Mann zitternd neben dem Feuer lag.

»Nein.«

»Er ist nicht aus Stein, Belash.«

»Morgen bin ich wieder stark«, versprach der Nadir. Im Schein der untergehenden Sonne wirkte sein Gesicht grau; dunkle Streifen liefen über die Haut unter seinen schrägen Augen.

Waylander legte eine Hand an die Kehle des Mannes. Der Puls war kräftig, aber unregelmäßig. »Schlaf«, sagte er und deckte ihn mit seinem Mantel zu. Die Flammen leckten hungrig an dem trockenen Holz, und Waylander streckte die Hände aus und genoß die Wärme. Der Hund lag an seiner Seite; der riesige Kopf ruhte auf den dicken Pfoten. Müßig kraulte Waylander das Fell des Tieres. Ein tiefes Knurren kam aus seiner Kehle. »Ruhig«, sagte Waylander lächelnd. »Ich weiß, daß es dir gefällt, also hör auf zu jammern.«

Er betrachtete den schlafen Nadir. Ich hätte dich töten sollen, dachte er bei sich. Doch er bedauerte es nicht, den Mann am Leben gelassen zu haben. Belash hatte etwas an sich, das eine Saite in ihm anschlug. Ein Schatten zuckte am Rande seines Blickfeldes. Waylander schaute nach links. Am Feuer saß eine alte Frau mit einer Kapuze. Ihr Gesicht war ein bemerkenswertes Bild aus Verfall und Häßlichkeit, ihre Zähne verfault, die Nase geschwollen und blaugeädert, die Augen tränend und gelb.

»Du bewegst dich lautlos, Hewla«, flüsterte Waylander.

»Nein, tue ich nicht. Ich bewege mich wie ein altes Weib, und meine Gedanken knistern wie trockenes Holz.«

»Ich habe dich nicht gehört.«

»Das liegt daran, daß ich nicht hier bin, Kind«, sagte sie, streckte die Hand aus und hielt sie in die Flammen, die durch die plötzlich durchsichtige Haut und die Knochen flackerten und tanzten. »Ich sitze an meinem eigenen Feuer, in meiner eigenen Hütte.«

»Was willst du von mir?«

Ihre Augen glitzerten vor Vergnügen, und ihr Mund verzog sich zur Parodie eines Lächelns. »Nicht beeindruckt von meiner Magie? Wie langweilig. Du hast ja keine Vorstellung, welche Konzentration erforderlich ist, um dieses Abbild hervorzubringen. Aber weiten sich deine Augen da vor Staunen? Sitzt du vor Verwunderung mit offenem Mund da? Nein. Du fragst, was ich will. Wie kommst du darauf, daß ich etwas will, Kind? Vielleicht hatte ich das Bedürfnis nach Gesellschaft.«

»Das glaube ich nicht«, meinte Waylander mit einem trockenen Grinsen. »Aber du bist trotzdem willkommen. Geht es dir gut?«

»Wenn man vierhundertundelf Jahre alt ist, ist eine solche Frage bedeutungslos. Mir geht es nicht mehr gut, seit der Großvater des Königs ein Kind war. Ich bin einfach zu stur, um zu sterben.« Sie warf einen Blick auf den schlafenden Nadir. »Er träumt davon, dich umzubringen«, sagte sie.

Er zuckte die Achseln. »Seine Träume sind seine Sache.«

»Du bist ein seltsamer Mann, Waylander. Trotzdem, der Hund mag dich.«

Er lachte leise. »Er ist ein besserer Freund als die meisten Menschen.«

»Ja.« Die alte Frau verfiel in Schweigen, doch ihre Augen blieben auf den schwarzgekleideten Krieger gerichtet. »Ich habe dich immer gemocht, Kind«, sagte sie leise. »Du hast dich nie vor mir gefürchtet. Es hat mir leid getan, als ich vom Tod deiner Frau hörte.«

Er wandte den Blick ab. »Das Leben geht weiter«, sagte er.

»Allerdings. Morak wird wiederkommen. Er ist kein Feigling, aber er geht gern sicher. Und Senta nähert sich in diesem Moment deiner Hütte. Was wirst du tun?«

»Was meinst du?« entgegnete er.

»Du wirst gegen sie kämpfen, bis sie dich töten. Nicht gerade ein besonders ausgeklügelter Plan, was?«

»Mir haben Feinheiten noch nie gelegen.«

»Unsinn. Es liegt einfach daran, daß du immer schon ein bißchen in den Tod verliebt warst. Vielleicht würde es dir helfen zu wissen, warum sie dich jagen?«

»Spielt es eine Rolle?«

»Das weißt du erst, wenn ich es dir sage!« fauchte sie.

»Dann sag es mir.«

»Karnak hat einen Sohn mit Namen Bodalen. Er steht mit der Bruderschaft in Verbindung. Er und ein paar seiner Freunde kamen auf einem Ausritt in der Nähe eines Dorfes südlich von Drenan. Sie sahen eine junge Frau, die Kräuter sammelte. Die Männer hatten getrunken, und die Frau erregte ihre Lust. Sie jagten sie. Sie drehte sich um und kämpfte und brach einem Mann den Kiefer. Dann rannte sie davon. Bodalen folgte ihr. Auf der Flucht sah sie sich um, verlor das Gleichgewicht und fiel. Sie stürzte über eine Felskante und brach sich das Genick. Ihr Mann kam herbei. Er war unbewaffnet. Die Männer töteten ihn und ließen ihn bei der Leiche seiner Frau zurück. Hörst du, was ich dir sage?«

»Ich höre es, aber ich weiß nicht, was das mit mir zu tun hat«, antwortete Waylander.

»Die Männer wurden gesehen, als sie davonritten, und Bodalen wurde vor Gericht gestellt. Man verurteilte ihn zu einem Jahr Exil, und Karnak zahlte ein Vermögen als Blutgeld an den Vater des Toten.«

Waylanders Mund war trocken. »Wo war das Dorf?«

»Adderbridge.«

»Willst du damit sagen, er hat meine Krylla umgebracht?« zischte Waylander.

»Ja. Karnak fand heraus, daß du ihr Vormund bist. Er hat Angst, daß du Bodalen stellst. Deswegen jagt die Gilde dich.«

Waylanders Gedanken überschlugen sich, und er starrte blicklos in die Dunkelheit. Erinnerungen überfluteten ihn, Echos der Vergangenheit: Krylla und Miriel, die im Bach bei der Hütte planschten, lachten und im Sonnenschein spielten. Kryllas Tränen, als ihre Lieblingsgans starb; ihr Glück, als Nualin ihr den Heiratsantrag machte; die Fröhlichkeit der Hochzeit und des Tanzes, der darauf folgte. Er sah ihr lächelndes Gesicht, das Ebenbild Miriels, aber mit einem Mund, der bereitwilliger lächelte, und einer Art, die jedes Herz gewann. Mit gewaltiger Anstrengung verdrängte er die Erinnerungen und wandte seine jetzt kalten Augen wieder dem Bild der Zauberfrau zu.

»Warum bist du hergekommen, Hewla?« fragte er eisig.

»Sagte ich doch. Ich mag dich. Mochte dich immer.«

»Das kann stimmen oder auch nicht. Aber ich frage dich noch einmal, warum bist du hier?«

»Hm, ich bewundere dich sehr, Kind. Man kann dir nichts vormachen, was?« Ihre boshaften Augen funkelten im Feuerschein. »Ja, es steckt mehr dahinter als nur Bodalen.«

»Das bezweifle ich nicht.«

»Hast du je von Zhu Chao gehört?«

Waylander schüttelte den Kopf. »Nadir?«

»Nein. Kiatze. Er praktiziert die Dunklen Künste. Mehr nicht, obwohl er sich zweifellos als Zauberer bezeichnen würde. Er ist jung – noch keine sechzig, und hat noch immer die Kraft, Dämonen zu rufen und zu befehligen. Er hat die Bruderschaft wiederaufgebaut und dient – offiziell, natürlich – dem Kaiser von Gothir.«

»Und Bodalen?«

»Karnaks Sohn verehrt ihn. Die Bruderschaft steckt hinter den kommenden Kriegen. Sie haben viele der Adelshäuser von Ventria, Gothier und Drenai unterwandert. Sie wollen herrschen, und vielleicht wird es ihnen gelingen – wer weiß?«

»Und du willst, daß ich Zhu Chao töte.«

»Sehr scharfsinnig. Ja, ich will seinen Tod.«

»Ich bin kein Meuchelmörder mehr, Hewla. Wenn der Mann dich bedrohte, würde ich mich um ihn kümmern. Aber ich werde ihn nicht einfach für dich jagen.«

»Aber du wirst Bodalen jagen«, flüsterte sie.

»O ja. Ich werde ihn finden. Und ihm wird Gerechtigkeit widerfahren.«

»Gut. Du findest ihn bei Zhu Chao«, sagte sie. »Und wenn der kleine Zauberer zufällig einem deiner Bolzen in den Weg tritt, so sei es.«

»Er ist in Gulgothir?«

»Allerdings. Ich glaube, er fühlt sich dort sicherer. Tja, ich werde dich jetzt verlassen. In meinem Alter ist es schwierig, einen solchen Zauber aufrechtzuerhalten.« Waylander sagte nichts. Hewla schüttelte den Kopf. »Nicht einmal ein Danke für die alte Hewla?«

»Warum sollte ich dir danken?« fragte er. »Du hast mir nur Kummer gebracht.«

»Nein, nein, Kind. Ich habe dir das Leben gerettet. Sieh in dich hinein. Du willst nicht mehr hierbleiben und neben deiner schönen Danyal sterben. Nein. Der Wolf ist zurück. Waylander lebt wieder.«

Zornige Worte stiegen ihm in die Kehle. Doch Hewla war verschwunden.

7

Miriels Kopf schmerzte, doch der stechende Schmerz der letzten Nacht war einem dumpfen Pochen gewichen, als sie aufstand und sich anzog, bevor sie durch die Hütte der Lichtung ging, auf der Angel Holz hackte. Nackt bis zur Hüfte schwang er die langschäftige Axt mit der Leichtigkeit langer Übung und spaltete das Holz meisterhaft.

Er hielt inne, als er sie sah, und hieb die Axt in ein Stück Holz. Dann nahm er sein Hemd und schlenderte zu ihr. »Wie fühlst du dich heute?« fragte er.

»Ich bin bereit«, sagte sie.

Er schüttelte den Kopf. »Ich finde, du solltest dich heute morgen ausruhen. Du siehst müde aus.«

Ein kühler Windhauch strich durch die Luft, und Miriel schauderte. »Sie werden wiederkommen.«

Angel zuckte die Achseln. »Daran können wir nichts ändern, Miriel.«

»Nur warten?«

»Genau.«

»Das scheint dich nicht zu beruhigen.«

»O doch. Aber ich habe schon vor langer Zeit gelernt, daß es wenig Sinn macht, sich über Dinge zu sorgen, die man nicht beeinflussen kann. Wir könnten fliehen, nehme ich an, aber wohin? Wir wissen nicht, wo sie sind, und könnten ihnen direkt in die Arme laufen. Hier haben wir wenigstens den Vorteil, uns auf heimischem Boden zu bewegen. Und hier erwartet dein Vater uns zu finden. Deshalb warten wir.«

»Ich könnte den Spuren der Männer folgen«, schlug sie vor.

Er schüttelte den Kopf. »Morak war nicht bei ihnen, und Belash auch nicht. Ich möchte keinem von beiden nachspüren. Sie haben bestimmt Wachen aufgestellt, die von Bergen oder Bäumen herab Ausschau halten. Sie würden uns kommen sehen. Nein, wir warten auf Waylander.«

»Mir gefällt der Gedanke nicht, untätig herumzusitzen«, sagte sie.

»Ich weiß«, antwortete er, trat vor und legte ihr die Hand auf die Schulter. »Das ist immer das schwierigste. Mir ging es genauso, wenn ich darauf wartete, in die Arena gerufen zu werden. Ich konnte das Klirren von Schwertern draußen hören, den Sand und die Sägespäne riechen. Mir war jedesmal übel.«

Miriels Augen verengten sich. »Es kommt jemand«, sagte sie.

Er fuhr herum, doch es war niemand zu sehen. »Wo?« Miriel deutete nach Süden, wo eine Schar Tauben von einer hohen Kiefer aufgeflogen war. »Es könnte dein Vater sein.«

»Könnte es«, gab sie zu, drehte sich auf dem Absatz um und ging in die Hütte. Angel blieb stehen, eine Hand auf dem Verandageländer, die andere um den lederumwickelten Griff seines Kurzschwertes gelegt. Miriel kam zurück, ein Schwert umgegürtet, ein Wehrgehänge mit Wurfmessern über die Schulter geschlungen.

Ein hochgewachsener Mann erschien am Rand der Lichtung, sah sie und schritt den Hang hinunter. Die Sonne glitzerte in seinem goldenen Haar. Er bewegte sich mit einer katzenhaften Anmut, arrogant, wie ein Herrscher in seinem Reich, dachte Miriel, in der Zorn aufstieg. Der Mann war in teures Rehleder gekleidet, das an den Schultern mit langen Fransen verziert war. Er hatte zwei Schwerter, kurze Säbel in schwarzen, mit Silber verzierten Scheiden. Seine Beinkleider waren dunkelbraun und steckten in schenkellangen, gelbbraunen Reitstiefeln, deren Schaft umgeschlagen war, so daß man das cremefarbene Seidenfutter sehen konnte.

Als er näher kam, verbeugte er sich mit einer weitausholenden Armbewegung in höfischer Manier. »Guten Morgen, Miriel.«

»Kenne ich dich?«

»Noch nicht, und das bedauere ich sehr.« Er lächelte beim Sprechen, und Miriel fühlte, wie sie rot wurde. »Ah, Angel«, sagte der Neuankömmling, als ob er den Gladiator jetzt zum erstenmal sähe. »Die Prinzessin und der Troll ... ich komme mir vor, als wäre ich mitten in ein Märchen geraten.«

»Wirklich?« entgegnete Angel. »Wenn ich dich sehe, habe ich das Gefühl, als wäre ich in etwas weit Unangenehmeres geraten.«

Der Mann kicherte mit aufrichtiger Belustigung. »Ich habe dich vermißt, Alter. Seit du die Arena verlassen hast, ist es nicht mehr dasselbe. Wie läuft dein ... Geschäft?«

»Gar nicht mehr, aber das wußtest du ja bereits.«

»Ja, irgend jemand hat es mal erwähnt. Ich war natürlich betrübt, das zu hören. Nun, möchte mir niemand ein Frühstück anbieten? Es ist ein langer Weg von Kasyra hierher.«

»Wer ist dieser ... dieser Lackaffe?« fragte Miriel.

»Ach ja. Bitte, stell uns vor, Angel, sei so gut.«

»Dies ist Senta, einer der gedungenen Mörder, die deinen Vater umbringen sollen.«

»Elegant ausgedrückt«, sagte Senta. »Aber man sollte darauf hinweisen, daß ich weder ein Bogenschütze noch ein Meuchelmörder bin, der aus dem Hinterhalt tötet. Ich bin ein Schwertkämpfer, meine Dame, wahrscheinlich der beste im Land.«

Miriels Finger schlossen sich um den Griff ihres Schwertes, doch Angel packte ihren Arm. »Er ist vielleicht eingebildet und eitel, aber er hat ganz recht«, sagte Angel, den Blick fest auf Senta gerichtet. »Er *ist* ein guter Schwertkämpfer. Also laßt uns Ruhe bewahren, ja? Mach etwas zu essen, Miriel.«

»Für ihn? Nein!«

»Vertrau mir«, sagte Angel leise, »und tu, um was ich dich bitte.«

Miriel blickte in seine steingrauen Augen. »Willst du das wirklich?«

»Ja«, sagte er schlicht.

Ihre Hände zitterten, als sie den kalten Braten aufschnitt. Sie fühlte sich verwirrt, verunsichert. Angels Kraft war gewaltig, und sie wußte, daß er kein Feigling war. Warum ging er dann auf diesen Mann ein? Hatte er Angst?

Die beiden Männer saßen am Tisch, als Miriel zurückkam. Senta stand auf, als sie ins Zimmer kam. »Du bist wirklich eine Augenweide!« sagte er. Ihre Antwort war kurz und deftig. Sentas Augen weiteten sich. »Solche Worte aus dem Mund einer Dame?«

Wütend und verlegen stellte Miriel das Tablett mit dem Essen auf den Tisch und verkniff sich eine zornige Erwiderung.

»Irgendwas von Morak gesehen?« fragte Angel, brach das Brot und reichte Senta ein Stück.

»Noch nicht – aber ich habe ihm eine Botschaft geschickt. Er hat Belash bei sich, wußtest du das?«

»Es überrascht mich nicht. Mich erstaunt allerdings, daß du und Morak nicht zusammen reist«, sagte Angel. »Ihr zwei seid von derselben Art – das gleiche unbekümmerte Lächeln, der gleiche scharfe Verstand.«

»Und damit endet die Ähnlichkeit auch schon«, sagte Senta. »Sein Herz ist verfault, Angel, und seine Wünsche sind bösartig. Es tut mir weh, daß du uns beide in einen Topf wirfst.« Er warf einen Blick auf Miriel. »Das ist sehr schmackhaftes Brot. Mein Kompliment.«

Miriel beachtete ihn nicht, aber er schien es nicht zu

bemerken. »Schöne Gegend«, fuhr er fort. »Nahe am Meer und noch nicht von Menschen und ihrem Schmutz verseucht. Eines Tages muß ich mir auch ein solches Zuhause in den Bergen suchen.« Er sah sich um. »Und gut gebaut. Mit viel Liebe und Mühe.« Seine Augen wurden von den Waffen an der Wand angezogen. »Das ist Kreegs Armbrust, oder? Nun, nun! Seine Hure in Kasyra vermißte ihn schon. Irgendwas sagt mir, daß er nicht mehr zu ihr zurückgeht.«

»Er war wie du«, sagte Miriel leise. »Er dachte, es würde leicht sein. Aber wenn du Waylander gegenüberstehst, ist nur das Sterben leicht.«

Senta lachte. »Alle Menschen sterben, meine Schöne. Jeder. Und wenn er gut mit dem Schwert ist, bin ich vielleicht dran.«

Jetzt war es an Angel, zu lachen. »Du bist ein seltsamer Mann, Senta. Was, um alles in der Welt, läßt dich glauben, daß sich Waylander dir mit der Klinge stellt? Du wirst ihn nicht einmal sehen. Du wirst lediglich den Bolzen spüren, der in dein Herz dringt. Und auch das nicht sehr lange.«

»Nun, das wäre aber nicht sehr sportlich, oder?« erwiderte Senta, dessen Lächeln verblaßte.

»Ich glaube nicht, daß Waylander es als Sport auffaßt«, sagte Angel.

»Wie enttäuschend. Vielleicht habe ich ihn falsch eingeschätzt. Nach allem, was ich von ihm gehört habe, scheint er kein Feigling zu sein.« Er zuckte die Achseln. »Aber diese Geschichten werden halt oft übertrieben, nicht wahr?«

»Du hast eine merkwürdige Auffassung von Feigheit«, sagte Miriel. »Wenn eine Schlange ins Haus eindringt, legt man sich auch nicht auf den Bauch, um mit den Zähnen mit ihr zu kämpfen. Man tritt ihr einfach auf den Kopf und wirft den nutzlosen Kadaver hinaus. Mit Abschaum geht man anders um als mit Menschen!«

Senta klatschte langsam und theatralisch in die Hände, doch in seinen blauen Augen funkelte Zorn.

»Iß dein Frühstück auf«, sagte Angel leise.

»Und dann soll ich gehen, nehme ich an?« erwiderte Senta, schnitt ein Stück Fleisch ab, spießte es mit seinem Messer auf und führte es zum Mund.

»Nein, Senta, dann wirst du sterben.«

Das Messer verharrte in der Luft. Senta schüttelte den Kopf. »Ich werde nicht dafür bezahlt, dich zu töten, alter Mann.«

»Spielt keine Rolle«, antwortete Angel. »Ich warte draußen auf dich.«

Der ehemalige Gladiator stand auf und verließ das Zimmer. Senta sah zu Miriel hinüber. »Das war ein gutes Stück. Darf ich bis zum Abendessen bleiben?«

»Töte ihn nicht!«

»Was?« Senta schien ehrlich erstaunt. »Ich habe keine Wahl, meine Schöne. Er hat mich herausgefordert.« Er starrte sie an. »Du und er, seid ihr ...? Nein, bestimmt nicht.« Er stand auf. »Es tut mir leid. Ehrlich. Ich mag den alten Knaben wirklich.«

»So alt ist er nicht.«

»Er ist doppelt so alt wie ich, Miriel, und für einen Schwertkämpfer heißt das älter als die Berge.«

»Wenn du ihn tötest, mußt du auch mich töten. Ich werde kommen und dich zum Kampf stellen. Ich schwöre es.«

Senta seufzte; dann verbeugte er sich. In seinen Augen lag keine Spur von Spott. Er machte auf dem Absatz kehrt und trat nach draußen in den Sonnenschein. Angel stand etwa zehn Meter vor der Tür, ein Schwert in der Hand.

»Arena-Regeln?« rief Senta.

»Wie du möchtest.«

»Bist du sicher, daß du das willst, Angel? Wir haben keinen Grund zu kämpfen. Und du weißt genau, daß du unterliegst.«

»Red nicht soviel. Beweis es mir!«

Senta zog seinen Säbel und rückte vor.

Waylander tauchte zwischen den Bäumen auf und sah, wie die beiden Schwertkämpfer einander umkreisten.

»He, Angel!« rief er. Die beiden Krieger hielten inne und drehten sich nach ihm um, als er den Hang hinabstieg, gefolgt von dem untersetzten Nadir. Nach Ralis' Beschreibung vermutete Waylander, daß der Schwertkämpfer Senta war.

»Überlaß ihn mir!« sagte Angel, als die Entfernung zwischen ihnen geringer wurde.

»Niemand kämpft für mich«, erwiderte Waylander, die Augen auf Senta gerichtet. Er sah die Siegessicherheit und das herablassende Lächeln des Mannes. Es lag keine Furcht darin, nur eine kalte Zuversicht, die fast schon arrogant war. Waylander hatte noch immer keine Waffe gezogen. Er sah, wie Sentas Blick zum Schwert glitt, das in der Scheide steckte. »Du jagst mich?« fragte Waylander und kam näher. Nur ein paar Schritte trennten sie noch.

»Ich habe einen Auftrag von der Gilde«, antwortete Senta und wich einen Schritt zurück.

Waylander bewegte sich weiter vorwärts. Senta war jetzt angespannt, denn Waylander war unmittelbar vor ihm stehengeblieben.

»Arena-Regeln?« fragte der Meuchelmörder.

Waylander lächelte. Sein Kopf zuckte vor und traf den blonden Schwertkämpfer an der Nase. Senta taumelte zurück. Waylander setzte ihm nach und hämmerte ihm den Ellenbogen ans Kinn. Senta schlug hart zu Boden; das Schwert entglitt seinen Fingern. Waylander packte den Mann an den langen, goldblonden Haaren und zerrte ihn auf die Knie. »Ich duelliere mich nicht«, sagte er und zog eine rasiermesserscharfe Klinge aus seinem Wehrgehänge.

»Töte ihn nicht!« rief Angel.

»Wie du willst«, antwortete Waylander und ließ den halb bewußtlosen Schwertkämpfer fallen. Senta sank zu Boden. Waylander steckte sein Messer ein und ging in die Hütte.

»Willkommen daheim, Vater«, sagte Miriel und umarmte ihn. Er schlang die Arme um sie, streichelte ihren Rücken, das Gesicht in ihr Haar vergraben.

»Wir müssen weg hier«, flüsterte er mit zitternder Stimme. »Wir gehen nach Norden.«

»Was ist passiert?« fragte sie.

Er schüttelte den Kopf. »Wir reden später. Bereite zwei Rucksäcke vor – Proviant für drei Tage, Winterkleidung. Du weißt, was wir brauchen.« Sie nickte und schaute an ihm vorbei. Er drehte sich um und sah den Nadirkrieger im Türrahmen stehen. »Wir haben uns in den Bergen kennengelernt«, erklärte Waylander. »Das ist Belash.«

»Aber er ist ...«

»Ja, er war. Aber Morak hat ihn verraten. Wollte ihn sterben lassen.« Waylander winkte den Mann herbei. »Das ist meine Tochter, Miriel.« Belashs Miene zeigte keinerlei Ausdruck, aber sein Blick wurde von ihren Waffen angezogen. Der Nadir sagte nichts, sondern ging in die Küche, wo er sich ein Stück Brot und etwas Käse nahm.

»Kannst du ihm trauen?« flüsterte Miriel.

Waylander grinste breit. »Natürlich nicht. Aber dort, wo wir hingehen, wird er uns nützlich sein.«

»Nach Gothir?«

»Ja.«

»Wieso hast du deine Meinung geändert?«

»Dort gibt es einen Mann, den ich finden muß. Und jetzt geh packen.«

»Sie drehte sich halb um, warf dann aber noch einen Blick zurück. »Warum hast du Senta verschont?«

Er zuckte die Achseln. »Angel hat mich darum gebeten.«

»Das ist wohl kaum der wahre Grund.«

»Aber genauso gut wie jeder andere.«

Miriel ging davon. Waylander ging zu dem kalten Kamin und setzte sich in den tiefen Ledersessel. Angel trat ein und zog Senta mit sich. Aus der gebrochenen Nase des Mannes lief Blut, und seine Augen waren halb zugeschwollen. Angel ließ ihn auf die Bank am Tisch sinken. Senta sackte nach vorn; Blut tropfte auf das Holz. Angel holte ein Tuch und reichte es dem Mann. Senta drückte es an sein Gesicht.

Angel kam nah zu Waylander und flüsterte: »Warum ist Belash immer noch unter den Lebenden?«

»Eine Laune«, antwortete Waylander.

»Solche Launen können dich umbringen. Sie sind nicht wie Menschen, sie sind Wilde, von Dämonen ausgebrütet. Ich glaube, du hast einen schweren Fehler gemacht.«

»Ich habe früher schon Fehler gemacht. Die Zeit wird es zeigen.« Er trat neben Senta. »Leg dich auf die Bank«, befahl er. »Dann hört die Blutung eher auf.«

»Danke für deine Besorgnis«, murmelte der Schwertkämpfer dumpf.

Waylander setzte sich neben ihn. »Nimm meinen Rat. Stell dich mir nicht noch einmal entgegen.«

Senta ließ das blutgetränkte Tuch sinken und schniefte laut. »Du hast mir eine wertvolle Lektion erteilt«, sagte er mit einem gezwungenen Lächeln. »Ich werde sie nicht vergessen.«

Waylander stand auf und verließ die Hütte. Angel folgte ihm. »Du hast mich nicht gefragt, warum ich ihn leben lassen wollte.«

»Es ist mir egal«, sagte Waylander, kniete nieder und tätschelte den Hund, der sich im Schatten ausgestreckt hatte. Der Hund ließ ein tiefes Knurren hören und reckte den Hals. Waylander streichelte seine Schnauze. »Es ist nicht wichtig, Angel.«

»Für mich schon. Ich stehe in deiner Schuld.«

»Welche Fortschritte macht Miriel?«

»Sie ist schon besser geworden. Und ich will deine Zehntausend nicht.«

Waylander zuckte die Achseln. »Nimm sie ruhig. Ich werde sie nicht vermissen.«

»Darum geht es nicht, verdammt noch mal!«

»Warum so wütend?«

»Wohin wollt ihr?« entgegnete Angel.

»Nach Norden.«

»Kann ich mit euch kommen?«

»Warum?« fragte Waylander, ehrlich erstaunt.

»Ich weiß nicht, wohin ich sonst gehen soll. Und ich kann Miriel weiter ausbilden.«

Waylander nickte und schwieg eine Weile. »Ist irgend etwas passiert, als ich weg war. Zwischen euch beiden, meine ich?«

Angel wurde rot. »Nichts! Bei den Göttern, Mann, meine Stiefel sind ja älter als sie.«

»Sie könnte es schlechter treffen, Angel. Und ich muß einen Mann für sie finden.«

»Das wird nicht lange dauern. Sie ist ein schönes Mädchen, und es wird guttun zu wissen, daß sie in Sicherheit ist – wie ihre Schwester.«

»Ihre Schwester ist tot«, sagte Waylander. Er bemühte sich, ruhig zu bleiben; seine Stimme war kaum mehr als ein Flüsterton. Wieder tauchte Kryllas Gesicht vor ihm auf, und er spürte, wie sich eine kalte, wilde Wut in ihm aufstaute. »Deswegen jagen sie mich«, fuhr er fort. »Karnaks Sohn hat sie getötet. Der Reichsverweser hat die

Kopfgeldjäger bezahlt, weil er Angst hat, ich würde den Jungen zur Rechenschaft ziehen.«

»Barmherzige Götter! Ich wußte nicht, daß es Krylla war«, sagte Angel. »Es hat einen Prozeß gegeben, aber das Opfer wurde nicht einmal genannt. Bodalen wurde für ein Jahr ins Exil geschickt.«

»Wirklich eine harte Strafe!«

»Aber du bist doch nicht hinter ihm her?«

Waylander holte tief Luft, um sich zu beruhigen. »Ich gehe nach Norden«, antwortete er. »Ich reise nach Gothir.«

»Das ist klug«, pflichtete Angel ihm bei. »Du kannst es nicht mit der gesamten Drenai-Armee aufnehmen. Aber du überraschst mich – ich dachte, du würdest deine Rache über alles andere stellen.«

»Vielleicht macht das Alter mich weich.«

Angel grinste. »Du hast nicht gerade weich ausgesehen, als du Senta niedergeschlagen hast. Und wo, zum Teufel, hast du diesen Hund aufgetrieben? Es ist das häßlichste Tier, das ich je gesehen habe. Guck dir nur diese Narben an!«

»Bärenkämpfer«, sagte Waylander. »Im Ruhestand – genau wie du.«

Mit geschwollener, blutverkrusteter Nase trat Senta hinaus in den Sonnenschein, gerade als Angel niederkniete, um den Hund zu streicheln.

»Weißt du, Angel«, sagte der Schwertkämpfer, »die Ähnlichkeit ist verblüffend. Wenn deine Mutter jetzt hier erschiene, sie wüßte nicht, wen von euch beiden sie zum Essen rufen sollte.«

»Die Nase ist eine Verbesserung – und sie blutet wieder«, erwiderte Angel, wandte sich ab und streckte die Hand nach dem Hund aus. Er zeigte die Zähne und knurrte. Angel wich zurück und stand auf.

Senta schniefte und spie Blut; dann ging er an den beiden Männern vorbei und holte seinen Säbel, der noch immer im Staub lag. Mit der Waffe in der Hand schlenderte er zurück zu Waylander. »Gnade ist etwas Seltenes«, sagte er. »Hältst du es für klug, mich am Leben gelassen zu haben?«

»Wenn es sich als Fehler erweist, töte ich dich«, erklärte Waylander.

»Du bist ein ungewöhnlicher Mann. Woher wußtest du, daß ich dir nicht sofort den Bauch aufschlitzen würde, als du näher kamst?«

Waylander zuckte die Achseln. »Wußte ich nicht.«

Der Schwertkämpfer nickte. »Ich glaube, ich werde mit euch reisen«, sagte er. »Ich hörte, wie du Angel sagtest, daß ihr nach Norden geht. Ich wollte immer schon nach Gothir zurück. Ich habe dort schöne Zeiten verbracht.«

»Vielleicht will ich deine Gesellschaft nicht«, meinte Waylander.

»Das könnte ich verstehen. Aber du hast Angel noch etwas anderes erzählt, das mich sehr interessiert.«

»Ich höre.«

»Du suchst einen Mann für Miriel.«

»Weiß du, wo ich einen finden könnte?«

»Sehr komisch. Ich bin reich und – trotz deiner Bemühungen – nicht häßlich. Und mein Vater liegt mir ständig in den Ohren, daß ich ihm einen Enkelsohn verschaffen soll. Ich nehme Miriel aus deiner Obhut.«

»Heilige Makrele, du hast vielleicht Nerven!« tobte Angel.

»Ich mag Männer mit Nerven«, sagte Waylander. »Ich werde darüber nachdenken.«

»Das kann doch nicht dein Ernst sein!« rief Angel. »Vor ein paar Minuten hat dieser Kerl versucht, dich für Geld umzubringen. Er ist ein Kopfgeldjäger.«

»Damit stehe ich auf der sozialen Leiter natürlich tiefer als ein Arena-Kämpfer«, stellte Senta fest.

»Wahnsinn!« brummte Angel und stapfte zurück in die Hütte.

Senta steckte seinen Säbel ein. »Warum gehen wir nach Norden?« fragte er.

»Ich muß jemanden in Gulgothir finden.«

Miriel brachte eine Schale mit heißem Wasser und einen sauberen Lappen zu Senta. Sie hatte sein Gespräch mit ihrem Vater nicht gehört, aber sie sah, daß er seinen Säbel wiederhatte. Der blonde Krieger blickte sie mit verschwollenen Augen an. Er lächelte. »Barmherzige Pflege für den gefallenen Helden?«

»Du bist kein Held«, sagte sie, tauchte das Tuch ins Wasser und wusch sanft das Blut ab, das Sentas Gesicht verunzierte. Er packte ihr Handgelenk.

»Er trampelte mir zwar auf dem Kopf herum, aber er hat meinen nutzlosen Kadaver nicht in den Wald geworfen.«

»Dafür solltest du dankbar sein«, sagte sie und entzog ihm ihre Hand.

»Ein interessanter Mann. Er hat mich gut eingeschätzt. Er wußte, ich würde ihn nicht töten, ehe er nicht eine Waffe gezogen hatte.«

»Was machst du jetzt?« fragte sie.

Er grinste; dann zuckte er zusammen, als der Schmerz durch seine gebrochene Nase schoß. »Ich trete in ein Kloster ein und widme mein Leben guten Taten.«

»Ich habe meine Frage ernst gemeint.«

»Ja, du bist eine ernste Frau, meine Schöne. Zu ernst. Lachst du viel? Tanzt du? Triffst du dich mit jungen Männern?«

»Was ich mache, geht dich nichts an! Und hör auf, mich meine Schöne zu nennen. Ich mag das nicht.«

»Doch, du magst es. Aber es macht dich verlegen.«

»Hast du immer noch vor, meinen Vater zu töten?«

»Nein.«

»Und das soll ich glauben?«

»Du kannst glauben, was du willst, meine Schöne. Wie alt bist du?«

»Nächsten Sommer werde ich achtzehn.«

»Bist du noch Jungfrau?«

»Das wirst du nie erfahren!« zischte sie. Sie nahm die Schale und ging zurück in die Küche, wo Belash noch immer saß. Der größte Teil des Schinken war verschwunden, dazu die Hälfte des Käses. »Hast du seit Wochen nichts gegessen?« fauchte sie ihn an.

Der Nadir blickte auf. Seine Augen waren ausdruckslos. »Hol mir Wasser!« befahl er.

»Hol es dir selbst, du Vogelhirn!«

Sein Gesicht verdunkelte sich, und er erhob sich. Miriels Dolch zuckte hoch. »Eine falsche Bewegung, du Hundefresser von einem Nadir, und das Frühstück, das du gerade gegessen hast, liegt auf dem Fußboden.« Belash grinste, ging zum Wasserkrug und füllte sich einen Becher.

»Was ist daran so witzig?« fragte Miriel.

»Ihr *kol-isha«*, antwortete Belash, zog sein eigenes Messer und schnitt den letzten Schinken vom Knochen. Er schüttelte den Kopf und kicherte leise.

»Was ist mit uns?« drängte Miriel.

»Wo sind deine Babys?« fragte Belash. »Wo ist dein Mann? Warum bist du gekleidet wie für einen Krieg? Messer und Schwerter – so ein Unsinn!«

»Glaubst du, Frauen könnten keine Waffen gebrauchen?«

»Natürlich können sie das. Du solltest meine Shia sehen – Messer, Schwert, Handaxt. Aber es ist wider die Natur. Der Krieg ist für die Männer, für Ehre und Ruhm.«

»Und Tod«, betonte sie.

»Natürlich. Tod. Deswegen müssen Frauen beschützt

werden. Viele Kinder müssen geboren werden, um die toten Krieger zu ersetzen.«

»Vielleicht wäre es besser, einfach mit den Kriegen aufzuhören.«

»Pah! Es ist immer sinnlos, sich mit Frauen zu unterhalten. Sie begreifen nichts.«

Miriel holte tief Luft, verzichtete aber darauf, weiter mit ihm zu streiten. Sie überließ den Nadir seinem nicht enden wollenden Frühstück, ging in ihr Zimmer und begann zu packen.

8

Hewla erhob sich aus dem Korbstuhl und zuckte zusammen, als der Schmerz in ihrer arthritischen Hüfte aufflammte. Das Feuer erlosch allmählich, und sie bückte sich langsam, um ein Scheit auf die glühenden Kohlen zu legen. Es hatte mal eine Zeit gegeben, da ihr Feuer keinen Brennstoff brauchte. Damals war sie noch nicht gezwungen, durch den Wald zu streifen, um Zweige und Fallholz zu sammeln.

»Ich verfluche dich, Zhu Chao«, flüsterte sie. Doch die Worte machten sie nur noch zorniger, denn einst wäre ein solcher Fluch von schlagenden Dämonenschwingen und den heiseren Schreien der Vanshii begleitet gewesen, die auf ihr Opfer niederstießen.

Wie konntest du nur so dumm sein? fragte sie sich.

Ich war einsam.

Ja, aber jetzt bist du immer noch einsam, und die *Bücher der Beschwörungen* sind fort.

Sie schauderte und legte ein weiteres dickes Scheit auf die Flammen, die es hungrig verschlangen. Es war nur ein kleiner Trost, daß die Zauberbücher für Zhu Chao praktisch nutzlos waren. Denn die darin enthaltenen Zauber hatten Hewla Leben verliehen, lange nachdem ihre Haut sich hätte zu Staub verwandeln sollen, und sie hatten die tödlichen Schmerzen ihrer entzündeten Glieder in Schach gehalten. Die sechs Bücher von Moray Sen. Unbezahlbar. Sie erinnerte sich an den Tag, als sie ihm die Bücher gezeigt und das Geheimfach hinter dem Kamin geöffnet hatte. Sie hatte ihm damals geglaubt, dem jungen Kiatze. Ihn geliebt. Sie schauderte. Alte Närrin.

Er hatte die *Bücher der Beschwörungen* gestohlen, für die sie betrogen, getötet, ihre Seele verkauft hatte.

Und jetzt rief die Leere.

Waylander wird ihn töten, dachte sie mit grimmiger Freude.

Im Zimmer wurde es wärmer, und Hewla verspürte endlich ein wenig Wohlbehagen. Dann aber spürte sie einen eisigen Hauch im Rücken. Die alte Frau drehte sich um. Die Wand hinter ihr schimmerte, und ein eiskalter Wind fuhr hindurch und ließ Schriftrollen und Papiere durcheinanderwirbeln. Ein irdener Becher auf dem Tisch wackelte, fiel um und rollte auf den Boden, wo er zerbrach. Der Wind wurde stärker. Hewlas Schal flatterte und fiel vors Feuer, und die alte Frau taumelte vor der Macht des dämonischen Windes.

Eine dunkle Gestalt erschien an der Wand, als Umriß vor den eisigen Flammen.

Hewlas Hand zuckte hoch, und ein strahlendes Licht entströmte ihren Fingern, das den Dämonen umschloß. Der Wind erstarb, aber sie spürte, wie die elementare Macht des Wesens gegen das Licht andrückte. Eine klauenbewehrte Hand drang hindurch. Flammen zuckten um sie herum, und sie wurde zurückgezogen.

Eine flackernde Gestalt erschien zu ihrer Linken, und sie sah, wie sich das Abbild Zhu Chaos formte.

»Ich habe dir einen alten Freund mitgebracht, Hewla«, sagte er.

»Fahr zur Hölle«, zischte sie.

Er lachte sie aus. »Wie ich sehe, hast du einen kümmerlichen Rest deiner Macht behalten. Sag mir, alte Hexe, wie lange kannst du ihn von dir fernhalten? Was glaubst du?«

»Was willst du von mir?«

»Ich kann den ersten der Fünf Zauber nicht beherrschen. Etwas fehlt in den *Büchern*. Sag es mir, und du sollst leben.«

Wieder fetzte die Klauenhand durch das Licht. Die Flammen versengten sie, aber nicht mehr so kraftvoll wie zuvor. Angst stieg in Hewlas Herz, und wenn sie Zhu

Chaos Versprechen geglaubt hätte, hätte sie es ihm vielleicht gesagt. Aber sie glaubte ihm nicht.

»Was fehlt, wirst du niemals erfahren – Mut!« sagte sie. »Du wirst älter werden, deine Kraft wird nachlassen. Und wenn du stirbst, wird deine Seele schreiend in die Leere geschleppt.«

»Du dummes altes Weib«, flüsterte er. »Alle Bücher sprechen von den Mondbergen. Dort liegen die Antworten. Ich werde sie finden.«

Klauen zerrten an dem Licht, und es teilte sich wie ein zerrissener Vorhang. Die dunkle Gestalt ragte drohend im Zimmer auf. So schnell sie konnte, zog Hewla den kleinen Krummdolch aus ihrem Ärmel.

»Ich warte in der Leere auf dich«, versprach sie.

Sie hielt die Klinge unter ihre linke Brust und stieß zu.

Senta saß ruhig auf dem Brunnenrand und beobachtete Waylander und Miriel, die ein Stück entfernt waren. Der Mann hatte seine Hand auf die Schulter des Mädchens gelegt. Sie hielt den Kopf gesenkt. Senta mußte nicht raten, worüber sie sprachen. Er hatte gehört, wie Waylander Angel vom Tod der Schwester Miriels erzählte.

Senta wandte den Blick ab. Seine gebrochene Nase sandte Wellen von Schmerz hinter seinen Augen, und ihm war übel. In den vier Jahren in der Arena hatte er nicht solche Schmerzen erlebt. Kleinere Schnittwunden, einmal einen verstauchten Knöchel – mehr hatte der Schwertkämpfer nicht erlitten. Aber diese Kämpfe waren auch durch Regeln bestimmt. Bei einem Mann wie Waylander gab es keine Regeln. Nur das Überleben oder den Tod.

Trotz seiner Schmerzen fühlte sich Senta erleichtert. Er hatte keinen Zweifel, daß er den älteren Mann im Duell getötet hätte, obwohl er es dann immer noch mit Angel zu tun gehabt hätte. Und es hätte ihm leid getan, den alten

Gladiator zu töten. Aber, mehr noch, es hätte ihm jede Chance bei Miriel zunichte gemacht.

Miriel …

Ihr erster Blick hatte ihm einen Schock versetzt, und er wußte noch immer nicht, weshalb. Die Adelige, Gilaray, hatte ein schöneres Gesicht. Nexiar hatte eine viel bessere Figur. Suris goldenes Haar und ihre blitzenden Augen waren viel aufreizender. Doch dieses Mädchen aus den Bergen hatte irgend etwas an sich, das seine Sinne betörte. Aber was?

Und warum heiraten? Er konnte kaum glauben, daß er dieses Angebot gemacht hatte. Wie würde sie mit dem Leben in der Stadt zurechtkommen? Er wandte ihr wieder seine Aufmerksamkeit zu, stellte sie sich in einem Gewand aus silbernem Satin vor, das dunkle Haar mit Perlen durchflochten. Er lachte in sich hinein.

»Was macht dir denn so großen Spaß?« fragte Angel, der zu ihm herüberschlenderte.

»Ich habe mir Miriel auf dem Ball des Reichsverwesers vorgestellt, in einem fließenden Gewand, die Messer an die Unterarme geschnallt.«

»Sie ist zu gut für einen wie dich, Senta. Viel zu gut.«

»Das ist Ansichtssache. Möchtest du sie lieber hinter einem Pflug sehen, vor der Zeit gealtert, die Brüste flach wie zwei Gehenkte?«

»Nein«, gab Angel zu, »aber ich möchte sie mit einem Mann sehen, der sie liebt. Sie ist nicht wie Nexiar oder eine von den anderen. Sie ist wie ein Fohlen – flink, geschmeidig, ungezähmt.«

Senta nickte. »Ich glaube, du hast recht.« Er blickte zu dem Gladiator auf. »Wie einfühlsam von dir, mein Freund. Du erstaunst mich.«

»Manchmal staune ich über mich selbst. Zum Beispiel, als ich Waylander bat, dich nicht zu töten. Ich bedauere es fast schon.«

»Nein, tust du nicht«, sagte Senta mit einem leichten Lächeln.

Angel gab eine schroffe, knappe Erwiderung und setzte sich neben den Schwertkämpfer. »Warum mußtest du von Heirat sprechen?«

»Meinst du, ich hätte lieber vorschlagen sollen, mit ihr im Gebüsch zu vögeln?«

»Es wäre ehrlicher gewesen.«

»Das glaube ich nicht«, sagte Senta leise. Ihm wurde bewußt, daß Angel ihn anstarrte, und er wurde rot.

»So, so«, sagte Angel. »Daß ich das noch erlebe! Der große Senta – bis über beide Ohren verliebt. Was würde man in Drenan dazu sagen?«

Senta grinste. »Gar nichts. Die ganze Stadt würde in einem Meer von Tränen ertrinken.«

»Ich dachte, du wolltest Nexiar heiraten. Oder war es Suri?«

»Schöne Mädchen«, gab Senta zu.

»Nexiar hätte dich umgebracht. Bei mir hätte sie es fast getan.«

»Ich habe gehört, daß ihr euch einmal nahegestanden habt. Stimmt es, daß sie von deiner Häßlichkeit so abgestoßen war, daß du im Bett deinen Helm tragen mußtest?«

Angel lachte. »Fast. Sie hat eine Samtmaske für mich machen lassen.«

»Ah, ich mag dich, Angel. Ich habe dich immer schon gemocht. Warum hast du Waylander gebeten, mich zu verschonen?«

»Warum hast du ihn nicht getötet, als er sich dir näherte?« entgegnete Angel.

Senta zuckte die Achseln. »Mein Urgroßvater war ein geborener Idiot. Mein Vater war überzeugt, daß ich nach ihm gerate. Ich glaube, er hatte recht.«

»Beantworte meine Frage, verdammt noch mal!«

»Er hatte keine Waffe in der Hand. Ich habe noch nie

einen unbewaffneten Mann getötet. Das ist nicht mein Stil. Zufrieden?«

»Ja«, gab Angel zu. Sein Kopf fuhr hoch, die Nasenflügel bebten. Ohne ein Wort marschierte er zurück in die Hütte, um kurz darauf wieder aufzutauchen, das Schwert um die Hüfte geschnallt. Senta hörte Pferdegetrappel, und er löste die Säbel in ihren Scheiden, blieb aber, wo er war, am Brunnen. Belash kam in Sicht. Er trat aus der Tür der Hütte, das Messer in der rechten Hand, den Wetzstein in der linken. Waylander sagte etwas zu Miriel, und sie verschwand in der Hütte. Dann nahm der schwarzgekleidete Krieger die Doppelarmbrust von dem Haken an seinem Gürtel, spannte rasch die Sehnen und legte zwei Bolzen ein.

Der erste Reiter kam in Sicht. Er trug einen geschlossenen Helm aus schimmerndem schwarzem Metall, eine schwarze Brustplatte und einen blutroten Umhang. Hinter ihm kamen sieben gleich aussehende Krieger, jeder auf einem schwarzen Wallach, von denen keiner weniger als sechzehn Hand hoch war. Senta stand auf und schlenderte zu Waylander und den anderen hinüber.

Die Reiter zügelten ihre Pferde vor der Hütte, so daß sie einen Halbkreis um die wartenden Männer bildeten. Niemand sagte etwas, und Senta spürte, wie er eine Gänsehaut bekam, als er die schwarzen Ritter betrachtete. Man konnte nur ihre Augen sehen, durch schmale rechteckige Schlitze in den schwarzen Helmen. Alle zeigten den gleichen Ausdruck – kalt, abwartend, zuversichtlich.

Schließlich sprach einer von ihnen. Senta konnte nicht sagen, welcher, denn die Stimme wurde vom Helm gedämpft.

»Wer von euch ist der Wolfsschädel Dakeyras?«

»Ich«, antwortete Waylander und sprach den Reiter an, der unmittelbar vor ihm stand.

»Der Meister hat dich zum Tode verurteilt. Es gibt keine Berufung.«

Der Ritter griff mit einer schwarz behandschuhten Hand an sein Schwert und zog es langsam. Waylander wollte die Armbrust heben – doch seine Hand erstarrte, die Waffe zeigte immer noch zu Boden. Senta blickte ihn überrascht an und sah, wie sich seine Kiefernmuskeln spannten und das Gesicht rot vor Anstrengung wurde.

Senta zog einen seiner Säbel und bereitete sich darauf vor, die Reiter anzugreifen. Doch als die Klinge aus der Scheide glitt, sah er, wie einer der Reiter ihn anschaute. Er fühlte den kalten Blick des Mannes wie eisiges Wasser. Sentas Glieder erstarrten, ein schrecklicher Druck legte sich auf ihn. Der Säbel hing kraftlos in seiner Hand.

Die schwarzen Ritter stiegen ab, und Senta hörte das leise Klirren von Stahl, als sie ihre Schwerter zogen. Etwas polterte vor seine Füße und rollte davon. Es war der Wetzstein, den Belash in der Hand gehalten hatte.

Er versuchte, sich zu bewegen, doch seine Arme fühlten sich an, als wären sie aus Stein.

Und er sah, wie sich ein schwarzes Schwert auf seine Kehle zubewegte.

In der Hütte nahm Miriel Kreegs Armbrust von der Wand, klappte die Arme auf und drehte sie rasch, um die Sehne zu spannen. Sie wählte einen Bolzen aus, legte ihn ein und eilte wieder zur Tür.

Ein hochgewachsener Ritter trat in die Tür und sperrte das Sonnenlicht aus. Für einen Augenblick erstarrte Miriel. Dann hob sie die Waffe.

»Nein«, flüsterte eine zischende Stimme in ihrem Geist.

Eine schreckliche, bleierne Schwere durchströmte ihre Glieder, und sie hatte das Gefühl, als würde ein Strom aus warmem, dunklem Wasser durch die Gänge ihres

Verstandes sickern, ihre Seele herauszerren, ihre Erinnerungen auslöschen. Es war ihr beinahe willkommen – ein Ende der Angst und der Sorge, eine Sehnsucht nach der Leere des Todes. Dann flackerte ein helles Licht tief in ihren Gedanken auf und hielt die schwarze Flutwelle warmer Verzweiflung auf. Und sie sah, als Umriß vor dem Licht, den silbernen Krieger, der sie als Kind gerettet hatte.

»Kämpfe gegen sie!« befahl er. »Kämpfe, Miriel. Ich habe die Türen zu deiner Gabe geöffnet. Suche sie! Und lebe!«

Sie blinzelte und versuchte, mit der Armbrust zu zielen, aber sie war so schwer, so schrecklich schwer.

Der schwarze Ritter kam weiter ins Zimmer. »Gib mir die Waffe«, sagte er, die Stimme gedämpft durch den Helm. »Und ich schenke dir Freuden, von denen du noch nicht einmal geträumt hast.« Als er näher kam, sah Miriel Waylander auf den Knien im Staub der Lichtung, ein schwarzes Schwert hoch über seinem Kopf.

»Nein!« schrie sie. Die Armbrust zuckte nach rechts. Sie drückte den bronzenen Auslöser. Der Bolzen sauste durch die Luft, drang in den schwarzen Helm und verschwand darin. Der schwarze Ritter taumelte nach vorn.

Draußen warf sich Waylander, plötzlich von dem Zauber befreit, nach links, als das Schwert herabsauste. Er landete auf der Schulter, rollte sich ab und schoß den ersten Bolzen ab. Das Geschoß traf den Ritter unter der rechten Achselhöhle und drang ihm in die Lunge.

Ein dunkler Schatten fiel über ihn. Waylander warf sich wieder herum – aber nicht schnell genug. Ein schwarzes Schwert zielte auf sein Gesicht. Der Hund sprang über den gefallenen Ritter. Die großen Zähne schlossen sich um das Handgelenk des Schwertkämpfers. Belash machte einen Riesenschritt; dann sprang er den Ritter mit den Füßen voraus an und warf sich auf den Angreifer, stieß ihm sein

Messer unter dem Kinnriemen des Helms hindurch ins Gehirn.

Das wütende Knurren des Hundes ließ die Pferde in Panik geraten. Sie stiegen und preschten davon – bis auf einen Wallach.

Erlöst von dem Zauber zog Senta seinen Säbel und wehrte gerade noch den Stich der Klinge ab, die auf seine Kehle zielte. Er parierte einen zweiten Hieb, und mit einer raschen Drehung des Handgelenks landete er einen Gegenhieb auf den gepanzerten Nackenschutz des Mannes. Senta stieß dem Gegner seine Schulter vor die Brust, so daß er taumelnd stürzte. Ein zweiter Mann griff an; aber diesmal wich Senta der zustoßenden Klinge seitlich aus und rammte dem Angreifer seinen Säbel unter dem Helm. Die Spitze glitt durch die weiche Haut unter dem Kinn und in den Mund des Mannes. Der Ritter fiel zurück. Senta verlor den Säbel und zog die zweite Klinge.

Angel stand mit dem Rücken zur Hütte und kämpfte gegen zwei Ritter. Der ehemalige Gladiator wehrte verzweifelt Hieb um Hieb ab. Waylander schoß dem ersten Angreifer einen Bolzen in den Schenkel. Der Mann stöhnte vor Schmerz laut auf und wandte sich halb um. Angels Schwert hämmerte gegen den Helm des Ritters und durchtrennte den Kinnriemen. Der Helm fiel herab, und Waylanders Schwert spaltete dem Mann den Schädel. Angel wich einem Stoß des zweiten Ritters aus, packte den Mann am Arm und schleuderte ihn mit dem Kopf voran gegen die Wand. Dann ließ er sich auf den Rücken des Mannes fallen, packte den Helm und riß ihn heftig nach hinten und zur Seite. Das Genick des Ritters brach mit einem ekelhaften Knacken.

»Paß auf!« rief Senta. Waylander ließ sich auf ein Knie fallen. Eine Schwertklinge zerschnitt die Luft über ihm. Waylander warf sich nach hinten, so daß er gegen seinen Angreifer prallte und den Mann von den Füßen riß. Senta sprang auf den Gestürzten zu. Sein Gegner erhob sich, hieb mit dem Schwert nach ihm. Senta wich aus und rammte dem Mann den Ellbogen gegen den Helm. Der Ritter taumelte. Senta lehnte sich zurück und trat aus. Sein gestiefelter Fuß traf das Knie des Mannes. Das Gelenk gab nach. Der Ritter schrie vor Schmerzen, als er stürzte. Belash warf sich auf den Mann, zerrte den Halsschutz ab und stieß ihm das Messer tief in den Hals.

Miriel, die die Armbrust wieder geladen hatte, trat aus der Hütte. Der letzte Ritter rannte zu dem einen Pferd, das nicht davongejagt war, und packte den Sattelknauf, um sich in den Sattel zu ziehen. Das Pferd stieg und schleifte den Ritter mit sich. Der Hund jagte hinterher. Miriel hob die Armbrust an die Schulter und zielte. Der Bolzen sirrte über die Lichtung und traf den Helm des Mannes. Er klammerte sich noch einige Sekunden am Sattelknauf fest, doch als das Pferd den Hügel erreichte, lösten sich seine Finger, und er fiel zu Boden. Sofort war der Hund bei ihm. Die Zähne zerrten an der Kehle des Toten, waren aber nicht in der Lage, die Kettenpanzerung zu durchdringen. Waylander rief den Hund zu sich, und das Tier sprang über die Lichtung zurück, drängte sich an ihn und rieb sich an seinen Beinen. Langsam legte sich der aufgewirbelte Staub auf der Lichtung.

Ein Ritter stöhnte, doch Belash sprang hinzu, riß dem Mann den Helm ab und schnitt ihm die Kehle durch. Ein weiterer – derjenige, der zuerst Senta angegriffen hatte – stand auf und rannte zum Wald. Der Hund setzte zu seiner Verfolgung an, doch Waylander rief ihn zurück, und das Tier blieb stehen und starrte seinen Herrn an.

Miriel drehte langsam die Spannarme der Armbrust. Als die Waffe schußbereit war, ging sie zurück in die Hütte, um einen Bolzen zu holen.

»Er entkommt!« rief Senta.

»Das glaube ich nicht«, erwiderte Waylander leise.

Miriel erschien wieder und bot Waylander die Armbrust an. Er schüttelte den Kopf. Der Ritter hatte den Hügel erreicht und kletterte den Hang hinauf.

»Denk daran, daß du bergauf schießt«, sagte Waylander.

Miriel nickte. Die Armbrust zuckte hoch, und scheinbar ohne zu zielen, schoß sie den Bolzen ab. Er traf den Ritter tief im Rücken. Er krümmte sich; dann rollte er den Hang hinab. Mit dem blutigen Messer in der Hand rannte Belash zu dem Mann und zerrte ihm den Helm herunter, um ihm den Todesstoß zu versetzen.

»Tot!« rief er den anderen zu.

»Gut geschossen«, sagte Waylander.

»Wer waren diese Männer?« fragte Angel.

»Die Bruderschaft«, erklärte Waylander. »Sie haben mich früher schon gejagt. Zauberer-Ritter.«

Belash kam zu den anderen zurück. Er warf einen Blick auf Miriel. »Verdammt gute Schützin«, sagte er. »Für eine *kol-isha«*, fügte er nach einer Pause hinzu. »Ich hole die Pferde.« Er steckte sein Messer weg und trabte nach Süden.

Miriel ließ die Armbrust fallen und rieb sich die Augen. Sie konnte das zornige Summen von Insekten ringsum hören, doch sie konnte nichts sehen. Sie versuchte, sich auf die Geräusche zu konzentrieren, sie voneinander zu trennen.

»... tu das ... Hexe ... Mächte ... Bruderschaft ... Kai ... Schmerz ... Entkommen ... Durmast ... Danyal ...« Und sie erkannte, daß sie die bruchstückhaften Gedanken der Männer um sie herum vernahm. Belash hielt sie für besessen; Waylander erlebte noch einmal seinen letzten Kampf mit der Bruderschaft, bei dem der Riese Durmast gestorben war, um ihn zu retten. Senta starrte sie an; seine Leidenschaft war erregt. Sie spürte Angel hinter sich, und eine Woge von Gefühlen überschwemmte sie, warm,

beschützend und stark. Angels Hand berührte ihre Schulter.

»Mach dir keine Sorgen. Ich bin nicht verletzt«, sagte sie. Sie spürte seine Verwirrung und drehte sich zu ihm um. »Erinnerst du dich an meine Gabe, Angel?«

»Ja.«

»Sie ist wieder da!«

»Du hast sehr mächtige Feinde«, sagte Senta, während Waylander seine Bolzen von den beiden toten Rittern zurückholte.

»Ich lebe noch«, erklärte Waylander mit Nachdruck und ging an ihm vorbei zur Hütte, wo er in dem tiefen Ledersessel niedersank. Sein Kopf dröhnte. Er rieb sich die Augen, doch es brachte keine Erleichterung. Miriel kam zu ihm.

»Laß mich dir helfen«, sagte sie leise. Ihre Hand berührte seinen Nacken. Sofort verschwand aller Schmerz. Er seufzte, und seine dunklen Augen begegneten ihrem Blick.

»Du hast uns gerettet. Du hast ihren Zauber gebrochen.«

»Ich brach ihre Konzentration, als ich den Anführer tötete«, sagte Miriel. Sie kniete vor ihm nieder; ihre Hände ruhten auf seinen Knien.

»Warum hast du mich angelogen?« fragte sie.

»Wieso angelogen?« erwiderte er, ohne sie anzusehen.

»Du sagtest, wir gingen nach Norden, um den Kopfgeldjägern zu entkommen.«

»Das tun wir auch.«

»Nein. Du suchst Bodalen. Hewla hat dir gesagt, wo du ihn finden kannst.«

»Was weißt du noch?« fragte er mißtrauisch.

»Zu viel«, antwortete sie.

Er seufzte. »Du hast deine Gabe wiedererlangt. Ich dachte, sie wäre für immer fort.«

»Der Mann, der sie gestohlen hatte, hat sie mir zurückgegeben. Erinnerst du dich, als Mutter starb und du anfingst, dich mit starkem Wein zu betrinken? Und wie du eines Morgens aufgewacht bist, und es waren Blutflecken auf der Lichtung und ein flaches Grab mit zwei Leichnamen? Du dachtest, du hättest die beiden getötet, als du betrunken warst. Du konntest dich nicht erinnern. Du hast Krylla und mich nach ihnen ausgefragt. Wir sagten, wir wüßten nichts. Und wir wußten auch nichts. Es war dein Freund, Dardalion. Die Männer waren gekommen, um uns zu fangen, vielleicht sogar zu töten, weil wir die Gabe hatten. Dardalion hielt sie auf – er tötete sie mit deiner Armbrust.«

»Er hatte geschworen, nie wieder zu töten«, flüsterte Waylander.

»Er hatte keine Wahl. Du warst betrunken und bewußtlos, und die Waffe trägt soviel Tod und Gewalt in sich, daß es ihn mitgerissen hat.«

Waylander ließ den Kopf hängen. Er wollte nichts mehr hören, konnte sie aber auch nicht bitten, aufzuhören.

»Er verschloß unsere Gabe. Und er nahm uns die Erinnerungen an die Dämonen und den Mann, der versuchte, unsere Seelen zu fangen. Er tat es, um uns zu schützen.«

»Aber jetzt erinnerst du dich wieder an alles?«

»Ja.«

»Ich habe mein Bestes getan, Miriel ... lies meine Gedanken ... mein Leben nicht.«

»Es ist zu spät.«

Er nickte und stand auf. »Dann verachte mich nicht zu sehr.«

»Oh, Vater!« Sie trat vor und umarmte ihn. »Wie könnte ich dich verachten? Ich liebe dich. Immer schon.«

Erleichterung spülte über ihn hinweg, und er schloß die Augen, während er sie festhielt. »Ich wollte, daß du glücklich wirst – wie Krylla. Ich wollte ein schönes Leben für dich.«

»Ich hatte ein schönes Leben. Und ich war glücklich«, sagte Miriel. Sie zog sich zurück und lächelte und strich ihm über die Wange. »Die Rucksäcke sind gepackt. Wir sollten aufbrechen.«

Sie schloß die Augen. »Belash hat die Pferde gefunden und wird bald hiersein.«

Er nahm sie bei den Schultern und zog sie noch einmal an sich. »Du könntest mit Angel nach Süden reiten«, sagte er. »Ich habe Geld in Drenan.«

Sie schüttelte den Kopf. »Du brauchst mich.«

»Ich möchte nicht, daß du … verletzt wirst.«

»Alle Menschen sterben, Vater«, sagte sie. »Aber das ist kein privater Krieg zwischen dir und Karnak mehr. Ich frage mich, ob er das je war.«

»Was ist es dann?«

»Ich weiß es noch nicht, aber Karnak hat die Bruderschaft nicht geschickt. Als ich den letzten Krieger tötete, hatte er ein Bild vor Augen. Er dachte an einen großen Mann mit schwarzem Haar, das mit Öl an den Kopf geklebt ist. Schräge Augen, lange Purpurgewänder. Er war es, der sie geschickt hat. Und er ist derselbe Mann, der versucht hat, Krylla und mich zu töten – der Mann, der die Dämonen herbeigerufen hatte.«

»Woher kamen die Dunklen Ritter?«

»Aus Dros Delnoch, und vorher aus Gulgothir.«

»Dann liegen dort die Antworten«, sagte Waylander.

»Ja«, stimmte sie ihm traurig zu.

Angel beobachtete, wie der Nadir die fünf Pferde über die Lichtung führte. Abscheulicher kleiner Wilder, dachte er. Alles an Belash verursachte ihm Übelkeit: die schrägstehenden, seelenlosen Augen, der grausame Mund, seine barbarische Art zu töten. Es verursachte Angel eine Gänsehaut. Er warf einen Blick nach Norden zu den fernen Bergen. Dahinter vermehrten sich die Nadir wie Läuse, lebten ihr kurzes, gewalttätiges Leben in einem blutigen Krieg nach dem anderen. Es hatte noch nie einen Dichter unter den Nadir gegeben, oder einen Maler oder einen Bildhauer. Und den würde es auch nie geben. Was für ein elendes Volk! dachte Angel.

»Er ist gut mit dem Messer«, stellte Senta fest.

»Er ist ein Nadirbastard«, knurrte Angel.

»Ich dachte, deine erste Frau wäre eine halbe Nadir gewesen?«

»War sie nicht!« fuhr Angel auf. »Sie war eine ... Kiatze. Sie sind anders. Die Nadir sind nicht menschlich. Sie sind Teufel, alle miteinander.«

»Aber geschickte Kämpfer.«

»Rede von etwas anderem!« verlangte Angel.

Senta kicherte. »Woher wußtest du, daß sie kamen? Du gingst, um dein Schwert zu holen.«

Angel runzelte die Stirn. Dann lächelte er; seine Stimmung besserte sich. »Ich roch Pferdemist – der Wind kam aus Süden. Ich dachte mir, es könnten noch mehr Kopfgeldjäger kommen. Ich wünschte, sie wären es gewesen. Bei allen Göttern, hatte ich eine Angst, als der Zauberer auf mich fiel. Ich habe es noch immer nicht verwunden. Einfach dazustehen, unfähig, mich zu rühren, während ein Kerl mit gezogenem Schwert auf mich zukommt ...« Er schauderte. »Es war wie in meinen schlimmsten Alpträumen.«

»Ich möchte das auch nicht gern noch einmal erleben«, gestand Senta. »Waylander sagte, es war die Bruderschaft.

Ich dachte, sie wäre in den Vagrischen Kämpfen ausgemerzt worden.«

Angels helle Augen schweiften prüfend über die Toten hinweg. »Nun, offensichtlich war das nicht der Fall.«

»Was weißt du über sie?«

»Herzlich wenig. Es gibt Legenden über einen Zauberer, der den Orden gegründet hat, aber mir fällt weder sein Name ein, noch wo der Orden entstand. In Ventria, glaube ich. Oder weiter im Osten? Sie hießen mal die Blut-Ritter, wegen der Opferungen. Oder waren es die Roten Ritter?«

»Vergiß es, Angel. ›Herzlich wenig‹, war wohl zutreffend.«

»Ich war nie gut in Geschichte.«

Belash kam zu ihnen. »Sie heißen die Ritter des Blutes«, sagte er. »Der erste ihrer Tempel wurde vor dreihundert Jahren in Kiatze errichtet, gegründet von einem Zauberer namens Zhi Zhen. Sie wurden sehr mächtig und versuchten, den Kaiser zu stürzen. Nach vielen Schlachten wurde Zhi Zhen gefangengenommen und auf einem goldenen Pfahl gepfählt. Aber der Orden starb nicht aus. Er breitete sich nach Westen aus. Der vagrische General Kaem setzte bei der Belagerung von Dros Purdol Priester der Bruderschaft ein. Jetzt haben sie sich in Gothir neu formiert, unter einem Zauberer namens Zhu Chao.«

»Du bist gut informiert«, sagte Senta.

»Einer von ihnen hat meinen Vater getötet.«

»Na, sie können ja nicht alle schlecht sein«, meinte Angel. Belash verharrte einen Moment reglos, das flache Gesicht ausdruckslos, die dunklen Augen starr auf Angels Gesicht gerichtet. Dann nickte er langsam und ging davon.

»Das hättest du nicht sagen dürfen«, tadelte Senta ihn.

»Ich mag ihn nicht.«

»Das ist keine Entschuldigung für schlechtes Benehmen, Angel. Beleidige die Lebenden, nicht die Toten.«

»Ich sage, was ich denke«, brummte Angel. Doch er wußte, daß Senta recht hatte, und die Beleidigung hinterließ einen bitteren Geschmack in seinem Mund.

»Warum haßt du sie so?«

»Ich habe einmal ein Massaker mit angesehen. Neunzig Kilometer nördlich vom Delnochpaß. Mein Vater und ich waren auf der Rückreise von Namib. Wir waren in den Bergen, und wir sahen, wie die Nadir einen Wagenkonvoi angriffen. Ich werde es nie vergessen. Die Folterungen zogen sich bis tief in die Nacht hinein. Wir stahlen uns davon, aber die Schreie verfolgten uns. Sie verfolgen mich noch heute.«

»Ich habe eine Zeitlang in Gulgothir gelebt«, sagte Senta. »Ich habe Verwandte dort, und wir sind oft auf die Jagd gegangen. Eines Tages, im Hochsommer, entdeckten die Jäger drei Nadirjungen, die an einem Bach entlanggingen. Der Jagdmeister rief etwas, und die Reiter fielen in Galopp und spießten zwei der Jungen auf, die einfach nur dastanden. Der dritte lief davon. Er wurde gejagt und oft getroffen. Nicht genug, um ihn zu Fall zu bringen, aber genug, um ihn weiterlaufen zu lassen. Schließlich stürzte er zu Boden, erschöpft und – wie ich vermute – sterbend. Die Jäger, allesamt adelige Gothir, sprangen von ihren Pferden und hackten ihn in Stücke. Dann schnitten sie ihm die Ohren als Trophäen ab.«

»Und was ist die Moral von der Geschichte?« fragte Angel.

»Barbarei gebiert Barbarei«, antwortete Senta.

»Das ist die Predigt des Tages, was?«

»Himmel, bist du in schlechter Verfassung, Angel. Ich lasse dich allein, damit du sie für dich genießen kannst.«

Angel schwieg, als Senta zurück in die Hütte ging.

Bald würden sie nach Norden reiten. Ins Land der Nadir. Angels Mund war trocken, und die Flammen der Angst loderten in seinem Innern auf.

9

Ekodas liebte den Wald, die majestätischen Bäume, die in stiller Brüderlichkeit lebten, die Pflanzen und Blumen, die die Erde bedeckten, und die Feierlichkeit, geboren aus ewigem Leben. Als die Welt noch jung war, die Erde noch warm, waren die ersten Bäume hier gewachsen, lebten und atmeten. Und ihre Nachkommen waren noch immer hier, sahen ohne Ende die kleinen, flüchtigen Leben der Menschen vorbeiziehen.

Der junge Priester, dessen weiße Gewänder jetzt schmutzig verkrustet waren, ging zu einer gewaltigen Eiche und legte seine Hand auf die rauhe Rinde. Er schloß die Augen. Der Baum hatte kein Herz, dessen Schlag er hören konnte; dennoch pulsierte Leben in dem Stamm, dem langsam durch die Kapillaren fließenden Saft, dem Wachstum von neuem Holz.

Ekodas fühlte sich in Frieden.

Er ging weiter. Seine Gedanken waren offen für die Geräusche des Waldes. Ein einsamer Vogel sang, kleine Tiere huschten durchs Gebüsch. Er spürte den Herzschlag eines Fuchses ganz in der Nähe und roch den nach Moschus duftenden Pelz eines alten Dachses. Er blieb stehen. Und lächelte. Der Fuchs und der Dachs teilten sich einen Bau.

Eine Eule schrie. Ekodas blickte auf. Das Tageslicht verblaßte, und die Sonne versank im Westen im Meer.

Er machte kehrt und begann den langen Aufstieg zum Tempel. Die Debatte fiel ihm wieder ein, und er seufzte. Er bedauerte seine Schwäche, die dazu geführt hatte, daß er seine Prinzipien verriet. Tief in seinem Innern wußte er, daß Dardalion sich selbst auch nicht sicher war über den Weg, den sie gingen. Der Abt hatte beinahe gewünscht, von dem Schicksal erlöst zu werden, das er so lange geplant hatte. Beinahe.

Doch wenn die Liebe an jenem Tag gewonnen hätte, wäre alles, wonach Dardalion gestrebt hatte, nichtig erschienen. Eine tragische Vergeudung von Leben und Gaben. Das konnte ich dir nicht antun, Dardalion, dachte Ekodas. Ich konnte aus deinem Leben keinen Schmerz machen.

Der junge Priester holte tief Luft und versuchte, wieder die Ruhe des Waldes zu spüren. Doch statt dessen fuhr ein scharfer, brennender Stoß durch seine Gedanken. Zorn. Furcht. Erregung. Lust. Er konzentrierte sich auf seine Gabe und suchte den Wald ab. Und spürte zwei Männer ... und ... ja, eine Frau auf.

Er bahnte sich einen Weg durch die Büsche neben dem Pfad und überquerte den Hang, bis er zu einem Wildpfad gelangte, der in eine tiefe Schlucht hinabführte. Er hörte die Stimme eines Mannes.

»Sei doch vernünftig, Weib. Wir wollen dir nicht weh tun. Wir bezahlen ja sogar!«

Eine andere Stimme fiel ein, rauh und tief. »Genug geredet! Packt die Gans!«

Ekodas kam um die letzte Biegung und sah die beiden Männer, ihrer Kleidung nach Waldarbeiter, mit gezogenen Messern vor einer jungen Nadirfrau stehen. Sie hielt ebenfalls ein Messer in der Hand und wartete ruhig, mit dem Rücken zu einem Felsen.

»Guten Abend, Freunde«, sagte Ekodas. Der erste der Männer, groß und schlank, in einer grünen Tunika aus handgesponnener Wolle, braunen Lederbeinkleidern und Stiefeln, fuhr zu ihm herum. Er war noch jung; die sandfarbenen Haare hatte er zu einem Pferdeschwanz gebunden.

»Das ist kein Ort für einen Priester!« sagte er.

Ekodas ging weiter und blieb direkt vor dem Mann stehen. »Der Wald ist ein wundervoller Ort zum Meditieren, Bruder.« Er spürte die Verwirrung des Mannes. In ihm war nicht viel Böses, doch seine Lust war entfacht und hatte seinen Verstand umnebelt. Er wollte die Frau, und in seinen Gedanken brodelten erotische Bilder.

Der zweite Mann drängte sich nach vorn. Er war kleiner und stämmiger, die Augen klein und rund. »Scher dich dahin, wo du herkommst!« befahl er. »Ich lasse mich von deinesgleichen nicht beiseite schieben.«

»Was ihr vorhabt, ist böse«, sagte Ekodas leise. »Ich kann es nicht zulassen. Wenn ihr dieser Schlucht folgt, kommt ihr auf die Straße nach Estri. Das ist ein kleines Dorf. Soviel ich weiß, gibt es dort eine Frau, die für Männer mit Geld ein besonderes Lächeln hat.«

»Ich weiß, wo Estri ist«, zischte der zweite Mann. »Und wenn ich deinen verdammten Rat haben will, werde ich dich fragen. Weißt du, was das ist?« Sein Messer zuckte hoch und hielt vor Ekodas' Gesicht inne.

»Ich weiß, was das ist, Bruder. Warum zeigst du es mir?«

»Bist du blöd?«

Der erste Mann nahm seinen Freund beim Arm. »Laß doch, Caan. Es spielt keine Rolle.«

»Für mich schon. Ich will diese Frau.«

»Du kannst doch keinen Priester töten!«

»Das siehst du doch!« Das Messer fuhr hoch. Ekodas wich aus, packte das Handgelenk des Mannes und verdrehte den Arm nach hinten. Sein Fuß stieß vor und hakte sich hinter das Knie des Messerstechers. Der Waldarbeiter verlor den Halt. Ekodas ließ los, und der Mann fiel zu Boden.

»Ich habe nicht den Wunsch, dir weh zu tun«, sagte Ekodas.

Der Mann kam auf die Füße und griff erneut an. Ekodas fegte den Waffenarm beiseite und ließ seinen Ellbogen gegen das Kinn des Mannes krachen. Er ging zu Boden wie von einer Axt gefällt.

Ekodas wandte sich an den ersten Mann. »Bring deinen Freund nach Estri«, riet er ihm. »Und wenn ihr dort seid, verabschiede dich von ihm. Er bringt das Schlechteste in dir zum Vorschein.« Er ging an dem Mann vorbei und auf die Nadirfrau zu. »Ich grüße dich, Schwester. Wenn du mir folgst, bringe ich dich für die Nacht zu einer Unterkunft. Es ist ein Tempel, und die Betten sind hart, aber du wirst gut und ohne Angst schlafen können.«

»Ich schlafe immer ohne Angst, wo ich auch bin«, sagte sie. »Aber ich komme mit dir.«

Ihre Augen waren schön und dunkel, ihre Haut blaß, doch mit einem goldenen Schimmer angehaucht. Ihre Lippen waren voll, der Mund breit. Ekodas merkte, wie ihm die Bilder aus den Gedanken des Waldarbeiteres in den Sinn kamen. Er wurde rot und begann den langen Aufstieg.

»Du kämpfst gut«, sagte sie und schloß zu ihm auf. Ihr Messer steckte jetzt in einer Ziegenlederscheide. Über die Schultern hatte sie einen kleinen Ranzen geschlungen.

»Bist du weit gereist, Schwester?«

»Ich bin nicht deine Schwester«, betonte sie.

»Alle Frauen sind meine Schwestern. Alle Männer meine Brüder. Ich bin ein Priester der QUELLE.«

»Dein Bruder da unten hat einen gebrochenen Kiefer.«

»Das tut mir leid.«

»Mir nicht. Ich hätte ihn getötet.«

»Ich heiße Ekodas«, sagte er und hielt ihr die Hand hin. Die Frau beachtete sie nicht und ging voran.

»Ich heiße Shia.« Sie erreichten den gewundenen Pfad zum Tempel, und sie warf einen Blick auf die hohen Steinmauern. »Das ist eine Festung«, stellte sie fest.

»Das war es einmal. Jetzt ist es ein Ort des Gebets.«

»Es ist immer noch eine Festung.«

Die Tore standen offen, und Ekodas führte die Frau hinein. Vishna und einige andere Priester holten Wasser vom

Brunnen. Shia blieb stehen und starrte sie an. »Habt ihr keine Frauen für diese Arbeit?« fragte sie Ekodas.

»Hier gibt es keine Frauen. Ich sagte doch, wir sind Priester.«

»Und Priester haben keine Frauen?«

»Genau.«

»Nur Schwestern?«

»Ja.«

»Dein kleiner Stamm wird nicht lange überleben«, sagte sie mit einem tiefen, kehligen Lachen.

Die Schreie erstarben, und der Sklave ließ nur noch ein heiseres, ersticktes Todesröcheln hören. Seine Arme entspannten sich, so daß er in den Ketten zusammensackte; seine Beine zuckten in Krämpfen. Zhu Chao stieß das Messer durch die Rippen, durchtrennte die Arterien des Herzens und riß das Organ heraus. Er trug es zur Mitte des Kreises, wobei er sorgsam über die Kreidelinien trat, die auf die Steine gemalt waren, im Zickzack zwischen den Kerzen und den Golddrähten, die den Kelch und den Kristall verbanden. Er legte das Herz in den Kelch und wich zurück, bis seine Füße in den Doppelkreisen Shemaks standen.

Das Vierte Buch der Beschwörungen lag aufgeschlagen auf einem bronzenen Lesepult, und Zhu Chao blätterte die Seite um und begann laut zu lesen in einer Sprache, die der Welt der Menschen seit hundert Jahrtausenden verloren war.

Die Luft um ihn herum knisterte. Flammen liefen entlang der Golddrähte und umhüllten den Kelch mit Feuerkreisen. Das Herz blubberte. Dunkler Rauch stieg von ihm auf und formte eine Gestalt. Massige runde Schultern erschienen und ein gewaltiger Kopf mit einem höhlengleichen Maul. Augen klappten auf, gelb und geschlitzt.

Lange Arme, dick vor Muskeln, sprossen aus den Schultern.

Zhu Chao begann zu zittern und spürte, wie ihn sein Mut verließ. Das Wesen aus Rauch warf den Kopf zurück, und ein schlangengleiches Zischeln erfüllte den Raum.

»Was willst du von mir?« fragte der Dämon.

»Einen Tod«, antwortete Zhu Chao.

»Kesa Khan?«

»So ist es.«

Das Rauchwesen ließ ein Geräusch hören, ein langsames vulkanisches Zischen, das Zhu Chao für Gelächter hielt. »Er wünscht ebenfalls deinen Tod«, sagte der Dämon.

»Kann er mit Blut und Schmerz bezahlen?« entgegnete Zhu Chao. Er spürte, daß ihm Schweiß übers Gesicht rann und seine Hände zitterten.

»Er hat meinem Meister gut gedient.«

»Wie ich.«

»Allerdings. Aber ich werde deine Bitte nicht erfüllen.«

»Warum nicht?«

»Schau dir deine Lebenslinien an, Zhu Chao.«

Der Rauch löste sich auf, als wäre ein frischer Wind durch den Raum gefahren. Der Kelch war leer, das Herz spurlos verschwunden. Zhu Chao drehte sich um, aber dort, wo noch wenige Augenblicke zuvor der Körper des jungen Sklaven in Ketten gehangen hatte, war nichts mehr. Auch er war verschwunden.

Der Zauberer stolperte aus dem Kreis. Jetzt achtete er nicht mehr auf die Kreidelinien, die seine Sandalen verschmierten. Er nahm das Dritte Buch der Beschwörungen, trug es zu einem lederbezogenen Schreibpult und suchte in den Seiten. Der Zauber, den er brauchte, war nur schwach und verlangte kein Blut. Er sprach die Worte und zeichnete dann ein Muster in die Luft. Dort, wo seine Finger entlangfuhren, erschien eine schimmernde Linie, die sich zu einem Spinnennetz formte. Als er schließlich zufrieden war, deutete er auf verschiedene Schnittpunkte. Kleine Kugeln tauchten an jedem Fleck auf – einige blau, andere grün, eine golden, zwei schwarz. Zhu Chao holte tief Luft und konzentrierte sich. Das Netz begann sich zu verändern und zu bewegen; die Kugeln drehten sich, umkreisten die goldene Kugel in der Mitte. Der Zauberer nahm eine Schreibfeder und tauchte sie in ein kleines Tintenfaß. Er nahm ein großes Stück Papyrus und begann zu schreiben. Hin und wieder warf er einen Blick auf das wirbelnde Muster in der Luft.

Nach einer Stunde hatte er die Seite mit Symbolen gefüllt. Müde rieb er sich die Augen und streckte den Rücken. Das wirbelnde Netz verschwand. Er nahm das Blatt, ging zurück zu dem Kelch, sprach die Sechs Worte der Macht und ließ den Papyrus in die goldene Schale fallen.

Sie brach in Flammen aus, die eine brennende Kugel bildeten, einen großen Ball, der vom Kelch aufstieg, bis er vor seinem Gesicht in der Luft schwebte. Die Kugel dehnte sich aus und flachte ab, die Flammen erstarben, und Zhu Chao sah einen Mann in Schwarz, der über die hohen Mauern seines Palastes ging. In den Händen des Mannes befand sich eine kleine Armbrust.

Die Szene flackerte auf und wechselte. Eine alte Festung, mit hohen, gekrümmten Mauern und schiefen Türmen. Eine Armee war dort versammelt, hielt Strickleitern und Seile bereit. Auf der Mauer, auf dem höchsten Turm, stand Kesa Khan. Neben ihm stand eine Frau, auch sie in Schwarz gekleidet.

Das Bild flimmerte, und Zhu Chao sah einen Drachen hoch am Himmel, der über der Festung kreiste. Doch dann machte er kehrt und flog geradewegs nach Gulgothir, über die stillen Häuser, wie ein Pfeil zu Zhu Chaos eigenem Palast. Sein Schatten glitt über das Land wie ein schwarzer Dämon. Er flog über die Palastmauern in den Hof. Dort erstarrte der Schatten auf dem Pflaster, schwärzer als die Nacht, erhob sich und wurde zu einem Mann.

Derselbe Mann, mit der Armbrust.

Schon schwächer, wirbelte das Bild noch einmal, und Zhu Chao betrachtete eine Hütte in den Bergen. Dort war der Mann wieder – und die Leichen der neun Ritter. Der Zauberer war entsetzt. Wie hatte Waylander die Ritter besiegt? Er kannte keine Zauber. Furcht flackerte in Zhu Chaos Herzen auf. Der Drache im Traum war zu seinem Palast geflohen, versprach Verzweiflung und Tod.

Nicht meinen Tod, dachte Zhu Chao und kämpfte die aufsteigende Panik nieder. Nein, nicht meinen Tod.

Seine Müdigkeit war vergessen, als er die Wendeltreppe zu den oberen Räumen hinaufstieg. Bodalen war dort, lümmelte auf einer Couch herum, die gestiefelten Füße auf der Silberplatte eines Tisches.

»Was hast du mir von Waylander verschwiegen?« wollte der Zauberer wissen.

Bodalen schnellte sich auf die Füße. Er war groß, mit breiten Schultern und eckigem Kinn; die blauen Augen lagen unter dichten Brauen, der Mund war groß und voll. Er war ein Abbild des jüngeren Karnak, und seine Stimme hatte den gleichen vollen Klang. »Nichts, Herr. Er ist ein Meuchelmörder – das ist alles.«

»Der Meuchelmörder hat neun meiner Ritter getötet. Verstehst du? Männer mit großer Macht.«

Bodalen leckte sich die Lippen. »Das kann ich mir nicht erklären, Herr. Mein Vater hat oft von ihm gesprochen. Von Magie hat er nichts gesagt.«

Zhu Chao schwieg. Welchen Grund hatte Waylander, in seinen Palast zu kommen, außer, Bodalen zu töten? Wenn Karnaks Sohn nicht mehr hier wäre … Er lächelte den jungen Drenai an. »Er ist keine Bedrohung für uns«, sagte er.

»Aber jetzt gibt es etwas, das du für mich tun kannst, mein Junge.«

»Gern, Herr.«

»Ich möchte, daß du zu den Mondbergen reitest. Ich werde dir eine Karte mitgeben. Dort gibt es eine uralte Festung, einen seltsamen Ort. Unter ihr befinden sich zahlreiche Tunnel und Kammern, angefüllt mit Gold und Juwelen, heißt es. Nimm zehn Männer und reichlich Proviant und geh in diese Festung. Such ein Versteck in den unterirdischen Höhlen. In den nächsten Wochen wird Kesa Khan dorthin reisen. Dann kannst du auftauchen und ihn töten.«

»Er wird viele Nadirkrieger bei sich haben«, warf der jüngere Mann ein.

Zhu Chao lächelte dünn. »Das Leben ist voller Gefahren, Bodalen, und ein tapferer Mann kann sie alle überwinden. Es würde mich freuen, wenn du diese kleine Aufgabe übernimmst.«

»Du weißt, ich würde mein Leben für die Sache geben, Herr. Es ist nur ...«

»Ja, ja«, fauchte Zhu Chao. »Ich verstehe. Du hast das Aussehen deines Vaters, aber nichts von seinem Mut mitbekommen. Aber eins mußt du wissen, Bodalen: An seiner Seite warst du von großem Nutzen für mich. Hier, als Ausreißer, bist du wertlos. Mach nicht den Fehler, mich zu enttäuschen.«

Bodalen wurde blaß. »Natürlich nicht, Herr. Ich ... ich wäre glücklich ... eine Karte, sagst du?«

»Du sollst eine Karte haben und zehn vertrauenswürdige Männer. Sehr vertrauenswürdig. Und wenn du erfolgreich bist, Bodalen, wirst du so reich belohnt, wie du es dir in deinen kühnsten Träumen nicht ausmalen kannst. Du wirst König aller Drenai werden.«

Bodalen nickte und lächelte. »Ich werde dir gut dienen, Herr. Und du irrst: Es mangelt mir nicht an Mut. Ich werde es dir beweisen.«

»Selbstverständlich, mein Junge. Verzeih mir, ich sprach im Zorn. Jetzt geh und bereite deine Reise vor.«

Ekodas führte Shia durch den Speisesaal und hinauf durch den zweiten und dritten Stock zu Dardalion, der in seinem Studierzimmer saß. Der junge Priester klopfte an die Tür.

»Herein«, rief der Abt. Ekodas öffnete die Tür und schob die junge Nadirfrau ins Zimmer.

Dardalion stand auf und verbeugte sich. »Willkommen, meine Liebe. Es tut mir leid, daß deine Reise nach Drenai einen so erschütternden Anfang genommen hat.«

»Habe ich gesagt, es war erschütternd?« entgegnete Shia, trat vor und betrachtete den Raum. Ihr spöttischer Blick wanderte über die überquellenden Regale und offenen Schränke, in denen sich Schriftrollen, Pergamente und Bücher stapelten.

»Liest du?« fragte Dardalion.

Sie schüttelte den Kopf. »Wozu soll das dienen?«

»Um unsere Bedürfnisse und Wünsche zu verstehen, müssen wir zuerst die Bedürfnisse und Wünsche unserer Vorfahren verstehen.«

»Das sehe ich nicht so«, antwortete sie. »Die Wünsche unserer Vorfahren sind offensichtlich – deswegen sind wir ja hier. Und diese Wünsche ändern sich nicht – deswegen haben wir Kinder.«

»Glaubst du, die Geschichte kann uns nichts lehren?« fragte Ekodas.

»Die Geschichte schon«, gab sie zu, »aber das hier ist nicht Geschichte, das sind lediglich Schriftstücke. Bist du hier der Anführer?« fragte sie und wandte sich an Dardalion.

»Ich bin der Abt. Die Priester, die du gesehen hast, sind meine Schüler.«

»Er kämpft gut«, sagte sie mit einem Lächeln und deutete auf Ekodas. »Er sollte nicht hier unter Betbrüdern sein.«

»Du benutzt das Wort als Beleidigung«, klagte Ekodas und errötete.

»Wenn du dich dadurch beleidigt fühlst, dann muß es so sein«, sagte sie.

Dardalion kicherte und ging um sein Schreibpult herum. »Du bist willkommen hier, Shia, Tochter von Nosta Vren. Morgen früh werden wir dich zu deinem Bruder Belash führen.«

Ihre dunklen Augen funkelten, und sie lachte. »Deine Kräfte erstaunen mich nicht, Silberhaar. Ich wußte, daß du ein Mystiker bist.«

»Woher?« wollte Ekodas wissen.

Dardalion ging zu dem verblüfften Priester und legte dem jungen Mann eine Hand auf den Arm.

»Woher sonst sollte ich von dem ... erschütternden ... Angriff wissen?« fragte Dardalion. »Du hast einen scharfen Verstand, Shia. Und du bist eine tapfere Frau.«

Sie zuckte die Achseln. »Ich brauche dich nicht, um mir zu sagen, was ich bin. Aber es freut mich, das Kompliment zu hören. Ich möchte jetzt schlafen. Der kämpfende Betbruder hat mir ein Bett angeboten.«

»Ekodas, bring unseren Gast in den Westflügel. Ich habe ein Feuer in dem Schlafraum anzünden lassen, der nach Süden liegt.« Er wandte sich wieder an Shia und verbeugte sich noch einmal. »Mögen deine Träume angenehm sein, junge Dame.«

»Das werden sie sein ... oder auch nicht«, antwortete sie. In ihren Augen stand noch immer leiser Spott. »Darf dein Mann mit mir schlafen?«

»Ich fürchte, nein«, antwortete Dardalion. »Wir leben hier im Zölibat.«

Sie schüttelte ungläubig den Kopf. »Warum spielen

Männer solche Spiele?« fragte sie. »Zuwenig Liebesspiel macht Bauch und Rücken krank. Und schlimme Kopfschmerzen.«

»Aber dafür«, sagte Dardalion, der nur mit Mühe ein Lächeln unterdrückte, »befreit es den spirituellen Geist und führt ihn in Höhen, die man in irdischen Freuden selten findet.«

»Weißt du das aus Erfahrung oder nur aus deinen Schriften?« entgegnete sie.

»Nur aus den Schriften«, gab er zu. »Aber der Glaube ist ein wesentlicher Bestandteil unseres Lebens hier. Schlaf gut.«

Ekodas, der tiefrot geworden war, führte die Nadirfrau durch den Westkorridor. Sein Unbehagen wurden, durch das Lachen des Abts, das ihnen nachhallte, noch verstärkt.

Der Raum war klein, aber ein helles Feuer brannte im Kamin, und frische Decken lagen auf dem schmalen Bett.

»Ich hoffe, du wirst es hier bequem haben«, sagte er steif. »Ich wecke dich morgen früh mit einem leichten Frühstück – Brot, Käse und Saft von Sommeräpfeln.«

»Träumst du, Betbruder?«

»Ja. Oft.«

»Träum von mir«, sagte sie.

10

Sie lagerten in einer geschützten Senke im Wald. Ein kleines Feuer flackerte in einem Kreis aus Steinen. Senta, Angel und Belash schliefen, Waylander hatte die dritte Wache. Er saß auf dem Hügel, den Rücken an einen Baum gelehnt. Seine schwarze Kleidung ließ ihn mit den Schatten der Nacht verschmelzen. Neben ihm lag der Hund, den er Scar getauft hatte.

Miriel lag in ihren Umhang gewickelt und mit dem Rücken zum Feuer. Ihre Schultern waren warm, ihre Füße kalt. Der Herbst verging rasch, und die Luft roch nach Schnee. Sie konnte nicht schlafen. Der Ritt von der Hütte hierher war fast schweigend verlaufen, doch Miriel hatte sich in die Gedanken der Reiter eingeschaltet. Belash dachte an zu Hause und an Rache, und jedesmal, wenn seine Gedanken sich Waylander zuwandten, stellte er sich ein schimmerndes Messer vor. Angel war verwirrt. Er wollte nicht nach Norden reisen, aber er wollte sie auch nicht verlassen. Seine Gedanken an Miriel waren ebenso widersprüchlich. Er hatte sie gern, mal väterlich und mal erregt. Senta litt nicht unter Verwirrung. Seine Gedanken waren voller erotischer Bilder, die das junge Mädchen aus den Bergen zugleich erregten und ängstigten.

Waylander ließ sie in Ruhe, aus Angst vor der neuen Dunkelheit in seinem Innern.

Miriel setzte sich auf, legte noch Holz aufs Feuer und drehte sich dann so, daß ihre Beine und Füße die Wärme spüren konnten. Eine Stimme wisperte in ihren Gedanken, so schwach, daß sie zuerst glaubte, sie hätte sich diese Stimme nur eingebildet. Sie erklang wieder, doch Miriel konnte den Worten keinen Sinn entnehmen. Sie konzentrierte sich auf ihre Gabe und lauschte mit aller Kraft dem Wispern. Noch immer nichts. Es war ärgerlich. Sie legte sich nieder, schloß die Augen, und ihr Geist entschwebte ihrem Körper. Jetzt war das Wispern klarer, schien aber noch immer aus einer unglaublichen Entfernung zu kommen.

»Wer bist du?« rief sie.

»Vertrau mir!«

»Nein.«

»Viele Leben hängen von deinem Vertrauen ab. Frauen, Kinder, Alte.«

»Zeig dich!« befahl sie.

»Ich kann nicht – die Entfernung ist zu groß, meine Macht begrenzt.«

»Was willst du dann von mir?«

»Kehre in deinen Körper zurück und wecke Belash. Sag ihm, er soll seine linke Hand über das Feuer halten und sich in die Handfläche schneiden. Das Blut muß in die Flammen tröpfeln. Sag ihm, Kesa Khan befiehlt es ihm.«

»Und was dann?«

»Dann werde ich zu dir kommen, und wir werden reden.«

»Wessen Leben hängt davon ab?« fragte sie. Sofort spürte sie seine Verärgerung.

»Ich kann nicht mehr reden. Mach schnell, sonst bricht die Verbindung ab. Ich bin nahezu erschöpft.«

Miriel kehrte in ihren Körper zurück, stand auf und ging zu Belash hinüber. Als sie näher kam, rollte sich der Nadirkrieger auf die Füße, das Messer in der Hand, die Augen mißtrauisch. Miriel überbrachte ihm die Botschaft, die sie von Kesa Khan erhalten hatte, in der Erwartung, daß Belash ihr Fragen stellen oder zumindest Zweifel anmelden würde. Doch unverzüglich ging der Nadir zum Feuer und ritzte sich mit der Klinge die Handfläche auf. Blut quoll aus der Wunde und tropfte in die Flammen.

Die Stimme Kesa Khans dröhnte in Miriels Geist, so daß

sie zurückwich. »Jetzt kannst du zu mir kommen«, sagte er.

»Kann ich diesem Kesa Khan vertrauen?« fragte sie Belash.

»Sagt er, daß du es kannst?«

»Ja.

»Dann gehorche ihm«, riet der Nadir. Miriel erwiderte nichts, sondern las die Bilder, die hinter seinen Worten steckten. Belash fürchtete Kesa Khan, doch es bestand kein Zweifel, daß er ihn auch bewunderte und ihm sein Leben anvertrauen würde.

Miriel legte sich hin und ließ ihren Geist frei. Sofort wurde sie in ein verwirrendes Labyrinth aus Licht und Farben gezogen. Ihre Sinne schwanden, und sie verlor die Kontrolle über ihren Flug, wirbelte wild durch tausend strahlende Regenbogen und in eine Dunkelheit, tiefer als der Tod. Aber ehe ihre Angst sich in Panik verwandeln konnte, hob sich die Dunkelheit, und sie fand sich in einem Dorf an einem Seeufer wieder. Hier gab es Häuser. Sie waren zwar roh gezimmert, boten aber Schutz vor dem Winterwind und dem Schnee. Kinder spielten am Ufer, und Miriel erkannte sich selbst und Krylla wieder. Neben ihnen, auf einem umgedrehten Boot, saß ein hochgewachsener schlanker Mann mit großen Augen und dicht gelocktem Haar.

Miriels Herz tat einen Sprung, und zum erstenmal seit zwölf Jahren erinnerte sie sich an das Gesicht ihres echten Vaters. Dies war der Winter, kurz bevor die Vagrier eingefallen waren, kurz bevor ihre Eltern und alle ihre Freunde niedergemetzelt wurden. Es war eine friedliche Zeit, voller stiller Freude.

»Ist diese Illusion angenehm für dich?« fragte der verwitterte alte Mann, der neben ihr saß.

»Ja«, sagte sie. »Sehr sogar.« Sie wandte ihre Aufmerksamkeit dem alten Mann zu. Er war nicht mehr als einen

Meter fünfzig groß; zarte Vogelknochen malten sich unter der straff gespannten Haut seiner Brust ab. Sein Kopf war zu groß für seinen Körper, und sein schütteres Haar hing ihm schlaff bis auf die Schultern. Beide Vorderzähne fehlten, was ihm eine zischende Aussprache verlieh. Er trug zerschlissene Beinkleider und knielange Mokassins, die mit schwarzen Lederstreifen zusammengebunden waren.

»Ich bin Kesa Khan.«

»Das sagt mir nichts.«

»Wird es noch«, versicherte er ihr. »Wir haben denselben Feind. Zhu Chao.« Er spie den Namen beinahe aus.

»Ich kenne diesen Mann nicht.«

»Er schickte die Dunklen Ritter aus, um deinen Vater zu töten – so, wie er die Gothirarmee ausschickt, um mein Volk auszulöschen. Und du kennst ihn, Miriel. Sieh.« Die Szene flackerte; das Dorf verschwand. Jetzt saßen sie auf einer hohen Mauer, hinter der ein Blumengarten lag. Dort saß ein Mann in dunklen Gewändern, das schwarze Haar eng an den Kopf geklebt. Die langen Koteletten waren geflochten und hingen ihm bis zum Kinn. Miriels Muskeln spannten sich. Das war der geschuppte Jäger, der vor fünf Jahren versucht hatte, sie und Krylla zu fangen, bis der silberne Ritter sie rettete. Aber hier hatte er keine Schuppen. Er war nur ein Mann, der in einem Garten saß.

»Laß dich nicht irreführen«, warnte Kesa Khan. »Du siehst das Böse.«

»Warum will er meinen … Vater töten?« Sie zögerte beim Sprechen, da das Bild ihres echten Vaters noch deutlich in ihrem Kopf war.

»Bodalen dient ihm. Er dachte, er wäre einfach, Waylander aufzuspüren und zu töten. Dann hätte er Bodalen zu den Drenai zurückkehren lassen können, um auf den Augenblick zu warten, da der Sohn den Vater verrät.« Der alte Mann lachte in sich hinein; es klang trocken und häßlich. »Er hätte Waylander kennen sollen, wie ich ihn kenne. Ha! Ich habe einmal versucht, ihn zu jagen, und schickte sechs Werungeheuer aus, um ihn zu vernichten, und zwanzig ausgesuchte Jäger. Keiner überlebte. Er hat eine Gabe, den Tod zu bringen.«

»Du bist ein Feind meines Vaters?«

»Jetzt nicht!« beruhigte er sie. »Jetzt wünsche ich ihn mir zum Freund.«

»Warum?«

»Weil mein Volk in Gefahr ist. Du hast keine Vorstellung davon, was es heißt, unter dem Joch von Gothir zu leben. Wir haben nach ihren Gesetzen keinerlei Rechte. Man kann uns zerquetschen, wie Ungeziefer. Niemand wird eine Hand heben, um Einhalt zu gebieten – das ist schlimm genug. Aber jetzt hat Zhu Chao den Kaiser davon überzeugt, daß mein Stamm – der älteste des Zeltvolkes – vernichtet werden muß. Ausgelöscht! Bald werden die Soldaten gegen uns marschieren.«

»Wie kann mein Vater euch helfen? Er ist nur einzelner Mann.«

»Er ist der Drachenschatten, die Hoffnung meines Volkes. Und bei ihm ist der Weiße Tiger in der Nacht und der alte Nicht-Umzubringen. Und Senta ist auch da. Und, was vielleicht noch wichtiger ist, du bist da.«

»Das ist immer noch nur fünf. Wir sind keine Armee.«

»Wir werden sehen. Bitte Waylander, zu den Mondbergen zu kommen. Bitte ihn, uns zu helfen.«

»Warum sollte er? Du bist der Mann, der einmal versucht hat, ihn zu töten.«

»Sag ihm, sie sind uns zehn zu eins überlegen. Sag ihm, wir sind dem Untergang geweiht. Sag ihm, wir haben mehr als zweihundert Kinder, die abgeschlachtet werden sollen.«

»Du verstehst nicht ... das sind nicht seine Kinder. Du bittest ihn, sein Leben für Menschen aufs Spiel zu setzen, die er nicht einmal kennt. Warum sollte er so etwas überhaupt in Erwägung ziehen?«

»Das kann ich dir nicht beantworten, Miriel. Sag ihm einfach, was ich dir erzählt habe.«

Wieder wirbelten die Farben, und Miriel spürte einen schwindelerregenden Satz, als sie mit ihrem Körper vereint wurde. Waylander war an ihrer Seite, und die Sonne stand hoch am Himmel.

Eine Woge der Erleichterung schwappte über Waylander, als Miriel die Augen aufschlug. Er strich ihr übers Herz. »Was ist passiert?« fragte er.

Sie zog sich an seinem Arm in eine sitzende Stellung hoch. Ihr Kopf dröhnte in dumpfem Schmerz, ihr Mund war trocken. »Wasser«, krächzte sie. Angel zog den Stöpsel aus einer ledernen Feldflasche und reichte sie ihr. Sie trank gierig. »Wir müssen miteinander reden«, sagte sie zu Waylander. »Allein.«

Angel, Belash und Senta zogen sich zurück, und Miriel berichtete von ihrer Begegnung mit Kesa Khan. Waylander lauschte schweigend, bis sie geendet hatte.

»Hast du ihm geglaubt?«

»Ja. Er hat mir nicht alles erzählt, was er wußte, aber was er gesagt hat, entsprach der Wahrheit. Oder zumindest glaubte er, daß es die Wahrheit war. Sein Volk steht vor der Vernichtung.«

»Was meinte er damit, als er mich den Drachenschatten nannte?«

»Ich weiß nicht. Wirst du gehen?«

Er lächelte. »Glaubst du, ich sollte?«

Sie wandte den Blick ab. »Als wir jung waren, haben Krylla und ich die Geschichte geliebt, die Mutter … Danyal … uns erzählte. Du weißt schon, von Helden, die Feuermeere überquerten, um Prinzessinnen zu retten.« Sie lächelte. »Wir fühlten uns wie Prinzessinen, weil du uns gerettet hattest. Du warst der Mann, der half, die Drenai zu retten. Dafür haben wir dich geliebt.«

»Es war nicht für die Drenai«, sagte er. »Es war für mich.«

»Jetzt weiß ich es«, erwiderte sie. »Und ich möchte dich nicht überreden. Ich weiß, du würdest für mich sterben, so, wie du alles für Mutter oder Krylla riskiert hättest. Und ich weiß, warum du nach Norden willst. Du willst Rache.«

»Ich bin, was ich bin, Miriel.«

»Du warst immer besser, als du dich selbst eingeschätzt hast«, sagte sie und streichelte sein hageres Gesicht. »Und wie du dich auch entscheidest, ich werde dich nicht verurteilen.«

Er nickte. »Wohin willst du gehen?«

»Wohin du gehst«, antwortete sie schlicht.

»Erzähl mir noch einmal, was er gesagt hat.«

Sie wiederholte die Worte Kesa Khans.

»Ein schlauer alter Mann«, meinte Waylander.

»Da gebe ich dir recht. Aber wie kommst du darauf?«

»Die Kinder. Er wollte, daß ich über die Kinder Bescheid wußte. Er kennt mich zu gut. Himmel, ich hasse Zauberer!« Waylander tat einen tiefen Atemzug. Und sah wieder die blühenden Blumen, die das Gesicht seines toten Sohnes umrahmten. Wie alt wäre er jetzt gewesen? Etwas älter als Senta vielleicht?

Er dachte an Bodalen. Und Karnak.

Senta, Belah und Angel standen bei den angepflockten Pferden. Waylander rief sie herbei und bat Miriel, ihre Geschichte zum drittenmal zu erzählen.

»Er muß uns für verrückt halten«, sagte Angel, als Miriel geendet hatte.

»Nein«, widersprach Senta leise, »dafür kennt er uns zu gut.«

»Was meinst du damit?«

»Ach, komm schon, Angel, du liebst doch den Gedanken an aussichtslose Situationen, oder?« fragte Senta grinsend.

»Nein. Diese Art von Idiotie überlasse ich gern jungen Männern wie dir. Bring ihn zur Vernunft, Dakeyras.«

»Es steht dir frei, zu reiten, wohin du willst«, sagte Waylander. »Niemand hält dich zurück.«

»Aber du wirst doch nicht in die Berge gehen?«

»Doch, das werde ich«, antwortete Waylander.

»Wie willst du dem Töten Einhalt gebieten? Willst du auf einem großen Pferd hinreiten und dich der gesamten Armee von Gothir entgegenstellen? Ihnen erzählen, daß du Waylander der Schlächter bist und daß du nicht zuläßt, daß sie ein paar Nadir abschlachten?«

»Wie gesagt, du kannst gehen, wohin du willst«, wiederholte Waylander.

»Was ist mit Miriel?« fragte Angel.

»Sie kann für sich selbst sprechen«, antwortete Miriel. »Und ich werde zu den Mondbergen reiten.«

»Sag mir nur, warum«, flehte Angel. »Warum tut ihr alle das?«

Waylander schwieg einen Augenblick. Dann zuckte er die Achseln. »Ich hasse Massaker.«

Vishnas Stimme war ruhig, doch Dardalion spürte die Spannung des Priesters, als er sprach. »Ich verstehe nicht, wie wir sicher sein können, daß diese Frau uns von der QUELLE geschickt wurde. Wir sind alle übereingekommen, unser Leben im Kampf gegen das Böse aufs Spiel zu setzen. Ich habe keinerlei Zweifel an dieser Entscheidung. Auf den Mauern von Purdol gegen die Vagrier zu kämpfen würde Karnak bei der Verteidigung Drenans helfen, ebenso wie unser Beistand dem General in Delnoch helfen würde. Aber in die Steppe zu reiten und unser Leben für einen kleinen Nadirstamm zu riskieren …?« Er schüttelte den Kopf. »Was hätte das für einen Sinn, Vater?«

Dardalion antwortete nicht, sondern wandte sich den anderen zu, dem blonden Magnic, dem schlanken Palista und dem stillen, zurückhaltenden Ekodas. »Wie siehst du die Sache, Bruder?« fragte er Magnic.

»Ich stimme Vishna zu. Was haben die Nadir der Welt zu bieten? Nichts. Sie haben keine Kultur, keine Philosophie außer der des Krieges. Für sie zu sterben wäre bedeutungslos.« Der junge Priester zuckte die Achseln. »Aber ich werde deinen Befehlen folgen, Vater Abt.« Dardalion nickt Palista zu. »Und du, mein Junge?«

»Eine schwierige Frage«, antwortete Palista. Seine tiefe, volltönende Stimme schien nicht zu seiner kleinen, schlanken Gestalt zu passen. »Mir scheint, die Antwort hängt davon ab, wie wir die Ankunft der Frau werten. Wenn die QUELLE sie hierhergeführt hat, ist unser Weg klar. Wenn nicht …« Er breitete die Hände aus.

Ekodas sagte: »Ich pflichte Palista bei. Die Ankunft der Frau ist der entscheidende Punkt. Denn so sehr ich Vishna und Magnic respektiere – ich glaube, ihr Argument ist nicht schlüssig. Wer gibt uns das Recht, über Wert oder Unwert der Nadir zu urteilen? Wenn unsere Taten auch nur ein einziges Leben retten, weiß nur die QUELLE, was dieses Leben wert ist. Der Gerettete kann ein künftiger Nadirprophet sein oder sein Sohn oder sein Enkel. Wie sollen wir das wissen? Aber ist die Frau von der QUELLE geleitet? Sie hat uns um nichts gebeten. Das ist doch sicher der Schlüssel?«

»Ich verstehe«, sagte Dardalion. »Du glaubst, daß sie vielleicht in einem Traum die Weisheit gefunden hat, uns direkt um Hilfe zu bitten?«

»Es gibt viele Beispiele für so etwas«, meinte Ekodas.

»Falls dies hier der Fall wäre, wo würde der Glaube beginnen?« erwiderte der Abt.

»Ich verstehe nicht, Vater …«

»Mein lieber Ekodas, wir sprechen über den Glauben. Wo braucht es einen Glauben, wenn wir Beweise haben?«

»Das ist doch auch ein unstimmiges Argument«, warf Palista ein. »Danach dürfte man niemandem glauben, der kommt und sagt, die QUELLE hätte ihn geschickt.«

Dardalion lachte laut. »Ausgezeichnet, mein lieber Palista! Aber das bringt uns von einem Extrem zum anderen. Was ich sagen will … es muß *immer* ein Element des Glaubens geben. Keine Beweise, sondern Glauben. Wenn die Frau gekommen wäre und hätte behauptet, von der QUELLE gesandt zu sein, hätten wir ihre Gedanken gelesen und die Wahrheit erfahren. Dann hätte es keinen Glauben gegeben. Statt dessen haben wir um ein Zeichen gebetet. Wohin sollen die Dreißig reiten? Und was erhielten wir zur Antwort? Ekodas rettete eine Nadirfrau. Warum ist sie hier? Um ihren Bruder zu finden und ihn nach Hause zu bringen, um sich einem furchtbaren Feind zu stellen. Sagen euch diese Fakten denn nichts? Spürt ihr nicht die Schicksalsfäden, die sich hier zusammenziehen?«

»Das ist schwierig für mich«, sagte Vishna seufzend. »Ich bin der einzige Gothir unter den Dreißig. Meine Familie und meine Freunde sitzen in hohen Positionen im Rat des Kaisers. Wahrscheinlich werden alte Freunde von mir gegen dieselben Nadir ausziehen. Es ist kein schönes Gefühl für mich zu wissen, daß ich vielleicht mein Schwert gegen diese Männer ziehen muß.«

»Das verstehe ich«, sagte Dardalion. »Aber ich glaube, daß Shia uns geschickt wurde und daß die Mondberge rufen. Was kann ich sonst sagen?«

»Ich glaube, wir alle müssen mehr beten – um Führung«, meinte Ekodas. Die anderen nickten zustimmend.

»Der Glaube ist wichtig«, fügte Vishna hinzu. »Aber es muß noch ein anderes Zeichen geben.«

»Es ist unwahrscheinlich, daß es mit feurigen Lettern an den Himmel geschrieben wird«, sagte Dardalion leise.

»Trotzdem«, warf Ekodas ein, »wenn es unsere Bestimmung ist, im Lande der Nadir zu sterben, wird die QUELLE uns hinführen.«

Dardalion betrachtete jeden der drei jungen Männer, die vor ihm standen; dann erhob er sich. »Also gut, meine Brüder, warten wir ab. Und laßt uns beten.«

Ekodas schlief unruhig. Shias Worte verfolgten ihn wie ein Fluch. Er träumte von ihr, wachte oft auf, und sein Körper war verkrampft vor unterdrückter Leidenschaft. Er versuchte zu beten, und als das nichts nützte, wiederholte er die längsten, kompliziertesten Meditations-Mantras. Eine Zeitlang hielt seine Konzentration an. Doch dann stellte er sich ihre Elfenbeinhaut vor, golden übertönt, und ihre dunklen, mandelförmigen Augen ...

Eine Stunde vor Morgengrauen stand er lautlos auf und bewegte sich vorsichtig, um die fünf Brüder nicht zu wecken, mit denen er den kleinen Schlafsaal teilte. Er nahm ein frisches, weißes Gewand aus der Lade unter seinem Bett, zog sich rasch an und ging hinunter in die Küche.

Der dicke Merlon war schon dort und zog die groben Leintücher von einigen großen runden Käselaiben. In der anderen Ecke überwachte Glendrin das Backen, und der Duft nach frischem Brot erfüllte den Raum.

»Du bist früh auf«, sagte Merlon, als Ekodas eintrat.

»Ich konnte nicht schlafen«, gestand er.

»Ich würde liebend gern noch eine Stunde schlafen, Bruder«, sagte Merlon seufzend.

»Dann tu's«, antwortete Ekodas. »Ich übernehme deine Arbeit.«

»Ich werde zehn Fürbitten für dich sprechen, Ekodas«,

strahlte Merlon, umarmte den kleineren Mann und schlug ihm auf den Rücken. Merlon war groß, wurde mit seinen sechsundzwanzig Jahren bereits kahl, und seine Kraft war ungeheuer. Die anderen Priester spotteten liebevoll über seinen gewaltigen Appetit, aber tatsächlich war nur wenig Fett an ihm, außer seinem Bauch, und Ekodas hatte fast das Gefühl, zerquetscht zu werden.

»Genug, Merlon!« japste er.

»Ich sehe dich beim Frühstück.« Merlon gähnte und ging davon zu den Schlafräumen.

Glendrin warf einen Blick nach hinten. »Hol mir das Tablett und die Stange, Ekodas!« rief er und entriegelte die riesige Ofenklappe. Die zweizinkige Stange hing an einem Haken an der anderen Wand. Ekodas hob sie herunter, befestigte die Zinken an einer geriffelten Metallplatte und reichte Glendrin das Werkzeug. Mit einem Tuch, um seine Hände zu schützen, riß er die Ofenklappe auf; dann stieß er die Stange hinein, so daß die Platte unter die drei goldbraun gebackenen Laibe glitt. Er zog sie heraus, und Ekodas, der weiße Wollhandschuhe übergezogen hatte, nahm das Brot und legte es auf den langen Küchentisch. Insgesamt waren es zwölf Laibe, und ihr Duft ließ Ekodas glauben, er hätte seit einer Woche nichts mehr gegessen.

»Merlon hat die Butter gestoßen«, sagte Glendrin und setzte sich an den Tisch. »Aber ich wette, er hat die Hälfte davon gegessen.«

»Du hast Mehl im Bart«, sagte Ekodas. »Das macht dich älter, als du bist.«

Glendrin grinste und rieb sich den roten, dreifach gegabelten Bart. »Glaubst du, die Frau wurde uns geschickt?« fragte er.

Ekodas zuckte die Achseln. »Wenn ja, dann nur, um mich im Traum zu verfolgen«, antwortete er.

Glendrin kicherte. »Du brauchst die zehn Fürbitten, die Merlon die versprochen hat«, sagte er und drohte seinem

Freund mit dem Zeigefinger. »Fleischliche Gedanken sind eine Sünde.«

»Wie gehst du damit um?« fragte Ekodas.

Glendrins Lächeln schwand. »Gar nicht«, gestand er. »Laß uns weitermachen.«

Gemeinsam bereiteten sie den Käse vor, holten frisches Wasser vom Brunnen und trugen die Mahlzeit in den Speisesaal, wo sie den Tisch mit Tellern und Besteck, Bechern und Krügen deckten.

Dann stellte Ekodas ein Tablett mit Brot und Käse für Shia zusammen und spürte seine Aufregung bei der Aussicht, sie wiederzusehen. »Ich kann den Apfelsaft nicht finden«, sagte er zu Glendrin.

»Wir haben ihn gestern ausgetrunken.«

»Aber ich habe ihr einen Krug versprochen.«

Glendrin schüttelte den Kopf. »Dann wird sie dich wohl für den Rest deines Lebens hassen«, sagte der rothaarige Priester.

»Dummkopf!« schalt Ekodas und stellte einen Krug mit Wasser sowie einen Becher auf das Tablett.

»Bleib nicht zu lange bei ihr«, riet Glendrin.

Ekodas antwortete nicht. Er verließ die Wärme der Küche und stieg durch das kalte, steinerne Stiegenhaus nach oben zu Shias Zimmer. Er balancierte das Tablett auf dem linken Arm und öffnete die Tür. Die Nadirfrau schlief auf dem Fußboden vor dem erloschenen Feuer. Der Kopf ruhte auf ihren Ellbogen, die Beine hatte sie angezogen. Sie war in die letzten Strahlen des Mondscheins getaucht.

»Guten Morgen«, sagte Ekodas. Sie stöhnte leise, reckte sich und setzte sich auf. Ihr Haar war jetzt offen und hing dunkel und glänzend bis auf die Schultern. »Ich habe dein Frühstück gebracht.«

»Hast du von mir geträumt?« fragte sie, die Stimme noch belegt vom Schlaf.

»Wir haben keinen Apfelsaft mehr«, sagte er. »Aber das Wasser ist frisch und kalt.«

»Waren es schöne Träume, Betbruder?«

»So sollst du nicht mit einem Priester sprechen«, tadelte er sie.

Sie lachte ihn aus, und er wurde rot. »Ihr *kol-isha* seid seltsame Leute.« Sie stand geschmeidig auf, ging zum Bett und setzte sich mit gekreuzten Beinen darauf. Sie nahm das Brot, brach ein Stück ab und probierte. »Zu wenig Salz«, sagte sie. Er goß ihr einen Becher Wasser ein und reichte ihn ihr. Als sie danach griff, strichen ihre Finger über seine Haut. »Weiche Hände«, flüsterte sie. »Weiche Haut. Wie ein Kind.« Dann nahm sie den Becher und trank einen Schluck.

»Warum bist du hergekommen?« fragte er.

»Du hast mich hergebracht«, antwortete sie, tauchte ihren Finger in die Butterschale und leckte ihn ab.

»Wurdest du geschickt?«

»Ja. Von meinem Schamanen, Kesa Khan. Um meinen Bruder nach Hause zu holen. Aber das weiß du ja.«

»Ja. Ich hatte nur überlegt ...«

»Was überlegt?«

»Ach, ist egal. Laß dir dein Frühstück schmecken. Der Abt will dich noch sehen, ehe du gehst. Er wird dir sagen, wo du Belash findest.«

»Wir haben noch Zeit, Betbruder«, flüsterte sie und griff nach seiner Hand. Er riß sie zurück.

»Bitte sprich nicht so«, bat er. »Ich finde dich ... sehr beunruhigend.«

»Du begehrst mich.« Es war eine Feststellung, begleitet von einem Lächeln.

Ekodas schloß für einen Moment die Augen im Bemühen, seine Gedanken zu sammeln. »Ja. Aber das an sich ist noch keine Sünde, glaube ich.«

»Sünde?«

»Wenn man etwas Falsches tut ... wie ein Verbrechen.«

»Wie wenn man das Pony seines Bruders stiehlt?« fragte sie.

»Ja, genau. Das wäre eine Sünde. Genaugenommen ist jeder Diebstahl oder jede Lüge oder boshafte Tat eine Sünde.«

Sie nickte langsam. »Warum ist dann Liebemachen eine Sünde? Wo ist da der Diebstahl? Die Lüge? Oder die Bosheit?«

»Es sind ja nicht nur diese Taten«, sagte er stockend. »Dazu gehört auch, wenn man Regeln bricht oder Schwüre. Jeder von uns hier hat der QUELLE ein Versprechen gegeben. Es würde bedeuten, das Versprechen zu brechen.«

»Hat dein Gott dich gebeten, dieses Versprechen zu machen?«

»Nein, aber ...«

»Wer dann?«

Ekodas breitete die Hände aus. »Es gehört zu unserer Tradition. Verstehst du? Regeln, die von heiligen Männern vor Jahrhunderten aufgestellt wurden.«

»Aha, dann steht es also in den Schriften.«

»Genau.«

»Wir haben keine Schriften«, sagte sie strahlend. »Also leben und lachen wir, lieben und kämpfen wir. Keine Bauchschmerzen, keine Kopfschmerzen, keine bösen Träume. Unser Gott spricht aus dem Land zu uns, nicht in Schriften.«

»Es ist derselbe Gott«, versicherte er.

Sie schüttelte den Kopf. »Nein, Betbruder, das glaube ich nicht. Unser Gott ist stark.«

»Wird er dein Volk vor den Gothir retten?« fauchte Ekodas, ehe er sich bremsen konnte. »Tut mir leid! Das war eine gedankenlose Frage. Bitte, verzeih mir.«

»Es gibt nichts zu verzeihen, denn du verstehst nicht,

Ekodas. Unser Gott *ist* das Land, und das Land macht uns stark. Wir werden kämpfen. Und wir werden entweder siegen oder sterben. Für das Land spielt es keine Rolle, ob wir siegen oder verlieren, denn lebend oder tot sind wir eins mit ihm. Die Nadir *sind* das Land.«

»Könnt ihr gewinnen?« fragte er leise.

»Wirst du traurig sein, wenn ich tot bin?« erwiderte sie.

»Ja«, antwortete er, ohne zu zögern.

Geschmeidig erhob sie sich, kam ganz nah zu ihm heran und schlang ihm den Arm um den Hals. Ihre Lippen streiften seine Wange. »Dummer Ekodas«, flüsterte sie. Dann ließ sie ihn los.

»Warum bin ich dumm?« wollte er wissen.

»Bring mich zum Abt. Ich möchte jetzt gehen.«

Waylander zügelte den schwarzen Wallach und stieg ab. Dann ging er die letzten Schritte zur Hügelkuppe, wo er sich flach auf den Bauch legte und die Bergkette musterte, die sich von Westen nach Osten über die große Sentranische Ebene zog. Der Hund Scar trottete den Hügel hinauf und streckte sich neben ihm aus.

Es führten drei Wege nach Norden, aber welchen sollten sie nehmen? Im Nordosten lag der Delnochpaß mit seiner neuen, von sechs Mauern umgebenen Festung. Das war der direkte Weg nach Gulgothir und zu den Mondbergen. Aber war der befehlshabende Offizier gewarnt worden, nach Waylander Ausschau zu halten?

Er seufzte und lenkte seinen Blick weiter nach Norden zu den hohen, einsamen Pässen, die von den Sathulistämmen bewohnt wurden, den langjährigen Feinden der Drenai. Durch ihr Land zogen keine Wagen, keine Konvois, keine Reisenden. Als wilde Kämpfer lebten die Sathuli ihr Leben isoliert von den Zivilisationen der Gothir und der Drenai.

Schließlich gab es noch Dros Purdol, die Hafenfestung, weit im Osten. Aber dahinter lag die große Wüste Namib. Waylander hatte sie schon früher durchquert. Zweimal. Er hatte nicht den Wunsch, sie noch einmal zu sehen.

Nein. Er würde den Weg über Delnoch riskieren müssen.

Gerade als er sich von der Hügelkuppe zurückziehen wollte, erhaschte er einen Lichtschimmer im Osten. Er blieb, wo er war, und wartete, die Augen auf den fernen Waldrand gerichtet. Eine Kolonne von Reitern erschien mit aufgepflanzten Lanzen. Die Sonne glitzerte auf ihren polierten Eisenhelmen und Waffen. Es waren etwa dreißig Lanzenreiter, die langsam ritten, um die Kräfte ihrer Tiere zu schonen.

Waylander schob sich hinter die Kuppe zurück; dann stand er auf und ging zu den anderen, die auf ihn warteten. Scar folgte ihm, hielt sich dicht neben Waylander. »Wir warten noch eine Stunde hier«, sagte er, »dann brechen wir nach Delnoch auf.«

»Hast du was gesehen?« fragte Angel.

»Lanzenreiter. Sie reiten zur Festung.«

»Glaubst du, sie suchen nach uns?« schaltete sich Senta ein.

Waylander zuckte die Achseln. »Wer weiß? Karnak will unbedingt meinen Tod. Inzwischen dürfte meine Beschreibung bei jeder Armee-Einheit im Umkreis von achtzig Kilometern eingetroffen sein.«

Miriel stand auf und schlenderte zur Hügelkuppe, wo sie sich hinter ein Ginstergebüsch kauerte, um zu den Lanzenreitern hinunterzuschauen. Einige Minuten lang verharrte sie regungslos, dann kehrte sie zu der Gruppe zurück. »Der Offizier ist Dun Egan«, berichtete sie Waylander. »Er ist müde und hungrig und denkt an eine Frau, die er in einer Kneipe an Mauer Zwei kennt. Und du hast recht, er hat deine Beschreibung. Zwanzig seiner Männer sind hinter uns, im Südwesten. Sie haben Befehl, dich zu fassen.«

»Was jetzt?« fragte Angel.

Waylanders Miene war finster. »Durch die Berge«, sagte er schließlich.

»Die Sathuli sind gute Kämpfer, und sie mögen keine Fremden«, betonte Senta.

»Ich bin schon früher durchgekommen. Um mich zu töten, müssen sie mich erst schnappen.«

»Du willst allein gehen?« fragte Miriel leise.

»Das ist das beste«, antwortete er. »Du und die anderen, ihr geht nach Delnoch. Hinter den Bergen stoße ich wieder zu euch.«

»Nein. Wir wollten zusammenbleiben. Meine Gabe kann uns sicher leiten.«

»Das stimmt«, meinte Angel.

»Vielleicht«, gab Waylander zu, »andererseits wirbeln fünf Reiter mehr Staub auf als einer. Fünf Pferde machen mehr Lärm als eins. Die hohen Pässe verstärken jedes Geräusch. Einen fallenden Stein kann man manchmal fast einen Kilometer weit hören. Nein. Ich gehe allein.« Miriel wollte etwas sagen, doch er legte ihr einen Finger auf die Lippen. »Keine weitere Diskussion, Miriel«, sagte er lächelnd. »Ich habe mehr als mein halbes Leben lang allein gejagt. Allein bin ich am stärksten. Geht nach Delnoch, und wenn ihr die Festung hinter euch habt, wendet euch nach Norden. Ich werde euch finden.«

»Ich werde bei dir sein«, flüsterte sie, lehnte sich an ihn und küßte ihn auf die Wange.

»Immer«, erwiderte er.

Waylander ging zu seinem Pferd, schwang sich in den Sattel und stieß dem Wallach die Fersen in die Flanken. Der Hund rannte neben ihnen her, als sie die Hügelkuppe erreichten. Die Lanzenreiter waren jetzt winzige Punkte in der Ferne, und Waylander dachte keine Augenblick an sie, als er sich den hohen Gipfeln von Delnoch zuwandte.

Allein.

Seine Lebensgeister hoben sich. So sehr er Miriel liebte, empfand er doch eine große Erleichterung, ein Gefühl der Freiheit von der Last, Gefährten zu haben. Er warf einen Blick auf den Hund hinunter und lachte leise. »Nicht ganz allein, was, Scar?« Der Hund legte den Kopf auf eine Seite und rannte weiter, schnüffelte am Boden, auf der Suche nach Kaninchenspuren. Waylander holte tief Atem. Die Luft war frisch und kalt und wehte von den schneebedeckten Gipfeln herab. Die Sathuli würden jetzt ihre Winterlager aufschlagen; ihre Gedanken waren weit weg von Überfällen und Krieg. Mit Geschick und etwas Glück müßte er die Hochpässe und die widerhallenden Schluchten durchqueren können, ohne daß sie davon erführen.

Etwas Glück? Er dachte an die vor ihm liegende Route – die schmalen, eisbedeckten Pfade, die trügerischen Hänge, die gefrorenen Wasserläufe, das Reich von Wolf, Bär und Berglöwe.

Angst regte sich in ihm – und er lachte laut auf. Denn wenn die Angst einsetzte, fühlte er sein Herz schlagen, das Blut in Adern und Muskeln kreisen, die Kraft in seinen Armen und seiner Brust. Ob es richtig oder falsch war, er wußte, dies war es, wofür er geboren war, der einsame Ritt in die Gefahr, umgeben von Feinden. Denn was war Angst, wenn nicht der Wein des Lebens? Und der Geschmack berauschte Waylander erneut.

In den vergangenen fünf Jahren war ich tot, dachte er. Ein wandernder Leichnam, wenn ich es auch nicht wußte. Er dachte an Danyal und merkte, daß er sich nun an die Freuden ihres Lebens erinnern konnte, ohne die scharfe, rauhe Bitterkeit über ihren Tod zu spüren. Die Berge ragten grau und drohend vor ihm auf.

Und der Mann ritt weiter.

Miriel saß schweigend im Garten des Wirtshauses und starrte auf die kolossalen Mauern von Dros Delnoch. Die Reise zur Festung war ohne Zwischenfall verlaufen, abgesehen von den Zankereien zwischen Angel und Belash. Zuerst hatte Miriel Mühe, den Haß zu begreifen, der in dem Gladiator schwelte; dann hatte sie ihre Gabe eingesetzt. Sie schauderte bei der Erinnerung und dachte an etwas anderes. Ihr Vater durchquerte jetzt bereits das Land der Sathuli. Ein wildes, unabhängiges Volk, das vor mehr als dreihundert Jahren über das Meer aus den Wüsten Ventrias gekommen war, um sich in den Delnochbergen anzusiedeln. Sie wußte wenig über ihre Geschichte, nur daß sie an die Worte eines alten Propheten glaubten und ihres Glaubens wegen in ihrem Heimatland verfolgt worden war. Sie waren ein einzelgängerisches Volk, hart und zäh im Kampf, und lagen in ständigem Krieg mit den Drenai.

Sie seufzte. Waylander würde ihr Land nicht kampflos durchqueren, wie sie wußte, und sie betete, daß er es unbeschadet überstehen würde.

Hinter den drei Gebäuden des Wirtshauses erhob sich der alte Bergfried in der Enge des Delnoch-Passes. Eindrucksvoll und stark wurde der Bergfried jetzt durch die neue Festung in den Schatten gestellt, die das ganze Tal ausfüllte. Miriel ließ ihren Blick über das ungeheure Bauwerk schweifen, mit seinen zinnenbewehrten Wehrgängen aus Granit, den massiven Tor- und Wachtürmen.

»Sie nennen es Egels Wahn«, sagte Angel, der an ihre Seite trat und ihr einen Becher mit Wasser verdünnten Wein reichte. Senta und Belash folgten ihm aus dem Wirtshaus und setzten sich zu Miriel ins Gras. »Jede der Mauern ist über zwanzig Meter hoch, und die Truppenunterkünfte können dreißigtausend Mann aufnehmen. Einige sind noch nie benutzt worden. Und werden es auch nie.«

»Ich habe noch nie so etwas gesehen«, flüsterte Miriel.

»Von hier aus sehen die Wächter auf der ersten Mauer wie winzige Insekten aus.«

»Eine großartige Geldverschwendung«, sagte Senta. »Zwanzigtausend Arbeiter, tausend Steinmetze, fünfzig Architekten, Hunderte von Zimmerleuten. Und alles gebaut für einen Traum.«

»Einen Traum?« fragte Miriel.

Senta lachte leise und wandte sich an Belash. »Ja. Egel sagte, er hatte eine Vision von Belash und einigen seiner Brüder – ein wahrer Ozean von Kriegern, die sich gegen die Drenai zusammenscharten. Daher diese Monstrosität.«

»Sie wurde gebaut, um die Nadir fernzuhalten?« fragte Miriel ungläubig.

»Allerdings, Miriel«, antwortete Senta. »Sechs Mauern und ein Bergfried. Die größte Festung der Welt, um den kleinsten Feind in Schach zu halten. Denn kein einziger Nadirstamm zählt mehr als tausend Krieger.«

»Aber es gibt mehr als tausend Stämme«, betonte Belash. »Und der Mann, der die Stämme eint, wird sie zusammenführen. Ein Volk. Ein König.«

»Das sind die Träume aller armen Völker«, sagte Senta. »Die Nadir werden sich nie einen. Sie hassen einander ebenso, wie sie uns hassen, wenn nicht mehr. Sie liegen immer im Krieg miteinander. Und sie machen keine Gefangenen.«

»Das stimmt nicht«, zischte Angel. »Sie machen Gefangene – und dann foltern sie sie zu Tode. Männer, Frauen und Kinder. Sie sind verabscheuungswürdig.«

»Kein wahrer Nadir würde Kinder foltern«, widersprach Belash, dessen dunkle Augen zornig funkelten. »Sie werden rasch getötet.«

»Ich weiß, was ich gesehen habe!« fuhr Angel auf. »Und komme nicht auf den Gedanken, mich einen Lügner zu nennen!«

Belashs Hand fuhr zu seinem Messer. Angels Finger schlossen sich um den Griff seines Schwertes. Miriel trat zwischen sie. »Wir werden nicht untereinander kämpfen«, sagte sie und legte die Hand auf Angels Arm. »In allen Völkern steckt Böses, aber nur ein törichter Mann verdammt ein ganzes Volk.«

»Du hast nicht gesehen, was ich gesehen habe!« begehrte Angel auf.

»Doch, das habe ich«, sagte sie leise. »Die umgestürzten Wagen, die Plünderung und den Tod. Und ich kann deinen Vater sehen, der den Arm um dich geschlungen hat und dir seinen Mantel vor die Augen hält. Es war ein schlimmer Tag, Angel, aber du mußt dich davon lösen. Die Erinnerung vergiftet dich.«

»Halt dich aus meinem Kopf raus!« brüllte er plötzlich, riß sich von ihr los und marschierte zum Wirtshaus.

»Er trägt Dämonen in seiner Seele«, sagte Belash.

»Das tun wir alle«, fügte Senta hinzu.

Miriel seufzte. »Er war erst neun Jahre alt, als er den Angriff miterlebte, und seit damals verfolgen ihn die Schreie. Aber er sieht nicht mehr die Wahrheit – vielleicht hat er es nie getan. Der Umhang seines Vaters hat ihm die schlimmsten Anblicke erspart, und er weiß nicht mehr, daß bei dem Überfall auch Männer beteiligt waren, die nicht zu den Nadir gehörten. Sie trugen dunkle Umhänge, und ihre Waffen waren aus geschwärztem Stahl.«

»Ritter des Blutes«, sagte Belash.

Miriel nickte. »Ich glaube auch.«

Belash stand auf. »Ich werde mir diese Festung einmal ansehen.«

Er ging davon, und Senta setzte sich neben Miriel. »Es ist schön, allein zu sein«, meinte er.

»Du stellst dir vor, wie ich auf Seidenlaken auf einem Bett liege. Das gefällt mir nicht.«

Er grinste. »Es ist unhöflich, die Gedanken anderer Leute zu lesen.«

»Macht es dir nichts aus, daß ich weiß, was du denkst?«

»Überhaupt nicht. Es gibt nichts, wofür ich mich schämen müßte. Du bist eine schöne Frau. Kein Mann könnte länger neben dir sitzen, ohne an Seidenlaken oder weiches Gras oder Sommerheu zu denken.«

»Das Leben besteht nicht nur aus vögeln!« sagte sie und spürte, wie sie rot wurde.

»Woher willst du das wissen, meine Schöne? Du hast keine Erfahrung in solchen Dingen.«

»Ich werde dich nie heiraten.«

»Du urteilst zu schnell über mich, meine Schöne. Wie kannst du ein Urteil fällen? Du kennst mich noch gar nicht.«

»Ich kenne dich gut genug.«

»Unsinn. Nimm einen Augenblick meine Hand.« Er umfaßte sanft ihr Handgelenk; seine Finger schlossen sich über ihren. »Vergiß meine Gedanken. Fühle einfach meine Berührung. Ist sie nicht sanft? Ist das nicht schön?«

Sie entriß ihm ihre Hand. »Nein, ist es nicht!«

»Aha! Jetzt lügst du, meine Schöne. Ich habe vielleicht nicht deine Gabe, aber ich weiß, was du gefühlt hast. Und das war keineswegs unangenehm.«

»Deine Arroganz ist ebenso gewaltig wie diese Mauern«, tobte sie.

»Ja, das ist sie«, gab er zu. »Und aus gutem Grund. Ich bin ein sehr begabter Knabe.«

»Du bist eingebildet und siehst nicht weiter als deine eigenen Wünsche. Dann sag mir, Senta, was kannst du mir bieten? Und bitte, keine Prahlerei über das Schlafzimmer.«

»Du sprichst meine Namen so schön aus.«

»Beantworte meine Frage! Und denk daran, daß ich weiß, ob du lügst.«

Er lächelte sie an. »Du bist für mich geschaffen«, sagte

er leise, »so wie ich für dich. Was ich dir biete? Alles, was ich habe, meine Schöne«, flüsterte er. Seine Augen hielten ihren Blick fest. »Und alles, was ich je haben werde.«

Für einen Augenblick schwieg sie. »Ich weiß, daß du glaubst, was du sagst«, erwiderte sie schließlich. »Aber ich glaube nicht, daß du die Stärke besitzt, danach zu leben.«

»Das mag stimmen«, gab er zu.

»Und du wolltest Angel und meinen Vater töten. Glaubst du, ich könnte dir das verzeihen?«

»Das hoffe ich«, antwortete er. Und in diesem Moment sah sie in seinen Gedanken ein Bild aufflackern, eine Erinnerung, die er zu verbergen versuchte. Es versetzte ihr einen Schock.

»Du wolltest Angel gar nicht töten! Du warst bereit zu sterben.«

Sein Lächeln schwand, und er zuckte die Achseln. »Du hast mich gebeten ihn zu verschonen, meine Schöne. Ich dachte, du liebst ihn vielleicht.«

»Du hast mich doch gar nicht gekannt! Du kennst mich noch immer nicht. Wie konntest du da bereit sein, dein Leben zu geben?«

»Laß dich davon nicht allzusehr beeindrucken. Ich mag den alten Mann. Und ich hätte versucht, ihn zu entwaffnen, vielleicht zu verwunden.«

»Er hätte dich getötet.«

»Hätte dir das leid getan?«

»Nein – damals nicht.«

»Aber jetzt?«

»Ich weiß nicht … ja. Aber nicht, weil ich dich liebe. Du hattest viele Frauen – und du hast allen gesagt, daß du sie liebst. Wärst du für sie gestorben?«

»Vielleicht. Ich war immer schon ein Romantiker. Aber mit dir ist es anders. Das weiß ich.«

»Ich glaube nicht, daß Liebe so schnell entstehen kann«, sagte sie.

»Die Liebe ist ein seltsames Wesen, Miriel. Manchmal springt es aus seinem Versteck und trifft plötzlich wie ein Speer. Zu anderen Zeiten kommt es langsam und heimlich angekrochen.«

»Wie ein Attentäter?«

»Genau so«, stimmte er mit einem strahlenden Lächeln zu.

11

Jahunda legte einen Pfeil auf die Sehne und wartete darauf, daß der Reiter zwischen den Bäumen hervorkam. Seine Finger waren kalt, doch sein Blut war von der Jagd erhitzt. Der Drenai hatte seinen Weg mit Bedacht gewählt, die breiten, viel benutzten Pfade gemieden und sich an die schmalen Wildpfade gehalten. Doch Jahunda hatte ihn trotzdem entdeckt, denn der Sathuli-Herrscher hatte ihm befohlen, vom Chasica-Gipfel den Süden zu beobachten, und niemand konnte das Land der Sathuli von der sentranischen Ebene her betreten, ohne daß man ihn von Chasica aus sehen konnte. Es war eine große Ehre, wenn man solches Vertrauen genoß – vor allem, wenn man ein Vierzehnjähriger war, der noch keine Bluttaten geleistet hatte. Aber der Sathuli-Herrscher weiß, daß ich ein großer Krieger und Jäger werde, dachte Jahunda. Und er hat mich für diese Aufgabe erwählt.

Jahunda hatte Rauchzeichen gegeben; dann war er den Berg hinabgeklettert und hatte sich vorsichtig zum ersten Hinterhalt geschlichen. Doch der Drenai war nach rechts abgebogen und hielt auf den Hochpaß zu. Jahunda schulterte seinen Bogen und rannte zum zweiten Hinterhalt, der den Wildpfad überblickte.

Der Drenai mußte hier auftauchen. Er wählte mit Sorgfalt einen Pfeil und hoffte, daß er ihn töten konnte, ehe die anderen kamen. Dann würde das Pferd rechtmäßig ihm gehören, und es sah aus wie ein gutes Tier. Er schloß die Augen und lauschte auf das leise Tappen von Pferdehufen im Schnee. Schweiß rann unter seinen weißen Burnus hervor, und Angst dörrte ihm die Kehle aus. Der Drenai war kein Kaufmann. Dieser hier war ein vorsichtiger Mann, der wußte, wo er war und in welcher Gefahr er sich befand. Daß er überhaupt hier war, sprach für seine Tapferkeit und sein Selbstvertrauen. Jahunda lag viel daran, daß der erste Pfeil tödlich traf.

Aus den schneebeladenen Bäumen drang kein Laut, und Jahunda riskierte einen Blick um den Felsen herum.

Nichts.

Aber der Mann mußte in der Nähe sein. Es gab keinen anderen Weg. Jahunda arbeitete sich zentimeterweise nach links und beugte sich vor. Immer noch nichts. Vielleicht war der Reiter umgekehrt. Vielleicht hätte er auch beim ersten Hinterhalt warten sollen. Unschlüssigkeit lähmte ihn. Der Drenai erleichterte sich vielleicht gerade an einem Baum, beruhigte er sich. Laß ihm Zeit! Aber das Pferd war großartig! Er könnte es verkaufen und Shora einen Seidenschal kaufen und einen dieser Armreifen mit den blauen Steinen, die Zaris zu lächerlich hohen Preisen verkaufte. Oh, wie Shora ihn lieben würde, wenn er mit solchen Geschenken zum Haus ihres Vaters käme. Dann wäre er ein anerkannter Krieger, ein Jäger, ein Mann, der das Land verteidigt hatte. Dann würde es kaum eine Rolle mehr spielen, daß ihm noch kein Bart wuchs.

Er hörte gedämpftes Hufklappern und schluckte schwer. Warte! Hab Geduld. Er spannte die Sehne und warf einen Blick zur Sonne. Sie würde von oben rechts den Schatten des Reiters werfen, und von seinem Versteck hinter dem Felsen konnte Jahunda seinen Angriff genau planen. Er leckte sich die Lippen und hielt Ausschau nach dem Schatten des Pferdes. Als er neben dem Felsen auftauchte, trat er mit erhobenem Bogen hervor.

Der Sattel war leer. Kein Reiter.

Jahunda blinzelte. Etwas traf ihn hart am Hinterkopf, und er fiel auf die Knie, der Bogen entglitt seinen Fingern. Ich sterbe! dachte er. Und seine letzten Gedanken galten der schönen Shora.

Er spürte, wie ihn grobe Hände schüttelten, und kam langsam wieder zu Bewußtsein.

»Was ist passiert, mein Junge?« fragte Jitsan, der Oberspäher des Sathuliherrschers.

Jahunda versuchte es zu erklären, doch einer der anderen Jäger trat vor und tippte Jitsan auf die Schulter. »Der Drenai hat sein Pferd vorgeschickt, sich von hinten an ihn rangeschlichen und ihn niedergeschlagen. Er will zum Senacpaß.«

»Kannst du gehen?« fragte Jitsan Jahunda.

»Ich glaube schon.«

»Dann geh nach Hause, Kind.«

»Ich schäme mich«, sagte Jahunda und ließ den Kopf hängen.

»Du lebst«, sagte Jitsan mit Nachdruck, stand auf und ging rasch davon, gefolgt von den sechs Jägern.

Jetzt gab es kein Pferd für den jungen Sathulikrieger. Keinen Armreifen. Keinen Schal für Shora.

Er seufzte und hob seinen Bogen auf.

Waylander stieg ab und führte den Wallach am Zügel den steilen Hang hinauf. Scar trottete neben ihm her. Er mochte den kalten Schnee unter seinen Pfoten nicht. »Es kommt noch schlimmer«, sagte der Mann.

Er hatte die Rauchzeichen gesehen und mit finsterer Belustigung die Possen des jungen Sathuliwächters beobachtet. Der Junge konnte nicht älter als vierzehn sein. Unreif und unerfahren, war er zu schnell zum Hinterhalt gerannt und hatte Fußspuren hinterlassen, die sich mühelos zu dem Felsen verfolgen ließen, hinter dem er sich versteckte. Es hatte einmal eine Zeit gegeben, da Waylander ihn getötet hätte. »Du wirst weich«, schalt er sich. Aber er bedauerte es nicht.

Auf dem Kamm des Hügels hielt er inne, beschattete die Augen vor dem glitzernden Schnee und suchte den Pfad zum Senacpaß. Es war zwölf Jahre her, seit er diesen

Weg genommen hatte, und damals war Sommer gewesen, die Berghänge grün und üppig. Der beißende Wind drang durch seine Weste, und er band seinen pelzgefütterten Umhang vom Sattel, rollte ihn auseinander und befestigte ihn mit einer bronzenen Spange und einem Lederband um den Hals.

Er drehte sich prüfend um, als er weiterging, den Wallach am Zügel führend. Der Pfad war schmal und wand sich einen schneebedeckten Geröllhang hinab zu einem langen, gewundenen Sims, der kaum mehr als einen Meter breit war. Rechts stieg der Berg an, links lag der schwindelerregende Abgrund zum Tal, das über hundertzwanzig Meter tiefer lag. Im Sommer war der Gang über den Sims schlimm genug gewesen, aber jetzt, eisverkrustet und trügerisch …

Du mußt verrückt sein, sagte er sich. Er ging los, doch der Wallach zögerte. Der Wind pfiff über den Hang, und das Pferd hatte keine Lust zu einem solchen Abenteuer.

»Komm schon, Junge!« drängte Waylander und zerrte an den Zügeln. Doch das Pferd rührte sich nicht. Hinter dem Tier ließ Scar ein tiefes, drohendes Knurren hören. Der Wallach machte einen Satz nach vorn, wobei er um ein Haar Waylander über den Abhang gestoßen hätte. Er schwankte auf der Kante, doch sein fester Griff um die Zügel rettete ihn, und er zog sich zurück in Sicherheit. Der Sims wand sich fast vierhundert Meter weit um den Berg, bis er plötzlich hinter einer Biegung von einem steilen Geröllhang geteilt wurde, der zum Tal hinunter führte.

Waylander holte tief Luft und wollte gerade das Geröll betreten, als Scar erneut knurrte. Das Pferd preschte los und riß Waylander dabei die Zügel aus der Hand. Das Tier landete mit dem Kopf voran auf dem Geröll und kollerte den Hang hinab. Ein Pfeil sauste an Waylanders Kopf vorbei. Er wirbelte herum und zog zwei Messer. Scar griff den ersten Sathuli, der um die Biegung hinter ihnen auftauchte, im Sprung an. Seine großen Kiefer schnappten nach dem Gesicht des Bogenschützen. Der Krieger ließ seinen Bogen fallen und fuhr zurück, wobei er gegen einen zweiten Mann prallte, der vom Sims stürzte. Sein Schrei hallte in den Bergen wider. Scar warf sich auf den ersten Mann und hieb seine Zähne in dessen Arm.

Waylander hielt sich dicht an der Felswand, als ein dritter Sathuli um die Ecke bog. Der Krieger hob seinen Krummsäbel, um ihn auf den Hund niedersausen zu lassen. Waylanders Arm schoß vor, und das schwarze Messer fuhr dem Mann zwischen die Rippen. Mit einem Grunzen ließ er den Säbel fallen und ging in die Knie, ehe er mit dem Gesicht voran in den Schnee fiel.

»Hierher, Scar!« rief Waylander. Nur einen Moment lang riß der Hund noch an dem ersten Sathuli, doch als Waylander noch einmal rief, ließ er ihn los und zog sich zurück. Waylander hakte die kleine Armbrust vom Gürtel, lud sie und wartete. Der Mann mit dem verletzten Arm lag am Rand des Abgrundes und atmete stoßweise. Der andere Krieger war tot.

»Wer ist der Anführer hier?« fragte Waylander in stockendem Sathuli.

»Jitsan«, kam die Antwort. »Und ich spreche deine Sprache besser als du meine.«

»Sollen wir wetten?«

»Worauf?«

»Wie lange dein Freund hier am Leben bleibt, wenn du nicht kommst und seine Wunden verbindest.«

»Drück dich deutlich aus, Drenai!«

»Ich bin nur auf der Durchreise. Ich stelle keine Gefahr für die Sathuli dar. Ich bin auch kein Soldat. Gib mir dein Wort, daß die Jagd abgeblasen wird, und ich verschwinde hier. Dann kannst du deinen Freund retten. Wenn nicht, warte ich. Wir kämpfen. Er stirbt.«

»Wenn du wartest, stirbst du«, rief Jitsan.

»Trotzdem«, antwortete Waylander. Der verletzte Mann stöhnte und versuchte, sich von dem Sims zu rollen, einem sicheren Tod auf den Felsen entgegen. Das war ein tapferer Zug, und Waylander bewunderte den Krieger. Jitsan rief ihm etwas in Sathuli zu, und der Mann hörte auf, sich abzumühen.

»Na gut, Drenai, du hast mein Wort.« Jitsan trat aus der Deckung hervor; sein Schwert steckte in der Scheide.

Waylander nahm die Bolzen aus der Armbrust und löste die Sehnen. »Gehen wir, Hund«, sagte er und sprang auf das Geröll, um den Abhang auf dem Hinterteil hinunterzurutschen. Scar folgte ihm augenblicklich und schlitterte und kollerte an seinem Herrn vorbei.

Doch Waylander hatte die Geschwindigkeit seiner Schußfahrt falsch eingeschätzt, und er verlor die Armbrust, als er gegen einen verborgenen Stein stieß, der ihn kreiselnd in die Luft katapultierte. Er entspannte seine Muskeln, rollte sich zu einem Ball zusammen und betete, daß er nicht gegen einen Baum oder einen Felsen stieß.

Endlich verlangsamte sich der schwindelnde Sturz, und er blieb in einer tiefen Schneewehe liegen. Sein Körper war zerschunden und schmerzte, und er hatte zwei seiner Messer verloren. Merkwürdigerweise steckte sein Schwert noch immer in der Scheide. Er setzte sich auf. In seinem Kopf drehte es sich, und er spürte eine Woge von Übelkeit aufsteigen. Als sie verging, schob er sich auf die Knie. Er hatte nicht nur die beiden Messer verloren, auch der Köcher der Armbrust war leer. Seine Beinkleider waren zerrissen, und am rechten Oberschenkel hatte er einen klaffenden, blutenden Riß.

Rechts von ihn lag der Wallach, der sich beim Sturz das Genick gebrochen hatte. Waylander holte tief und langsam Luft und tastete mit den Fingern seine geschundenen Rippe ab. Nichts schien gebrochen zu sein. Scar trottete zu ihm und leckte ihm das Gesicht. Die Wundnaht an der

Flanke des Hundes hatte sich geöffnet, und ein dünnes Rinnsal Blut sickerte hervor.

»Wir haben es geschafft, Junge«, sagte Waylander. Langsam und vorsichtig stand er auf. Einige seiner Armbrustbolzen sowie eins seiner Messer lagen in der Nähe neben dem toten Pferd. Er sammelte seine Waffen ein und suchte den Schnee nach dem anderen Messer ab, konnte es aber nicht finden. Scar rannte den Hang hinauf und kam mit der Armbrust zwischen den Zähnen zurück.

Nach einer zweiten Suchrunde hatte Waylander zwölf Bolzen und ein Messer wieder. Der Riß in seinem Bein war nicht tief und mußte nicht genäht werden, doch er verband die Wunde mit einer Bandage aus seiner Satteltasche, setzte sich dann auf einen Stein und teilte sich etwas Trockenfleisch mit dem Hund.

Hoch über ihm sah er den Rauch des Signalfeuers. Er streichelte den großen Kopf des Hundes. »Du kannst den Sathuli einfach nicht trauen«, sagte er. Der Hund wandte den Kopf und leckte ihm die Hand.

Waylander stand auf und spähte ins Tal hinunter. Dort lag der Schnee hoch, aber der Weg zum Senacpaß war offen.

Er nahm seinen Proviant von dem toten Pferd und brach nach Norden auf.

Langsam strömten die sechshundert schwarzgekleideten Krieger in den großen Saal und bildeten zwanzig Reihen vor der Empore, auf der Zhu Chao und seine sechs Hauptleute standen. Rote Laternen glühten mit purpurnem Schimmer, und Schatten tanzten über die dicken, gewölbten Balken, die die hohe Decke trugen.

Alles schwieg. Zhu Chao breitete die Arme aus, so daß sein weiter Umhang wie die Flügel eines Dämons von seinen Schultern fiel. »Der Tag ist gekommen, Kameraden!«

rief er. »Morgen greifen die Ventrier Purdol und den Skelnpaß an. Dann werden Gothirtruppen über die sentranische Ebene marschieren. Und fünftausend Soldaten werden die Nadirwölfe auslöschen und uns so die Schätze von Kar-Barzac bringen.

Binnen eines Monats werden alle drei großen Völker von der Bruderschaft regiert. Und wir haben endlich die Macht, die unsere Stärke und unser Glauben verdient.

Die Tage des Bluts sind gekommen! Die Tage, an denen für uns nur das eine Gesetz gilt – zu tun, was wir wollen und wo immer wir wollen.« Ein donnerndes Gebrüll stieg aus den Reihen auf, doch Zhu Chao erstickte es mit einer raschen Handbewegung. »Wir reden von Macht, Kameraden. Die Älteren Rassen haben die Macht, die sie besaßen, nicht verstanden. Die Meere verschlangen ihre Städte, und ihre Kultur ist verloren.

Doch es gibt ein großes Zentrum ihrer Macht, das in den Büchern der Beschwörungen erwähnt wird. In den Mondbergen liegt die Festung von Kar-Barzac. Die geheimnisvolle Kraft der Älteren fließt noch immer dort, und mit dieser Kraft werden wir nicht nur die Werkzeuge finden, um unsere Herrschaft aufrechtzuerhalten, sondern das Geheimnis der Unsterblichkeit. Wenn wir diesen Krieg gewinnen, werden wir ewig leben! Unsere Träume werden wahr, unsere Lüste befriedigt, unsere Wünsche erfüllt.« Diesmal ließ er dem Jubel freien Lauf, stand mit verschränkten Armen da und genoß die Verehrung. Allmählich verebbte der Lärm. Zhu Chao sprach erneut.

»Zu denen, die auserwählt sind, gegen die Wölfe zu ziehen, sage ich folgendes: Tötet sie alle! Auch ihre Huren und ihre Bälger. Laßt niemanden am Leben. Verbrennt ihre Leichen und zermahlt ihre Knochen zu Staub. Macht ihre Träume zur Asche der Geschichte!«

Als der erneute Jubel sich gelegt hatte, stieg Zhu Chao von der Empore und verließ den Saal durch eine kleine

Nebentür. Gefolgt von seinen Hauptleuten ging er zu einer Zimmerflucht im Westflügel des Palastes. Dort streckte er sich auf einem Sofa aus und ließ seine Offiziere um sich herum Platz nehmen.

»Ist alles geplant?« fragte er den ersten seiner Offiziere, Innicas, einen breitschultrigen Albino Mitte der Vierzig, der einen gegabelten weißen Bart trug und eine zackige Narbe auf der Stirn hatte. Sein langes Haar war geflochten, und seine roten Augen schimmerten kalt, ohne zu blinzelten.

»Ja, Meister. Galen wird dafür sorgen, daß Karnak an uns ausgeliefert wird. Er hat ihn überredet, sich mit dem Herrscher der Sathuli zu treffen. Er wird gefangengenommen und lebend nach Gulgothir gebracht. Aber sag mir, Meister, wozu brauchen wir ihn? Warum schneiden wir ihm nicht einfach die Kehle durch?«

Zhu Chao lächelte. »Männer wie Karnak sind wahrlich selten. Sie haben Macht, eine tiefe, elemenatare Kraft. Er wird ein würdiges Geschenk für Shemak sein, ebenso wie der Kaiser. Zwei Herrscher unter dem Opfermesser. Wann hat unser Gebieter je solche Opfer bekommen? Und ich werde mit Freuden zuschauen, wie beide um ihr Leben betteln.«

»Und die QUELLEN-Priester?« fragte ein zweiter Offizier, ein schlanker Mann mit schütter werdendem, schulterlangem grauen Haar.

»Dardalion und seine Komikertruppe?« Zhu Chao stieß ein trockenes Lachen aus. »Heute abend, Casta. Nimm sechzig Männer. Zerstöre ihre Seelen, während sie schlafen.«

»Ich mache mir Sorgen, Meister«, sagte Innicas, »über diesen Mann, Waylander. War er nicht vor vielen Jahren mit Dardalion verbündet?«

»Er ist ein Mörder. Nicht mehr, nicht weniger. Er begreift die mystischen Künste nicht.«

»Er hat neun unserer Krieger erschlagen«, betonte Casta.

»Er hat eine Stieftochter, Miriel. Sie ist es, die die Gabe hat. Und bei Waylander waren zwei Arenakrieger namens Senta und Angel. Und der Abtrünnige Belash. Der Zeitpunkt des Angriffs war unglücklich, aber einen zweiten Anschlag werden sie nicht überleben – das verspreche ich euch.«

»Ich will nicht respektlos sein, Herr, aber dieser Waylander scheint ein besonderes Talent zum Überleben zu haben«, sagte Innicas. »Wissen wir, wo er ist?«

»In diesem Augenblick wird er durch das Land der Sathuli verfolgt. Er ist verwundet, allein – bis auf einen räudigen Hund –, und er hat nur noch wenig Proviant und kein Wasser mehr. Die Jäger kommen näher. Wir werden sehen, wie weit sein Talent zum Überleben reicht.«

»Und das Mädchen?« fragte der grauhaarige Casta.

»In Dros Delnoch. Aber sie wird sich Kesa Khan anschließen. Sie wird in Kar-Barzac sein.«

»Du willst, daß sie lebend gefangen wird?« wollte Melchidak wissen.

»Das ist mir egal«, antwortete Zhu Chao. »Falls sie lebt, gebt sie den Männern. Sie sollen sich amüsieren. Wenn sie fertig sind, opfert das Mädchen dem Gebieter.«

»Herr, du hast von der Macht der Älteren und der Unsterblichkeit gesprochen«, sagte Casta. »Was erwartet uns in Kar-Barzac?«

Zhu Chao lächelte. »Alles zu seiner Zeit, Casta. Wenn die Nadirwölfe tot sind, zeige ich dir die Kristallkammer.«

Ekodas lag auf seiner Pritsche und lauschte auf die Geräusche der Nacht, das Flattern von Fledermausflügeln vor dem offenen Fenster, das raschelnde Seufzen des Winterwindes. Es war kalt, und die einzige Decke konnte seine Körperwahrnehmung kaum halten.

Im nächsten Bett schnarchte Duris. Ekodas lag wach, ohne auf die Kälte zu achten. Seine Gedanken drehten sich um Shia, die Nadirfrau. Er fragte sich, wo sie sein mochte und ob sie ihren Bruder gefunden hatte. Er seufzte und schlug die Augen auf. Der Mondschein warf tiefe Schatten von den Balken der roh gezimmerten Decke, und eine Wintermotte flatterte zwischen den Dachsparren umher.

Ekodas schloß die Augen wieder und suchte die Befreiung des Fliegens. Wie immer war es schwierig für ihn, aber schließlich entschwebte er seinem Körper und gesellte sich zu der Motte. Er warf einen Blick auf seine schlafenden Kameraden. Der Mond schien von einem wolkenlosen Himmel, als er aus dem Tempel flog, und die Landschaft war in geisterhaftes Licht getaucht.

»Unruhig, Bruder?« fragte Magnic, der neben ihm auftauchte.

»Ja«, antwortete Ekodas.

»Ich auch. Aber hier ist es still, und wir sind frei von unserem Fleisch.« Er hatte recht. Die Welt war anders, wenn man sie durch die Augen des Geistes sah, friedlich und schön, ewig und fast empfindungsfähig. »Du hast gut gesprochen, Ekodas. Du hast mich überrascht.«

»Ich mich auch«, gestand er. »Obwohl ich, wie du sicher weißt, nicht völlig überzeugt bin – selbst von meinen eigenen Argumenten nicht.«

»Ich glaube, niemand von uns ist sich wirklich sicher«, sagte Magnic leise, »aber es muß ein Gleichgewicht geben, sonst läßt sich keine Harmonie finden. Ich fürchte die Bruderschaft, und ich verabscheue und verachte alles, wofür sie steht. Weißt du, warum?«

»Sag es mir.«

»Weil ich mich selbst nach solchen Vergnügen sehne. Tief in meinem Innern sehe ich die Anziehungskraft des

Bösen, Ekodas. Wir sind stärker als normale Menschen. Unsere Gabe könnte uns Ruhm, Reichtümer und alle Vergnügen verschaffen, die die Menschen kennen. Und in stillen Stunden weiß ich, daß ich diese Dinge begehre.«

»Du bist nicht verantwortlich für deine Gelüste«, sagte Ekodas. »Sie sind etwas Ursprüngliches, ein Teil des Menschseins. Nur wenn wir danach handeln, sündigen wir.«

»Das weiß ich, aber deshalb konnte ich den Stab nicht nehmen. Ich könnte niemals ein Priester der Liebe sein, niemals. Irgendwann in der Zukunft würde ich meinen Begehren nachgeben. Deshalb sind die Dreißig das Richtige für mich. Ich habe keine Zukunft, außer mit der QUELLE. Du bist anders, mein Freund. Du bist stark. Wie es Dardalion einst war.«

»Du hast mich für einen Feigling gehalten«, erwiderte Ekodas.

Magnic lächelte. »Ja, aber da sah ich nur meinen eigenen Mangel an Mut. Und habe ihn auf dich übertragen.« Er seufzte. »Jetzt, da unser Weg vorgezeichnet ist, sehe ich alles anders. Aber nun muß ich meine Wache fortsetzen.« Magnic verschwand, und Ekodas schwebte allein am Nachthimmel. Der Tempel unter ihm war grau und abweisend; seine Türme ragten vor dem Himmel auf wie erhobene Fäuste.

›Es ist noch immer eine Festung‹, hatte Shia gesagt. Und das war es. Genau wie wir, stellte Ekodas fest. Gebete innen, Macht außen. In dem Gedanken lag Trost, denn eine Festung konnte nie eine Angriffswaffe sein, egal wie viele Speere, Schwerter und Pfeile darin aufbewahrt wurden.

Er schwebte höher, nach Norden, durch dünne, nebelhafte Wolken, die sich über den Bergen bildeten. Unter ihm spannte sich jetzt die mächtige Festung Dros Delnoch über den Paß.

Er schwebte tiefer. Auf der letzten Mauer sah er eine große, dunkelhaarige Frau, die neben einem gutaussehenden Mann mit goldenen Haaren saß. Der Mann griff nach der Hand der Frau, doch sie zog sie zurück und wandte den Kopf, um zu Ekodas emporzublicken.

»Wer bist du?« fragte sie. Ihre Geiststimme hallte wie Donner in ihm wieder. Rasch flog er in die Höhe und entfernte sich von der Festung. Was für eine Macht! Ihm schwindelte.

Genau in diesem Augenblick gellte ein entsetzlicher Schrei in seinen Ohren. Kurz, gequält; dann verstummte er. Ekodas eilte zum Tempel.

Ein Mann erschien neben ihm, eine Feuerklinge in der Hand. Ekodas drehte sich in der Luft; das Schwert zischte an ihm vorbei. Er reagierte, ohne zu überlegen. Die langen Jahre seiner Ausbildung und Dardalions endlose, geduldige Unterweisung kamen in einem Augenblick zusammen und retteten ihm das Leben. »In unserer Geistform«, hatte Dardalion gesagt, »sind wir nackt und unbewaffnet. Aber ich werde euch lehren, eine Rüstung aus Glauben, Schwerter aus Mut und Schilde aus Vertrauen zu schaffen. Dann könnt ihr euch den Dämonen der Dunkelheit entgegenstellen – und den Männern, die versuchen, so zu sein wie sie.«

Ekodas rüstete sich mit einer schimmernden Brustplatte aus Silber, einem glitzernden Schild, der an seinem linken Unterarm erschien. Er parierte den nächsten Hieb mit seinem eigenen Schwert aus silbernem Licht.

Sein Gegner wurde durch eine schwarze Rüstung und einen Helm geschützt, der das Gesicht vollständig bedeckte. Ekodas wehrte einen Hieb ab und stieß dann seine eigene Klinge in den Hals des Mannes. Das Lichtschwert drang durch die dunkle Rüstung wie Sonnenstrahlen durch eine Gewitterwolke. Es war kein Blut zu sehen, kein Schmerzensschrei zu hören. Sein Angreifer verschwand ohne einen Laut. Doch Ekodas wußte, daß der Mann tot war; sein Herz hatte zu schlagen aufgehört, und nur ein stiller Leichnam ohne jede äußere Verletzung gab Zeugnis von dem Kampf unter den Sternen.

Ekodas flog weiter zum Tempel. »Dardalion!« pulsierte er mit all seiner Kraft. »Dardalion!«

Drei Gegner tauchten um ihn herum auf. Den ersten erschlug er mit einem Hieb in den Bauch; sein Silberschwert glitt mit schrecklicher Leichtigkeit durch die dunkle Rüstung. Den zweiten tötete er mit einem Gegenschlag auf den Kopf. Der dritte Gegner ragte drohend hinter ihm auf, das Schwert erhoben.

Vishna erschien und stieß dem Mann sein Schwert in den Rücken. Weitere Krieger tauchten über dem Tempel auf, und die Dreißig sammelten sich, Silber gegen Schwarz, Schwerter aus Licht gegen Schwerter aus Feuer.

Ekodas kämpfte weiter. Sein Schwert zeichnete glitzernde Bögen aus weißem Licht, wenn es unter die Feinde hieb. An seiner Seite kämpfte Vishna mit kontrollierter Wut. Die Schlacht tobte in schrecklicher Stille.

Und dann war sie vorbei.

Erschöpfter, als er es je erlebt hatte, kehrte Ekodas in seinen Körper zurück. Er streckte eine Hand nach Duris aus, doch der Mann war tot. Ebenso wie Branic in dem anderen Bett.

Ekodas taumelte aus dem Zimmer und hinunter in die Halle. Einer nach dem anderen versammelten sich die Dreißig. Dreiundzwanzig Priester hatten den Angriff überlebt, und Ekodas sah von einem Gesicht zum anderen und suchte nach denen, die ihm am nächsten standen. Glendrin lebte. Und Vishna. Doch Magnic war tot. Es schienen nur wenige Augenblicke vergangen zu sein, daß er mit dem blonden Priester über Leben und Begehren gesprochen hatte. Jetzt war er nur noch ein Körper, den es zu begraben galt, und sie würden in dieser Welt nie wieder miteinander reden.

Die volle Bürde der Trauer senkte sich auf Ekodas, und er sank auf eine Bank und stützte die Ellbogen auf den Tisch. Vishna kam zu ihm und legte ihm eine Hand auf die Schulter.

»Deine Warnung hat uns gerettet, Ekodas«, sagte er.

»Meine Warnung?«

»Du hast Dardalion geweckt. Er rief uns zusammen.«

Ehe Ekodas antworten konnte, ergriff Dardalion am anderen Ende der Halle das Wort. »Meine Brüder, es ist Zeit, für die Seelen unserer dahingegangenen Freunde zu beten.« Er nannte einen nach dem anderen, und viele Tränen wurden vergossen, während er von ihnen sprach. »Sie sind jetzt mit der QUELLE vereint und gesegnet. Aber wir bleiben zurück. Vor einigen Jahren baten wir um ein weiteres Zeichen. Ich glaube, daß wir es soeben gesehen haben. Die Bruderschaft bereitet sich darauf vor, gegen die Nadir zu ziehen. Ich glaube fest daran, daß wir in den Mondbergen sein sollten, um sie zu empfangen. Aber das ist nur meine Meinung. Wie ist die Meinung der Dreißig?«

Ekodas erhob sich. »Die Mondberge«, sagte er.

Vishna wiederholte die Worte ebenso wie Glendrin, Palista, der dicke Merlon und all die anderen überlebenden Priester.

»Also dann morgen«, sagte Dardalion. »Und jetzt wollen wir die Körper unserer Freunde für die Bestattung vorbereiten.«

12

Angels Kopf dröhnte, und sein Zorn strömte ungeschmälert weiter, als Miriel dem Gefängnisaufseher die Strafe zahlte.

»Wir mögen hier keine Unruhestifter«, sagte der Mann zu Miriel. »Nur sein Ruf hat ihn davor bewahrt, ausgepeitscht zu werden, wie er es verdient.«

»Wir reisen heute von Delnoch ab«, sagte sie mit einem süßen Lächeln, als der Mann die zwanzig Silberstücke nachzählte.

»Ich meine, für wen hält er sich eigentlich?« beharrte der Soldat.

»Warum fragst du nicht mich, du arroganter Hurensohn?« wütete Angel, die Hände um die Gitterstäbe der Zellentür gelegt.

»Siehst du?« sagte der Mann kopfschüttelnd.

»Normalerweise ist er nicht so streitsüchtig«, erklärte Miriel und warf dem früheren Gladiator einen warnenden Blick zu.

»Ich finde, man hätte ihn auspeitschen sollen«, warf Senta mit einem breiten Grinsen ein. »Was für ein Durcheinander. Die Kneipe sieht aus, als wäre eine Flutwelle darüber hinweggegangen. Ein unmögliches Benehmen!«

Angel blickte ihn nur finster an. Der Aufseher stand langsam auf und nahm einen großen Schlüsselring von einem Haken an der Tür. »Er muß unverzüglich aus Delnoch hinausgebracht werden. Ohne Aufenthalt. Habt ihr eure Pferde draußen?«

»Ja«, sagte Miriel.

»Gut.« Er schloß die Zellentür auf, und der wutschnaubende Angel trat in den Raum. Ein Auge war blau und halb geschlossen, die Oberlippe aufgeplatzt.

»Ich würde sagen, eine Verbesserung deines Äußeren«, meinte Senta grinsend.

Angel drängte sich an ihm vorbei und marschierte in den Sonnenschein hinaus. Belash wartete. Seine dunklen Augen verrieten nicht, was er dachte.

»Kein Wort!« warnte Angel, zerrte die Zügel seines Pferdes von dem Pfosten und kletterte in den Sattel. Miriel und Senta traten in den Sonnenschein hinaus, gefolgt von dem Gefängniswärter.

»Auf direktem Weg, ohne anzuhalten«, wiederholte der Soldat.

Miriel schwang sich in den Sattel und ritt voran zum Tortunnel unter der fünften Mauer. Wächter prüften die Pässe, die Miriel bekommen hatte, und winkten sie durch, über das offene Gelände zum nächsten Tunnel und weiter zum nächsten. Schließlich ritten sie auf den Paß hinaus.

Senta lenkte sein Pferd neben Angels. »Wie fühlst du dich?« fragte er.

»Warum gehst du nicht ...« Er verschluckte den Rest, als Miriel ihr Pferd zügelte und es neben seines brachte.

»Was ist passiert, Angel?« fragte sie.

»Warum liest du nicht meine Gedanken und findest es selbst heraus?« fauchte er.

»Nein«, widersprach sie. »Du und Senta, ihr habt recht – es *ist* schlechtes Benehmen. Ich werde es nicht wieder tun, das verspreche ich. Also, erzähl mir, wie die Schlägerei anfing.«

»Es war halt eine Schlägerei«, sagte er mit einem Achselzucken. »Da gibt's nichts zu erzählen.«

Miriel wandte sich an Belash. »Du warst auch da?«

Der Nadir nickte. »Ein Mann fragte unseren häßlichen Freund, wie es ist, ein Gesicht zu haben, auf dem eine Kuh herumgetrampelt ist.«

»Ja? Und dann?«

»Er sagte: ›So.‹ Dann hat er dem Mann die Nase gebrochen.« Belash machte den Hieb nach, eine gerade Linke.

Sentas Gelächter hallte zwischen den Bergen wider. »Darüber lacht man nicht«, tadelte Miriel. »Ein Mann mit gebrochener Nase und Kieferbruch, zwei weitere mit gebrochenen Armen. Einer hat sich sogar das Bein gebrochen.«

»Das war der Mann, den er aus dem Fenster geworfen hat«, sagte Belash. »Und es war nicht einmal offen.«

»Warum warst du so wütend?« wollte Miriel von Angel wissen. »In der Hütte warst du immer so ... selbstbeherrscht.«

Angel entspannte sich und saß zusammengesunken im Sattel. »Das war damals«, erklärte er, gab seinem Wallach die Sporen und ritt voraus.

Senta warf einen Blick auf Miriel. »Ohne deine Gabe siehst du nicht sehr viel, oder?« stellte er fest, ließ sein Pferd in leichten Galopp fallen und schloß wieder zu Angel auf.

»Was jetzt?« fragte der Gladiator.

»Du hast sechs Männer mit bloßen Händen geschafft. Das ist eindrucksvoll, Angel.«

»Soll das ein Witz sein?«

»Nein. Es tut mir leid, daß ich den Kampf versäumt habe.«

»Es war nichts Besonderes. Ein paar Stadtbewohner. Kein einziger richtiger Gegner weit und breit.«

»Ich freue mich, daß du beschlossen hast, bei uns zu bleiben. Ich hätte deine Gesellschaft vermißt.«

»Ich die deine nicht, Bursche.«

»O doch. Sag mir, seit wann bist du in sie verliebt?«

»Was ist denn das für eine dämliche Frage?« wütete Angel. »Ich bin nicht verliebt. Zum Teufel, Senta, guck mich nicht so an! Ich bin fast so alt wie ihr Vater, und mein Gesicht könnte Milch sauer werden lassen. Nein, sie ist mit einem Jüngeren besser dran. Selbst mit dir – möge meine Zunge schwarz werden, wenn ich das sage.«

Senta wollte gerade etwas erwidern, als er einen Reiter aus den Felsen zu ihrer Linken auftauchen sah. Es war eine junge Nadirfrau mit jettschwarzem Haar, die eine Ziegenledertunika und gelbbraune Beinkleider trug. Belash galoppierte an ihnen vorbei und sprang aus dem Sattel. Die Frau stieg ab und umarmte ihn. Miriel, Senta und Angel blieben schweigend im Sattel, während die beiden Nadir sich in ihrer eigenen Sprache unterhielten. Dann führte Belash das Mädchen zu dem wartenden Trio.

»Das ist Shia, meine Schwester. Sie wurde ausgeschickt, mich zu suchen«, erklärte er.

»Freut mich«, sagte Senta.

»Warum? Du kennst mich doch nicht.«

»Das ist eine traditionelle Begrüßung«, erklärte er.

»Aha. Und was ist die traditionelle Antwort?«

»Das hängt von den Umständen ab«, sagte Senta. »Und das ist Miriel.« Shia betrachtete die große Frau aus den Bergen und sah die Messer in dem schwarzen Wehrgehänge und den Säbel an ihrer Seite.

»Was für ein merkwürdiges Volk«, meinte sie. »Männer, die wie Weiber leben, und Frauen, die sich bewaffnen wie Männer. Das ist wirklich schwer zu begreifen.«

»Und das ist Angel.«

»Ja«, sagte sie. »Der alte Nicht-Umzubringen. Freut mich.«

Angel schüttelte den Kopf und grunzte. Er zog an den Zügeln und ritt den Paß hinunter. »War die Begrüßung nicht richtig?« wollte Shia von Senta wissen.

»Er hat einfach einen schlechten Tag«, meinte der Schwertkämpfer.

Bodalen versuchte, sein Zittern dem kalten Wind zuzuschreiben, der von den Pässen der Mondberge herunterwehte, doch er wußte es besser. Vor sieben Tagen waren sie in Gulgothir aufgebrochen und befanden sich nun tief im Land der Nadir, und das machte Bodalens Angst praktisch unkontrollierbar. Die elf Reiter hatten einen weiten Bogen um drei kleine Zeltdörfer geschlagen und hatten keine Feindberührung gehabt, doch Bodalens Gedanken waren voller Bilder von Folter und Verstümmelung. Er hatte viele Geschichten über die Nadir gehört, und der Gedanke, daß die Stammeskrieger in der Nähe waren, entmutigte ihn.

Was mache ich hier eigentlich? fragte er sich. In ein feindliches Land zu reiten … mit Abschaum wie Gracus und seinen Männern. Es ist deine Schuld, Vater. Immer mußtest du drängen, schmeicheln, zwingen! Ich bin nicht wie du. War ich nie und möchte ich auch nie sein! Aber du hast mich zu dem gemacht, was ich bin.

Er erinnerte sich an den Tag, an dem Galen das erste Mal auf ihn zugekommen war. Er hatte das zubereitete Lorassiumblatt mitgebracht, und Bodalen erinnerte sich voller Vergnügen an den Geschmack auf der Zunge, bitter und betäubend. Und dann kam die wundervolle Erregung, die durch seine Adern pulsierte. Alle seine Ängste waren verschwunden, alle seine Träume wuchsen. Eine Freude jenseits aller Vorstellungskraft überflutete all seine Sinne. Oh, ja. Die Erinnerungen an die Orgien, die darauf folgten, erregten ihn selbst heute noch, während sein Pferd langsam über den Bergpfad trottete. Leidenschaft und die wilde Lust, willigen – und auch unwilligen – Partnern Schmerzen zuzufügen, die dünnen Peitschen, die bettelnden Schreie.

Dann hatte Galen ihn Zhu Chao vorgestellt. Und die Verheißungen begannen. Wenn Karnak – dieser aufgeblasene, selbstverliebte Tyrann – tot war, würde es Bodalen sein, der über die Drenai herrschte. Und er konnte seinen Palast mit Konkubinen und Sklaven füllen. Lebenslange Vergnügungen, frei von allen Beschränkungen. Wie sah es heute mit diesen Versprechungen aus?

Er schauderte und drehte sich zu dem dunklen, falkengesichtigen Gracus um, der unmittelbar hinter ihm ritt. Die übrigen Reiter folgten schweigend in einer Reihe.

»Wir sind fast da, Graf Bodalen«, sagte Gracus, ohne zu lächeln.

Bodalen nickte, antwortete jedoch nicht. Er wußte, daß es ihm am physischen Mut seines Vaters fehlte, doch an seiner Intelligenz mangelte es nicht. Zhu Chao sah keinen wertvollen Verbündeten mehr ihn ihm. Er wurde als Mörder benutzt.

An welchem Punkt war alles schiefgegangen? Er leckte sich die Lippen. Das war leicht zu beantworten. Als das verdammte Mädchen gestorben war.

Waylanders Tochter.

Was für ein elender Trick des Schicksals!

Sein Pferd erreichte den Hügelkamm, und Bodalen blickte hinab in ein grünes Tal mit glitzernden Wasserläufen. Es war etwa drei Kilometer breit und vielleicht sechs Kilometer lang, und in der Mitte ragte eine alte Festung mit vier Türmen und einem Fallgittertor auf. Bodalen blinzelte und rieb sich die Augen. Die Türme waren schief und krumm, die Mauern uneben, als hätte die Erde sich unter dem Gebäude aufgewölbt. Und trotzdem stand es noch.

Gracus ritt an seine Seite. »Kar-Bazac«, sagte er.

»Es sieht aus, als hätte es ein Besoffener entworfen«, meinte Bodalen.

Gracus zuckte gleichgültig die Achseln. »Wir können dort unser Quartier aufschlagen«, antwortete er.

Langsam ritten die elf Reiter hintereinander ins Tal hinab. Bodalen konnte seine Augen nicht von der Zitadelle wenden. Die Fenster, nurmehr Schießscharten, waren nicht gerade, sondern krumm. Jedes hatte eine andere Höhe; einige waren zur Seite gekippt, andere in die Höhe gezogen. »Das kann doch sicherlich nicht so gebaut worden sein?« fragte er Gracus. Einer der Türme neigte sich in einem unmöglichen Winkel; dennoch waren in den großen Steinen keinerlei Risse zu sehen. Als sie näher kamen, fiel Bodalen der Besuch einer Waffenschmiede ein, als er noch ein Kind gewesen war. Karnak hatte ihm die große Esse gezeigt. Sie hatten einen Eisenhelm ins Feuer geworfen, und der Junge hatte zugesehen, wie der Helm langsam schmolz. Kar-Barzac war wie dieser Helm.

Sie ritten durchs Tal, und Gracus deutete auf einen Baum in der Nähe. Der Stamm war gespalten und hatte sich um sich selbst gewunden, so daß er einen verrückten Knoten bildete. Und die Blätter waren scharf und lang, fünfzackig und blutrot. Bodalen hatte noch nie so einen Baum gesehen.

Als sie sich der Festung näherten, sahen sie den halb aufgefressenen Kadaver eines Dickhornschafs. Gracus verließ sie, um sich das Tier genauer anzusehen. Bodalen folgte ihm. Die Augen des Schafs waren nicht mehr da, wohl aber der Kopf mit dem aufgerissenen Maul.

»Beim Blute Missaels!« flüsterte Bodalen. Das Schaf hatte kurze, spitze Fangzähne.

»Dieses Tal ist verhext!« sagte einer der Männer.

»Still!« brummte Gracus und glitt aus dem Sattel. Er kniete neben dem Kadaver nieder. »Sieht aus, als hätten Ratten dran genagt«, meinte er. »Die Bißspuren sind klein.« Er stand auf und schwang sich wieder aufs Pferd.

Bodalens Unbehagen wuchs. Alles in diesem Tal wirkte unnatürlich. Schweiß rann ihm den Rücken hinab. Er warf einen Blick auf Gracus und sah, daß ihm Schweißtropfen auf der Stirn standen. »Ist das nur Angst, oder ist es hier wärmer?« fragte er den Krieger.

»Es ist wärmer«, antwortete Gracus. »Aber das ist in Bergtälern oft der Fall.«

»Aber doch nicht *so* heiß?«

»Laß uns zur Festung reiten«, sagte Gracus.

Ein Pferd wieherte und stieg, so daß es den Reiter abwarf. Sofort schwärmte eine Schar rattenähnlicher Geschöpfe aus dem langen Gras, sprang den Mann an und legte sich wie eine Decke aus graugestreiftem Pelz über ihn. Blut schoß aus unzähligen Wunden. Gracus fluchte und ließ sein Pferd im Galopp fallen, Bodalen folgte ihm.

Niemand warf einen Blick zurück.

Die zerstörten Tore der Festung ragten vor ihnen auf, und die zehn verbliebenen Reiter galoppierten in den dahinter liegenden Hof. Auch dieser war uneben, wies aber keine Risse oder Brüche im Marmor auf. Bodalen schwang sich aus dem Sattel, lief zu einer Treppe, die auf den Wehrgang führte, und kletterte rasch auf die Zinnen. Draußen im Tal war alles ruhig, bis auf die zuckenden, grauen Pelzhügel, wo vorher Pferd und Reiter gewesen waren.

»Wir können nicht hierbleiben!« sagte Bodalen, als Gracus zu ihm kam.

»Der Meister hat es befohlen. Es gibt keine Diskussion.«

»Was waren das für Wesen?«

»Ich weiß nicht. Vielleicht so etwas wie kleine Katzen.«

»Katzen jagen nicht auf diese Art«, beharrte Bodalen.

»Ratten! Katzen! Was macht das für einen Unterschied? Der Meister hat angeordnet, daß wir uns hier verbergen und Kesa Khan töten. Und das werden wir tun.«

»Aber was ist, wenn solche Wesen auch unter der Festung leben? Was dann, Gracus?«

»Dann sterben wir«, antwortete der Krieger mit einem grimmigen Lächeln. »Also wollen wir hoffen, daß es da keine gibt.«

Waylander lag auf dem Rücken, zusammen mit Scar halb unter seinem Umhang, den er gewendet hatte, so daß das Schaffellfutter mit dem umgebenden Schnee verschmolz. Sein rechter Arm lag ausgestreckt über dem Hund, und er streichelte den dicken Kopf.

»Bleib ruhig, Junge«, flüsterte er. »Unser Leben hängt davon ab.«

Nicht weiter als sechzig Schritt hinter ihnen untersuchten sieben Sathulikrieger die Spuren im Schnee. Der Riß in Waylanders Bein heilte rasch, doch die Wunde in seinem linken Oberarm quälte ihn. vor zwei Tagen hätten sie ihn beinahe überrascht, in einem Hinterhalt an einem schmalen Paß. Vier Sathuli waren bei dem Angriff gestorben, ein fünfter war tödlich verwundet davongekrochen, mit einer zerfetzten Arterie in der Leiste. Scar hatte zwei Krieger getötet, doch wenn der Wind nicht plötzlich gedreht hätte, wodurch der Hund aufmerksam geworden war, wäre Waylander jetzt tot. Sein Arm schmerzte, und die Wunde blutete unaufhörlich. Sie war zu weit hinten, als daß er sie nähen konnte, und zu dicht an der Schulter, um sie zu verbinden. Ein tiefes Knurren entstieg Scars Kehle, doch er tätschelte den Hund und flüsterte ihm beruhigende Worte zu.

Die sieben Sathuli versuchten, die Spuren zu deuten, die den Hügel hinauf führten. Waylander wußte, was sie dachten. Die menschlichen Fußspuren führten nach Norden, doch die Spuren des Hundes liefen sowohl den Hügel hinauf wie hinunter. Die Sathuli waren irritiert. Oben am Hang wurde der Pfad schmaler; ein riesiger Felsbrocken vor den Bäumen bot ein ideales Versteck. Keiner der Krieger wollte über den Hang, aus Angst vor dem verborgenen Schützen. Waylander konnte ihre Unterhaltung nicht hören, aber er sah zwei von ihnen gestikulieren und nach Osten deuten. Waylander war ein Risiko eingegangen, indem er sorgsam den Hügel hinaufgegangen und dann in seinen eigenen Spuren rückwärts wieder hinuntergestiegen war. Dann hatte er Scar auf den Arm genommen und den jaulenden Hund in eine Schneewehe links vom Pfad geworfen. Dort hing ein Ast weit über den Hang, und Waylander war hochgesprungen und hatte sich Hand über Hand daran entlanggehangelt, bis er sich am Stamm zu Boden fallen ließ. Dann hatte er sich hingekauert, Seite an Seite mit dem riesigen Hund, um auf die Sathuli zu warten.

Ihm war kalt, und er war durchnäßt. Durch den gewendeten Mantel waren sie im Schnee fast unsichtbar, doch die wärmende Eigenschaft des Schaffells war ebenfalls umgekehrt, und er begann zu zittern.

Die Sathuli beendeten ihre Diskussion. Drei Männer stiegen den Hügel hinauf, zwei weitere bogen rechts vom Pfad ab, zwei nach links.

Waylander zuckte zusammen, als er seine Armbrust hob. Die Wunde an seinem Arm blutete erneut. Lautlos bewegte er sich rückwärts, hinter ein schneebedecktes Gebüsch, dann überquerte er den Hang und kletterte hinauf zu einer Stelle, an der einige umgestürzte Bäume eine durchbrochene Mauer bildeten. Scar trottete hinter ihm her; die Zunge hing ihm aus dem großen Maul.

Die beiden Sathuli kamen in Sicht. Beide trugen kurze, bereits gespannte Jagdbögen. Waylander legte die Hand auf Scars Schulter und drückte ihn sanft zu Boden. »Still jetzt!«

Die weißgekleideten Krieger gelangten zu dem Wall aus Bäumen. Waylander erhob sich mit ausgestrecktem Arm. Der erste Bolzen flog und drang dem ersten Krieger in die Schläfe. Er fiel ohne einen Laut. Der zweite fuhr herum, ließ seinen Bogen fallen und zog seinen Krummsäbel.

»Stell dich mir wie ein Mann, Schwert gegen Schwert!« verlangte er.

»Nein«, erwiderte Waylander. Der zweite Bolzen durchschlug die Kleider des Kriegers und drang in sein Herz. Sein Mund klappte auf. Der Krummsäbel entfiel seiner Hand. Er machte zwei taumelnde Schritte auf Waylander zu; dann stürzte er kopfüber in den Schnee.

Waylander sammelte seine Bolzen wieder ein, zog dem ersten Toten die weißen Gewänder aus und nahm den Burnus des zweiten. Binnen weniger Augenblicke war er zu einem Sathulikrieger geworden. Scar tappte heran und stellte sich vor ihn, den Kopf auf eine Seite gelegt, mit bebenden Nüstern. »Ich bin es immer noch«, sagte der Mann, kniete nieder und streckte die Hand aus. Scar schob sich vorsichtig vorwärts und schnupperte an den Fingern; dann setzte er sich zufrieden auf die Hinterbeine. Waylander tätschelte seinen Rücken.

»Zeit zu gehen«, sagte der Mann. Er lud die Armbrust erneut, bevor er wachsam den Hang überquerte.

Inzwischen mußten die anderen Jäger die Stelle gefunden haben, an der die Spuren endeten, und sie würden sich zusammentun, um ihre Vorgehensweise zu überdenken. Dann würde es offensichtlich, daß zwei von ihnen fehlten, und sie wußten, daß Waylander hinter ihnen war. Sie hatten zwei Möglichkeiten: auf ihn zu warten oder die Jagd fortzusetzen.

Waylander hatte früher schon gegen Sathuli gekämpft, sowohl als Offizier einer Soldatentruppe wie auch als Einzelkämpfer. Sie waren ein geduldiges Volk, aber auch erbarmungslos und tapfer. Doch er glaubte nicht, daß sie auf ihn warten würden. Sie würden auf ihre Überzahl vertrauen, sich aufmachen, um ihre vermißten Gefährten zu suchen und dann seinen Spuren zu folgen. Da er seine Spuren nicht verbergen konnte, mußte er dafür sorgen, daß sie für die Gegner nutzlos waren.

Als er die Kuppe des Hügels erreicht hatte, schlich er lautlos in den schneebedeckten Kiefernwald. Hier gab es nur wenige Geräusche: das sanfte Seufzen des Windes, gelegentlich das Stöhnen eines Zweiges unter der Last des Schnees. Er holte tief Luft und atmete langsam aus, ehe er aufstand und in einem weiten Kreis zurück nach Osten ging, bis er einen hochgelegenen Punkt des Hangs erreichte, wo er vorher den beiden Sathuli aufgelauert hatte. Er kniete sich hinter einen Felsen und blickte hinunter zu den beiden Toten. Die Leichname waren noch da, aber irgend jemand hatte sie auf den Rücken gedreht, ihre Arme über der Brust gefaltet und ihnen ihre Krummsäbel in die Hand gelegt.

»Warte hier, Scar«, befahl er dem Hund und schlich zum Rand des Hangs. Der Hund trottete hinter ihm her. Noch zweimal versuchte Waylander, das Tier zum Gehorsam zu bringen. Schließlich gab er auf. »Du mußt erzogen werden, du häßlicher Hurensohn!«

Vorsichtig bahnte sich Waylander einen Weg hinunter zu der Mauer aus Bäumen, bis er auf die Spuren traf, die er vor weniger als einer Stunde hinterlassen hatte. Sie waren jetzt von den Spuren der Jäger überlagert. Waylander lächelte. Die Spuren bildeten nun einen großen Kreis, ohne Anfang und Ende. Er rief den Hund zu sich, kniete nieder und hievte Scar mit einem leisen Stöhnen auf die Schulter. »Für einen Verbündeten machst du ziemlich viel Arbeit, mein Junge!« sagte er. Er warf sich auf den Baumwall und tastete sich daran entlang. An dem größten der umgestürzten Bäume kletterte er nach unten, wo die schneebedeckten Wurzeln nutzlos zum Himmel wiesen. Hier, wo seine Spuren von dichtem Gebüsch verborgen wurden, kletterte er wieder den Hügel hinauf und ließ sich nieder, um zu warten.

Es wurde allmählich dunkel, als die ersten Fährtensucher in Sicht kamen. Waylander kauerte sich hinter einen Felsen und wartete, bis er hörte, wie die Männer den Hang hinunterschlitterten. Unten bei den Toten angekommen, begannen sie zu streiten. Er konnte dem Gespräch nicht folgen; schließlich aber gebrauchte einer der Männer das Sathuliwort für Kreis. Sie waren wütend und müde, und einer setzte sich auf den Baumwall und warf seinen Bogen hin.

Waylander beobachtete sie kühl. Wieder hatten sie zwei Möglichkeiten: entweder dem Kreis nach Süden zu folgen oder ihre Schritte hangaufwärts zurückzuverfolgen. Wenn sie sich nach Süden wandten, konnte er die offenen Täler nach Gothir erreichen.

Wenn sie sich nach Norden hielten, mußte er sie töten.

Sie redeten fast eine Stunde lang. Das Tageslicht schwand zusehends. Der Krieger, der seinen Bogen hingeworfen hatte, schob den Schnee an einer Stelle zur Seite und zündete ein Feuer an. Die anderen hockten sich darum. Sobald die Flammen hochschlugen, legten sie nasse Kiefernnadeln aufs Feuer, so daß ein dicker, öliger Rauch in den dunkel werdenden Himmel stieg.

Waylander fluchte und zog sich von der Kuppe zurück. »Sie rufen Hilfe herbei«, erklärte er dem verständnislosen Hund. »Aber von wo? Von Norden oder Süden? Oder aus beiden Richtungen?« Scar neigte den Kopf und leckte Waylanders Hand. »Wir müssen uns beeilen, mein Junge, und das Risiko eingehen.«

Er stand auf und ging lautlos Richtung Süden, den Hund an seiner Seite.

»Es macht keinen Sinn«, sagte Asten, dessen Stimme trotz aller Versuche, ruhig zu bleiben, zitterte.

Karnak kicherte leise und hieb dem zornigen General seine Pranke auf die Schulter. »Du machst dir zu viele Gedanken, alter Junge. Die Gothir sind bereit, einzufallen, sobald die Ventrier landen. Sie werden es nicht wagen, Delnoch anzugreifen – sie haben eine Abmachung mit dem Sathuliherrscher getroffen. Ich kann auch Abmachungen treffen. Und wenn wir die Gothir aufhalten, können wir unsere gesamten Truppen gegen die Ventrier einsetzen und sie in einer einzigen Schlacht niedermachen.«

»Das ist ja alles schön und gut, Karnak, aber warum mußt gerade du es sein, der zu den Sathuli reitet? Das ist Wahnsinn!«

»Galen hat mir versichert, daß wir freies Geleit haben.«

»Pah!« höhnte Asten. »Dieser wandelnden Schlange würde ich nicht mal glauben, wenn sie mir erzählt, daß im Sommer die Sonne scheint. Warum kannst du das nicht sehen?«

»Was sehen?« entgegnete Karnak. »Daß ihr beide nicht gerade Busenfreunde seid? Das spielt keine Rolle. Du kannst gut mit Menschen umgehen, aber sein Talent für Täuschung und Doppelbödigkeit ist unschätzbar. Es ist nicht nötig, daß meine Offiziere sich untereinander mögen, Asten, aber du pflegst deine Abneigung bis zu einem Grad, daß sie deine Urteilsfähigkeit beeinträchtigt.«

Asten wurde rot, holte jedoch tief Luft, ehe er antwortete. »Wie du sagst, bin ich ein guter Anführer – keine falsche Bescheidenheit. Aber ich bin kein charismatischer Führer und werde es niemals sein. Ich kann den Kampfgeist nicht so anstacheln wie du. Du bist lebenswichtig für uns, und jetzt hast du vor, mit nur zwanzig Mann zu den Sathuli zu reiten! Sie hassen uns, Karnak – vor allem dich. Vor dem Vagrischen Krieg hast du zwei Legionen in ihr Land geführt und ihre Armee vernichtet. Bei Kashtis Zähnen, Mann, du hast den Vater des jetzigen Herrschers getötet!«

»Alte Geschichten!« fauchte Karnak. »Die Sathuli sind ein Kriegervolk. Sie verstehen das Wesen des Krieges.«

»Das Wagnis ist zu groß«, sagte Asten erschöpft, wohl wissend, daß er verloren hatte.

Karnak grinste. »Wagnis? Bei den Göttern, Mann, dafür

lebe ich! Ins Auge des Ungeheuers zu blicken, seinen Atem in meinem Gesicht zu spüren. Was sind wir denn ohne Gefahren? Vergängliches Fleisch und Knochen, die leben, altern und sterben. Ich reite mit meinen zwanzig Männern in diese Berge. Ich werde dem Sathulihäuptling in seinem eigenen Bau die Stirn bieten, *und* ich werde ihn auf meine Seite bringen. Die Gothir werden die Sentranische Ebene nicht erreichen, und die Drenai werden in Sicherheit sein. Ist das nicht das Risiko wert?«

»Ja«, erwiderte Asten zornig. »Es ist ein Risiko, das ich bereitwillig eingehen würde. Aber die Drenai können es sich auch leisten, den alten Asten zu verlieren, den Bauernsohn. Es gibt viele fähige Offiziere, die seinen Platz einnehmen könnten. Aber wer wird deinen Platz einnehmen, wenn die Sathuli dich verraten und deinen Kopf an die Palastmauer nageln?«

Karnak schwieg einen Moment. »Falls ich … sterbe«, sagte er leise, »wirst du für uns siegen, Asten. Du gehörst zu denen, die überleben, alter Freund. Die Männer wissen das.«

»Dann solltest du dies wissen, Karnak: Falls Galen aus irgendeinem Grund ohne dich zurückkommt, werde ich ihm die Kehle durchschneiden.«

Karnak lachte in sich hinein. »Tu das«, sagte er, und sein Lächeln schwand. »Tu genau das!«

13

Schwarzgraue Geier mit aufgeblähten Bäuchen hüpften über die Ebene. Einige stritten noch immer über die Kadaver, die zwischen den zerstörten Zelten lagen. Auch Krähen hatten sich versammelt und schossen zwischen den Geiern umher, um mit ihren scharfen Schnäbeln in widerstandsloses Fleisch zu hacken. Rauch stieg träge von den brennenden Zelten auf und bildete einen grauen Vorhang über dem Schauplatz des Massakers.

Angel lenkte sein Pferd auf die Ebene hinunter. Die vollgefressenen Geier, die dem Reiter am nächsten waren, watschelten davon, die anderen beachteten ihn nicht weiter.

Belash und Shia ritten an Angels Seite. »Das war der Grünaffen-Stamm«, sagte Belash. »Keine Wölfe.« Er schwang sich aus dem Sattel und ging zwischen den Toten umher.

Angel blieb im Sattel. Links von ihm war ein kleiner Kreis von Toten, die Männer am Außenrand, Frauen und Kinder innen. Offensichtlich waren die letzten Krieger gestorben, als sie ihre Familien verteidigten. Eine Frau hatte ihr Baby mit dem eigenen Körper zu schützen versucht, aber die abgebrochene Lanze, die aus ihrem Rücken ragte, war auch durch den Leib des Säuglings gedrungen.

»Müssen mehr als hundert Tote sein«, sagte Senta. Angel nickte. Rechts von ihm lagen die Leichname von fünf Kleinkindern mit zerschmettertem Schädel, die vor einen Wagen geworfen worden waren. Blutflecken auf den Rädern zeigten deutlich, auf welche Weise die Babys getötet worden waren.

Belash ging zurück zu Angel. »Mehr als tausend Soldaten«, sagte er. »Auf dem Weg in die Berge.«

»Mutwilliges Gemetzel«, wisperte Angel.

»Ja«, gab Belash ihm recht. »Sie können ja nicht alle schlecht sein, wie?«

Angel fühlte glühende Scham in sich aufsteigen, als Belash seine eigenen Worte wiederholte, aber er sagte nichts, sondern zog an den Zügeln und galoppierte zurück auf den Hügel, wo Miriel wartete.

Ihr Gesicht war aschgrau, und sie umklammerte den Sattelknauf so fest, daß ihre Knöchel weiß hervortraten. »Ich kann ihre Schmerzen fühlen, Angel«, sagte sie. »Ich kann es fühlen. Ich kann es nicht ausblenden.«

»Dann versuch es gar nicht erst«, sagte er.

Sie stieß einen schaudernden Seufzer aus; große Tränen rannen ihr über die Wangen. Angel stieg ab, hob sie aus dem Sattel und hielt sie fest an sich gedrückt, als abgehackte Schluchzer ihren Körper schüttelten. »Es ist im Land«, sagte sie. »All die Erinnerungen. Getränkt in Blut. Das Land weiß.«

Er rieb ihren Rücken und strich ihr übers Haar. »Dieses Land hat schon oft Blut gesehen, Miriel. Und diesen Menschen hier kann niemand mehr weh tun.«

»Was für Männer können so etwas tun?« tobte sie. Zorn verdrängte ihren Kummer.

Angel wußte keine Antwort. Einen Mann im Kampf zu töten, das verstand er, aber ein Baby bei den Füßen zu nehmen und … er schauderte. Das ging über jedes Verständnis hinaus.

Belash, Shia und Senta kamen den Hügel hinauf. Miriel wischte sich die Augen und blickte Belash an. »Die Soldaten sind zwischen uns und den Bergen«, sagte sie. »Dies ist dein Land. Was rätst du uns?«

»Es gibt Pfade, die sie nicht kennen«, antwortete er. »Ich werde euch führen – wenn du noch immer weiterwillst.«

»Warum sollte ich nicht?« entgegnete Miriel.

»Wo wir hinreiten, Frau, wird es keine Zeit für Tränen geben. Nur Schwerter und aufrichtige Herzen.«

Sie lächelte ihn an, ein kaltes Lächeln, und stieg auf ihr Pferd. »Du führst uns, Belash. Wir folgen dir.«

»Warum tust du das?« fragte Shia. »Wir sind nicht dein Volk, und Angel haßt die Nadir. Warum also?«

»Weil Kesa Khan mich gebeten hat«, antwortete Miriel.

»Das akzeptiere ich«, sagte das Mädchen nach einem Augenblick. »Aber was ist mit dir?« Sie wandte sich an Senta.

Senta lachte leise und zog sein Schwert. »Diese Klinge«, erwiderte er, »wurde extra für mich von einem Meister der Waffenschmiedekunst gefertigt. Es war ein herrliches Geschenk. Eines Tages kam er zu mir und zeigte mir das Schwert. Kein Mann hat mich je mit einem Schwert besiegt, und ich bin ziemlich stolz darauf. Aber, weißt du, ich habe den Waffenschmied nicht nach der Qualität des Stahls gefragt oder wieviel Mühe er sich mit der Bearbeitung gegeben hat. Ich habe einfach das Geschenk angenommen und ihm dafür gedankt. Verstehst du?«

»Nein«, antwortete sie. »Was hat das mit meiner Frage zu tun?«

»Als ob man einem Fisch Lesen und Schreiben beibringen wollte«, sagte Senta kopfschüttelnd.

Angel ritt heran und beugte sich weit zu Shia hinüber. »Wir wollen es mal so sagen, meine Dame. Er und ich sind die besten Schwertkämpfer, die du jemals sehen wirst. Aber die Gründe, weshalb wir hier sind, gehen dich verdammt noch mal nichts an!«

Shia nickte ernst. »Das stimmt«, gab sie zu. In ihrer Stimme lag keine Spur von Zorn.

Senta lachte laut auf. »Du hättest Diplomat werden sollen, Angel.« Der Gladiator grunzte nur.

Belash ritt voran nach Osten auf die fernen Berge zu, gefolgt von Miriel und Shia, während Angel und Senta die Nachhut bildeten. Dunkle Wolken türmten sich über den

Gipfeln, und Blitze zuckten wie zackige Speere vom Himmel zur Erde. Der Donner folgte fast unmittelbar.

»Die Berge sind zornig«, erklärte Belash, an Miriel gewandt. »Ich auch«, erwiderte sie. Ein heulender Ostwind trieb dichten Regen über das öde, gestaltlose Land, und bald kauerten die Reisenden völlig durchnäßt im Sattel.

Sie ritten ein paar Stunden, bis schließlich die Felswände der Mondberge vor ihnen aufragten. Der Regen ließ nach, und Belash ritt voraus und bog nach Süden ab, um die abweisenden Gipfel und die offenen Steppen nach Norden zu überprüfen. Sie hatten keine Soldaten gesehen, aber jetzt, wo die Wolken aufbrachen, konnten sie in der Ferne den Rauch vieler Lagerfeuer sehen, der aufstieg und sich mit dem grauen Himmel vermischte.

»Dies ist der geheime Weg«, sagte Belash und zeigte auf die Felswand.

»Da gibt es doch niemals einen Weg hindurch!« sagte Angel mit einem Blick auf die schwarze Basaltwand. Doch Belash ritt einen kurzen Geröllhang hinauf – und verschwand. Angel blinzelte. »Bei den Göttern«, flüsterte er.

Miriel drängte ihr Pferd den Hang hinauf, und die anderen folgten. Von außen praktisch unsichtbar, klaffte ein Spalt im Gestein, gut einen Meter breit, der zu einem schimmernden Tunnel führte. Miriel ritt hinein, gefolgt von Angel. Zwischen den Schenkeln der Reiter und dem Fels war auf beiden Seiten kaum ein Fingerbreit Platz, und manchmal mußten sie die Beine auf den Sattel schwingen, damit ihre Tiere sich hindurchquetschen konnten. Die Felswände wirkten bedrohlich, und Angel spürte, wie sein Herz schneller schlug. Über ihren Köpfen hingen riesige, lose Steinbrocken, die unsicher ineinander verkeilt waren.

Senta sagte: »Wenn ein Schmetterling sich darauf niederläßt, bricht alles zusammen.« Seine Stimme hallte in dem Spalt wider. Ein tiefes Stöhnen kam von oben, und schwarzer Staub rieselte durch die Steine.

»Still!« zischte Shia.

Sie ritten weiter, bis sie schließlich auf einen breiten Sims gelangten, von dem aus man auf einen schüsselförmigen Krater hinunterblicken konnte. Mehr als hundert Zelte waren hier aufgeschlagen. Belash gab seinem Pferd die Sporen und galoppierte den Hang hinunter.

»Ich glaube, wir sind zu Hause«, meinte Senta.

Von diesem hohen Aussichtspunkt konnte Angel die ungeheure Weite der Steppe jenseits der Berge sehen, sanfte Hügel, bucklige Höhenzüge, so weit das Auge reichte. Es war ein hartes, trockenes Land, und doch, als die Sonne tief hinter die Gewitterwolken sank, sah Angel in der Steppe eine wilde Schönheit, die sein Kriegerherz rührte. Es war die Schönheit einer Schwertklinge, hart und unnachgiebig. Hier gab es keine Felder oder Wiesen, keine silbernen Flüsse. Selbst die Hügel hatten scharfe Konturen und wirkten abweisend. Und die Stimme des Landes flüsterte ihm zu:

Sei stark oder stirb.

Die Berge ragten um sie herum wie eine zackige schwarze Krone auf. Die Zelte der Nadir wirkten zerbrechlich, fast unwirklich vor der ewigen Macht der Felsen, auf denen sie standen.

Angel schauderte. Senta hatte recht.

Sie waren zu Hause.

Altharin war wütend. Er war wütend, seit der Kaiser ihm dieses Kommando übertragen hatte. Worin lag der Ruhm, wenn man Ungeziefer ausrottete? Wie sollte er sich auf diese Weise einen höheren Rang erobern? Binnen weniger Tage würde der Großteil der Armee durch das Land der Sathuli marschieren, um in Drenai einzufallen; die Krieger würden die Sentranische Ebene überfluten, um den Kampf gegen die Drenai Schwert gegen Schwert, Lanze gegen Lanze aufzunehmen.

Aber nein. Nicht für Altharin. Er warf einen Blick zu den drohenden schwarzen Gipfeln empor und wickelte seine hochgewachsene, hagere Gestalt enger in seinen pelzgefütterten Umhang.

Was für eine Gegend!

Basaltfelsen, zerklüftet und scharf. Hier konnte man nicht reiten – die Lavafelsen würden die Hufe der Pferde völlig zerfetzen. Und Männer zu Fuß mußten lange Klettertouren unternehmen, die sie entkräfteten, ehe sie den Feind erreichten. Altharin blickte nach links, wo die Lazarettzelte aufgeschlagen worden waren. Bislang siebenundachtzig Tote in fünf elenden Tagen.

Er machte kehrt und schlenderte zu seinem eigenen Zelt zurück, wo in einem eisernen Becken Kohlen glühten. Er nahm seinen Umhang ab und warf ihn über einen mit Segeltuch bespannten Stuhl. Sein Diener Becca machte eine tiefe Verbeugung.

»Gewürzwein, Herr?«

»Nein. Schicke nach Powis.« Der Diener huschte aus dem Zelt.

Altharin hatte vermutet, daß dieser Auftrag nicht so einfach werden würde, wie der Kaiser glaubte. ›Umzingelt und tötet ein paar hundert Nadir; dann kehrt zurück zur Haupttruppe im Südlager.‹ Altharin schüttelte den Kopf. Der erste Angriff war gut verlaufen. Die Grünaffen hatten dagesessen und beobachtet, wie die Gothir-Lanzenreiter herankamen, und erst als das Gemetzel begann, dämmerte ihnen, daß sie todgeweiht waren. Doch als die Späher das Lager der Wölfe erreichten, fanden sie es verlassen vor, und die Spuren führten in diese verfluchten Berge.

Altharin seufzte. Morgen würde die Bruderschaft

kommen, und jede seiner Bewegungen würde beobachtet und berichtet, alle seine Handlungen in Frage gestellt, seine Strategien verspottet. Ich kann hier nicht siegen, dachte er.

Die Zeltklappe ging hoch, und Powis schlüpfte hindurch. »Du hast mich rufen lassen, Herr?«

Altharin nickte. »Du hast die Berichte zusammengetragen?«

»Noch nicht alle, Herr«, antwortete der junge Mann. »Bernas ist beim Arzt. Er hat eine häßliche Wunde an der Schulter und im Gesicht. Und Gallis ist noch auf dem Gipfel und versucht, sich einen Weg von Norden her zu erkämpfen.«

»Was hast du von den anderen erfahren?«

»Nun, wir haben nur drei Wege ins Innere gefunden. Alle werden von Bogenschützen und Schwertkämpfern verteidigt. Der erste Weg ist sehr schmal, so daß die Männer nur zu zweit nebeneinander gehen können. Das macht sie zu leichten Zielen, nicht nur für Pfeile, sondern auch für Felsen, die von oben heruntergerollt werden. Der zweite Weg liegt etwa dreihundert Schritt weiter nach Norden. Er ist ziemlich breit, aber die Nadir haben Felsblöcke und Steine quer darüber gelegt, so daß eine behelfsmäßige, aber wirksame Mauer entstand. Heute morgen haben wir dort vierzehn Mann verloren. Der letzte Weg ist der, wo Gallis sich durchzukämpfen versucht. Er hat dreihundert Mann dabei. Ich weiß noch nicht, ob er Erfolg hatte.«

»Zahlen?« fauchte Altharin.

»Heute gab es einundzwanzig Tote und etwas mehr als vierzig Verwundete.«

»Feindliche Verluste?«

»Schwer zu sagen, Hauptmann.« Der junge Mann zuckte die Achseln. »Die Männer neigen dazu, solche Dinge zu übertreiben. Sie behaupten, sie hätten hundert

Nadir getötet. Ich schätze, daß es weniger als die Hälfte sind, vielleicht nur ein Viertel.«

Becca, der Diener, schlüpfte ins Zelt und verbeugte sich. »Offizier Gallis kehrt zurück, Herr.«

»Schick ihn zu mir«, befahl Altharin.

Einen Augenblick später trat ein großer, breitschultriger Mann ein. Er war etwa vierzig Jahre alt, hatte dunkle Augen und einen schwarzen Bart. Sein Gesicht war schweißüberströmt und mit schwarzem Vulkanstaub verschmiert. Sein grauer Umhang war zerfetzt und schmutzverkrustet; seine gehämmerte eiserne Brustplatte wies mehrere Beulen auf.

»Erstatte Bericht, Vetter«, forderte Altharin ihn auf.

Gallis räusperte sich, nahm seinen Helm mit dem weißen Federbusch ab und ging zu dem Klapptisch, auf dem ein Weinkrug und einige Becher aus Kupfer und Silber standen. »Mit deiner Erlaubnis?« krächzte er.

»Selbstverständlich.«

Der Offizier füllte einen Becher und leerte ihn in einem Zug. »Der verdammte Staub ist überall«, sagte er. Er holte tief Luft. »Wir haben vierundvierzig Männer verloren. Der Paß ist an der Basis eng, weitet sich aber weiter oben. Wir haben uns etwa zweihundert Schritt näher an ihr Lager herangekämpft.« Er rieb sich die Augen, wobei er sich schwarze Asche über die Stirn schmierte. »Sie leisteten starken Widerstand, aber ich dachte, wir würden durchkommen.« Er schüttelte den Kopf. »Dann, am engsten Punkt, schlugen die Renegaten zu.«

»Renegaten?« fragte Altharin.

»Jawohl, Vetter. Verräter, Drenai oder Gothir. Zwei Schwertkämpfer, unglaublich geschickt. Hinter ihnen, rechts oberhalb, war eine junge Frau mit einem Bogen. Sie war ganz in Schwarz gekleidet. Jeder Pfeil traf sein Ziel. Zwischen ihr und den Schwertkämpfern habe ich an dieser einen Stelle fünfzehn Mann verloren. Und hoch über uns warfen die Nadir von beiden Seiten Steine und Felsen auf uns herab. Ich ordnete einen Rückzug an und befahl den Männern, sich auf einen zweiten Angriff vorzubereiten. Dann verlor Jarvik den Kopf und stürmte auf die Schwertkämpfer zu, um sie herauszufordern. Ich habe versucht, ihn aufzuhalten.« Gallis zuckte die Achseln.

»Sie haben ihn getötet?«

»Ja, Vetter. Einer der Schwertkämpfer, der häßlichste Kerl, den ich je gesehen habe, trat vor und nahm seine Herausforderung an.«

»Du willst mir doch nicht erzählen, daß er Jarvik im Zweikampf besiegt hat?«

»Genau das will ich sagen, Vetter. Jarvik hat ihn getroffen, aber der Mann war nicht aufzuhalten.«

»Das kann ich nicht glauben!« sagte Powis und trat näher. »Jarvik hat letztes Frühjahr den Kampf um den Silbernen Säbel gewonnen.«

»Glaub es mir, mein Junge«, fauchte Gallis. Der Offizier wandte sich an Altharin und schüttelte noch einmal den Kopf. »Danach war niemand mehr in der Stimmung, den Angriff fortzusetzen. Ich habe hundert Mann zurückgelassen, um unsere Position zu halten, und den Rest zurückgebracht.«

Altharin fluchte; dann ging er zu einem zweiten Klapptisch, auf dem Karten ausgebreitet waren. »Das ist weitgehend unerforschtes Gelände«, sagte er, »aber wir wissen, daß es nur wenig Nahrungsquellen in den Bergen gibt – vor allem im Winter. Normalerweise würden wir den Gegner aushungern, aber das entspricht nicht dem Befehl des Kaisers. Vorschläge, meine Herren?«

Gallis zuckte die Achseln. »Wir haben die zahlenmäßige Übermacht, sie letztendlich zu besiegen. Wir müssen einfach immer weiter an allen drei Fronten angreifen. Irgendwann gelingt uns dann der Durchbruch.«

»Wie viele Männer werden wir dabei verlieren?« fragte Altharin.

»Hunderte«, gab Gallis zu.

»Und wie wird es in Gulgothir aussehen? Der Kaiser betrachtet unseren Einsatz als kurze Strafexpedition. Und wir alle wissen, wer morgen kommt.«

»Schick die Bruderschaft hin, wenn sie kommen«, sagte Gallis. »Dann werden wir sehen, wie weit ihre Zauberei sie bringt.«

»Ich habe leider keine Befehlsgewalt über die Bruderschaft. Ich weiß allerdings, daß hier unser Ruf und unsere Zukunft auf dem Spiel stehen.«

»Da stimme ich dir zu, Vetter. Ich werde Befehl geben, die Angriffe auch während der Nacht fortzusetzen.«

»Hör auf zu grummeln«, sagte Senta, als die gebogene Nadel wieder in Angels Schulter drang, um die Wundränder zusammenzunähen.

»Dir macht das doch Spaß, du Bastard!« gab Angel zurück.

»Wie grausam!« Senta lachte leise. »Aber warum läßt du dich auch von einem Bauernjungen aus Gothir mit einer Gegenriposte täuschen?«

»Er war gut, verdammt noch mal!«

»Er hat sich mit der Anmut einer kranken Kuh bewegt. Du solltest dich schämen, alter Mann.« Senta beendete den letzten von zehn Stichen und biß den Faden ab. »Hier. Fast wie neu.«

Angel warf einen Blick auf die zusammengenähte Wunde. »Du hättest Nähfräulein werden sollen«, murmelte er.

»Nur eins meiner zahlreichen Talente«, erwiderte Senta, stand auf und verließ die Höhle, um über die Berge zu schauen. Vom Höhleneingang her hörte er die fernen

Schreie der Verwundeten, das widerhallende Klirren des Krieges. Die Sterne schienen hell von einem klaren Himmel, und ein kalter Wind fauchte über die Gipfel und Spalten. »Wir können diesen Ort nicht halten«, sagte er, als Angel sich zu ihm gesellte.

»Bislang halten wir uns ganz gut.«

Senta nickte. »Aber es sind zu viele, Angel. Und die Nadir verlassen sich auf den Wall über den Mittelpaß. Sobald die Soldaten ihn durchbrechen ...« Er breitete die Hände aus.

Zwei Nadirfrauen kamen mit Schalen voll klumpigem Käse zu ihnen. Sie blieben kurz vor den Drenaikriegern stehen, die Augen abgewandt, stellten die Schalen vor sie auf den Boden und zogen sich so schweigend zurück, wie sie gekommen waren.

»Wir sind hier richtig willkommen, was?« meinte Senta.

Angel zuckte die Achseln. In dem riesigen Krater standen mehr als hundert Zelte verstreut, und von der hochgelegenen Höhle aus konnten die beiden Männer sehen, wie die Kinder der Nadir im Mondschein spielten. Sie rannten umher, wobei sie Wolken von schwarzem Vulkanstaub aufwirbelten. Linkerhand zog eine Reihe von Frauen mit hölzernen Eimern in die Höhlen, um Wasser aus den artesischen Brunnen tief unten in den Bergen zu holen.

»Wo werden sie morgen angreifen?« fragte Angel und setzte sich mit dem Rücken zu den Felsen.

»An der Mauer, glaube ich«, antwortete Senta. »Die beiden anderen Pässe sind leicht zu verteidigen. Ja, sie werden an der Mauer angreifen.« Ein Schatten bewegte sich rechts von ihnen. Senta lachte leise. »Da ist er wieder, Angel.«

Der Gladiator fluchte und schaute sich um. Ein kleiner Junge von vielleicht neun Jahren hockte auf den Fersen und beobachtete sie. »Verschwinde!« brüllte Angel, doch das Kind beachtete ihn nicht. »Ich hasse es, wie er uns einfach so anstarrt«, knurrte Angel. Der Junge war dünn, beinahe zum Skelett abgemagert, seine Kleider fadenscheinig. Er trug eine alte Ziegenfelltunika, die längst schon fast alle Haare verloren hatte, und ein Paar dunkler Beinkleider, die an den Knien zerrissen und an der Hüfte ausgefranst waren. Er hatte schrägstehende schwarze Augen, die die beiden Männer musterten, ohne zu blinzeln. Angel versuchte, den Jungen zu ignorieren. Er nahm die Schale mit Käse, tauchte die Finger in die klumpige Masse und aß. »Pferdeäpfel würden besser schmecken als das hier«, sagte er.

»Sie haben sich wohl dran gewöhnt«, erwiderte Senta.

»Bei den Göttern, das *kann* ich nicht essen!« Er wandte sich dem Jungen zu. »Willst du was?« Der Junge rührte sich nicht. Angel hielt ihm die Schale hin. Das Kind leckte sich die Lippen, blieb aber, wo es war. Angel schüttelte den Kopf. »Was will er denn?« fragte er und stellte die Schale wieder ab.

»Ich habe keine Ahnung. Aber er ist offensichtlich fasziniert von dir. Er ist dir heute gefolgt und hat deinen Gang nachgeahmt. Wirklich lustig. Ich hatte es vorher noch gar nicht bemerkt, aber du gehst so schwankend wie ein Seemann.«

»Habe ich noch andere Angewohnheiten, die du gern kritisieren möchtest?«

»Zu viele, um sie aufzuzählen.«

Angel stand auf und reckte sich. Sofort tat das Kind es ihm nach. »Laß das!« sagte Angel und beugte sich vor, die Hände in die Hüften gestemmt. Die winzige Gestalt nahm dieselbe Haltung an. Senta lachte laut auf. »Ich werde jetzt ein bißchen schlafen«, sagte Angel, wandte dem Kind den Rücken zu und trat wieder in die Höhle.

Senta blieb an seinem Platz und lauschte auf die fernen

Kampfgeräusche. Der Junge näherte sich vorsichtig, schnappte sich die Schale und zog sich in die Schatten zurück, um zu essen. Senta döste eine Weile; dann hörte er eine Bewegung auf dem Berghang. Sofort war er hellwach. Belash kletterte zur Höhle empor.

»Sie haben sich zurückgezogen«, sagte er und kauerte sich neben dem Schwertkämpfer nieder. »Bis zum Morgengrauen kein Kampf mehr, denke ich.« Senta blickte zu der Stelle, wo der Junge gehockt hatte, aber da war nur noch die leere Schale. »Wir haben viele getötet«, sagte Belash mit finsterer Genugtuung.

»Nicht genug. Es müssen mehr als dreitausend Mann sein.«

»Mindestens«, stimmte Belash zu. »und es kommen noch mehr. Es wird lange dauern, sie alle zu töten.«

»Immer Optimist, was?«

»Du glaubst, wir können nicht siegen? Du verstehst die Nadir nicht. Wir sind geboren, um zu kämpfen.«

»Ich bezweifle nicht die Fähigkeiten deines Volkes, Belash. Aber dieser Ort ist letzten Endes nicht zu verteidigen. Wie viele Kämpfer kannst du aufbringen?«

»Heute morgen hatten wir ... dreihundert ... und ... dreiundsiebzig«, antwortete er schließlich.

»Und heute abend?«

»Wir haben vielleicht fünfzehn verloren.«

»Verwundete?«

»Dreißig. Aber einige von ihnen können wieder kämpfen.«

»Wie viele Verluste hatten wir insgesamt in den letzten vier Tagen?«

Belash nickte mürrisch. »Ich verstehe, was du sagen willst. Wir können vielleicht noch acht bis zehn Tage aushalten. Aber bis dahin werden wir viele Feinde töten.«

»Das ist wohl kaum der Punkt, mein Freund. Wir müssen eine zweite Verteidigungslinie aufbauen. Weiter in den Bergen vielleicht.«

»Da ist nichts.«

»Als wir hier herunterkamen, sah ich im Westen ein Tal. Wohin führt das?«

»Dorthin können wir nicht gehen. Es ist ein Ort des Bösen und des Todes. Ich würde lieber ehrenvoll hier sterben.«

»Eine edle Gesinnung, Belash. Aber ich möchte so bald lieber nirgends sterben.«

»Du brauchst ja nicht zu bleiben«, erwiderte Belash.

»Das ist wahr«, gab Senta zu, »aber, wie mein Vater so oft sagt, Dummheit liegt bei uns in der Familie.«

Hoch oben über den Bergen, verbunden mit dem Geist Kesa Khans, schwebte Miriel unter den Sternen. Unter ihr, auf der mondbeschienenen Ebene, standen die Zelte der Gothir, die in Reihen zu zwanzig ordentlich und im rechten Winkel aufgeschlagen waren, jedes im gleichen Abstand zum anderen. Südlich davon waren etliche Pfahlreihen eingeschlagen worden, um die Pferde anzubinden, und im Osten war ein Latrinengraben ausgehoben, genau zehn Meter lang. Hundert Lagerfeuer brannten hell, und Wächter gingen am Rand des Lagers Patrouille.

»Ein methodisches Volk«, pulste die Stimme Kesa Khans. »Sie nennen sich zivilisiert, weil sie große Burgen bauen und ihre Zelte mit geometrischer Präzision aufschlagen können, aber von hier aus kannst du die Wirklichkeit sehen. Ameisen bauen genauso. Sind sie zivilisiert? Was meinst du?«

Miriel sagte nichts. Aus dieser großen Höhe konnte sie sowohl das kleine Lager der Nadir als auch die Macht der Gothirschen Angreifer sehen. Es war entmutigend. Kesa Khan lachte leise. »Laß dich nie von Verzweiflung übermannen, Miriel. Das ist immer die Waffe des Feindes. Schau sie dir an! Selbst von hier aus kannst du ihre Eitelkeit spüren.«

»Wie können wir sie besiegen?«

»Wie könnten wir es nicht?« entgegnete er. »Wir zählen nach Millionen, aber sie sind nur wenige. Wenn ›der die Stämme eint‹ kommt, werden sie hinweggefegt wie Grassamen.«

»Ich meinte *jetzt*.«

»Ach, die Ungeduld der Jugend! Laß uns sehen, was es zu sehen gibt.«

Die Sterne wirbelten, und Miriel blickte auf ein kleines Lagerfeuer in der flachen Höhle eines Berghangs herab. Sie sah Waylander vor den Flammen kauern; ausgestreckt neben ihm lag der Hund Scar. Waylander wirkte müde, und sie erspürte seine Gedanken. Er war gejagt worden, doch er war den Verfolgern entkommen und hatte mehrere von ihnen getötet. Er hatte inzwischen das Gebiet der Sathuli hinter sich gelassen und dachte daran, in einer Gothirstadt, die etwa fünfzehn Kilometer weiter nördlich lag, ein Pferd zu stehlen.

»Ein starker Mann«, sagte Kesa Khan. »Der Drachenschatten.«

»Er ist erschöpft«, sagte Miriel und wünschte, sie könnte die Arme ausstrecken und den einsamen Mann am Lagerfeuer umarmen.

Die Szenerie veränderte sich und zeigte jetzt eine aus Stein gebaute Stadt in den Bergen und ein tiefes Verlies, in dem ein großer Mann an eine naßkalte Wand gekettet war. »Galen, du verräterischer Schuft«, sagte der Gefangene.

Ein großer, dünner Krieger im roten Umhang eines Drenai-Lanzenreiters trat vor, packte den Gefangenen bei den Haaren und riß seinen Kopf zurück. »Genieß deine Beleidigung, du Hurensohn! Deine Tage sind gezählt, und grobe Worte sind alles, was du noch hast. Aber sie werden dir nicht helfen. Morgen reist du in Ketten nach Gulgothir.«

»Ich werde dich holen, du Bastard!« schwor der Gefangene. »Sie werden mich nicht festhalten!«

Der dünne Krieger lachte; dann ballte er die Faust und schlug dem hilflosen Mann dreimal ins Gesicht, so daß ihm die Lippe aufplatzte. Blut rann ihm übers Kinn, und sein eines, helles Auge richtete sich auf den rotgewandeten Soldaten. »Ich nehme an, du wirst Asten erzählen, wir wären verraten worden, aber es wäre dir gelungen zu entkommen?«

»Ja. Und dann, wenn die Zeit reif ist, bringe ich den Bauern um. Dann wird die Bruderschaft in Drenan herrschen. Wie gefällt dir das?«

»Das dürfte ein interessantes Gespräch werden. Ich wäre gern dabei, wenn du Asten erzählst, wie ich gefangen wurde.«

»Oh, ich werde es gut erzählen. Ich werde von deiner ungeheuren Tapferkeit sprechen und davon, wie du erschlagen wurdest. Es wird mir Tränen in die Augen treiben.«

»Du sollst in der Hölle verfaulen!« stieß der Gefangene hervor.

Miriel spürte die Nähe von Kesa Khan, und die Stimme des alten Schamanen wisperte in ihrem Geist. »Weißt du, wer das ist?«

»Nein.«

»Das ist Karnak, der Einäugige, der Reichsverweser der Drenai. Er wirkt jetzt nicht mehr so mächtig, angekettet in einem Sathuliverlies. Kannst du seine Gefühle spüren?«

Miriel konzentrierte sich, und die warmen Wogen von Karnaks Zorn überschwemmten sie. »Ja. Ich kann es fühlen. Er stellt sich vor, wie sein Folterknecht von einem Soldaten mit roten Haaren getötet wird.«

»Ja. Aber du solltest noch etwas beachten, Mädchen. Karnak spürt keine Verzweiflung, oder? Nur Zorn und den brennenden Wunsch nach Rache. Er ist ungeheuer eingebildet, aber er besitzt auch gewaltige Kraft. Er fürchtet weder die Ketten noch seine Feinde. Er schmiedet bereits Pläne und nährt seine Hoffnungen. Einen solchen Mann darf man nie außer acht lassen.«

»Er ist ein Gefangener, unbewaffnet und hilflos. Was kann er schon tun?« fragte Miriel.

»Laß uns in die Berge zurückkehren. Ich werde allmählich müde. Morgen wird sich der wahre Feind zeigen. Wir müssen bereit sein, es mit dem Bösen aufzunehmen, das er auf uns losläßt.« In einem einzigen Augenblick verschwand alles Licht, und Miriel schlug die Augen ihres Körpers auf und setzte sich. Das Feuer in der Höhle war heruntergebrannt. Kesa Khan legte Holz auf die ersterbenden Flammen und streckte sich, daß die Knochen seines Rückens knirschten und knackten. »Ah, ja! Das Alter ist kein Segen!« sagte er.

»Was ist das Böse, von dem du gesprochen hast?« fragte Miriel.

»Gleich, gleich! Ich bin alt, mein Kind, und der Übergang vom Geist ins Fleisch dauert eine Weile. Laß mich erst meine Gedanken sammeln. Erzähl mir was!«

Sie betrachtete den verwitterten alten Mann. »Was denn?«

»Irgendwas. Von deinem Leben, der Liebe, deinen Träumen. Erzähl mir, mit welchem der beiden Männer du ins Bett willst.«

Miriel wurde rot. »Solche Gedanken sind nichts für müßige Plaudereien«, schalt sie.

Er kicherte und musterte sie durchdringend. »Dummes Gör! Du kannst dich nicht entscheiden. Der junge Mann ist geistreich und sieht gut aus, aber du weißt, daß seine Liebe unbeständig ist. Der ältere ist wie eine Eiche, mächtig und ausdauernd, aber du fürchtest, seine Liebeskünste könnten nicht sehr aufregend sein.«

»Wenn du meine Gedanken bereits kennst, warum fragst du dann?«

»Es macht mir Spaß. Möchtest du meinen Rat?«

»Nein.«

»Gut. Ich mag es, wenn eine Frau selber denken kann.« Er schniefte und griff nach einem der vielen Tontöpfe neben dem Feuer, tauchte einen Finger hinein und stopfte sich ein hellgraues Pulver in den Mund. Er schloß die Augen und seufzte. »Ja ... ja ...« Er holte tief Luft und schlug die Augen auf. Miriel beugte sich vor. Seine Pupillen waren praktisch verschwunden, und die Iris hatte sich von dunkelbraun in hellbraun verwandelt. »Ich bin Kesa Khan«, flüsterte er mit einer helleren, freundlicheren Stimme. »Und ich bin Lao Shin, der Geist der Berge. Und ich bin Wu Deyang, der Reisende. Ich bin der, der alles sieht.«

»Das Pulver ist ein Rauschmittel?« fragte Miriel leise.

»Natürlich. Es öffnet das Fenster zu den Welten. Jetzt hör mir zu, Drenaimädchen. Du bist tapfer, das ist gar keine Frage. Aber morgen werden die Toten wieder unter uns wandeln. Hast du das Herz, dich ihnen zu stellen?«

Sie leckte sich die Lippen. »Ich bin hier, um dir zu helfen«, antwortete sie.

»Ausgezeichnet. Keine Aufschneiderei. Ich werde dir zeigen, wie du dich bewaffnen kannst. Ich werde dich lehren, Waffen herbeizurufen, wenn du sie brauchst. Aber die größte Waffe, die du besitzt, ist der Mut deines Herzens. Wir wollen hoffen, daß der Drachenschatten dich gut unterwiesen hat, denn wenn nicht, wirst du mit keinem der beiden guten Krieger ins Bett gehen. Dann wird deine Seele in alle Ewigkeit über die Grauen Pfade wandern.«

»Er hat mich gut unterwiesen«, sagte Miriel.

»Wir werden sehen.«

Waylander wanderte über die steinübersäte Ebene, der Hund rannte voraus. Hier gab es nur wenige Bäume, und das Land fiel sanft zu einem Dorf mit weißen Häusern an einem Flußufer ab. Im Norden des Dorfes war eine Pferdeweide eingezäunt, im Süden fraßen Schafe das letzte Herbstgras ab. Es war eine kleine Siedlung, ohne Mauern erbaut, ein Zeichen für das langjährige Abkommen zwischen Gothir und Sathuli. Hier gab es keine Überfälle. Es kam Waylander seltsam vor, daß die Gothir die Sathuli so gut behandelten und die Nadir so schlecht. Beides waren Nomadenvölker, die langsam von Norden und Osten her hier eingewandert waren. Beides waren Kriegervölker, die andere Götter verehrten als die Gothir, und doch wurden sie ganz unterschiedlich betrachtet. Die Sathuli waren den Legenden der Gothir zufolge stolz, intelligent und ehrenwert. Die Nadir hingegen wurden als minderwertig, verräterisch und verschlagen betrachtet. Während seines ganzen Erwachsenenlebens hatte Waylander sich unter den Stämmen bewegt und nichts entdeckt, was die Ansicht der Gothir rechtfertigte.

Außer vielleicht der schieren Anzahl der Nadir, die über die Steppe streiften. Die Sathuli stellten keine Bedrohung dar, während die Nadir, die nach Millionen zählten, ein potentieller Feind waren, den man fürchten mußte.

Waylander wischte solche Überlegungen mit einem Achselzucken beiseite und hielt Ausschau nach dem Hund. Er war nirgends zu sehen. Hier gab es viele Felsen, und wahrscheinlich scharrte der Hund an einem Kaninchenbau. Waylander lächelte und wanderte weiter. Es war kalt; der schwache Sonnenschein vermochte dem Wind nicht die beißende Kälte zu nehmen. Er zog seinen pelzgefütterten Umhang fester um die Schultern.

Die Sathuli würden sich an die Jagd erinnern, wenn sie das Lied des Scheidens für die Krieger sangen, die nicht zurückkehrten. Waylander dachte an den Jungen, der zuerst versucht hatte, ihn aus dem Hinterhalt zu überfallen, und freute sich, daß er ihn nicht getötet hatte. Was die anderen betraf … nun, sie hatten ihre Wahl getroffen, und er bedauerte ihren Tod nicht im mindesten.

Er sah, wie sich Menschen unten im Dorf bewegten: einen Schäfer mit langem Krummstab, der den Berg hinaufschritt, neben sich ein Hund; ein paar Frauen am Dorfbrunnen, die in Eimern das kalte Wasser heraufzogen; Kinder, die an der Pferdeweide spielten. Es war ein friedliches Bild.

Er folgte weiter dem Pfad, der sich zwischen zwei riesigen Felsblöcken hindurchschlängelte, die aus der Erde ragten. In der Ferne wieherte ein Pferd. Er hielt inne. Das Geräusch war von Osten gekommen. Er drehte sich um und warf einen Blick auf den spärlichen Baumbestand des Berghangs. Dort wuchsen auch Büsche, und er konnte kein Pferd sehen. Er warf seinen Umhang über die Schulter zurück, nahm seine Armbrust, spannte sie und legte zwei Bolzen ein. Hier kann es nichts mehr geben, was du fürchten mußt, tadelte er sich. Es war unwahrscheinlich, daß die Sathuli sich so weit nach Norden wagten. Doch er wartete.

Wo war Scar?

Waylander bewegte sich mit erhöhter Vorsicht und näherte sich den Felsen. Eine Gestalt kam in Sicht; ihr grüner Umhang flatterte im Wind, und in den Händen hielt sie einen Bogen. Waylander warf sich nach rechts, als der Pfeil die Sehne verließ und an seinem Gesicht vorbeischoß. Er traf mit der Schulter auf dem Boden auf, und durch den Aufprall ballte er die Hand, so daß er die Armbrust auslöste. Die Bolzen bohrten sich in die weiche Erde. Er rollte sich auf die Füße und zog seinen Säbel.

Der Mann im grünen Umhang warf seinen Bogen beiseite und zog sein eigenes Schwert. »So sollte es sein, Schwert gegen Schwert«, sagte er lächelnd.

Waylander löste die Bänder, die seinen Umhang hielten, so daß er zu Boden glitt. »Du mußt Morak sein«, sagte er leise.

»Wie erfreulich, wenn man erkannt wird«, antwortete der Schwertkämpfer und bewegte sich auf den wartenden Waylander zu. »Soviel ich weiß, ist der Säbel nicht deine beste Waffe. Deshalb werde ich dir eine kurze Lektion erteilen, ehe ich dich töte.«

Waylander sprang vor und griff an. Morak parierte und konterte. Das Klirren von Stahl auf Stahl hallte in den Bergen wider; die beiden Schwerter glitzerten in der Sonne. Morak wehrte mit perfekter Balance jeden Angriff ab. Seine Klinge ritzte Waylander die Wange auf. Waylander warf sich zurück und holte zu einem gewaltigen Stoß auf Moraks Bauch aus. Der Grüne wich gewandt aus.

»Ich würde sagen, du bist besser als der Durchschnitt«, sagte er. »Deine Balance ist gut, aber du bist ein bißchen steif im unteren Teil des Rückens. Das beeinträchtigt den Stoß.«

Waylanders Hand zuckte nach vorn; ein schwarzes Wurfmesser sirrte auf Moraks Kehle zu. Der Säbel des Kopfgeldjägers fuhr hoch und lenkte die Klinge ab, die gegen einen der Felsen klirrte. »Sehr gut«, sagte Morak. »Aber jetzt hast du es mit einem Meister zu tun, Waylander.«

»Wo ist mein Hund?«

»Dein Hund? Wie rührend! Du stehst auf der Schwelle des Todes und sorgst dich um einen flohzerfressenen Hund? Ich habe ihn selbstverständlich getötet.«

Waylander erwiderte nichts. Er wich auf etwas ebeneren Grund zurück und beobachtete, wie der Schwertkämpfer ihm folgte. Morak lächelte, aber das Lächeln reichte nicht bis zu den grün glitzernden Augen. »Ich werde dich sehr, sehr langsam töten«, sagte er. »Ein paar Schnitte hier und ein paar dort. In dem Maße, wie du Blut verlierst, versagen auch deine Kräfte. Glaubst du, daß du um dein Leben betteln wirst?«

»Das bezweifle ich«, sagte Waylander.

»Alle Männer betteln, weißt du. Selbst die stärksten. Es kommt nur darauf an, an welcher Stelle das Messer eindringt.« Morak sprang vor. Waylanders Säbel parierte den Stoß. Wieder und wieder klirrten die Klingen gegeneinander. Ein zweiter Schnitt erschien auf Waylanders Unterarm. Morak lachte. »Du bist nicht in Panik – noch nicht. Das gefällt mir. Was ist mit deiner Tochter passiert? Beim Himmel, ich werde noch meinen Spaß mit ihr haben. Lange Beine, festes Fleisch. Ich werde sie zum Schreien bringen. Dann schlitze ich sie vom Hals bis zum Bauch auf.«

Waylander wich zurück, ohne etwas zu sagen.

»Gut! Gut! Ich kann dich offenbar nicht wütend machen. Das ist selten! Es wird mir Spaß machen, deine Bruchstelle zu finden, Waylander. Wird es sein, wenn ich dir deine Finger abschneide? Oder wenn deine Männlichkeit über dem Feuer brutzelt?«

Er machte einen Ausfall, und sein Schwert schlitzte das Leder von Waylanders Tunika knapp über der linken Hüfte auf. Waylander warf sich nach vorn und hämmerte dem Kopfgeldjäger seine Schulter ins Gesicht. Morak fiel ungeschickt, rollte sich aber wieder auf die Füße, ehe Waylander sein Schwert benutzen konnte. Wieder prallten die Klingen aufeinander. Waylander zielte einen Stoß auf Moraks Kopf, doch der Schwertkämpfer wich aus, blockte den Stoß ab und antwortete mit einem Gegenstoß, der Waylanders Hals nur knapp verfehlte. Waylander wich zu den Felsen zurück. Morak griff an und zwang seinen Gegner weiter den Pfad hinab. Beide Männer schwitzten trotz der Kälte heftig.

»Das ist ja erstaunlich«, sagte Morak. »Ich hatte nicht erwartet, daß du so hartnäckig bist.«

Waylander griff an. Morak parierte; dann attackierte er mit einer verwirrenden Serie von Hieben und Stößen, gegen die Waylander sich verzweifelt zur Wehr setzte. Zweimal durchdrang Moraks Säbel Waylanders Tunika, wurde aber von dem gepanzerten Schulterstück abgelenkt. Doch der ältere Mann wurde allmählich müde, und Morak wußte es. Er trat einen Schritt zurück. »Möchtest du eine Pause haben, um Luft zu holen?« fragte er mit einem spöttischen Grinsen.

»Wie hast du mich gefunden?« fragte Waylander, dankbar für die Atempause.

»Ich habe Freunde unter den Sathuli. Nach unserer ... unglücklichen ... Begegnung in den Bergen kam ich her, auf der Suche nach weiteren Kriegern. Ich war bei dem Herrscher der Sathuli, als die Nachricht von der Jagd überbracht wurde. Der Herr der Sathuli ist äußerst begierig darauf, dich tot zu sehen. Er betrachtet deine Reise durch sein Land als eine Beleidigung der Stammesehre. Er hätte mehr Männer ausgeschickt – aber im Moment hat er andere Dinge im Kopf. Statt dessen hat er mich bezahlt. Übrigens, würdest du gern wissen, wer die Gilde angeheuert hat, um dich zu jagen?«

»Ich weiß es bereits«, antwortete Waylander.

»Ach, wie schade. Aber ich bin von Natur aus ein gutherziger Mann, also werde ich dir wenigstens ein paar Neuigkeiten berichten, ehe ich dich töte. Während wir uns hier unterhalten, liegt der Reichsverweser der Drenai in Ketten in einem Sathuliverlies, um dem Kaiser der Gothir ausgeliefert zu werden.«

»Das ist unmöglich!«

»Ganz und gar nicht. Er wurde überredet, sich mit dem Sathulihäuptling zu treffen, um zu verhindern, daß Gothirtruppen unbehelligt Stammesgebiet durchqueren können. Er reiste mit einer kleinen Gruppe loyaler Soldaten und einem ziemlich unloyalen Offizier. Seine Männer wurden niedergemacht, und man hat Karnak lebend gefangengenommen. Ich habe ihn selbst gesehen. Es war ziemlich komisch. Ein ungewöhnlicher Mann. Er bot mir ein Vermögen, wenn ich ihm bei der Flucht helfen würde.«

»Offensichtlich kennt er dich nicht besonders gut«, sagte Waylander.

»Ganz im Gegenteil – ich habe schon für ihn gearbeitet. Oft sogar. Er bezahlte mich dafür, daß ich Egel tötete.«

»Das glaube ich nicht!«

»O doch, das tust du – ich sehe es in deinen Augen. Na, wieder bei Atem? Gut. Dann wollen wir Blut sehen!« Morak griff an. Seine Klinge schoß vor. Waylander wehrte ab, wurde aber zurückgedrängt, an den vorspringenden Felsen vorbei. Morak lachte. »Die Lektion ist vorbei«, sagte er. »Jetzt wird es Zeit fürs Vergnügen.«

Ein dunkler Schatten bewegte sich hinter ihm, und Waylander sah den Hund, Scar, der sich unter Schmerzen auf den Vorderpfoten vorwärtsschob. Die Hinterbeine waren schlaff und nutzlos. Ein Pfeil war ihm durch die Rippen gedrungen, Blut rann aus dem großen Maul. Waylander bewegte sich nach links, Morak nach rechts. Er hatte den sterbenden Hund nicht gesehen. Waylander sprang vor und sandte einen wilden Hieb auf Moraks Gesicht. Der Attentäter wich einen Schritt zurück – und Scars gewaltige Kiefer schlossen sich um seinen rechten Unterschenkel; die Reißzähne drangen durch Haut, Fleisch und Sehnen. Morak schrie auf vor Schmerz. Waylander trat vor, rammte dem Mörder seinen Säbel in den Bauch und stieß ihn hoch bis in die Lungen.

»Das ist für den alten Mann, den du gefoltert hast!« zischte Waylander. Mit einer Drehung zerrte er seine Klinge heraus, so daß dem Schwertkämpfer die Eingeweide heraushingen. »Und das ist für meinen Hund!«

Morak fiel auf die Knie. »Nein!« stöhnte er. Dann sank er seitwärts zu Boden.

Waylander warf sein Schwert weg und kniete neben dem Hund nieder. Er streichelte den großen Kopf. Er konnte nichts tun, um das Tier zu retten. Der Pfeil hatte sein Rückgrat durchbohrt. Aber er saß bei ihm, bettete den großen Kopf in seinen Schoß und sprach leise und beruhigend auf ihn ein, bis das stoßweise Atmen langsamer wurde und schließlich aufhörte.

Dann erhob er sich, suchte seine Armbrust und ging zu dem Wäldchen, in dem Morak sein Pferd versteckt hatte.

14

Die Mauer war grob zusammengefügt, jedoch mit einem Mörtel aus dem schwarzen Vulkanstaub der Berge verfugt. Sobald die Ritzen damit zugestopft und anschließend mit Wasser begossen wurden, wurde er hart wie Granit. Von Süden her stand der Feind einer dreieinhalb Meter hohen Mauer gegenüber, doch auf der Seite der Verteidiger befand sich ein Wehrgang, über den sie sich hinweglehnen und einen Pfeilhagel nach dem anderen auf die Angreifer abschießen konnten, um sich sofort danach zu ducken und so außer Sichtweite der feindlichen Bogenschützen zu kommen.

Bislang hatte die Mauer gehalten. An einigen Stellen hatten die Gothir Steine an ihren Fuß gerollt, um einen Aufstieg zu versuchen, und später hatten die ersten Reihen grob gezimmerte Leitern angeschleppt. Andere benutzten Taue mit eisernen Haken, um nach oben zu gelangen, doch die Verteidiger kämpften mit der Wildheit ihres Stammes und töteten alle, die den oberen Rand erreichten.

Einmal hatten die Gothir beinahe eine keilförmige Bresche geschlagen. Sechs Männer hatten sich ihren Weg auf die Brüstung erzwungen, doch Angel, Senta und Belash hatten sie angegriffen – und die Gothirkrieger waren in wenigen Sekunden gestorben. Wieder und wieder griffen die Gothir an, eine Welle nach der anderen, und versuchten, die Nadir durch ihre schiere Überzahl zu überwältigen. Es war ihnen nicht gelungen.

Noch nicht.

Aber jetzt hatte sich etwas geändert, und jeder Verteidiger spürte die ersten Anzeichen einer entsetzlichen Angst. Angel bemerkte es als erster – eine Kälte im Bauch. Seine Hände begannen zu zittern. Der Nadirkrieger neben ihm ließ sein Schwert fallen, und ein tiefes, klagendes Stöhnen entrang sich seinen Lippen. Angel warf einen Blick auf Senta. Der Schwertkämpfer lehnte an der Mauer und starrte über die Engstelle des Passes hinweg. Die Gothir waren zurückgewichen, doch statt sich neu zu formieren, hatten sie sich außer Sichtweite zurückgezogen. Zuerst hatten die fünfzig Nadirkrieger, die die grobe Mauer bemannten, gejubelt und gebrüllt. Doch jetzt hatte sich ein unbehagliches Schweigen über die Verteidiger gelegt.

Angel schauderte. Die schwarzen Berge ragten unheilvoll um ihn herum auf, und er hatte das Gefühl, er stünde im klaffenden Maul eines gewaltigen Ungeheuers. Das Zittern wurde schlimmer. Er versuchte, sein Schwert einzustecken, doch es klirrte gegen die Scheide. Er fluchte und lehnte die Klinge gegen die Mauer.

Drei Nadirkrieger machten kehrt und rannten den Paß hinauf, ließen ihre Waffen zurück. Belash brüllte ihnen hinterher. Die fliehenden Männer hielten inne und drehten sich um, mit einfältiger Miene. Doch die Angst wuchs.

Angel ging zu Senta hinüber. Seine Beine fühlten sich vollkommen kraftlos an, und er lehnte sich haltsuchend an die Mauer. »Was, zum Teufel, geht hier vor?« fragte er Senta. Der andere Mann – das Gesicht leichenblaß, die Augen weit aufgerissen – antwortete nicht. Am Eingang des Passes rührte sich etwas. Angel wandte den Kopf und sah eine Reihe von Männern in schwarzer Rüstung und schwarzen Umhängen, die sich auf die Mauer zubewegten.

»Die Ritter des Blutes!« flüsterte Senta mit zitternder Stimme.

Ein Nadir neben ihm schrie auf und stürzte; seine Blase versagte; Urin durchnäßte seine Beinkleider. Angel sah, wie Belash sein Schwert wegsteckte und einem Krieger den Bogen aus der Hand riß. Der stämmige Nadir legte einen Pfeil auf die Sehne, kletterte auf die Mauer und spannte den Bogen. Angel hörte ihn stöhnen – und aufschreien. Dann drehte Belash sich langsam um.

Angel warf sich auf Senta und riß ihn genau in dem Moment beiseite, als der Pfeil die Sehne verließ. Er sirrte an ihnen vorbei, prallte gegen einen Stein und drang einem hockenden Krieger in die Schulter.

Schweigend rückten die Ritter des Blutes voran.

Die Nadir schienen machtlos, sie aufzuhalten. Angel stemmte sich auf die Füße und nahm sein Schwert. Das Zittern war jetzt so stark, daß er wußte, er würde die Waffe nicht benutzen können. Die Verteidiger begannen, von der Mauer zu strömen – selbst Belash.

Ein winziger Mann in Lumpen erschien. An seiner Seite war Miriel. Der Mann war uralt und verwittert, doch Angel spürte eine plötzliche Woge der Erregung, die durch die Angst drang und sein Blut erhitzte. Die Nadir hielten in ihrer Flucht inne. Der kleine Schamane rannte zur Mauer und kletterte geschickt hinauf. Die Ritter des Blutes waren keine zwanzig Schritt mehr von der Mauer entfernt.

Kesa Khan hob die Hände, und Blitze aus blauem Feuer sprangen von Handfläche zu Handfläche. Angel fühlte, wie alle Angst von ihm abfiel und von heißer Wut verdrängt wurde. Der Schamane breitete die Hände aus und deutete mit seinen knochigen Fingern auf die marschierenden, schwarzgekleideten Krieger. Blaues Feuer stieß in ihre Reihen und züngelte über Brustplatten und Helme. Der Mann in der Mitte der Reihe stolperte. Das blaue Feuer wurde rot, als sein Haar in Flammen aufging. Umhänge und Beinkleider gerieten in Brand. Die vorrückende Reihe brach auf. Die Männer schlugen auf die Flammenzungen ein, die an ihren Kleidern leckten.

Die Nadirverteidiger kehrten auf die Mauer zurück, nahmen wieder Bogen und Speer zur Hand und schickten einen Pfeil nach dem anderen in die durcheinanderlaufenden Männer.

Die Ritter des Blutes gaben Fersengeld.

Der kleine Nadir sprang von der Mauer und ging ohne ein Wort davon.

Miriel kam zu Angel herüber. »Du solltest dich setzen. Du bist weiß wie Schnee.«

»Ich habe noch nie solche Angst verspürt«, gestand er.

»Aber du bist nicht davongelaufen«, sagte sie mit Nachdruck.

Er beachtete das Kompliment nicht, sondern sah dem Nadirschamanen hinterher. »Ich nehme an, das war Kesa Khan. Er verschwendet nicht viel Zeit mit Konversation, stimmt's?«

Sie lächelte. »Er ist ein zäher alter Mann, aber er ist erschöpft. Dieser Zauber hat ihn wahrscheinlich mehr geschwächt, als du dir vorstellen kannst.«

Senta kam zu ihnen. »Wir können diese Stellung nicht halten«, sagte er. »Heute morgen wäre der Feind beinahe durchgebrochen, zweimal. Nur die QUELLE weiß, wie wir ihn aufgehalten haben.«

Einer der Verteidiger stieß einen Schrei aus. Senta fuhr herum und sah Hunderte von Gothir, die den Paß attackierten. Er zog sein Schwert und rannte zurück zur Mauer.

»Er hat recht«, sagte Angel. »Rede mit dem alten Mann! Wir müssen einen anderen Ort finden.« Dann stürmte auch er los.

Bodalen folgte Gracus, der die Fackel trug, tief in die Eingeweide der Burg, durch endlose Gänge und metallene Treppen hinunter. Alles war krumm und schief, unnatürlich. In der Luft lag ein tiefes Summen, das Bodalens Kopf dröhnen ließ.

Hinter dem hochgewachsenen Drenai kamen die anderen acht Krieger der Bruderschaft, finstere, schweigende Männer. Der neunte hatte die Pferde in die Berge geführt, und so hatte Bodalen alle Hoffnung verloren, von diesem verwünschten Ort zu fliehen.

Tiefer und tiefer ging es hinab, fünf Ebenen hinunter. Das Summen wurde immer lauter. Hier bestanden die Mauern der Burg nicht mehr aus Stein, sondern aus glattem, schimmerndem Metall, das an einigen Stellen verbeult und rissig war. Hinter den Rissen konnte man Drähte aus Kupfer und Eisen, Gold und Silber erkennen, die miteinander verflochten waren.

Bodalen haßte die Festung und fürchtete die Geheimnisse, die sie bergen mochte. Doch ungeachtet seiner Feigheit wuchs seine Faszination. Es gab keine Möbel, doch eine Wand zeigte eine kleine Verzierung: einen eingeritzten Tisch, umgeben von zwölf runden, in Messing gefaßten Steinen, von denen jeder ein Symbol trug, das Bodalen nicht deuten konnte.

Ansonsten gab es hier nichts von Interesse, und die Krieger drangen auf der Suche nach Treppen weiter voran.

Schließlich gelangten sie in einen großen Saal, der wie von Sonnenlicht erleuchtet war, hell und freundlich. Doch es gab keine Fenster, und Bodalen wußte, daß sie mindestens hundert Meter unter der Oberfläche waren. Gracus legte die blakende Fackel auf den metallenen Fußboden und schaute sich um. Es gab Tische und Stühle, alles aus Metall, und große eiserne Schränke, reich verziert mit funkelnden Juwelen, in denen sich das Licht brach.

Überall an den Wänden befanden sich Paneele aus undurchsichtigem Glas, die in weißem Licht glühten. Gracus zog sein Schwert und schlug gegen ein Paneel. Es zerbrach und ließ Splitter auf den Fußboden regnen. Dahinter befand sich ein langer, glänzender Zylinder. Ein zweiter Krieger schlenderte heran und stieß sein Schwert hinein. Es gab einen Blitz, und der Ritter wurde von den Füßen gehoben und meterweit durch den Raum geschleudert. Die Hälfte der Lichter in der Halle wurde schwächer und erlosch.

Gracus lief zu dem am Boden liegenden Mann und kniete neben ihm nieder. »Tot«, sagte er, stand auf und wandte sich den anderen zu. »Rührt nichts an! Wir werden auf den Meister warten. Die Zauber sind mächtiger, als wir begreifen können.«

Bodalen, der das Summen so laut empfand, daß es ihm Übelkeit verursachte, ging durch den Saal auf eine offene Tür zu. Dahinter sah er einen gewaltigen Kristall von etwa einem Meter Umfang, der zwischen zwei goldenen Schalen schwebte. Winzige schimmernde Lichtblitze umzuckten ihn, während er sich um sich selbst drehte. Bodalen trat in den Raum. Hier waren die Wände ganz aus Gold, bis auf die gegenüberliegende Wand, von der die Verkleidung teilweise abgerissen war, so daß behauene Granitblöcke sichtbar wurden, die derart verformt waren, daß man ihre ursprüngliche Form kaum mehr erkennen konnte.

Doch es war weder der Kristall, noch waren es die goldenen Wände, die ihm den Atem raubten.

»Gracus!« rief er. Der Ritter der Bruderschaft betrat den Raum – und blickte auf das ungeheure Skelett, das vor der gegenüberliegenden Wand ausgestreckt lag.

»Bei den Göttern! Was ist das?« flüsterte Bodalen.

Gracus schüttelte den Kopf. »Eine Ausgeburt der Hölle sicherlich«, antwortete er und kniete neben den beiden Schädeln nieder. Seine Finger fuhren die Zwillingslinie von Wirbeln entlang, die zu den gewaltigen Schultern führten. Das Wesen, was es auch gewesen sein mochte, besaß drei Arme, von denen einer unterhalb des gewaltigen Brustkastens entsprang. Einer der Ritter versuchte, den Oberschenkelknochen anzuheben, doch die verrotteten Sehnen hielten ihn fest.

»Ich kann nicht einmal die Hände um den Knochen legen«, sagte der Mann. »Das Biest muß mindestens vier Meter groß gewesen sein, vielleicht noch größer.«

Bodalen warf einen Blick zurück auf die Tür, die nicht mehr als einen Meter breit und zwei Meter hoch war. »Wie ist es hier hereingekommen?« fragt er. Gracus ging zur Tür. In dem Metall, das den Rahmen umgab, befanden sich lange Kratzer, durch die man den dahinterliegenden Stein sehen konnte.

»Ich weiß nicht, wie es hereingekommen ist«, sagte Gracus leise, »aber es hat sich die Finger bis auf die Knochen aufgerissen, um hier herauszukommen. Es muß noch einen anderen Zugang geben. Einen verborgenen.«

Eine Zeitlang suchten sie die Wände nach einer Geheimtür ab, fanden aber nichts. Bodalen spürte, wie ihn eine gewaltige Müdigkeit überkam, und seine Kopfschmerzen verschlimmerten sich. Er wollte zur Tür, doch seine Beine gaben nach, und er sank zu Boden. Die Müdigkeit überwältigte ihn, und er sah Gracus vor dem kreisenden Kristall in die Knie gehen.

»Wir müssen … hier raus«, sagte Bodalen und versuchte, sich über den glänzenden goldenen Boden zu ziehen. Doch ihm fielen die Augen zu, und er sank in einen tiefen Schlaf.

Langsam kam er wieder zu sich. Er sah ein Bauernhaus an einem Bach, dahinter ein Kornfeld und blaue, im Dunst liegende Berge in der Ferne. Ein Mann ging hinter einem Ochsengespann her. Er pflügte ein Feld.

Vater.

Nein, nicht Vater. Vater ist Karnak. Er hat nie in seinem Leben ein Feld gepflügt.

Vater.

Verwirrung schlug über ihm zusammen wie Nebel, wirbelnd, unwirklich. Er blickte zur Sonne auf, aber es gab keine Sonne, nur einen kreisenden Kristall hoch am Himmel, der summte wie tausend Bienen.

Der Mann mit dem Pflug drehte sich zu ihm um. »Sei nicht so faul, Gracus!« sagte er.

Gracus? Ich bin nicht Gracus. Ich träume. Das ist es! Ein Traum. Wach auf!

Er spürte, wie er sich aus dem Schlaf erhob, spürte sein Fleisch und seine Muskeln. Er versuchte, den Arm zu bewegen, doch er schien wie festgenagelt. Er schlug die Augen auf. Gracus lag neben ihm. Dicht neben ihm. Er muß auf meinem Arm liegen, dachte Bodalen. Er versuchte, sich wegzurollen, doch Gracus bewegte sich mit ihm. Sein Kopf wackelte hin und her, und sein Mund stand offen. Bodalen mühte sich, aufzustehen. Er spürte ein ungewohntes Gewicht auf seiner rechten Seite und drehte den Kopf. Da lag noch ein Mann.

Und er hatte keinen Kopf.

Ich liege auf seinem Kopf, dachte Bodalen. Panik erfaßte ihn. Er setzte sich ruckartig auf. Der Körper rechts von ihm erhob sich mit ihm. Bodalen schrie auf. Der kopflose Körper war ein Teil von ihm; die Schultern waren mit Bodalens Fleisch verwachsen.

Gerechter Himmel! Beruhige dich, befahl er sich selbst. Das ist alles nur ein Traum. Nur ein Traum!

Sein linker Arm war verschwunden, hatte sich mit Gracus' Schulter verschmolzen. Er versuchte, ihn loszureißen, doch der schlaffe Körper des Bruderschaftsritters kam statt dessen näher. Ihre Beine berührten sich – und verschmolzen.

Der Kristall kreiste weiter.

Bodalen sah die Körper der anderen Ritter im Raum liegen, miteinander verschmelzen, sich windend wie in einer lautlosen, widernatürlichen Orgie. Und zwischen ihnen, auf dem goldenen Fußboden, lag immer noch das riesige Skelett.

Bodalen schrie wieder.

Und verlor das Bewußtsein.

Es erwachte ohne Erinnerungen, aber es streckte seine riesigen Muskeln und rollte sich auf den Bauch. Die drei Beine stemmten es hoch, die beiden Köpfe berührten die goldene Decke. Wut durchflutete das Wesen, und einer seiner Köpfe brüllte vor Zorn. Der andere schwieg. Graue Augen blinzelten in das Licht, das der Kristall ausströmte.

Die beiden anderen Wesen schliefen noch.

Der Kristall kreiste; blaues Licht tanzte zwischen den goldenen Schalen.

Das Wesen schlurfte darauf zu und streckte seine drei Arme danach aus. Ein massiger Finger berührte das flackernde blaue Feuer. Schmerz durchzuckte die gewaltigen Glieder und verbrannte das Wesen. Jetzt brüllten beide Köpfe. Ein Arm holte aus, schlug gegen den Kristall, schleuderte ihn an die gegenüberliegende Wand. Die blauen Flammen erstarben.

Und alle Lichter wurden schwächer und verloschen.

Die fast völlige Dunkelheit war tröstend, beruhigend. Das Wesen hockte sich auf die Fersen. Es hatte Hunger. Der Geruch von verbranntem Fleisch kam aus dem Saal nebenan. Es ging zur Tür und sah ein kleines totes Wesen auf dem Boden liegen. Der Kadaver war teils in Leder und Metall gekleidet. Das Fleisch war noch frisch, und der Hunger des Wesens wuchs. Es versuchte, durch die Tür zu gelangen, doch sein massiger Körper paßte nicht hindurch. Es richtete sich auf und begann, an den freigelegten Steinblöcken über dem Metallrahmen zu zerren. Die anderen Wesen schlossen sich ihm an, fügten ihre Kraft der seinen hinzu.

Und langsam begannen die großen Steine zu bersten und nachzugeben.

Kesa Khan schlug die Augen auf und lächelte. Miriel beobachtete ihn, sah den Triumph in seinen Augen glänzen. »Wir können jetzt gehen«, sagte er mit einem trockenen Lachen. »Der Weg ist frei.«

»Aber du sagtest, wir könnten nirgends hin!«

»Das war auch so. Aber jetzt können wir. Es ist eine Festung – eine sehr alte. Sie heißt Kar-Barzac. Morgen ziehen wir dorthin.«

»Es gibt ziemlich viel, was du mir nicht erzählst«, sagte Miriel mit Nachdruck.

»Es gib viel, was du nicht wissen mußt. Ruh dich aus, Miriel. Du wirst deine Kräfte noch brauchen. Geh zu deinen Freunden. Laß mich allein. Ich rufe dich, wenn die Zeit gekommen ist.«

Miriel wollte ihn weiter ausfragen, doch der kleine Mann hatte schon wieder die Augen geschlossen und saß mit verschränkten Armen vor dem Feuer.

Sie stand auf und schlenderte in die Nacht hinaus. Senta schlief, als sie zu der kleinen Höhle gelangte, doch Angel saß unter den Sternen und lauschte den fernen Kampfgeräuschen, die vom Paß herüberklangen. Ein kleiner Junge hockte in seiner Nähe. Miriel lächelte. Die beiden Gestalten hatten, etwa sieben Meter voneinander entfernt, dieselbe Haltung eingenommen. Der Gladiator schärfte sein Schwert an einem Wetzstein, der Junge hatte ein Stück Holz in der Hand und ahmte ihn nach.

»Ich sehe, du hast einen Freund gefunden«, sagte Miriel. Angel grunzte etwas Unverständliches. Miriel setzte sich neben ihn. »Wer ist das?«

»Woher soll ich das wissen? Er spricht nie ein Wort. Er macht mir nur alles nach.«

Miriel streckte die Fühler ihrer Gabe aus; dann zog sie sich zurück. »Er ist völlig taub«, sagte sie. »Ein Waisenjunge.«

Angel seufzte. »Das hätte ich wissen müssen«, sagte er und schob sein Schwert in die Scheide. Das in Lumpen gekleidete Kind steckte seinen Stock in den Gürtel.

Miriel strich dem Gladiator sanft übers Gesicht. »Du bist ein guter Mann, Angel.«

Er packte ihr Handgelenk und hielt es fest. »Du solltest mich nicht berühren«, sagte er leise. »Der Mann für dich ist da drin. Jung. Gutaussehend. Ohne Narben.«

»Ich wähle selbst einen Mann, wenn die Zeit kommt«, erwiderte Miriel. »Ich bin nicht irgendeine Drenai-Adelige, deren Heirat ein Bündnis zwischen verfeindeten Parteien bedeutet. Und ich muß mich auch nicht um meine Aussteuer sorgen. Ich werde einen Mann heiraten, den ich mag, den ich respektiere.«

»Du hast die Liebe vergessen«, meinte er.

»Davon habe ich viel reden hören, Angel, aber ich weiß nicht, was das ist. Ich liebe meinen Vater. Ich liebe dich. Ich liebte meine Schwester und meine Mutter. Ein Wort. Unterschiedliche Gefühle. Oder sprechen wir von Lust?«

»Zum Teil«, gab er zu. »Und daran ist nichts Unrechtes, wenn es auch Leute gibt, die uns etwas anderes glauben machen wollen. Aber es ist mehr als das. Ich hatte einmal eine Affäre mit einer dunkelhaarigen Frau. Unglaublich. Im Bett konnte sie eine größere Leidenschaft in mir entfachen als eine meiner Ehefrauen. Aber ich blieb nicht bei ihr. Verstehst du, ich liebte sie nicht. Ich verehrte sie. Aber ich liebte sie nicht.«

»Da ist das Wort schon wieder!« tadelte Miriel.

Er kicherte leise. »Ich weiß. Es ist einfach eine knappe Form, jemanden zu beschreiben, der Freund ist, Bettgefährte, Schwester, ja, manchmal sogar Mutter. Jemand, der deine Leidenschaft, deine Bewunderung und deinen

Respekt weckt. Jemand, der auch dann fest an deiner Seite steht, wenn sich die ganze Welt gegen dich verschworen hat. Suche nach so jemandem, Miriel.« Er ließ ihre Hand los und wandte den Blick ab.

Sie beugte sich vor. »Was ist mit dir, Angel? Würdest du Freund, Liebhaber, Bruder und Vater sein?«

Er wandte ihr sein vernarbtes Gesicht zu. »Ja, das würde ich.« Er zögerte, und sie spürte seine Unentschlossenheit. Schließlich lächelte er, nahm ihre Hand und küßte sie. »Meine Stiefel sind älter als du, Miriel. Vielleicht glaubst du, es macht keinen Unterschied, aber das stimmt nicht. Du brauchst einen Mann, der sich mit dir entwickeln kann, keinen, der neben dir senil wird.« Er holte tief Luft. »Wenn es auch schwerfällt, das zuzugeben.«

»Du bist nicht alt«, erwiderte sie.

»Gefällt dir Senta denn nicht?« entgegnete er.

Sie wandte den Blick ab. »Ich finde ihn … aufregend … beängstigend.«

»Das ist gut«, sagte er. »So sollte das Leben sein. Ich bin wie ein alter Lehnstuhl. Bequem. Ein Mädchen wie du braucht mehr als das. Gib ihm eine Chance. In ihm steckt viel Gutes.«

»Warum hast du ihn so gern?«

Er grinste. »Ich kannte seine Mutter«, antwortete er. »Vor langer Zeit. Bevor er geboren wurde.«

»Heißt das …?«

»Ich habe keine Ahnung, aber es könnte sein. Auf jeden Fall schlägt er nicht nach dem Ehemann. Aber das bleibt unter uns! Verstanden?«

»Und trotzdem hättest du damals bei der Hütte gegen ihn gekämpft?«

Er nickte ernst. »Ich hätte ihn nicht besiegt. Er ist sehr gut. Der beste, den ich je gesehen habe.«

Plötzlich lachte Miriel.

»Was ist denn so lustig?« wollte Angel wissen.

»Er wollte dich gar nicht töten. Das habe ich in seinen Gedanken gelesen. Er wollte dich entwaffnen oder verwunden.«

»Das wäre ein schwerer Fehler gewesen.«

Sie blickte ihm in die Augen, und ihr Lächeln verblaßte. »Aber du hättest deinen eigenen Sohn töten können!«

»Ich weiß. Nicht sehr erhebend, nicht wahr? Aber ich bin ein Krieger, Miriel, und wenn die Schwerter gezogen werden, gibt es keine Gefühle. Nur Überleben oder Tod.« Er warf einen Blick auf den Nadirjungen, der an einen Felsen gelehnt schlief, den Kopf auf die dünnen Ärmchen gelehnt, die Knie angezogen. Angel stand lautlos auf, ging zu dem Kleinen und deckte ihn mit seinem Umhang zu. Dann kehrte er zu Miriel zurück. »Was hat der alte Mann vor?« fragte er.

»Ich weiß nicht, aber wir werden umziehen – morgen. In eine alte Festung in den Bergen.«

»Gute Neuigkeiten. Wir können hier nicht viel länger ausharren. Du solltest etwas schlafen.«

»Ich kann nicht. Er wird mich bald brauchen.«

»Wofür?«

»Für die wandelnden Toten«, antwortete sie.

Kesa Khan saß am Feuer. Sein alter Körper zitterte, wenn der Nachtwind die Flammen flackern ließ. Er war inzwischen jenseits aller Müdigkeit. Eine tödliche Erschöpfung legte sich über ihn. Alles war so komplex – so viele Schicksalslinien, die sich trafen. Warum, fragte er sich müßig, war dies nicht geschehen, als er noch jung und im Vollbesitz seiner Kräfte war? Warum jetzt, wo er alt und müde und bereit fürs Grab war? Die Götter waren wirklich launisch.

Pläne, Ideen, Strategien wirbelten durch seine Gedanken. Und der Erfolg eines jeden Planes hing wiederum von anderen ab. Auch die Reise von tausend Kilometern beginnt mit einem einzigen Schritt, sagte er sich. Konzentriere dich nur auf den vor dir liegenden Schritt.

Die Dämonen würden kommen, und mit ihnen die Seelen der Toten. Wie sollte er sie am besten bekämpfen? Die Drenaifrau war stark, stärker, als sie wußte. Aber sie allein konnte seinen Erfolg nicht garantieren. Er schloß die Augen und rief im Geiste Miriel herbei. Die Zeit war fast gekommen.

Er griff nach dem irdenen Topf mit dem grauen Pulver, zog die Hand jedoch wieder zurück. Er hatte bereits zuviel genommen. Ah, aber die Götter liebten tollkühne Männer. Er tauchte einen Finger in das Pulver und steckte eine Prise in den Mund. Sein Herz begann unregelmäßig zu schlagen, und er spürte, wie Kraft in seine Glieder floß. Das Feuer brannte gelb, dann golden, dann purpurn, und die Schatten an den Wänden wurden Tänzer, die sich drehten und wendeten.

Die Drenaifrau trat in die Höhle. Oh, ist sie häßlich! dachte er. Zu groß und zu sehnig. Selbst in seiner Jugend hätte er sie nicht attraktiv gefunden. Der Drenaikrieger mit dem Narbengesicht kam hinter ihr her. Kesa Khan richtete seine dunklen Augen auf den Mann. »Dies ist kein Ort für Menschen ohne Macht«, sagte er.

»Das habe ich ihm auch schon gesagt«, erklärte Miriel und setzte sich dem alten Mann gegenüber. »Aber er ist trotzdem gekommen.«

»Sie sagte, hier würden Dämonen und Untote sein. Kann man sie mit einem Schwert erschlagen?« fragte Angel.

»Nein«, antwortete der Schamane.

»Mit bloßen Händen?«

»Nein.«

»Wie soll Miriel dann gegen sie kämpfen?«

»Mit ihrem Mut und ihrer Gabe.«

»Dann werde ich an ihrer Seite bleiben. Mein Mut ist noch nie in den Schatten gestellt worden.«

»Du wirst hier gebraucht, um die Mauer zu bemannen. Du mußt die *menschlichen* Feinde aufhalten. Es wäre eine schlimme Torheit, dir zu erlauben, in die Leere zu gehen. Es wäre eine Vergeudung.«

»Du kontrollierst mein Leben nicht!« brüllte Angel. »Ich bin ihretwegen hier. Wenn sie stirbt, gehe ich. Ihr verlausten Barbaren interessiert mich einen Dreck! Verstehst du? Also – wenn sie in Gefahr ist, gehe ich mit ihr.«

Kesa Khans Augen verschleierten sich, als er den hoch aufragenden Drenai musterte. Wie ich sie hasse, dachte er. Ihre Arroganz, ihre ungeheure Herablassung. Er hob die Augen und begegnete Angels hellem Blick, und Kesa Khan ließ zu, daß der Krieger seinen Haß spüren konnte. Angel lächelte und nickte langsam. Kesa Khan erhob sich. »Wie du willst, Nicht-Umzubringen. Du sollst mit der Frau reisen.«

»Gut«, sagte der Gladiator und setzte sich neben Miriel.

»Nein«, widersprach sie. »Wenn ich kämpfen soll, kann ich nicht auf Angel aufpassen.«

»Ich brauche keinen Aufpasser!« protestierte er.

»Sei still!« fuhr sie ihn an. »Du hast keine Vorstellung von dieser Reise ... oder den Gefahren ... oder was nötig ist, um dich auch nur selbst zu schützen. Du wirst wie ein Säugling in meinen Armen sein. Und ich werde keine Zeit haben, dich zu beruhigen!«

Er wurde rot und erhob sich. Kesa Khan trat vor. »Nein, nein!« sagte er. »Ich glaube, du schätzt die Situation falsch ein, Miriel, wie auch ich es zuerst getan habe. Die Leere ist ein tödlicher Ort, doch ein Mann mit Mut sollte nicht leichtfertig abgewiesen werden. Ich werde euch beide schicken. Und ich werde Nicht-Umzubringen mit Waffen ausstatten, mit denen er umzugehen versteht.«

»Wo wirst du sein?«

»Hier. Ich warte. Aber ich werde mit euch verbunden sein.«

»Aber hierher werden die Dämonen doch bestimmt kommen?«

»Nein. Sie werden nicht mich jagen. Hast du das nicht begriffen? Deswegen brauche ich dich. Sie werden deinen Vater suchen. Zhu Chao weiß, daß er eine schreckliche Gefahr für ihn darstellt. Er hat versucht, ihn in dieser Welt zu töten, und ist gescheitert. Jetzt wird er versuchen, seine Seele in die Leere zu locken. Er muß geschützt werden.«

»Auch er hat keine Gabe«, sagte Miriel, in der Angst aufstieg.

»Da irrst du«, flüsterte Kesa Khan. »Er hat die größte Gabe, die es gibt. Er weiß zu überleben.«

15

Kasai und seine Männer waren schon seit mehr als drei Stunden auf der Jagd, als sie den Südländer auf dem riesigen roten Hengst sahen. Kasai zügelte sein Bergpony. Es war ein schönes Tier, vierzehn Hand hoch, doch das Pferd des Südländers maß mindestens sechzehn Hand. Kasais Vetter Chulai hielt neben ihm. »Wollen wir ihn töten?« fragte er.

»Abwarten«, befahl Kasai und musterte den näher kommenden Reiter. Der Mann war ganz in Schwarz gekleidet. Über seine Schulter hatte er einen pelzgefütterten Umhang geschlungen. Sein Gesicht war von getrocknetem Blut verkrustet.

Der Reiter erblickte sie und lenkte sein Pferd auf die wartende Gruppe zu. Kasai konnte bei dem Mann keine Anzeichen von Furcht erkennen.

»Schönes Pferd«, sagte Kasai, als der Mann sein Tier zügelte.

»Besser als der Mann, den ich getötet habe, um es zu bekommen«, sagte der Reiter. Seine dunklen Augen richteten sich prüfend auf die Gruppe. Er wirkte amüsiert, und das ärgerte Kasai.

»Ein solches Pferd ist es wert, dafür zu töten«, sagte er mit Nachdruck, die Hand am Schwert.

»Allerdings«, stimmte der Reiter zu. »Aber die Frage, die ihr euch stellen müßt, lautet: Ist es auch wert, dafür zu sterben?«

»Wir sind fünf, du bist nur einer.«

»Falsch. Einer und einer. Du und ich. Denn wenn es losgeht, werde ich dich töten, ehe dein Herz auch nur einmal schlägt.« Die Worte wurden mit einer ruhigen Sicherheit ausgesprochen, die an Kasais Selbstvertrauen zerrte wie der Winterwind.

»Du tust meine Brüder so einfach ab?« fragte er in dem Versuch, ihre Überzahl noch einmal hervorzuheben.

Der Reiter lachte und ließ seinen Blick über die anderen schweifen. »Ich tue niemals einen Nadir so einfach ab. Ich habe schon gegen zu viele gekämpft. Es sieht so aus, als hättest du zwei Möglichkeiten: Entweder du kämpfst mit mir, oder wir reiten in euer Lager und essen.«

»Laß uns ihn töten«, sagte Chulai in der Sprache der Nadir.

»Das würde deine letzte Tat auf Erden sein, Vogelhirn«, sagte der Reiter in perfektem Nadir.

Chulai wollte sein Schwert ziehen, doch Kasai gebot ihm Einhalt. »Wieso sprichst du unsere Sprache?« erkundigte er sich.

»Essen wir oder kämpfen wir?« entgegnete der Mann.

»Wir essen. Wir bieten dir die Gastfreundschaft des Zeltes. Also, wieso sprichst du unsere Sprache?«

»Ich bin viele Jahre lang unter den Nadir gewandert, sowohl als Freund wie auch als Feind. Mein Name ist Waylander, aber bei dem Zeltvolk habe ich noch andere Namen.«

Kasai nickte. »Ich habe von dir gehört, Ochsenschädel – du bist ein mächtiger Krieger. Folge mir, und du bekommst das Mahl, das du willst.« Kasai riß sein Pony herum und galoppierte nach Norden davon. Chulai warf dem Drenai einen mörderischen Blick zu und folgte ihm.

Zwei Stunden später saßen sie um ein Kohlebecken in einem großen Zelt aus Ziegenleder. Waylander saß mit verschränkten Beinen auf einem Teppich, Kasai vor ihm. Beide Männer hatten aus einer gemeinsamen Schüssel mit eingedickter Milch gegessen und sich einen irdenen Becher mit starkem Schnaps geteilt.

»Was führt dich in die Steppe, Ochsenschädel?«

»Ich suche Kesa Khan von den Wölfen.«

Kasai nickte. »Sein Tod ist längst überfällig.«

Waylander lachte leise. »Ich bin nicht hier, um ihn zu töten. Ich will ihm helfen, zu überleben.«

»Das kann nicht wahr sein!«

»Ich versichere dir, daß es so ist. Meine Tochter und meine Freunde sind bei ihm – hoffe ich jedenfalls.«

Kasai war erstaunt. »Warum? Was bedeuten die Wölfe dir? Wir erzählen noch immer von Kesa Khans Magie und von den Werungeheuern, die er aussandte, dich zu töten. Warum willst du ausgerechnet ihm helfen?«

»Der Feind meines Feindes ist mein Freund«, antwortete Waylander. »Es gibt einen Mann, der dem Kaiser dient. Er ist der Feind, dessen Tod ich wünsche.«

»Zhu Chao! Mögen die Götter seine Seele verfluchen, bis die Sterne verlöschen! Ja, ein guter Feind, der Mann. Aber du kommst zu spät, um den Wölfen zu helfen. Die Gothir haben bereits mit dem Angriff auf die Bergfestung begonnen. Es gibt keinen Weg zu ihnen.«

»Ich werde einen Weg finden.«

Kasai nickte und nahm den letzten Schluck aus dem Becher; dann füllte er ihn erneut aus dem Krug, der neben ihm stand. Er bot ihn Waylander an, der vorsichtig nippte. »Mein Volk sind die Langen Speere. Wir sind Feinde der Wölfe. Ein Leben lang – und noch länger. Aber ich möchte nicht, daß die Gothir sie vernichten. Ich möchte der Mann sein, der Anshi Chen sein Messer in den Bauch rammt. Ich möchte Belash den Kopf abhacken. Ich möchte Kesa Khan das Herz herausreißen. Ein solches Vergnügen darf nicht von einem rundäugigen, in Steinzelten wohnenden Schwein genossen werden.«

»Wie viele Männer hast du hier?«

»Kämpfer? Sechshundert.«

»Vielleicht solltest du überlegen, ob du den Wölfen hilfst.«

»Pah! Meine Zunge würde schwarz werden, und alle meine Vorfahren würden mir den Rücken zukehren, wenn ich ins Tal der Ruhe komme. Nein, ich werde ihnen nicht helfen, aber ich werde dir helfen. Ich gebe dir Proviant und, wenn du willst, einen Führer mit. Es gibt noch andere Wege in die Berge.«

»Ich danke dir, Kasai.«

»Es ist nichts. Wenn du Kesa Khan findest, sag ihm, warum ich dir geholfen habe.«

»Das werde ich tun. Träumst du von dem Tag, an dem der kommt, der die Stämme eint?«

»Natürlich. Welcher Nadir tut das nicht?«

»Wie stellst du ihn dir vor?«

»Er wird vom Stamme der Langen Speere sein, soviel ist gewiß.«

»Und wie wird er die Nadir einen?«

Kasai lächelte. »Zuerst werden wir die Wölfe auslöschen und dann alle anderen verräterischen Stämme.«

»Angenommen, der die Stämme eint ist nicht von den Langen Speeren. Angenommen, er ist von den Wölfen?«

»Unmöglich.«

»Er muß ein außergewöhnlicher Mann sein«, meinte Waylander.

»Darauf wollen wir trinken«, sagte Kasai und reichte ihm den Becher.

Eingewickelt in seinen Umhang, den Kopf auf seinen Sattel gebettet, lag Waylander auf dem Teppich und lauschte dem Nachtwind, der um das Zelt heulte. Auf der anderen Seite des Kohlebeckens schlief Kasai, seine beiden Frauen links und rechts von ihm, seine Kinder dicht dabei. Waylander war müde, doch der Schlaf wollte sich nicht einstellen. Er drehte sich auf den Rücken und beobachtete, wie der Rauch durch das Loch im Dach des Zeltes abzog und vom Wind davongewirbelt wurde. Er konnte drei Sterne sehen, die hoch am Himmel standen. Er schloß die Augen.

Und erinnerte sich an den Tag, an dem er gekämpft hatte, um die Bronzerüstung zu beschützen. Die Nadir waren gekommen, ihn zu töten, aber er hatte sie erschlagen. Dann hatte sich das letzte der Wolfsungeheuer angeschlichen. Zwei Bolzen durchs Hirn hatten diesen Schrecken endlich beendet. Verwundet und allein hatte er sich aus der Höhle geschleppt – nur um den Rittern der Bruderschaft gegenüberzustehen. Diese konnte er nicht mehr besiegen, aber Durmast, der Riese, der verräterische Durmast war gekommen, um ihn zu retten, um sein Leben für einen Mann zu geben, den er hatte verraten wollen.

Waylander seufzte. So viele waren tot. Durmast, Gellan, Danyal, Krylla … Und immer wieder Kriege, Eroberung und Kampf, Niederlage und Verzweiflung. Wo endet das alles? dachte er. Im Grab? Oder geht die Schlacht weiter?

Kasai schnarchte inzwischen. Waylander hörte ihn grunzen, als eine seiner Frauen ihn anstieß. Er schlug die Augen auf und sah sich im Zelt um. Die Kohlen im Becken waren fast erloschen, und ein weiches, rotes Glühen erhellte das Innere. Kasai hatte eine Familie. Er hatte der Zukunft ein Geschenk gemacht. Er wurde geliebt.

Waylander drehte sich auf die Seite, so daß sein Gesicht von der Nadirfamilie abgewandt war. Wieder versuchte er einzuschlafen, aber diesmal sah er Dardalion vor sich, an den Baum gebunden, voller blutender Schnittwunden, umgeben von den Männern, die ihn verspotteten und auslachten.

Das war der Tag, an dem sich Waylanders Welt verändert hatte. Er hatte den Priester gerettet und war damit in den ewigen Kampf gezogen worden, Licht gegen Dunkelheit, Harmonie gegen Chaos. Und er hatte Danyal kennengelernt. Er stöhnte und drehte sich wieder herum, erschöpft, mit schmerzenden Muskeln.

Hör auf, an die Vergangenheit zu denken, befahl er sich. Denke an morgen. Nur an morgen. Er würde einen Weg in die Mondberge finden. Er würde neben Miriel und Angel stehen und das tun, was er am besten konnte. Er würde kämpfen.

Er würde töten.

Der Schlaf überraschte ihn, und seine Seele sank in die Dunkelheit.

Die Wände waren feucht, der Gang dunkel und beengt. Waylander blinzelte und versuchte, sich zu erinnern, wie er hiergekommen war. Es war schwer, sich zu konzentrieren. Suchte er etwas? Oder jemanden?

Es gab weder Türen noch Fenster, nur diesen endlosen Tunnel. Kaltes Wasser drang in seine Stiefel, während er voranwatete.

Ich habe mich verirrt, dachte er.

Es gab nirgends eine Lichtquelle; dennoch konnte er sehen.

Treppen. Ich muß eine Treppe suchen. Angst kroch in ihm hoch, doch er unterdrückte sie energisch. Bleib ruhig! Denk nach! Er ging weiter. Etwas Weißes an der gegenüberliegenden Wand erregte seine Aufmerksamkeit. Dort war eine Nische. Er platschte durch das fließende Wasser und sah ein Skelett, das von rostigen Ketten an der Wand gehalten wurde. Die Sehnen und Bänder waren noch nicht verwest; das Skelett war vollständig, bis auf das linke Bein, das vom Knie ab fehlte. Irgend etwas bewegte sich im Brustkorb, und Waylander sah, daß zwei Ratten sich dort ein Nest gebaut hatten.

»Willkommen«, sagte eine Stimme. Waylander wich entsetzt einen Schritt zurück. Der Kopf war kein Schädel mehr, sondern ein gutaussehendes Gesicht, umrahmt von goldenem Haar. Es lächelte ihn an. Waylanders Herz klopfte wild, und er tastete nach seiner Armbrust. Erst jetzt merkte er, daß er ohne Waffen war. »Willkommen in meinem Heim«, sagte der Kopf.

»Ich träume!«

»Vielleicht«, gab der Kopf zu. Eine Ratte kletterte durch die Rippen und sprang auf einen Felsvorsprung in der Nähe.

»Wo bin ich hier?« fragte Waylander.

Der Kopf lachte; der Klang hallte durch den Tunnel. »Na, wollen wir mal überlegen ... Sieht es aus wie das Paradies?«

»Nein.«

»Dann muß es woanders sein. Aber man darf sich nicht beklagen, oder? Es ist schön, nach so langer Zeit Besuch zu haben. Die Ratten leisten mir natürlich auch Gesellschaft, aber eine Unterhaltung mit ihnen ist ziemlich eingeschränkt.«

»Wie komme ich hier raus?«

Der Kopf lächelte, und Waylander sah, wie sich die hellen Augen triumphierend weiteten. Waylander wirbelte herum. Ein Schwert stieß auf seine Kehle zu. Er wich aus und rammte seine Faust in ein Gesicht aus einem Alptraum. Sein Angreifer fiel rücklings ins Wasser, erhob sich aber rasch wieder. Er hatte menschenähnliche Gestalt, abgesehen davon, daß seine Haut geschuppt war und die riesigen Augen wie bei einem Fisch an den Seiten des Kopfes saßen. Er hatte keine Nase, lediglich Schlitze; das Maul war geformt wie ein umgekehrtes V, lippenlos und von Fangzähnen gesäumt.

Das Wesen machte einen Satz nach vorn. Waylander packte eine der Rippen des Skeletts und riß sie mit einem Ruck los. Das Schwert sauste nieder. Waylander warf sich zur Seite und rammte die abgebrochene Rippe in die Brust des Wesens. Es ließ das Schwert fallen und stieß ein entsetzliches Heulen aus. Und verschwand.

Waylander packte das Schwert und wirbelte zu dem Skelett herum. Der schöne Kopf war nicht mehr zu sehen. Der Totenschädel sackte nach hinten und fiel in das trübe Wasser.

Mit dem Schwert in der Hand ging Waylander weiter, alle Sinne aufs höchste angespannt.

Der Tunnel weitete sich, und er sah einen steinernen Bogen und einen Weg, der zu einer Treppe führte. Auf der ersten Stufe saß ein alter Mann. Seine Kleider waren zerlumpt und mit Schimmel und Moderflecken übersät. In den Händen hielt er *einen durchsichtigen Kristall, in dessen Innerem ein weißes Licht schimmerte.*

Waylander ging auf ihn zu.

»Dies ist deine Seele«, sagte der alte Mann und hielt den Kristall hoch. »Wenn ich ihn fallen lasse oder zerbreche oder zermalme, kommst du niemals hier heraus. Du wirst für alle Ewigkeit durch diese Tunnel wandern. Geh den Weg zurück, den du gekommen bist.«

»Ich möchte die Treppe hinaufgehen, alter Mann. Geh beiseite.«

»Einen Schritt näher, und deine Seele stirbt!« warnte der alte Mann, den Kristall hoch erhoben. Waylander sprang vor. Sein Schwert zerschmetterte den Kristall, so daß die glitzernden Splitter ins Wasser fielen. Der alte Mann wich zurück. »Woher wußtest du …?« jammerte er.

»Meine Seele gehört mir«, antwortete Waylander. Der alte Mann verschwand.

Und die Stufen lockten.

Waylander ging vorsichtig weiter. Die Wände des Treppenaufgangs schimmerten in einem matten Grün, und die Stufen glänzten wie geölt. Er holte tief Luft, dann wagte er sich auf die erste Stufe. Dann die zweite. Arme schossen aus den Wänden, gekrümmte Finger und Klauen griffen nach ihm. Das Schwert sauste herab und hieb auf eine geschuppte Hand ein. Finger packten seine Ledertunika. Er riß sich los und kämpfte sich die Treppe hoch. Seine Klinge hackte und hieb sich einen Weg durch die tastenden, sich windenden Glieder.

Am oberen Ende der Treppe befand sich ein rechteckiger Absatz. Zwei Türen gingen davon ab. Eine war in Gold gefaßt und stand halb offen, die andere wurde von einer riesigen dreiköpfigen Schlange bewacht, deren Windungen sich um den ganzen Rahmen schlängelten. Die halboffene Tür ließ einen Strahl Sonnenlicht sehen, warm und willkommenheißend, lockend. Waylander ignorierte sie; seine Augen fixierten die Schlange. Ihre Mäuler waren gewaltig. Jedes hatte Fangzähne, die über zwanzig Zentimeter lang waren. Gift tropfte aus ihnen auf den Steinfußboden, wo es zischte und blubberte.

Eine Gestalt in einem Lichtgewand erschien in der halboffenen Tür. »Komm hierher! Rasch!« sagte die Gestalt, ein Mann mit freundlichem Gesicht, weißem Haar und liebevollen blauen Augen. »Komm zum Licht!« Waylander machte eine Bewegung auf ihn zu, als wollte er gehorchen, doch als er dicht genug heran war, packte er den Mann, zerrte ihn an seinen Kleidern und schleuderte ihn auf die Schlange zu. Zwei der Köpfe schossen vor. Der erste schloß sich um die Schulter des Mannes, der zweite stieß seine Zähne in sein Bein. Die Schreie des Opfers erfüllten die Luft.

Als Waylander an dem um sich schlagenden Mann vorbeisprang, zuckte der dritte Kopf herab. Waylander stieß ihm sein Schwert ins Auge. Schwarzes Blut quoll aus der Wunde, und der Kopf fuhr zurück. Waylander warf sich mit der Schulter gegen die Tür. Er spürte, wie das Holz nachgab, und stürzte in einen großen Saal. Als er sich auf die Füße rollte, sah er, daß ein Mann ihn erwartete.

Es war Morak.

»Jetzt rettet dich kein sterbender Hund mehr!« sagte der tote Meuchelmörder.

»Bei Hurensöhnen wie dir brauche ich keine Hilfe«, erwiderte Waylander. »Damals warst du nichts. Jetzt bist du weniger als nichts.«

Moraks Gesicht verzerrte sich, und er setzte zum Angriff an. Waylander wich aus, parierte den Stoß und konterte mit einem Hieb, der Morak fast den Kopf von den Schultern schlug. Der Meuchelmörder taumelte, fing sich jedoch wieder. Sein Kopf war in einem unnatürlichen Winkel geneigt.

»Wie tötet man einen toten Mann?« höhnte er und griff erneut an. Waylander parierte und zielte wieder auf den klaffenden Hals. Der Kopf fiel zu Boden, doch der Körper setzte seinen Angriff fort. Waylander blockte zwei Hiebe ab und stieß seine Klinge in den bereits geöffneten Brustkasten, doch er verlang-

samte seinen kopflosen Gegner nicht einmal. Gelächter erklang aus der Luft. »Bekommst du Angst?« Moraks Stimme hallte in dem Saal wider; durch die Luft schwirrten gekreischte Unflätigkeiten.

Waylander duckte sich unter einem wilden Hieb und lief dann zu dem abgetrennten Kopf, den er bei den Haaren hochriß. Er wirbelte herum und schleuderte ihn auf die offene Tür zu. Der Kopf prallte auf und kollerte durch den Spalt. Eine Schlange stieß herab, das riesige Maul klappte zu. Sofort hörte das Gekreische auf.

Der kopflose Körper brach zusammen.

Waylander fuhr herum, in Erwartung des nächsten Angriffs.

»Woher wußtest du, welche Tür du nehmen mußtest?« fragte eine andere Stimme. Waylander suchte nach der Quelle, konnte aber niemanden sehen.

»Das war nicht schwer«, antwortete er, das Schwert kampfbereit in den Händen.

»Ja. Ich verstehe. Das Sonnenlicht und das weiße Gewand waren etwas zu offensichtlich. Diesen Fehler werde ich nicht noch einmal machen. Ich muß sagen, Morak war eine Enttäuschung. Als er noch am Leben war, hat er dir einen anständigen Kampf geliefert.«

»Er hatte auch mehr, wofür zu kämpfen sich lohnte«, sagte Waylander. »Wer bist du? Zeig dich.«

»Natürlich, wie unhöflich von mir.« Am anderen Ende des Saals erschien eine Gestalt, ein hochgewachsener Mann in purpurnen Gewändern. Sein Haar war mit Öl flach an den Schädel geklebt, bis auf zwei geflochtene Koteletten, die ihm bis auf die schmalen Schultern reichten. »Ich bin Zhu Chao.«

»Den Namen habe ich schon gehört.«

»Natürlich hast du das. So, wollen wir mal sehen, was wir zu unserem Vergnügen zusammenbrauen können. Etwas aus deiner Vergangenheit, vielleicht?« Zhu Cho breitete die Arme aus und deutete auf einen Punkt in der Mitte des Saals. Schwarzer Rauch wirbelte dort und formte sich zu einem Wesen, das fast

drei Meter groß war. Es hatte den Kopf eines Wolfes und den Körper eines riesigen Mannes. »Wie schade, daß du deine kleine Armbrust nicht mitgebracht hast«, sagte Zhu Chao.

Waylander wich zurück, als das Wesen auf ihn zukam, die blutroten Augen auf seine Beute gerichtet. Ein silberner Pfeil sirrte durch den Saal und drang dem Wesen in den Hals. Ein zweiter folgte und durchschlug die gewaltige Brust. Das Wesen sank in die Knie; dann stürzte es kopfüber auf die steinernen Fliesen.

Waylander fuhr herum. Mit der Armbrust in der Hand stand Miriel in der Tür, an ihrer Seite Angel. Angel lief auf ihn zu.

»Zurück!« befahl Waylander mit erhobenem Schwert.

»Was, zum Teufel, ist los mit dir?« fragte Angel.

»Nichts ist hier, wie es scheint«, sagte Waylander. »Und ich lasse mich nicht von einem Dämon täuschen, nur weil er wie ein Freund aussieht.«

Miriel trat vor. »Urteile nach Taten, Vater«, sagte sie. Waylanders Armbrust materialisierte in seiner Hand; ein Köcher voller Bolzen erschien an seinem Gürtel.

»Wie seid ihr hergekommen?« fragte er, immer noch mißtrauisch.

»Kesa Khan hat uns geschickt. Jetzt müssen wir fort von hier.«

Waylander lud seine Armbrust und drehte sich zu Zhu Chao um.

Doch der Zauberer war verschwunden.

Auf beiden Seiten des Saales gab es zahlreiche Türen. Miriel lief auf die nächste zu, doch Waylander rief sie zurück.

»Was ist das für ein Ort?« fragte er sie.

»Er existiert in der Leere. Zhu Chao erschuf diese Burg als Falle für dich. Wir müssen raus hier, aus der Reichweite seiner Macht.« Wieder wollte Miriel auf die Tür zu, doch

Waylander packte ihren Arm. In seinen dunklen Augen loderte Zorn.

»Bleib stehen und denk nach!« fuhr er sie an. »Dies ist *seine* Schöpfung, also wird keine der Türen in die Freiheit führen. Dahinter liegen nur noch größere Gefahren.«

»Was schlägst du vor?« fragte Angel. »Warten wir einfach hier?«

»Genau. Auch seine Macht ist nicht unerschöpflich. Wir bleiben und kämpfen. Was auch immer kommt, wir töten es.«

»Nein«, widersprach Miriel. »Du hast keine Vorstellung davon, was in der Leere existiert. Dämonen, Ungeheuer, Geister – Wesen, die überaus böse sind. Kesa Khan hat mich vor ihnen gewarnt.«

»Wenn Zhu Chao die Macht hätte, solche Wesen zu beschwören, wäre ich schon tot«, sagte Waylander leise. »Aber welche Überraschungen er für uns auch auf Lager hat, sie warten hinter diesen Türen. Dort oder hier. Das ist unsere einzige Wahl. Und hier haben wir wenigstens Platz. Erzähl mir von der Leere«, bat er Miriel.

»Es ist ein Ort des Geistes«, erklärte sie, »des Wanderns. Es ist die Große Leere zwischen dem, was war und dem, was ist.«

»Also ist hier nichts wirklich?«

»Wirklich und doch nicht wirklich.«

»Diese Armbrust ist nicht aus Ebenholz und Stahl?«

»Nein. Sie ist ein Gegenstand des Geistes – deines Geistes. Eine Verlängerung deines Willens.«

»Dann muß ich sie nicht laden?«

»Ich ... weiß nicht recht.«

Waylander hob die Waffe und betätigte die Auslöser. Die Bolzen schossen durch die Halle und hämmerten in eine schwarze Tür. Er blickte auf die Waffe hinunter, deren Sehnen schlaff hingen. Dann hob er sie wieder. Sofort schossen zwei Bolzen durch die Luft. »Gut«, sagte er.

»Jetzt laß sie kommen. Und ich will meine Messer haben.« Ein Wehrgehänge erschien um seine Brust, von dem drei Messer in ihren Scheiden hingen. Seine Schulterpanzerung materialisierte – nicht in Schwarz, sondern aus schimmerndem Silber. »Was ist mit dir, Angel?« fragte er breit grinsend. »Was willst du haben?«

Der Gladiator lächelte. »Zwei goldene Schwerter und eine mit Edelsteinen besetzte Rüstung.«

»Du sollst sie haben!«

Ein goldener Helm erschien; ein weißer Federbusch wippte elegant bis in den Nacken. Dazu eine Brustplatte und Beinschienen, glitzernd vor Rubinen und Diamanten. Zwei Schwerter in ihren Scheiden tauchten schimmernd an seinen Hüften auf.

Alle Türen im Saal öffneten sich, und eine Schar schattenhafter Gestalten schwärmte auf die wartenden Krieger zu.

»Ich will Licht!« brüllte Waylander. Die Decke verschwand. Sonnenschein erfüllte den Saal und drang durch die schwarze Horde, die sich auflöste wie Nebel im Morgenwind.

Dann bildete sich eine schwarze Wolke über ihnen, die das Licht verdeckte, und eine kalte Stimme zischte überall um sie herum. »Du lernst rasch, Waylander, aber du kannst es nicht mit mir aufnehmen.«

Noch als die letzten Worte erklangen, erschienen neun Ritter in schwarzer Rüstung, lange, dreieckige Schilde am Arm, schwarze Schwerter in Händen. Waylander fuhr herum und schoß zwei Bolzen auf den ersten Krieger ab. Sie prallten wirkungslos gegen den Schild. Miriel schoß einen Pfeil ab, aber auch dieser wurde beiseitegefegt. Und die Ritter rückten vor.

»Was machen wir jetzt?« fragte Angel flüsternd und zog seine Schwerter.

Waylander zielte mit der Armbrust über die vorrückenden Krieger und schoß. Der Bolzen sauste los, machte kehrt und drang dem ersten in den Rücken. »Hier ist alles möglich«, sagte Waylander. »Laßt eurer Phantasie freien Lauf!«

Die Ritter griffen an, die Schilde vor sich haltend. Ein weißer Schild erschien an Waylanders Arm; seine Armbrust wurde zu einem Schwert aus Licht. Er sprang vor, rammte den ersten Ritter mit seinem Schild, so daß er das Gleichgewicht verlor, sprang in die entstandene Lücke und hieb mit seinem Schwert nach links, so daß es einem nachrückenden Krieger durch die Rippen fuhr.

Angel nahm zwei Schritte Anlauf; dann warf er sich zu Boden und rollte in die angreifenden Ritter. Drei stolperten über ihn, und ihre Schilde fielen klirrend zu Boden. Er sprang auf und tötete die beiden ersten – den einen mit einem Stich in den Bauch, den zweiten mit einem Rückhandstoß. Miriel tötete den dritten, indem sie ihm einen Pfeil ins Auge schoß.

Zwei Ritter drängten sich um Miriel. Sofort wurde aus ihrem Bogen ein glitzernder Säbel. Sie duckte sich unter einem wilden Hieb und sprang auf. Ihr Fuß schmetterte dem ersten Angreifer gegen das Kinn. Er wurde nach hinten geschleudert. Der zweite stieß sein Schwert auf Miriels Gesicht zu. Sie wich zur Seite und holte mit ihrem Säbel zu einem wuchtigen Hieb aus, der durch die Kettenpanzerung an der Kehle des Mannes drang. Er fiel vornüber, und sie stieß ihm die Klinge in den ungeschützten Rücken.

Die drei verbliebenen Ritter wichen zurück. Angel setzte ihnen nach. »Nein!« brüllte Waylander. »Laß sie gehen.«

Angel kehrte zu Waylander und Miriel zurück. »Ich kann mir nichts Magisches mehr ausdenken«, brummte er.

»Das brauchst du auch nicht«, sagte Waylander und deutete auf die verblassenden Burgmauern. »Es ist vorbei.«

Nach wenigen Augenblicken standen sie auf einer breiten, grauen Straße. Die Burg war nur noch Erinnerung.

»Du hast dein Leben für mich riskiert, Miriel«, sagte Waylander und nahm seine Tochter in die Arme. »Du bist für mich in die Hölle gegangen. Das werde ich nie vergessen, solange ich lebe.« Er ließ sie los und wandte sich an Angel. »Dir auch nicht, mein Freund. Wie kann ich dir danken?«

»Du könntest damit anfangen, daß ich Miriel hier wegbringen darf«, antwortete Angel, der nervöse Blicke auf den schiefergrauen Himmel und die düsteren Berge warf.

Waylander lachte. »Also gut. Wie kommen wir von hier fort, Miriel?«

Sie trat auf ihn zu und legte ihm die Hände über die Augen. »Denk an deinen Körper und wo er schläft. Dann entspanne dich, als wolltest du einschlafen. Wir sehen uns in den Bergen, schon sehr bald.«

Er nahm ihre Hände und hielt sie fest. »Ich komme nicht in die Berge«, sagte er leise.

»Was meinst du damit?«

»Dort bin ich nur ein weiteres Schwert. Ich muß dahin gehen, wo meine Gaben am besten nützen.«

»Doch nicht nach Gulgothir?« fragte sie ängstlich.

»Doch. Zhu Chao ist die Ursache für das alles. Wenn er tot ist, ist es vielleicht vorbei.«

»O Vater, er ist ein Magier. Und er wird schwer bewacht. Schlimmer noch, er weiß, daß du kommen wirst – deswegen hat er dir diese Falle gestellt. Er wird warten. Wie willst du da Erfolg haben?«

»Er ist Waylander der Schlächter«, sagte Angel schlicht.

»Was für ein Narr!« kicherte Kesa Khan, sprang auf und schlug Kapriolen durch die Höhle. Seine Müdigkeit war vergessen. Miriel schaute ihm erstaunt zu. Angel schüttelte nur den Kopf. »Sich vorzustellen«, fuhr der Schamane fort, »daß er versucht hat, Waylander direkt zu töten! Das ist geradezu eine Wonne! Als ob man einen Löwen dadurch zu ersticken versucht, daß man ihm den Kopf ins Maul steckt. Was für eine Wonne!«

»Wovon redest du überhaupt?« fragte Miriel.

Kesa Khan seufzte und ließ sich am Feuer nieder. »Du bist seine Tochter und siehst es nicht? Er ist wie ein Feuer. Sich selbst überlassen, brennt er bis auf glimmende Asche herunter. Aber ihn anzugreifen bedeutet, Äste und Zweige auf die Flammen zu werfen. Begreifst du das? Sieh nur!« Kesa machte eine Handbewegung über den Flammen, die zu einem flachen Spiegel aus Feuer wurden. Darin sahen sie Waylander, der langsam durch den Tunnel in die Leere watete. »Hier hatte er Angst, denn es gab keine Feinde, nur Dunkelheit. Er war verloren. Keine Erinnerung. Keine Waffen.« Sie beobachteten, wie die winzige Gestalt das Skelett erreichte, sahen, wie der goldhaarige Kopf erschien. »Jetzt schaut zu!« befahl Kesa Khan.

Das Schuppenwesen richtete sich hinter Waylander auf, der sich die Rippe schnappte und sie der Bestie in den Leib rammte. »Jetzt«, sagte der Schamane, »hat er ein Schwert. Jetzt hat er ein Ziel. Er ist umgeben von Feinden. Seine Fähigkeiten sind zielgerichtet. Seht nur, wie er sich bewegt. Wie ein Wolf.«

Schweigend sahen sie zu, wie die kleine Gestalt die Kugel zerstörte und sich die Treppe aus Händen und Klauen hinaufkämpfte. »Das hier fand ich großartig«, kicherte der Schamane, als Waylander den weißgekleideten Priester der Schlange ins Maul warf. »Er wußte es, versteht ihr? In der Dunkelheit, umgeben von Feinden, wußte er, daß es keinerlei Unterstützung gab. Die Tür, die er wählte, war die bewachte. Oh, es ist so vollkommen! In seinen Adern muß Nadirblut fließen! Und Sonnenlicht in die Leere zu rufen … wunderschön. Vollkommen! Zhu

Chao zittert jetzt bestimmt. Bei allen Göttern, ich würde es auch!«

»Ich weiß nicht, ob er zittert«, sagte Miriel, »aber ich weiß, daß mein Vater auf dem Weg nach Gulgothir ist. Und dort gibt es keinen Sonnenschein, den er herbeirufen könnte. Zhu Chao wird sich mit bewaffneten Wächtern umgeben. Er wird auf ihn warten.«

»So wie die Götter«, sagte Kesa Khan mit einer Handbewegung. Das Feuer flackerte wieder auf. »Morgen müssen wir die Frauen und Kinder nach Kar-Barzac bringen. Ich habe Anshi Chen eine Botschaft geschickt. Er wird eine kleine Nachhut zurücklassen, um die Pässe zu halten. Fünfzig Männer werden bis zur Dunkelheit hierbleiben, um die Mauer zu verteidigen. Das sollte reichen.«

»Was ist mit meinem Vater?« beharrte Miriel.

»Sein Schicksal liegt in den Händen der Götter«, antwortete Kesa Khan. »Er wird leben oder sterben. Wir können nichts tun.«

»Zhu Chao wird versuchen, ihn durch Magie aufzuspüren«, meinte Miriel. »Kannst du ihn abschirmen?«

»Nein. Die Macht habe ich nicht. Im Tal von Kar-Barzac gibt es tödliche Kreaturen. Ich brauche meine ganze Kraft, um sie in die Berge zu treiben, um für mein Volk den Weg zur Festung frei zu machen.«

»Was für eine Chance hat mein Vater dann?«

»Das werden wir sehen. Unterschätze ihn nicht.«

»Wir müssen doch irgend etwas tun können!«

»Ja, ja. Wir kämpfen weiter. Wir sorgen dafür, daß Zhu Chao seine Energie auf Kar-Barzac konzentriert. Das ist es, was er will. Seine Träume liegen in dieser alten Festung.«

»Wieso?« wollte Angel wissen.

»Die Älteren haben sie gebaut. Sie haben dort große Zauber gewirkt, lebende Dämonen erschaffen, die man als Bastarde kannte und die ihre Kriege für sie austrugen. Tiere, die sie mit Menschen verschmolzen. Eine ungeheure Magie! So groß, daß sie die Älteren letztendlich zerstörte. Aber in Kar-Barzac lebte die Magie weiter und strahlte aus. Ihr werdet es sehen. Sie hat das Tal verzerrt, Bäume deformiert, fleischfressende Schafe und Ziegen geschaffen. Ich habe dort sogar ein Kaninchen mit Fangzähnen gesehen. Nichts kann in diesem Tal leben, ohne zu verderben, sich zu verzerren. Sogar die Festung selbst ist mittlerweile eine Monstrosität. Ihre Granitblöcke sind verformt, als wären sie aus nassem Ton.«

»Wie, bei allen Göttern, können wir dann dorthin gehen?« fragte Angel.

Kesa Khan lächelte, und seine dunklen Augen strahlten. »Irgend jemand war so freundlich, die Magie zu beenden«, sagte er. Er wandte den Blick von ihnen und starrte ins Feuer.

»Was verschweigst du uns?« fragte Miriel.

»Eine ganze Menge«, gab der Schamane zu. »Aber vieles braucht ihr auch nicht zu wissen. Unsere Feinde erreichten Kar-Barzac vor uns. Sie haben die Quelle der Magie beseitigt – ja, und sind dabei gestorben. Jetzt ist es dort sicher. Wir werden seine Mauern verteidigen, und dort wird die Linie dessen fortgesetzt, der die Stämme eint.«

»Wie lange können wir diese Festung halten?« erkundigte sich Angel.

»Wir werden sehen«, antwortete Kesa Khan. »Aber zuerst muß ich die Ungeheuer aus dem Tal treiben. Laßt mich allein.«

16

Zhu Chaos Abbild schwebte vor Altharin, als der General in seinem Zelt stand, sein Adjutant Powis an seiner Seite. Der Albino Innicas, Hauptmann der Bruderschaft, stand links von ihm.

»Du hast deinen Kaiser enttäuscht«, sagte Zhu Chao. »Er hat dir eine einfache Aufgabe übertragen, und du hast dich als unfähig erwiesen. Ein paar Nadir sollst du töten, und du scheust vor diesem Test!«

»Diese paar Nadir«, erwiderte Altharin kalt, »haben sich hinter drei engen Pässen verschanzt. Ich habe mehr als zweihundert Männer bei dem Versuch verloren, uns hindurchzukämpfen, und deine geschätzte Bruderschaft hat nicht mehr Erfolg gehabt als wir. Ein einziger alter Mann hat ihren Angriff vereitelt.«

»Du wagst es, die Bruderschaft zu kritisieren?« zischte Zhu Chao. »Du bist nicht nur unfähig, du bist ein Verräter!«

»Ich diene dem Kaiser, nicht dir, du aufgeblasener …« Er stöhnte und sackte in Powis' Armen zusammen. Ein langes Messer ragte aus seinen Rippen.

Die Augen weit aufgerissen vor Entsetzen, nahm Powis den sterbenden General in die Arme und legte ihn behutsam zu Boden. Er blickte zu der weißhaarigen Gestalt Innicas' auf. »Du hast ihn umgebracht!« flüsterte er.

Altharin versuchte zu sprechen, doch von seinen Lippen sprudelte Blut, und sein Kopf fiel zurück. Innicas beugte sich vor und zog sein Messer aus dem Körper; dann wischte er es an der Seidentunika des toten Generals ab. Powis stand auf. Seine Hände zitterten.

»Keine übereilten Handlungen, Bursche!« sagte das Abbild von Zhu Chao. »Der Kaiser selbst hat den Befehl gegeben, ihn zu töten. Geh und hole Gallis. Sag ihm, der Kaiser habe ihn befördert.«

Powis trat einen Schritt zurück; dann blickte er auf den Leichnam hinunter. »Sofort!« befahl Innicas.

Powis stolperte rückwärts und rannte aus dem Zelt.

»Es gibt noch einen Paß, Herr, etwa fünfzig Kilometer weiter nördlich«, sagte Innicas.

»Nimm hundert Männer – die besten, die wir haben. Die Nadir werden versuchen, Kar-Barzac zu erreichen. Stelle sie im Tal zum Kampf. Dort werden sie weit auseinandergezogen sein, einige schon in der Festung, andere stellen die Nachhut. Die Frauen und Kinder werden in einer Reihe im offenen Gelände sein. Vernichtet sie! Wir werden sehen, wie gut die Nadir kämpfen, wenn nichts mehr da ist, wofür sie kämpfen können!«

»Wie du befiehlst, Herr«, antwortete Innicas mit einer Verbeugung.

»Hast du Gracus und die anderen erreicht?«

»Nein, Herr. Aber Zamon wartet mit ihren Pferden in den Bergen. Er sagt, sie wären sicher angekommen. Sie wollten sich unterirdisch vorwärts bewegen. Vielleicht verhindert die Magie von Kar-Barzac eine Verständigung.«

»Sie sind da – darauf kommt es an«, sagte Zhu Chao. »Es läuft alles wie geplant. Die Ventrier sind im Süden gelandet. Die Drenai sind ohne Karnak völlig durcheinander. Unsere eigenen Truppen warten nur darauf, in die Sentranische Ebene einzumarschieren. Aber viel von dem, was wir für unsere künftige Herrschaft brauchen, liegt in Kar-Barzac. Enttäusche mich nicht, Innicas!«

»Du kannst dich auf mich verlassen, Herr.«

»Das will ich hoffen.«

Die Gothir, die ihre Verwundeten mit sich schleppten, zogen sich zurück, als die Sonne hinter den Bergen versank. Senta ließ sich zu Boden sinken, Belash neben ihm. »Ich gebe es nur ungern zu, aber ich werde allmählich müde«, sagte der Schwertkämpfer.

»Ich auch«, gestand Belash. Der Nadir lehnte den Kopf gegen den schwarzen Stein der Mauer. »Die Angriffe waren heute wilder.« Er rieb sich die müden Augen. »In zwei Stunden ziehen wir uns zurück.«

»Wie weit ist es bis zu dieser Festung?«

»Wir werden bei Morgengrauen im Tal sein«, sagte Belash düster.

»Du hörst dich nicht besonders begeistert an, mein Freund.«

»Es ist ein sehr böser Ort.« Belash öffnete den Beutel an seinem Gürtel und holte die Knochen hervor, die er zwischen seinen Handflächen hielt. Er seufzte. »Ich glaube, Belash wird dort sterben.«

»Was ist das?« fragte Senta, um das Thema zu wechseln.

»Die rechte Hand meines Vaters. Er wurde vor langer, langer Zeit getötet, und ich bin der Rache immer noch nicht näher gekommen.«

»Was ist passiert?«

»Er wollte Ponys verkaufen und ritt zum Markt in Namib. Ein langer Weg. Er ging mit meinem Bruder und Anshi Chen. Nur Anshi überlebte den Angriff. Er war hinter der Herde, und als die Räuber zuschlugen, floh Anshi.«

»Herrscht deswegen ein solcher Zorn zwischen euch? Weil er ein Feigling war?«

»Er ist kein Feigling!« fuhr Belash auf. »Es waren zu viele Räuber, und es wäre dumm gewesen zu kämpfen. Nein, Anshi und ich liebten dieselbe Frau. Sie wählte ihn. Aber er ist ein guter Häuptling – möge meine Zunge schwarz werden, weil ich das zugebe. Ich versuchte, den

Räubern zu folgen. Ich fand den Leichnam meines Vaters, nahm diese Knochen und begrub den Rest. Aber die Spuren waren zu alt. Anshi beobachtete, wie mein Vater niedergeschlagen wurde. Er sah den Mann, der den Todesstoß austeilte. Er beschrieb ihn mir. Seitdem lebe ich in der Hoffnung, ihn zu finden – einen weißhaarigen Krieger, mit Augen von der Farbe des Blutes.«

»Es ist noch immer Zeit«, meinte Senta.

»Vielleicht.« Belash stand auf und schlenderte an der Mauer entlang, sprach mit den Verteidigern, kniete neben den Verwundeten und Sterbenden nieder.

Senta streckte sich auf dem Rücken aus, den Kopf in die Hände gelegt, und beobachtete, wie die Sterne am dunkel werdenden Himmel erschienen. Die Luft war frisch und kühl, und die Steine unter seinem Rücken fühlten sich beinahe weich an. Er schloß die Augen. Als er sie wieder öffnete, saß Miriel neben ihm. Er lächelte. »Ich bin eingeschlafen«, sagte er. »Aber ich habe von dir geträumt.«

»Bestimmt etwas Lüsternes.«

Er setzte sich auf und reckte sich. »Nein. Wir saßen auf einer Wiese an einem Fluß, unter den Zweigen einer Weide. Wir hielten uns bei den Händen. So.« Er ergriff ihre Hand und hob sie an seine Lippen.

»Du gibst wohl nie auf, was?« sagte sie und zog ihre Hand zurück.

»Niemals! Warum küßt du mich nicht, meine Schöne? Nur das eine Mal. Um zu sehen, ob es dir gefällt.«

»Nein.«

»Du triffst mich bis ins Mark.«

»Ich glaube, du wirst es überleben.«

»Du hast Angst, nicht wahr? Angst zu geben. Angst zu leben. Ich habe dich letzte Nacht mit Angel gehört, wie du dich ihm angeboten hast. Es war ein Fehler, meine Schöne, und Angel hatte recht, als er nein sagte. Das war zwar verrückt, aber richtig. Wovor hast du Angst?«

»Ich will nicht darüber reden«, sagte Miriel und wollte aufstehen. Er legte ihr leicht eine Hand auf den Arm.

»Rede mit mir«, sagte er leise.

»Warum?« flüsterte sie.

»Weil ich dich liebe.«

Sie lehnte sich zurück und sagte eine Zeitlang nichts. Er drängte sie nicht, sondern blieb schweigend neben ihr sitzen. »Wenn du jemanden liebst«, sagte sie schließlich, »öffnest du alle Türen in dein Herz. Du läßt ihn hinein. Wenn er stirbt, hast du keine Verteidigungslinie mehr. Ich sah den Schmerz meines Vaters, als ... als Mutter starb. Ich will diesen Schmerz nicht erleiden. Niemals.«

»Du kannst ihn nicht vermeiden, Miriel. Das kann niemand. Wir sind wie die Jahreszeiten – wir wachsen im Frühling, reifen im Sommer, verblassen im Herbst und sterben im Winter. Aber es ist dumm zu sagen: ›Es ist Frühling, aber ich will keine Blüten tragen, denn sie müssen verwelken.‹ Was ist das Leben ohne Liebe? Ewiger Winter. Kälte und Schnee. Das ist nichts für dich, meine Schöne. Vertrau mir.«

Seine Hand strich über ihr Haar. Er beugte sich zu ihr hinüber, und seine Lippen streiften ihre Wange. Langsam wandte sie den Kopf, und sein Mund berührten den ihren.

Ein Pfeil segelte über die Mauer, und aus der Ferne hallte das Stampfen marschierender Füße über den Paß.

»Die Gothir haben ein untrügliches Gespür für den richtigen Zeitpunkt«, sagte Senta, stand auf und zog sein Schwert.

Angel fühlte sich unbehaglich, als er am Rand des Tales stand und über das mondbeschienene Grasland und die sanften Hügel blickte. In der Ferne konnte er die Türme und Mauern von Kar-Barzac sehen, unweit eines großen, flachen Sees, der die Farbe alten Eisens hatte. Nadirfrauen und -kinder zogen in einer langgestreckten Linie langsam ins Tal; viele von ihnen zerrten hochbeladene Karren mit ihren Habseligkeiten hinter sich her. Angel lenkte seinen Blick auf die hohen Berge, die das Tal umstanden, und musterte prüfend die verformten Gipfel. Das alles war offenes Gelände, und er dachte an die Verteidiger, die die drei Pässe bemannten. Er betete, daß die Nachhut standhalten möge. Denn wenn sich die Gothir den Weg durch einen der Pässe erkämpften …

Er verschloß seine Gedanken vor dem Gemetzel, das dann folgen würde.

Die meisten der Nadirkrieger waren voraus zur Festung geritten; die Mehrheit der Zurückgebliebenen verteidigte die Pässe. Nur dreißig Männer ritten mit den Frauen und Kindern und trieben sie nach Kar-Barzac. Angel schwang sich in den Sattel und ritt den Hügel hinab. Seine Stimmung hob sich, als er den stummen Nadirjungen neben einem überladenen Karren marschieren sah, Angels Umhang um die knochigen Schultern geschlungen, in der rechten Hand ein Stück Holz, das geformt war wie ein Schwert. Der Umhang schleifte im Staub. Angel ritt neben den Jungen, bückte sich, hob ihn hoch und setzte ihn hinter sich in den Sattel. Der Junge grinste und schwenkte sein Holzschwert durch die Luft.

Angel gab seinem Wallach die Sporen und ließ das Pferd an die Spitze der Kolonne galoppieren, wo Belash neben dem Kriegshäuptling der Nadir, Anshi Chen, ritt. Die beiden Krieger waren in ein Gespräch vertieft. Anshi blickte auf, als Angel näher kam. Er war untersetzt, mit der Neigung, Fett anzusetzen. Seine dunklen Augen zeigten nichts als Feindseligkeit, als der Drenai sein Pferd zügelte.

»Wir bewegen uns zu langsam«, sagte Angel. »Es wird bald hell.«

Belash nickte. »Du hast recht, aber viele sind alt. Sie können nicht schneller.«

»Sie könnten, wenn sie die Wagen zurückließen.«

Anshi Chen schniefte laut; dann räusperte er sich und spie aus. »Ihr Besitz ist ihr Leben«, sagte er. »Das kannst du nicht verstehen, Drenai, denn dein Land ist voller Reichtümer. Aber in jedem dieser Wagen liegt mehr, als du sehen kannst. Eine Bronzelaterne mag für dich nur ein Licht im Dunkeln sein, aber vielleicht hat ein Urgroßvater sie vor hundert Jahren gemacht, und seitdem wird sie in Ehren gehalten. Jeder Gegenstand hat einen viel größeren Wert, als du begreifen kannst. Sie zurückzulassen wäre wie ein Dolchstoß in die Seele einer jeden Familie.«

»Ich sorge mich nicht um einen Dolchstoß in die Seele«, sagte Angel, »sondern um einen Dolchstoß in den Rücken. Aber es ist euer Krieg.« Er riß den Kopf seines Pferdes herum und ritt wieder an der Kolonne entlang zurück.

Mehr als dreihundert Menschen zogen durch das Tal. Er schätzte, daß es noch zwei Stunden dauerte, bis der letzte von ihnen die Festung erreichte. Er dachte an Senta und Miriel bei der Mauer und an Waylander auf seiner einsamen Reise nach Gulgothir.

Die Sterne verblaßten allmählich, der Himmel wurde heller.

Und sein Unbehagen wuchs.

Der weißhaarige Innicas verließ den Schutz des Felsens und ging zu seinen Ritterbrüdern hinüber. »Jetzt«, sagte er. »Der Augenblick ist gekommen.« Er nahm die Zügel seines schwarzen Hengstes, schwang sich in den Sattel und zog das schwarze Schwert aus der Scheide. Hundert Krieger bestiegen ihre Pferde und warteten auf seinen Befehl. Innicas schloß die Augen und versuchte, die Gemeinschaft des Blutes herzustellen. Er spürte das Fließen der Seelen, schmeckte ihren Zorn und ihre Bedürfnisse, ihre Bitterkeit und ihre Wünsche. »Laßt nicht einen

Nadir am Leben«, flüsterte er. »Alle müssen sterben. Geschenke an den Herrn aller Wünsche. Laßt Schmerzen herrschen, Angst und Qualen und Verzweiflung!« Die Seelen seiner Ritter flatterten in seinem Geist wie schwarze Motten, die das dunkle Licht seines Hasses umkreisten. »Was brauchen wir?« fragte er sie.

»Blut und Tod«, kam die Antwort, und sie zischte in seinem Geist wie eine Heerschar von Schlangen.

»Blut und Tod«, wiederholte er. »Und jetzt laßt den Zauber wachsen. Überflutet unsere Feinde mit Angst, einem reißenden Strom, der ihren Mut ertränkt.«

Wie ein unsichtbarer Nebel breitete sich der Zauber aus, trieb über Fels und Geröll ins Tal hinab, wurde immer stärker, immer größer.

Die hundert Ritter des Blutes beendeten die Gemeinschaft, ritten aus ihrem Versteck hervor und schwärmten zu einer Schlachtreihe aus, die Schwerter gezogen.

Angel spürte den kalten Hauch der Angst. Seine Gedanken sprangen zurück zu dem Tag bei der Hütte, als die Bruderschaft zum erstenmal erschien. Er zerrte an den Zügeln und riß das Pferd herum, so daß er nach Süden blickte. Er sah, wie der Feind sich vor dem Himmel abhob, sah die schwarzen Umhänge im Wind flattern, die hocherhobenen Schwerter. Belash sah sie zur gleichen Zeit und rief nach Anshi Chen.

Als der Zauber der Angst sie überrollte, begannen die Frauen und Kinder zu jammern und durchs ganze Tal auseinanderzulaufen. Einige warfen sich zu Boden und bedeckten die Köpfe mit den Händen. Andere blieben starr vor Schreck einfach stehen. Shia marschierte in der Mitte der Kolonne, als der Zauber sie traf. Mit zitternden Händen nahm sie ihren Bogen von der Schulter und legte ungeschickt einen Pfeil auf die Sehne.

Angel fühlte, wie der Arm des stummen Kleinen ihn umklammerte. Er drehte sich im Sattel um, hob den Jungen hoch und setzte ihn neben einem von Hand gezogenen Karren auf die Erde. Das Kind sah zu ihm auf, die Augen vor Angst weit aufgerissen. Angel zog sein Schwert und rang sich ein Lächeln ab. Das Kind zog seinen Stock aus dem Gürtel und schwenkte ihn durch die Luft.

»Guter Junge!« sagte Angel.

Die dreißig Nadir, die die Vorhut bildeten, galoppierten zu Belash und Anshi Chen. Angel stieß zu ihnen. »Ihr Zauberbann wird nicht halten, wenn das Töten einmal begonnen hat!« sagte Angel. »Vertraut mir!«

»Es sind zu viele«, murmelte Anshi Chen mit zitternder Stimme.

»Sie werden schon bald weniger sein«, schnaubte Angel. »Folgt mir!« Er ließ sein Pferd in Galopp fallen und setzte zum Angriff auf die schwarze Linie an.

Die Bruderschaft galoppierte voran, und das Donnern der Hufe hallte im Tal wider wie die Trommeln des Verderbens. Zorn stieg in Angel auf. Hinter ihm waren Frauen und Kinder, und wenn die Bruderschaft durchbrechen sollte, was höchst wahrscheinlich war, wollte er nicht am Leben bleiben und das Schlachten mit ansehen. Er warf keinen Blick zurück, um zu sehen, ob die Nadir noch hinter ihm waren. Es war ihm egal. Das Schlachtfieber hatte ihn gepackt.

Die schwarze Linie kam näher, und Angel lenkte sein Pferd zu ihrer Mitte. Belash galoppierte an seine Seite, einen Schlachtruf ausstoßend.

Drei Reiter drängten sich um Angel. Er duckte sich unter einem wilden Hieb und hämmerte sein Schwert in den Helm eines zweiten Ritters. Der Mann wurde aus dem Sattel geworfen. Belashs Pferd stürzte, doch der Nadir sprang rechtzeitig ab und rollte sich auf die Füße. Eine

Schwertklinge glitt von seiner Schulter ab. Er sprang auf, zerrte den Reiter aus dem Sattel und stieß dem Mann sein Messer in den Bauch.

Der kleine Keil von Nadirreitern war inzwischen umzingelt, und die Flügel der Bruderschaft, etwa vierzig Mann, jagten den Frauen und Kindern nach.

Shia sah sie kommen, angsterfüllt, und spannte ihren Bogen. Ihr erster Pfeil durchschlug den Hals des vordersten Pferdes. Es stürzte und drehte sich, so daß sein Reiter freikam, brachte dabei aber die zwei folgenden Pferde zu Fall. Andere Ritter wichen aus, um nicht mit den Gestürzten zusammenzustoßen. Ein zweiter Pfeil traf einen der Ritter im Hals. Er schwankte einen Moment im Sattel, ehe er zu Boden fiel.

Shia legte einen dritten Pfeil auf … und dann hörte sie hinter sich das Donnern von Hufen! So nahe! Sie fuhr herum und sah eine Schar von Reitern in silberner Rüstung und flatternde weiße Umhänge. Sie galoppierten durch die Reihen der Flüchtlinge und griffen die Bruderschaft an. Shia wollte ihren Augen kaum trauen. Sie waren wie silberne Geister aus dem Nichts gekommen, und in ihrem Kielwasser löste sich der Zauber der Angst auf wie Eis in der Sonne.

Auf der anderen Seite des Schlachtfeldes hieb Angel sich einen Weg durch die Massen und sah die weißen Ritter auf die Bruderschaft einschlagen. Jubilierend machte er wieder kehrt und trieb sein Pferd zurück ins Getümmel. Schwerter klirrten rings um ihn, doch er nahm gar keine Notiz von der Gefahr. Sein Pferd stürzte, und er schlug hart auf dem Boden auf. Ein Huf traf ihn an der Schläfe. Angel ließ sein Schwert los und rollte sich ab. Eine Klinge sauste auf ihn herab, aber er duckte sich darunter und warf sich dann mit seinem ganzen Gewicht gegen das Pferd des Reiters. Aus dem Gleichgewicht gebracht, stürzte das Pferd und warf seinen Reiter ab. Angel kletterte über das gestürzte Tier. Der Ritter versuchte aufzustehen, als Angels Stiefel auch schon gegen seinen Helm schmetterte. Der Kinnriemen riß, der Helm fiel herab. Der Ritter versuchte, seinen Angreifer zu erstechen, doch Angels Faust traf ihn im Gesicht, so daß es den Mann herumwarf. Angels Hände schlossen sich um seine Kehle wie Eisenbänder. Der Ritter ließ sein Schwert fallen und zerrte an den Fingern. Doch seine Kräfte erlahmten rasch.

Angel ließ den Toten fallen und nahm das Schwert des Ritters an sich.

Anshi Chen hieb mit seinem Schwert auf den Hals eines Angreifers ein, doch der Mann wehrte den Hieb teilweise ab, so daß die Klinge ihn seitlich am Helm traf und das Visier abriß. Als es wie ein gebrochener Flügel vom Helm hing, erkannte Anshi das Albinogesicht. »Belash!« schrie er. »Er ist es, Belash!«

Innicas' Schwert fuhr hoch und drang Anshi in den Bauch. Belash, der den Schrei hörte, wirbelte herum und sah, wie Innicas den tödlichen Stoß austeilte. Alle Vernunft wich von dem Nadir, und er stieß einen entsetzlichen, haßerfüllten Schrei aus. Ein Pferd tauchte neben ihm auf. Belash sprang den Reiter an und zerrte ihn aus dem Sattel. Ohne innezuhalten, um den Mann zu töten, packte Belash den Sattelknauf und schwang sich auf den Rücken des Tieres. Innicas sah ihn, spürte seine Wut und musterte rasch die Kampflinie.

Die Bruderschaft war zersplittert.

Panik stieg in ihm auf. Mit einem wilden Tritt versetzte er sein Pferd in Galopp und ritt nach Süden zu dem verborgenen Paß. Belash setzte ihm nach, tief über den Hals des Hengstes gebeugt, um dem Wind möglichst wenig Widerstand zu bieten. Innicas, in voller Rüstung, war schwerer, und sein Hengst wurde müde, als er den Hügel hinaufdonnerte. Innicas warf einen Blick zurück. Der Nadir kam näher.

Der Hengst des Ritters, schon am Rande der Erschöpfung, stolperte auf dem Geröll und stürzte beinahe. Innicas sprang ab. Belash warf sich auf ihn. Sein Pferd traf den Ritter mit der Schulter und warf ihn von den Beinen. Belash zerrte an den Zügeln und sprang leichtfüßig ab.

»Du hast meinen Vater getötet«, sagte er. »Jetzt wirst du ihm in alle Ewigkeit dienen.«

Innicas, das Schwert in der Hand, betrachtete den untersetzten Nadir. Der Mann hatte keine Rüstung und nur einen kurzen Säbel. Der Mut des Albinos kehrte zurück. »Du kannst es nicht mit mir aufnehmen, Abschaum!« höhnte er. »Ich schlage dich in Stücke!«

Belash griff an, doch Innicas' Schwert blockte den Hieb ab, und mit einer mörderischen Riposte grub sich die schwarze Klinge unterhalb der Rippen in Belashs Seite. Mit letzter Kraft ließ Belash sein Schwert sinken und zog seinen Krummdolch. Innicas zerrte an seinem Schwert, um es freizubekommen. Belash umklammerte mit der linken Hand Innicas' Helm. Seine Finger packten das abgerissene Visier. Innicas spürte, wie er in eine tödliche Umarmung hineingezogen wurde. »Nein!« schrie er. Belashs Messer drang Innicas durchs linke Auge ins Gehirn. Beide Männer fielen zu Boden.

Innicas zuckte einmal und lag still. Mit zitternden Händen öffnete Belash den blutgetränkten Beutel an seinem Gürtel. »Vater«, flüsterte er, Blut spuckend. »Vater ...«

In seiner Panik hatte Innicas den Verlauf der Schlacht mißdeutet. Obwohl sie durch die Ankunft der weißen Ritter überrascht wurden, hatte die Bruderschaft noch immer den Vorteil der Überzahl. Nur sieben der Nadirkrieger waren noch am Leben, und obwohl sie Unterstützung durch die zwanzig weißgekleideten Ritter hatten, waren sie ihnen noch mehr als zwei zu eins überlegen.

Angel, der aus mehreren Wunden blutete, spürte, daß die Schlacht kurz davor stand, sich gegen die Bruderschaft zu wenden. Ihr Anführer war geflohen, und die Ankunft der weißen Ritter hatte sie betäubt. Aber er wußte, daß der Feind noch immer siegen konnte.

Nicht solange ich lebe! dachte er.

Ein Schwert zischte an seinem Gesicht vorbei, und die flache Seite der Klinge traf sein Kinn. Er stürzte und versuchte, wieder aufzustehen. Um ihn herum donnerten Hufe. Er richtete sich auf, stieß einen Stiefel aus den Steigbügeln und wirbelte den Reiter daran zu Boden. Er packte den Sattelknauf, um sich hochzuziehen, doch das Pferd stieg und warf ihn ab. Mit einer Verwünschung hob Angel sein Schwert wieder auf. Eine Klinge fuhr herab. Angel blockte den Hieb ab, und als der Reiter an ihm vorbeiritt, packte er den Umhang des Mannes und zerrte ihn aus dem Sattel. Der Ritter schlug hart auf dem Boden auf. Angels Schwertspitze glitt zwischen Visier und Helm hindurch. Mit aller Kraft trieb Angel dem Mann die Waffe tief in den Schädel. Die Klinge brach. Angel fluchte.

Dicht bei ihm lag ein Schwert. Angel duckte sich zwischen den Pferdeleibern und griff danach, doch ein Huf hämmerte ihm gegen den Kopf, und er fiel vornüber ins Gras.

Als Angel erwachte, herrschte Stille, und sein Schädel dröhnte fürchterlich.

»Sieht so aus, als müßte ich immer deine Wunden nähen«, sagte Senta.

Angel blinzelte und versuchte, die Augen auf die Decke über ihm zu richten. Sie war in einem verrückten Winkel verbogen, und das Fenster darunter hing völlig schief. »Irgendwas stimmt nicht mit meinen Augen«, murmelte er.

»Nein. Das ist dieser Ort – Kar-Barzac. Hier ist nichts so, wie es sein sollte. Kesa Khan sagt, er ist seit Jahrhunderten durch Zauberei verdorben worden.«

Angel versuchte sich aufzusetzen, doch vor seinen Augen verschwamm alles, und er sank zurück. »Was ist passiert?« stöhnte er.

»Ich bin gekommen, um dich zu retten.«

»Ganz allein, nehme ich an.«

»Fast. Wir haben bis kurz nach Mitternacht gewartet, und als die Gothir zum fünften Mal zurückwichen, sind wir zu unseren Pferden gerannt. Es waren nur noch dreißig von uns übrig, aber das war genug, um die Bruderschaft in die Flucht zu schlagen.«

»Das weiß ich nicht mehr«, sagte Angel. »Ehrlich gesagt, sind meine Erinnerungen etwas verschwommen. Ich glaube, ich erinnere mich noch an Geister in weißer Rüstung, die zu unserer Rettung kamen.«

»Priester«, erklärte Senta. »Priester der QUELLE.«

»In Rüstung?«

»Ein ungewöhnlicher Orden«, sagte Senta. »Sie nennen sich selbst ›die Dreißig‹, wenn auch nur noch elf von ihnen übrig sind. Sie werden von einem Abt namens Dardalion angeführt.«

»Er war in Purdol dabei. Er half Karnak. Hilf mir auf!«

»Du solltest liegenbleiben. Du hast viel Blut verloren.«

»Danke für deine Besorgnis, Mutter. Und jetzt hilf mir auf, verdammt noch mal!«

»Wie du willst, alter Narr.« Senta schob seine Hand unter Angels Schulter und half ihm in eine sitzende Lage. Übelkeit übermannte ihn, doch er kämpfte sie nieder und holte tief Luft. »Ich dachte, wir wären am Ende. Wo ist Miriel?«

»In Sicherheit. Sie ist bei Dardalion und Kesa Khan.«

»Und die Gothir?«

»Lagern überall um uns herum, Angel. Sie haben Verstärkung erhalten. Es müssen sieben- oder achttausend Mann im Tal sein.«

»Wunderbar. Gibt es auch gute Nachrichten?«

»Ich wüßte nicht. Aber du hast Besuch. Ein netter kleiner Bursche. Er sitzt jetzt im Flur. Ich schicke ihn bald zu dir. Ich fand ihn neben dem Körper, den wir für deinen Leichnam hielten. Der Junge hat geweint. Rührend. Hat mir die Tränen in die Augen getrieben, das sage ich dir.« Angel fluchte. Senta lachte leise. »Ich wußte, daß du nicht tot warst, Angel. Du bist zu stur, um zu sterben.«

»Wie viele Krieger haben wir verloren?«

Sentas Lächeln schwand. »Belash ist tot, und Anshi Chen. Es sind noch etwa dreihundert Mann übrig, aber viele von ihnen sind jung und unerfahren. Ich glaube nicht, daß wir diesen Ort lange halten können.«

»Sie haben noch nicht angegriffen?«

»Nein. Sie sind damit beschäftigt, Bäume zu fällen, Enterleitern zu bauen und dergleichen.«

Angel legte sich zurück und schloß die Augen. »Sie müssen mir nur ein oder zwei Tage geben. Dann bin ich bereit. Ich erhole mich schnell, Senta.«

»In diesem Fall werden wir versuchen, den Krieg nicht ohne dich anzufangen.«

Senta fand Miriel auf dem inneren Schutzwall. Sie beugte sich über die verformte Mauer und starrte hinaus zu den Lagerfeuern des Feinds. In der Nähe standen Nadirkrieger, die ihre Waffen schärften. Der Schwertkämpfer ging an den Nadir vorbei und blieb neben dem großen Mädchen aus den Bergen stehen. »Angel geht es gut«, sagte er. »Ein paar kleinere Schnittwunden und eine große Beule an seinem dicken Schädel. Manchmal denke ich, daß er mit angesengtem Haar und nassen Stiefeln aus der Asche steigen würde, selbst wenn die Welt in Feuer und Wasser untergeht.«

Sie lächelte. »Er wirkt so wundervoll unzerstörbar.«

»Komm und sieh dir an, was ich gefunden habe«, sagte Senta und ging voran zu einer Treppe, die zu einem schmalen Gang hinunterführte, von dem mehrere Zimmer abgingen. Die Fenster waren verzerrt und sahen wie offene, schreiende Münder aus; die Wände waren schief. Das große Schlafzimmer war leer, und in der Mitte stand ein vergoldetes Himmelbett, sehr groß, rechteckig und stabil. Seidenkissen und Daunendecken lagen darauf.

»Wie konnte ein solches Bett bestehen bleiben, wenn die Festung aus Stein derart verformt ist?« fragte Miriel.

Der Schwertkämpfer zuckte die Achseln. »Andere Gegenstände aus Gold sind offenbar von der Zauberei auch nicht angegriffen. Ich habe unten zwei wundervoll ziselierte goldene Becher gefunden.«

Sie ging zum Bett, bog dann aber zum ersten der drei Fenster ab. Von hier aus konnte man das Tal sehen. »Da kommt wieder eine Kavallerieabteilung«, sagte sie.

»Die Kavallerie ist mir egal«, antwortete er.

Sie fuhr zu ihm herum, den Rücken zum Fenster. Ihr Gesicht lief blutrot an. »Glaubst du etwa, ich gehe mit dir ins Bett?«

»Ich glaube, du solltest es ernsthaft in Erwägung ziehen«, sagte er mit einem breiten Lächeln.

»Ich liebe dich nicht, Senta.«

»Das kannst du noch nicht wissen«, erwiderte er ernst. »Hier kannst du es herausfinden.«

»Glaubst du, Liebe entspringt den Lenden?«

Er lachte laut auf. »Meine immer – bis jetzt.« Er schüttelte den Kopf, und sein Lächeln verblaßte. »Du hast Angst, meine Schöne. Angst zu leben. Nun, hier sind wir, gefangen in einer verfallenen Festung. Unsere Zukunft läßt sich nach Tagen messen. Dies ist keine Zeit, um

Angst vor dem Leben zu haben. Du schuldest mir wenigstens einen Kuß. Die Gothir haben mir den letzten gestohlen.«

»Mehr als den einen Kuß wirst du nicht bekommen«, versprach sie und ging auf ihn zu.

Er öffnete die Arme, und sie trat in seine Umarmung. Seine Finger griffen zärtlich in ihr langes, dunkles Haar, schoben es ihr aus dem Gesicht, strichen über die hohen Wangenknochen. Seine Hand umfaßte ihren Nacken. Er spürte sein Herz klopfen, als er ihre Stirn und ihre Wange küßte. Sie neigte den Kopf, und ihre Lippen trafen sich. Er spürte, wie ihr Körper sich an ihn drängte. Ihr Mund schmeckte süß und warm, und seine Leidenschaft loderte auf. Doch er machte keine Anstalten, sie zum Bett zu ziehen. Statt dessen glitten seine Hände über ihren Rücken, hielten an der schmalen Taille inne, streichelten die Kurven ihrer Hüften. Er küßte sie auf Hals und Schulter und genoß den Duft ihrer Haut.

Sie trug eine schwarze, vorn geschnürte Ledertunika. Langsam wanderte seine rechte Hand zu ihrer Brust, und seine Finger tasteten nach dem ersten Knoten der Tunika.

»Nein«, sagte sie und trat einen Schritt zurück. Senta verbarg seine Enttäuschung und holte tief Luft. Miriel lächelte. »Ich mache das.« Sie schnallte den Messergürtel um ihre Taille ab und streifte die Tunika über den Kopf, so daß sie nackt vor ihm stand. Er betrachtete sie begehrlich und bewundernd – die langen, sonnengebräunten Beine, den flachen Bauch, die hohen, vollen Brüste.

»Du bist eine Augenweide, meine Schöne. Gar keine Frage.«

Er trat auf sie zu, doch sie hielt ihn auf. »Was ist mit mir?« fragte sie. »Bekomme ich keine Gelegenheit, dich zu bewundern?«

»Jede«, antwortete er, zog sein Hemd aus der Hose und

schnallte seinen Gürtel ab. Beinahe wäre er gestürzt, als er versuchte, seine Beinkleider auszuziehen, und Miriels Lachen war ansteckend.

»Man könnte glauben, du hättest dir noch nie die Hose ausgezogen«, sagte sie.

Er nahm ihren Arm und zog sie sanft auf das Bett. Eine Staubwolke stieg auf, als sie darauf niederfielen, so daß er husten mußte. »Wie romantisch«, kicherte sie. Er fiel in ihr Lachen ein, und sie blieben eine Weile ruhig nebeneinander liegen und schauten sich in die Augen. Seine rechte Hand streichelte ihre Schulter und ihren Arm, wanderte abwärts, bis sein Arm ihre Brustwarze berührte. Sie schloß die Augen und drängte sich näher an ihn. Die Hand wanderte weiter, über den flachen Bauch bis zu ihrem Schenkel. Sie hatte die Beine geschlossen, doch jetzt öffnete sie sie. Wieder küßte er sie. Sie schlang einen Arm um seinen Hals und zog ihn heftig an sich.

»Langsam, meine Schöne«, flüsterte er. »Es besteht kein Grund zur Eile. In Eile wird nie etwas Schönes geschaffen. Und ich möchte, daß dieses erste Mal für dich etwas Besonderes ist.«

Sie stöhnte, als seine Hand sich zärtlich gegen ihren Schamhügel preßte, und eine Weile liebkoste er sie langsam. Ihr Atem ging schneller, ihr Körper bäumte sich auf. Sie schrie auf, wieder und wieder. Endlich schob er sich über sie, hob ihre langen Beine über seine Hüften und suchte seinen Weg in sie hinein. Wieder küßte er sie; dann drang er in sie ein und schüttelte die selbst auferlegten Ketten seiner Leidenschaft ab.

Er versuchte, sich langsam zu bewegen, doch seine Erregung war größer als sein Wunsch, den Augenblick hinauszuzögern, und als Miriel wieder aufschrie, in einem rhythmischen, beinahe tierischen Stöhnen, gab er schließlich nach. Sein Körper bäumte sich auf; seine Arme zogen sie fest an sich. Dann stöhnte er auf und lag still. Er seufzte, entspannte sich und spürte, wie sein und ihr Herz gemeinsam gegen die warme Haut seiner Brust klopften.

»Oh«, flüsterte sie. »War das Liebe?«

»Bei allen Göttern, das will ich doch hoffen, meine Schöne«, antwortete er und rollte sich auf den Rücken. »Denn nichts in meinem Leben hat mir je so viel Vergnügen bereitet.«

Sie stützte sich auf einen Ellbogen und schaute auf ihn hinunter. »Das war ... wundervoll. Laß es uns noch einmal tun!«

»Warte noch ein bißchen, Miriel«, erwiderte er.

»Wie lange?«

Er lachte leise und zog sie in seine Arme. »Nicht lange. Das verspreche ich dir!«

17

Dardalion schlug die Augen auf, als sein Geist in seinen Körper zurückkehrte. Er spürte dessen Gewicht und das der silbernen Rüstung. Trotz des Holzfeuers, das im Kamin brannte, war es kalt im Raum.

»Heute werden sie nicht angreifen – und vielleicht auch morgen nicht«, berichtete er Kesa Khan. »Ihr General Gannis ist ein vorsichtiger Mann. Er hat Arbeitstrupps in die Wälder geschickt, um Bäume für Sturmleitern zu fällen. Er will uns mit einem einzigen Großangriff zerschmettern.«

Der kleine Nadirschamane nickte. »Wir können ein, vielleicht zwei Angriffe aushalten. Danach ...« Er breitete die Hände aus.

Dardalion erhob sich aus dem vergoldeten Stuhl und ging zum Feuer.

Er hielt die Hände den Flammen entgegen und genoß die wohlige Wärme. »Was ich nicht verstehe – und der Gothir-General auch nicht –, warum hat der Kaiser diesen Weg gewählt? ›Der die Stämme eint‹ läßt sich nicht aufhalten. Es steht geschrieben, daß die Nadir aufsteigen werden. Er kann nichts tun, um die Zukunft zu ändern. Gar nichts.«

»Es ist nicht der Kaiser, sondern Zhu Chao, der unsere Vernichtung will«, erklärte Kesa Khan mit einem trockenen Lachen. »zwei Dinge treiben ihn: sein Haß auf die Wölfe und sein Wunsch nach absoluter Macht.«

»Warum haßt er euch so?«

Kesa Khans Augen funkelten, und ein grausames Lächeln umspielte seinen Mund. »Vor vielen Jahren kam er zu mir, um das Wesen der Magie verstehen zu lernen. Er ist ein Kiatze, und er studierte die Dunklen Künste und die Ursprünge der Ritter des Blutes. Ich schickte ihn fort. Er hatte den Verstand, aber nicht den nötigen Mut.«

»Und deswegen haßt er euch so?«

»Nicht nur deswegen. Er schlich sich zurück in meine Höhle, und ich erwischte ihn dabei, wie er versuchte ...«, die Augen des Schamanen verschleierten sich, »... Gegenstände von großem Wert zu stehlen. Meine Wachen fingen ihn. Sie wollten ihn töten, aber ich beschloß, gnädig zu sein. Ich ließ ihm lediglich ... etwas abschneiden, ihm eine Wunde zufügen, die ihn an mich erinnerte. Er hatte zwar noch immer sein Leben, aber er würde nie Leben zeugen. Verstehst du?«

»Nur zu gut«, antwortete Dardalion kalt.

»Erlaube dir kein Urteil über mich, Priester«, fauchte Kesa Khan.

»Es ist nicht an mir, zu urteilen. Du hast die Saat des Hasses gesät, und nun bringst du die Ernte ein.«

»Pah, so einfach ist das nicht«, sagte der Schamane. »Er war schon immer eine Kreatur des Bösen. Ich hätte ihn töten sollen. Aber ich kann seinen Haß ertragen. Diese Festung, und das, was sie enthält, ist die Triebkraft seiner Wünsche. Hier gibt es Zauberei, die mächtiger ist als alles, was man seit zehn Jahrtausenden in der Welt gesehen hat. Zhu Chao will sie ... braucht sie. In ferner Vergangenheit haben die Älteren hier wahre Wunder gewirkt. Sie lernten, wie man Fleisch verschmilzt. Wenn ein Mann ein Bein verloren hatte, wuchs ihm ein neues. Organe, die vom Krebs zerfressen waren, konnten ersetzt werden, ohne ein Messer zu benutzen. Körper konnten verjüngt werden. Hier lag das Geheimnis der Unsterblichkeit. Die Macht war in einem riesigen Kristall enthalten, der in pures Gold gehüllt war. Er strahlte Macht aus, und nur Gold und – in geringerem Maße – Blei konnte sie bändigen. Du hast das Tal gesehen?«

»Ja«, antwortete Dardalion. »Pervertierte Natur.«

»Vor fünfzig Jahren kam eine Bande von Räubern her. Sie fanden die Kristallkammer, rissen das Gold von den Wänden und entfernten die Hülle von dem Kristall.« Er lachte. »Das war nicht klug.«

»Was ist mit ihnen geschehen? Warum haben sie den Kristall nicht gestohlen?«

»Die Macht, die sie freigelassen hatten, brachte sie um. Die Älteren wußten, wie man sie kontrolliert, wie man die Kräfte gezielt einsetzt. Ohne ihre Fähigkeiten ist diese Macht nichts weiter als verderbende, gewalttätige, unkontrollierbare Zauberei.«

»Ich spüre hier keine Ausstrahlung von Macht«, wandte Dardalion ein.

»Nein. Zhu Chao hat Männer hergeschickt. Sie haben den Kristall von seinem Sockel genommen. Jetzt ruht er auf einem goldenen Fußboden etwa siebzig Meter unter uns.«

»Dann sind diese Männer auch gestorben?«

»Ich glaube, man kann es als eine Art von Tod bezeichnen.«

Dardalion fror, als er in die boshaften Augen des Schamanen blickte. »Was verschweigst du mir, Kesa Khan? Welche geheimen Strategien mußt du noch enthüllen?«

»Sei nicht ungeduldig, Priester. Alles wird enthüllt werden. Alles ist in einem empfindlichen Gleichgewicht. Wir können hier nicht durch Stärke oder Tücke gewinnen – wir müssen uns auf das Nichtfaßbare verlassen. Deinen Freund Waylander, zum Beispiel. Er ist hinter Zhu Chao her – aber kann er in seinen Palast eindringen, sich einen Weg durch hundert Wachen kämpfen und die Zauberei überwältigen, die Zhu Chao befehligt? Wer weiß? Können wir hier aushalten? Und wenn nicht, können wir einen Fluchtweg finden? Oder sollten wir die Macht des Kristalls benutzen?«

»Du kennst die Antwort auf die letzte Frage, Schamane – nein. Sonst wärst du schon vor Jahren hergekommen. Niemand weiß, was die Älteren vernichtet hat. Man weiß nur, daß es Gegenden schrecklicher Verödung gibt, wo einst mächtige Städte waren. Alles, was wir von ihnen wissen, spricht von Verderbnis und Gier, ungeheurem Bösen und schrecklichen Waffen. Selbst deine Bösartigkeit schreckt vor ihren Untaten zurück. Ist es nicht so?«

Kesa Khan nickte. »Ich bin über die Pfade der Zeit gewandert, Priester. Ich weiß, was sie vernichtet hat. Und ich will ihre Rückkehr nicht erleben. Sie vergewaltigten das Land und lebten wie Könige, während sie die Flüsse und Seen, die Wälder, ja, selbst die Luft verpesteten, die sie atmeten. Sie wußten alles und verstanden nichts. Und deswegen wurden sie vernichtet.«

»Aber ihr Nachlaß lebt hier weiter«, sagte Dardalion leise.

»Und an anderen geheimen Orten, die noch nicht gefunden wurden.«

Dardalion kniete vor dem Feuer nieder und legte Holz nach. »Wie dem auch sei, wir müssen den Kristall zerstören. Zhu Chao darf ihn nicht in die Hände bekommen.«

Kesa Khan nickte. »Wenn die Zeit da ist, werden wir ihn aufsuchen.«

»Warum nicht jetzt?«

»Vertrau mir, Dardalion. Ich bin viel älter als du und bin über Pfade gewandelt, die deine Seele zu Asche verbrennen würden. Jetzt ist nicht die richtige Zeit.«

»Was soll ich tun?«

»Such dir einen stillen Platz und schicke deinen Geist auf die Suche nach Waylander. Schirme ihn ab, wie du es früher schon getan hast. Schütze ihn vor der Zauberei Zhu Chaos. Gib ihm seine Chance, das Ungeheuer zu töten.«

Vishna saß auf der Wehrmauer des höchsten Turms, Ekodas neben ihm. Der gothirsche Adelige mit dem gegabelten Bart seufzte. »Meine Brüder könnten dort unten sein«, sagte er.

»Dann laß uns beten, daß es nicht der Fall ist«, sagte Ekodas.

»Ich glaube, wir hatten unrecht«, meinte Vishna leise, »und du hattest recht. Dies ist keine Art, der QUELLE zu dienen. Ich habe bei dem Angriff gestern zwei Männer getötet. Ich wußte, daß sie böse waren. Ich spürte, wie es von ihnen ausstrahlte. Aber diese Tat hat mich erniedrigt. Ich kann nicht mehr glauben, daß die QUELLE von uns wünscht, daß wir töten.«

Ekodas streckte die Hand aus und legte sie seinem Freund auf die Schulter. »Ich weiß noch nicht, was die QUELLE verlangt, Vishna. Ich weiß nur, daß wir gestern eine Schar von Frauen und Kindern beschützten. Das bedaure ich nicht. Aber daß wir töten mußten, bedaure ich bitter.«

»Aber warum sind wir hier?« rief Vishna. »Um die Geburt eines Kindes zu sichern, das letztendlich alles zerstören wird, was meine Familie seit Generationen aufbaut? Das ist doch Wahnsinn!«

Ekodas zuckte die Achseln. »Hoffen wir, daß es einem größeren Zweck dient. Aber ich glaube, es reicht, die Bruderschaft in die Schranken zu weisen.«

Vishna schüttelte den Kopf. »Nur noch elf von uns sind übrig. Glaubst du, wir könnten noch einen großen Sieg erringen?«

»Vielleicht. Warum gehst du nicht Dardalion suchen? Betet zusammen. Das wird helfen.«

»Nein. Wird es nicht. Diesmal nicht, Bruder«, erwiderte Vishna traurig. »Ich bin ihm mein ganzes Erwachsenenleben hindurch gefolgt, und ich habe die große Freude der Kameradschaft kennengelernt – mit ihm, mit euch allen.

Ich habe bis jetzt niemals gezweifelt. Aber dies ist ein Problem, das ich allein lösen muß.«

»Was es auch wert sein mag, mein Freund, ich glaube, es ist besser, im ungewissen zu bleiben. Mir scheint, daß die meisten Probleme dieser Welt von Männern verursacht werden, die sich zu sicher waren, Männer, die stets wußten, was richtig ist. Die Bruderschaft wählte einen Weg aus Schmerz und Leid. Natürlich nicht ihr eigenes. Sie ritten in das Tal, um Frauen und kleine Kinder abzuschlachten. Vergiß das nicht!«

Vishna nickte. »Du hast wahrscheinlich recht, Ekodas. Aber was mache ich, wenn einer meiner Brüder mit dem Schwert in der Hand über diese Mauer klettert? Was soll ich dann tun? Er gehorcht den Befehlen seines Kaisers, wie es alle guten Soldaten tun müssen. Soll ich ihn töten? Stürze ich ihn in den Tod?«

»Ich weiß es nicht«, gab Ekodas zu. »Aber wir sehen uns genügend realen Gefahren gegenüber, ohne daß wir noch neue schaffen müßten.«

»Ich möchte gern allein sein, mein Freund. Nimm mir das bitte nicht übel.«

»Ich nehme es dir nicht übel, Vishna. Mögen deine Betrachtungen dir Frieden bringen.« Ekodas drehte sich um, duckte sich unter dem zerfallenden Sturz und stieg die gewendelte Treppe hinunter.

Er kam zu einem schmalen Flur, der in einen langen Saal führte. Darin half der dicke Merlon den Nadirfrauen, das Essen für die Krieger zuzubereiten. Ekodas sah Shia in der Nähe Teig kneten. Sie blickte auf und lächelte ihn an.

»Wie geht es dir, meine Dame?« fragte er.

»Mir geht es gut, Betbruder. Eure Ankunft war eine höchst erfreuliche Überraschung.«

»Ich hatte nicht geglaubt, daß wir es rechtzeitig schaffen. Wir sind zuerst nach Westen gereist, nach Vagria, und dann nach Süden, um die Belagerer zu umgehen. Es war ein langer Ritt.«

»Und jetzt bist du hier. Bei mir.«

»Es hat mir leid getan, als ich vom Tod deines Bruders hörte«, sagte er schnell, als sie sich vom Tisch erhob.

»Warum? Hast du ihn gekannt?«

»Nein. Aber es muß dir Kummer bereitet haben. Und das tut mir leid.«

Sie ging um den Tisch und stellte sich dicht vor ihn. »Ich fühle ein wenig Schmerz, doch es ist mein eigener. Aber ich bin auch stolz. Denn der Mann, den er tötete, war derselbe Ritter, der unseren Vater getötet hat. Das ist ein Segen, für den ich den Göttern danke. Belash ist jetzt in der Halle der Helden. Er ist umgeben von vielen schönen Jungfrauen, und sein Becher ist immer gefüllt mit edlem Wein. In den Fleischtöpfen brodelt es, und er kann unter hundert Ponies wählen, wenn er reiten will. Mein Kummer ist nur, daß ich ihn nicht mehr sehen werde. Aber ich freue mich für ihn.«

Ekodas fiel keine Antwort ein, und so verbeugte er sich und zog sich zurück. »Jetzt siehst du aus wie ein Mann«, sagte Shia beifällig. »Und du kämpfst wie ein Krieger. Ich sah dich drei Gegner töten und einen vierten verwunden.«

Er zuckte zusammen und verließ rasch die Halle. Aber sie folgte ihm hinaus auf den unteren Wehrgang über dem Hof. Die Sterne schienen hell, und er sog ein paarmal tief die kalte Luft ein.

»Habe ich dich beleidigt?« fragte sie.

»Nein. Es ist … nur …, daß ich nicht gern töte. Es gefällt mir nicht zu hören, daß ich einen Mann verstümmelt habe.«

»Mach dir keine Sorgen. Ich habe ihm die Kehle durchgeschnitten.«

»Das ist auch keine sehr erhebende Vorstellung.«

»Es sind unsere Feinde«, sagte sie in einem Ton, als

spräche sie mit einem Einfaltspinsel. »Was sollten wir sonst mit ihnen machen?«

»Ich habe keine Antworten, Shia. Nur Fragen, die niemand beantworten kann.«

»Ich kann sie beantworten«, versicherte sie strahlend.

Er setzte sich auf die Mauer des Wehrgangs und blickte in ihr monderhelltes Gesicht. »Du bist so selbstsicher. Wie kommt das?«

»Ich weiß, was ich weiß, Ekodas. Stell mir eine deiner Fragen.«

»Ich hasse es zu töten. Warum habe ich mich aber dann gestern in der Schlacht bei jedem Schwertstreich so wohl gefühlt?«

»Ich dachte, deine Fragen wären schwer«, tadelte sie ihn. »Geist und Fleisch, Ekodas. Der Geist ist unsterblich. Er liebt das Licht, er verehrt die Schönheit – die Schönheit der Gedanken und der Taten. Und er hat die Ewigkeit, die er genießen kann, die Zeit, über die er nachsinnen kann. Aber das Fleisch ist dunkel. Denn das Fleisch weiß, daß es nicht lange zu leben hat. Verglichen mit der Zeit des Geistes ist das Leben des Fleisches wie ein Blitz. Es hat sehr wenig Zeit, Vergnügen kennenzulernen, die Reichtümer des Lebens zu schmecken, Lust, Gier, Gewinn. Es möchte alles ausprobieren, und es schert sich um nichts außer um seine Existenz. Was du gespürt hast, war die jubelnde Freude des Fleisches. Nichts weiter. Und das ist kein Grund, sich selbst zu verabscheuen.« Sie lachte leise, ein volles, kehliges Lachen, das ihn anrührte, als stünde sein Blut in Flammen.

»Was ist daran so lustig?«

»Dir sollte jener Teil von dir leid tun, der Fleisch ist, Ekodas. Denn was bietest du ihm in seiner kurzen Existenz? Gutes Essen? Nein. Starken Wein? Tanz? Lust im Feuerschein?« Sie lachte wieder. »Kein Wunder, daß es solche Freude am Kampf hat, wie?«

»Du bist sehr direkt«, sagte er vorwurfsvoll.

»Danke. Errege ich dich?«

»Ja.«

»Aber du kämpfst dagegen an?«

»Ich muß. Es ist der Weg, den ich gewählt habe.«

»Glaubst du, daß der Geist ewig ist?«

»Natürlich.«

»Dann sei nicht so selbstsüchtig, Ekodas. Verdient das Fleisch nicht einen Tag an der Sonne? Sieh meine Lippen an. Sind sie nicht voll und schön? Und ist mein Körper nicht fest an den Stellen, wo er es sein sollte, und zugleich weich an den richtigen Stellen?«

Seine Kehle war trocken, und er merkte, daß sie ihm sehr nahe gekommen war. Er stand auf und schob sie auf Armeslänge von sich. »Warum quälst du mich, Herrin? Du weißt, daß ich dir nicht geben kann, was du willst!«

»Würdest du denn, wenn du könntest?«

»Ja«, gestand er.

»Wir haben unsere eigenen Priester«, sagte sie. »Kesa Khan ist einer. Auch er enthält sich der Liebe, aber es ist seine Wahl. Er verdammt sie nicht als falsch. Glaubst du, daß die Götter uns geschaffen haben?«

»Die QUELLE, ja.«

»Und haben sie … hat die QUELLE, wenn du so willst … nicht Männer und Frauen geschaffen, daß sie einander begehren?«

»Ich weiß, wohin das führt, aber laß mich eins sagen: Es gibt viele Möglichkeiten, der QUELLE zu dienen. Einige Männer heiraten und zeugen Kinder. Andere wählen andere Wege. Was du über das Fleisch gesagt hast, war vollkommen richtig. Aber wenn die Wünsche des Fleisches unterjocht werden, wird der Geist stärker. In meiner Geist-Form kann ich durch die Luft fliegen. Ich kann Gedanken lesen. Ich kann die Kranken heilen, Krebsgeschwüre entfernen. Verstehst du? Ich kann diese Dinge tun, weil die QUELLE mich gesegnet hat. Und weil ich irdischen Freuden entsage.«

»Hast du je eine Frau gehabt?« entgegnete sie.

»Nein.«

»Wie steht deine QUELLE zum Töten?«

Er lächelte reumütig. »Ihre Priester sind verpflichtet, alle Lebewesen zu lieben und keinem etwas zuleide zu tun.«

»Also hast du dich entschieden, eines ihrer Gebote zu brechen?«

»Ich glaube schon.«

»Ist Liebe eine größere Sünde als Töten?«

»Gewiß nicht.«

»Und du hast noch immer deine Gaben?«

»Ja.«

»Denk darüber nach, Ekodas«, sagte sie mit einem süßen Lächeln. Dann machte sie auf dem Absatz kehrt und ging zurück in den Saal.

Der Tod von Belash und Anshi Chen schuf eine Leere in der Führerschaft der Nadir, und die Stimmung in der Festung war gedrückt. Die Nadir führten ihre Kriege zu Pferde auf der offenen Steppe, und trotz der vergänglichen Sicherheit, die die windschiefe Zitadelle bot, fühlten sie sich unbehaglich, wenn sie die gewundenen Wehrgänge von Kar-Barzac bemannten.

Sie betrachteten die silbernen Ritter mit Unruhe und sprachen selten mit Senta oder Miriel. Mit Angel war es anders. Seine offenkundigen Feindseligkeiten ihnen gegenüber machten ihn zu einer Kraft, die sie verstehen und mit der sie umgehen konnten. Keine geringschätzigen Kommentare, keine Herablassung. Gegenseitige Abneigung und Respekt waren die beiden Gemeinsamkeiten, die es den verbliebenen Kriegern erlaubten, einen Bund mit dem ehemaligen Gladiator einzugehen.

Er organisierte sie in Verteidigungsgruppen entlang der Hauptmauer und befahl ihnen, Steine und zerbrochene Mauerstücke zu sammeln, die man auf den anrückenden Feind hinabschleudern konnte. Er wählte Führer, erteilte Befehle und hob ihre Stimmung mit beiläufigen Beleidigungen und rauhem Humor. Und seine offene Verachtung für die Gothirsoldaten half den Stammeskriegern, ihre eigene Angst zu überwinden.

Als die Sonne am dritten Tag der Belagerung aufging, scharte Angel eine kleine Gruppe von Offizieren um sich und kauerte sich auf den Wehranlagen zwischen sie. »Also, keiner von euch Hungerleidern hat jemals eine Belagerung erlebt. Deswegen werde ich euch jetzt klarmachen, was das bedeutet. Der Feind wird Baumstämme als Steigleitern heranschleppen und sie gegen die Mauern lehnen. Dann werden sie über die Aststümpfe hochklettern. Macht nicht den Fehler und versucht, die Leitern von der Mauer *weg*zudrücken. Das Gewicht von Männern in Rüstung und dem Holz macht das unmöglich. Schiebt sie nach links oder rechts. Benutzt dafür das stumpfe Ende eurer Speere oder schlingt Seile um die Spitzen der Stämme. Bringt sie aus dem Gleichgewicht. Wir haben ungefähr dreihundert Mann, um diese Mauern zu verteidigen, aber wir brauchen eine Reservetruppe, die in jede Bresche springt, die in unsere Reihen geschlagen wird. Du, Subai!« sagte er und deutete auf einen kleinen, breitschultrigen Stammeskrieger mit einer gezackten Narbe auf der rechten Wange. »Such dir vierzig Mann und haltet euch vom Kampf fern. Wartet im Hof und beobachtet die Wehranlagen. Wenn unsere Verteidigungslinie an einer Stelle durchbrochen wird, eilt ihr zur Verstärkung.«

»Es wird geschehen, wie du befiehlst«, erwiderte der Stammeskrieger.

»Sorge dafür, oder ich reiße dir den Arm aus und schlage dich mit dem nassen Ende tot.« Die Krieger lächelten. Angel stand auf. »Und jetzt folgt mir zum Tor.« Die Tore selbst waren längst verrottet, doch den Nadir war es gelungen, das Fallgitter herunterzulassen – beinahe zwei Tonnen rostiges Eisen –, um den Eingang zu blockieren. Sie hatten Karren und Wagen umgestürzt und davorgeschoben, und daneben standen dreißig Bogenschützen. Angel ging zum Torbogen. »Sie werden versuchen, das Gitter hochzuschieben. Es wird ihnen nicht gelingen, denn wir haben es oben verkeilt. Aber es ist stark verrostet, und sie werden mit Hammer und Säge versuchen, eine Öffnung zu schaffen. He, du! Wie heißt du noch?«

»Wie oft willst du das noch fragen, Häßlicher?« erwiderte der Nadir, ein hakennasiger, dunkelhäutiger Mann, größer als die meisten Stammeskrieger. Angel vermutete, daß er ein Halbblut war.

»Für mich seht ihr Hungerleider alle gleich aus«, sagte Angel. »Also, sag's mir noch mal.«

»Orsa Khan.«

»Ach ja, Orsa Khan. Ich will, daß du hier die Verteidigung befehligst. Wenn sie durchbrechen – und letztendlich werden sie das –, zünde die Wagen an. Und halte sie auf, so daß die Männer auf der Mauer sich in den Bergfried zurückziehen können.«

»Sie werden nicht durchbrechen, solange ich lebe«, versprach Orsa.

»Das ist der richtige Kampfgeist, Bursche!« lobte Angel. »So, noch Fragen?«

»Was sollten wir noch fragen?« warf Borsai, ein junger, sechzehnjähriger Krieger ein, der noch keinen Bart hatte. »Sie kommen, und wir töten sie, bis sie verschwinden. Ist es nicht so?«

»Hört sich gut an«, gab Angel ihm recht. »Wenn einige von ihnen die Brüstung erreichen – und das werden sie –, zielt nicht auf ihre Köpfe. Schlagt mit euren Schwertern auf ihre Hände, wenn sie nach Halt suchen. Sie werden zwar Handschuhe tragen, aber guter Stahl durchdringt sie. Wenn sie dann fallen, reißen sie wahrscheinlich zwei oder drei andere mit sich. Und es ist ein tiefer Sturz, meine Freunde. Die stehen nicht wieder auf.«

Angel überließ die Soldaten ihren Pflichten und machte seine Runde über die Mauern. Den Dreißig zufolge würden die Gothir zuerst das Haupttor an der Südmauer angreifen, mit einem direkten Frontalangriff, um die Verteidiger zu überrennen. Deshalb hatten sie den Großteil ihrer Truppe dort zusammengezogen und auf den anderen Mauern nur fünfzig Krieger in weiten Abständen verteilt. Angel wollte ein paar der jüngeren Frauen bewaffnen, aber davon wollten die Nadir nichts hören. Der Krieg sei etwas für Männer, erklärten sie ihm. Er stritt nicht mit ihnen. Sie würden ihre Meinung noch früh genug ändern.

Als er über den Hof ging, sah er Senta und Miriel auf sich zukommen. Wut stieg in ihm auf, denn durch ihre Nähe zueinander, die Art, wie Miriel sich an Senta schmiegte, erkannte er, daß sie Liebende geworden waren. Dieses Wissen schmeckte gallebitter in seinem Mund, doch er zwang sich zu einem Lächeln. »Wird ein kalter Tag«, sagte er und deutete auf die schneeschweren Wolken, die sich über den Bergen zusammenballten.

»Ich wage zu behaupten, daß die Gothir ihn für uns schon erwärmen werden«, meinte Senta und legte einen Arm um Miriels Schulter. Sie lächelte und lehnte sich an ihn, um ihn auf die Wange zu küssen.

Angel betrachtete sie, das große Mädchen aus den Bergen, ihr strahlendes Lächeln, und den gutaussehenden Schwertkämpfer, jung, mit goldenen Haaren, in einem Rehlederhemd unter einer Brustplatte aus schimmerndem Eisen und gelbbraunen Beinkleidern aus poliertem Leder. Angel fühlte sich alt, als er sie betrachtete; das Gewicht seiner Jahre und die Enttäuschungen hingen wie Ketten aus Blei an ihm. Seine eigene Ledertunika war abgetragen und zerrissen, seine Beinkleider schmutzig, und der Schmerz in seinen Wunden war kaum geringer als der in seinem Herzen.

Er entfernte sich von ihnen und ging zum Bergfried, wohl wissend, daß sie seinen Weggang nicht bemerkt hatten. Er sah den stummen kleinen Jungen auf den Stufen zum Bergfried sitzen; das Holzschwert steckte in seinem Gürtel. Angel grinste und klatschte in die Hände. Der Junge ahmte ihn nach und sprang lächelnd auf.

»Willst du was zu essen, mein Freund?« fragte Angel, führte die Finger zum Mund und tat so, als würde er kauen. Der Junge nickte, und Angel ging voran zur Haupthalle, wo die Feuer in den offenen Herden brannten. Ein dicker Ritter mit einer Lederschürze rührte in einer Suppe. Er warf einen Blick auf das Kind.

»Er braucht ein bißchen Fleisch auf den Knochen«, sagte er, lächelte und strich dem Jungen übers Haar.

»Aber nicht so viel wie du, Bruder«, meinte Angel.

»Es ist schon komisch«, sagte der Ritter, »aber ich brauche einen Honigkuchen nur anzuschauen, und schon fühle ich, wie ich zunehme.« Er setzte den Jungen an einen Tisch, füllte Suppe in eine Schale und beobachtete mit unverhohlenem Vergnügen, wie es dem Kind schmeckte. »Du solltest Ekodas bitten, sich den Jungen anzusehen«, sagte der Ritter leise. »Er hat eine echte Heilergabe. Das Kind war nicht immer taub, mußt du wissen. Sein Gehör schwand langsam, als er noch ein Kleinkind war. Und mit seinen Stimmbändern ist soweit auch alles in Ordnung. Aber da er nichts hört, gibt er auch keine Laute von sich.«

»Woher weißt du das?« fragte Angel.

»Eine Gabe, die dicke Menschen haben, dünner Mann.« Er kicherte leise. »Ich heiße Merlon.«

»Angel«, erwiderte der ehemalige Gladiator und streckte die Hand aus. Er staunte über die Kraft in Merlons

Griff, und er schätzte den Priester rasch anders ein. »Mir scheint, du hast viel mehr Muskeln als Fett«, sagte er.

»Ich bin mit einem Körper gesegnet, der ebenso kräftig ist wie mein Appetit«, antwortete der Priester.

Das Kind aß drei Schalen Suppe und einen halben Laib Brot, während Angel sich mit dem großen Kriegerpriester unterhielt. Shia kam und setzte sich auf die Bank neben Angel.

»Ich sagte ja gleich, daß sie uns Frauen nicht kämpfen lassen«, stieß sie hervor. In ihren Augen war Zorn zu lesen.

Angel grinste. »Das stimmt. Aber die Dinge werden sich ändern. Wenn nicht morgen, dann übermorgen – sobald sie von allen Seiten angreifen. Wir haben nicht genügend Männer, sie aufzuhalten. Sorge dafür, daß die Frauen alle … überzähligen … Waffen einsammeln.«

»Mit überzählig meinst du die Waffen unserer Toten?«

»Genau«, gab Angel zu. »Und nicht nur die Waffen, auch Brustplatten, Helme, Armschienen. Alles, was schützt.«

In diesem Moment kam eine junge Frau in die Halle gestürmt. »Sie kommen! Sie kommen!« rief sie.

»Also geht es los«, sagte Merlon, zog die Lederschürze aus und ging quer durch die Halle zu der Feuerstelle, neben der seine Brustplatte, Helm und Schwert lagen.

Miriel stand auf der linken Seite der Mauer, fast an der Ecke; über ihr lehnte sich waghalsig ein schiefes Türmchen vor. Ihr Mund war trocken, als sie die Gothir vorrücken sah. Den beißenden Winterwind bemerkte sie gar nicht mehr.

Die Gothir hatten zwanzig Bäume gefällt und von den Ästen befreit. Sie wurden von schwer bewaffneten Männern gezogen. Hinter ihnen marschierten zweitausend Soldaten zu Fuß, mit Kurzschwertern und Schilden. Miriel warf einen Blick nach rechts. In der Mitte der Mauer stand Angel, grimmig und kraftvoll; das Schwert steckte noch in der Scheide. Ein Stück weiter stand Senta, breit grinsend, die Augen glänzend vor Erregung über die bevorstehende Schlacht. Miriel schauderte, aber nicht vor Kälte.

Mehr als tausend Männer schleppten die Baumstämme, und das Trampeln ihrer Füße auf dem harten Talboden klang wie Donnern. Zwei Nadir neben Miriel hievten schwere Felsbrocken in die Höhe und legten sie auf die Brüstung. Bogenschützen schossen Pfeile in die vorrückenden Reihen, die aber bei den gepanzerten Männern kaum eine Wunde schlugen, wenn Miriel auch eine Handvoll Soldaten ausmachte, die zurückprallten oder stürzten, wenn eine Eisenspitze in ungeschützte Schenkel oder Arme drang.

Der erste Stamm wurde aufgestellt und krachte mit einem dumpfen Dröhnen gegen die Mauer. Ein Nadir warf ein Seil über die Brüstung und begann zu ziehen.

»Warte, bis Männer drauf sind!« brüllte Angel.

Weitere Bäume donnerten gegen die Mauer. Ein Stück der Wehranlage gab nach, und ein Nadir wurde schreiend auf den zwölf Meter tiefer liegenden Hof geschleudert. Miriel fuhr herum und sah, wie der Mann aufzustehen versuchte, doch sein Bein war zerschmettert. Ein paar Frauen rannten herbei, hoben den verletzten Mann auf und trugen ihn in den Bergfried.

Miriel legte einen Pfeil auf die Sehne und lehnte sich über die Mauer. Tausende von Männern schwärmten die Leitern hoch, indem sie die Stümpfe der abgesägten Äste als Halt für Hände und Füße benutzten. Sie zielte und schoß einem Soldaten, der fast die Spitze erreicht hatte, in die Schläfe. Er sackte rückwärts und fiel gegen den Mann hinter ihm, so daß beide den Halt verloren.

Angel packte einen großen Stein und schleuderte ihn über die Mauer. Er traf einen Angreifer auf dem erhobenen Schild und zerschmetterte dem Mann Arm und Schulter. Erstaunlicherweise gelang es ihm trotzdem, sich festzuhalten, doch der Stein traf den Mann unter ihm am Helm, so daß er vom Baum geworfen wurde. Steine und Felsen regneten auf die Angreifer, doch es kamen immer mehr, und eine ganze Reihe erreichte die Wehranlagen.

Senta sprang vor und stieß dem ersten Mann, der die Brüstung erreichte, sein Schwert in die Kehle. Miriel ließ ihren Bogen fallen und nahm das lose Seil, das die Nadir um den ersten Stamm geschlungen hatten. »Helft mir!« schrie sie den nächststehenden Kriegern zu. Drei Männer machten bei ihrem Ruf kehrt und eilten ihr zu Hilfe. Gemeinsam zogen sie an dem Seil, und gerade, als der erste Gothir auftauchte, gelang es ihnen, die Leiter einen halben Meter nach rechts zu schwenken. Plötzlich kopflastig geworden, begann das Holz zu ächzen – und glitt seitlich weg. Ein Gothirsoldat sprang zur Brüstung, verlor jedoch den Halt und fiel schreiend ins Tal hinab. Der Baum prallte mit einem zweiten zusammen und blieb für einen Moment im Gleichgewicht. Dann bewegten sich beide.

»Laßt Seil nach«, rief Miriel, als die überlastete Leiter stürzte. Das Seil zischte und knallte wie eine Peitsche, als es über die Brüstung gezerrt wurde. Die fallenden Leitern trafen eine dritte, die ebenfalls von der Mauer geschoben wurde. Miriel rannte über die Brüstung zu Senta. »Die Steigleitern stehen zu dicht beieinander«, rief sie. »Wenn man eine in Bewegung bringt, stürzen drei, vielleicht sogar vier weitere.«

Sein Blick folgte ihrer Handbewegung, und er nickte. Überall entlang der Mauer lagen Seile, und er nahm eins auf und schüttelte die Schlinge heraus. Während die Nadir kämpften, um die Gothir von den Wehrgängen fernzuhalten, schleuderte Senta eine Schlinge über die nächste Leiter und begann zu ziehen. Sie gab nicht nach.

Miriel eilte ihm zu Hilfe – ohne Erfolg. Angel sah sie und schickte ihnen vier Männer zur Unterstützung.

Inzwischen schwangen sich immer mehr Gothirkrieger über die Brüstung. Einer warf sich auf Senta. Der Schwertkämpfer sah den Hieb um ein Haar zu spät, doch er ließ das Seil los und holte mit dem Fuß aus, so daß er den Krieger am Knie traf. Der Mann stürzte. Senta zog sein Schwert und hieb mit aller Kraft auf den Helm des Kriegers ein. Der Gothir versuchte aufzustehen, doch Senta stürzte sich mit der Schulter auf ihn und schleuderte ihn auf den Hof hinunter.

Miriel und die anderen versuchten noch immer, den Stamm wegzuziehen, doch er hatte sich an einer der Zinnen des Wehrganges verkeilt. Angel packte eine verlorene Axt, duckte sich unter dem Seil hindurch und versetzte dem verwitterten Stein des Wehrganges einen donnernden Schlag. Noch zweimal mußte er zuschlagen. Der Granit bewegte sich. Angel ließ sich auf den Hintern fallen und trat mit den Füßen gegen die Steine. Die Granitblöcke gaben nach. Der Baum glitt ab, traf die nächste Zinne – und brach.

Die Seilmannschaft wurde zurückgerissen. Miriel, die noch immer das Seil festhielt, stürzte über die Brüstung. Als der Stamm brach, sah Angel Miriel fallen und warf sich auf das schlängelnde Seil. Der Hanf riß ihm das Fleisch von den Fingern, und Miriels Gewicht zog ihn bis zur Kante der Brüstung. Doch er hielt fest, ohne auf den Schmerz oder die Gefahr des Sturzes zu achten. Gerade als er selbst beinahe über die Brüstung gezogen wurde, warf sich ein Nadirkrieger über den Gladiator. In diesem Moment packte Senta Angels Beine.

Miriel hing drei Meter unterhalb der Brüstung. Als das Seil jetzt wieder straff war, kletterte sie hinauf und schlang ein Bein über die Mauer. Ein Nadir zog sie in Sicherheit. Angel kam erschöpft auf die Füße. Von seinen zerschundenen Händen tropfte Blut.

Der gekippte Stamm hatte noch sieben weitere ins Wanken gebracht und insgesamt mehr als hundert Soldaten getötet. Aus Angst vor einem ähnlichen Schicksal kletterten die verbliebenen Gothir wieder herunter und zogen sich außer Schußweite zurück. Jubelnd warfen die Nadir alle Stämme krachend zu Boden. Subai verließ seine Reservetruppe, kletterte auf die Brüstung, wandte den Gothir seine Kehrseite zu, ließ seine Beinkleider herunter und zeigte dem Feind seinen nackten Hintern. Die Nadir heulten vor Vergnügen.

Orsa Khan, das große Halbblut, hob sein Schwert hoch über den Kopf und stimmte einen Nadirvers an. Nacheinander fielen alle Verteidiger ein und schrien ihn den verständnislosen Gothir entgegen.

»Was rufen sie?« fragte Angel.

»Es ist die letzte Strophe des Kriegsgesangs der Wölfe«, erklärte Senta. »Ich kann es nicht so übersetzen, daß es sich reimt, aber es heißt:

Nadir sind wir,
der Jugend geboren,
Axtschwinger,
doch Sieger.«

»Man sieht aber nicht gerade viele Äxte bei ihnen«, bemerkte Angel.

»Immer der Dichter«, meinte Senta lachend. »Jetzt geh und laß dir die Hände verbinden. Du tropfst alles voll Blut.«

18

Die Last der Jahre und das Nachlassen seiner Kräfte war eine Quelle ausgesprochenen Ärgers für Kesa Khan. Als junger Mann – auf der Höhe seiner körperlichen Leistungsfähigkeit – hatte er versucht, die geheimen Künste zu meistern, Dämonen zu rufen, die Pfade des Nebels zu erwandern, die Vergangenheit zu erkunden, die Zukunft zu erforschen. Aber als er noch jung war und stark, waren seine Fähigkeiten noch nicht bis zu der Vollkommenheit geschliffen, die für solche Missionen des Geistes notwendig waren. Jetzt, da sein Geist vor Macht brannte, war sein gealterter Körper bei der Erfüllung seiner Wünsche keine Unterstützung mehr.

Und während er noch über die Ungerechtigkeit des Lebens nachsann, mußte er über die Absurdität des Seins lachen.

Er belegte sein Feuer, nicht im Kamin, sondern in einem uralten Becken, das er mitten auf den Steinboden in dem kleinen Zimmer hoch oben im Turm des Bergfrieds aufgestellt hatte. Seine kostbaren Tontöpfe hatte er darum herum aufgestellt, und aus einem nahm er jetzt eine Handvoll grünen Pulvers, das er in die tanzenden Flammen streute. Sofort formte sich ein Abbild von Waylander, wie er durch die großen Tore Gulgothirs schritt. Er war als Sathulihändler verkleidet und trug ein fließendes Gewand aus grauer Wolle und einen mit schwarzem Roßhaar zusammengebundenen Burnus. Sein Rücken war unter einer schweren Last gebeugt, und er schlurfte wie ein alter Mann, dem das Rheuma zu schaffen macht. Kesa Khan lächelte.

»Zhu Chao wirst du nicht täuschen können, aber niemand sonst wird dich erkennen«, sagte er. Das Bild verschwand, noch ehe er den Satz beendet hatte. Kesa Khan fluchte leise und dachte an den Kristall, der auf dem goldenen Fußboden unter der Festung lag. Damit könntest du wieder jung sein, sagte er sich. Du könntest die Jahrhunderte überdauern und dem, der die Stämme eint, zur Seite stehen.

»Pah«, sagte er laut. »wenn das der Fall wäre, hätte ich mich dann nicht selbst in einer der möglichen Zukünfte gesehen? Mach dir nichts vor, alter Mann. Der Tod steht vor der Tür. Du hast alles für dein Volk getan, was in deiner Macht stand. Du hast keinen Grund, etwas zu bedauern. Gar keinen.«

»Das können nicht viele Menschen behaupten«, erklang Dardalions Stimme.

»Nicht viele haben auch so zielbewußt gelebt wie ich«, antwortete Kesa Khan. Er blickte zur Tür, in der der Abt stand. »Komm herein, Priester. Es zieht, und meine Knochen sind nicht mehr so jung, wie sie mal waren.«

In dem Raum standen keine Möbel, und so setzte sich Dardalion mit verschränkten Beinen auf den Teppich. »Welchem Umstand verdanke ich das Vergnügen deiner Gesellschaft?« fragte der alte Schamane.

»Du bist verschlagen, Kesa Khan, und mir fehlt deine Arglist. Aber mir fehlen keineswegs eigene Kräfte. Auch ich bin die Pfade des Nebels gewandelt, seit wir uns zuletzt unterhalten haben. Auch ich habe den, der die Stämme eint, gesehen, von dem du träumst.«

Die Augen des Schamanen glitzerten vor Bosheit. »Du hast nur einen gesehen? Es gibt Hunderte.«

»Nein«, widersprach Dardalion. »Es gibt Tausende. Ein riesiges Spinnennetz möglicher Zukünfte. Aber die meisten interessierten mich nicht. Ich folgte dem Pfad, der von Kar-Barzac ausgeht, und dem Kind, das hier empfangen wird. Ein Mädchen. Ein schönes Mädchen, das einen jungen Kriegsherrn heiraten wird. Ihr Sohn wird mächtig sein, ihr Enkel noch mächtiger.«

Kesa Khan schauderte. »Du hast das alles an einem einzigen Tag gesehen? Ich habe fünfzig Jahre dafür gebraucht.«

»Ich mußte auch fünfzig Jahre weniger reisen.«

»Was hast du noch gesehen?«

»Was willst du wissen?« entgegnete der Drenai.

Kesa Khan biß sich auf die Lippe und sagte einen Moment lang nichts. »Ich weiß alles«, log er mit einem Achselzucken. »Es gibt nichts Neues mehr. Hast du Waylander aufgespürt?«

»Ja. Er ist in Verkleidung nach Gulgothir gegangen. Zwei meiner Priester beobachten ihn, um alle Suchzauber abzulenken.«

Kesa Khan nickte. »Es ist fast an der Zeit, den Kristall zurückzugewinnen«, sagte er und starrte in die Flammen.

»Er sollte zerstört werden«, riet Dardalion.

»Wie du willst. Du mußt einen deiner Männer schicken – einen Priester, der aller Wahrscheinlichkeit nach von seiner Macht nicht verdorben wird. Hast du einen solchen Mann?«

»Verdorben?«

»Ja. Selbst in seinem ruhenden Zustand übt er großen Einfluß aus und feuert die Sinne an wie ein starkes Getränk, das die Hemmungen nimmt. Der Mann, den du schickst, muß große Kontrolle über seine … sagen wir … Leidenschaften haben. Jede Schwäche wird hundertfach verstärkt. Ich werde keinem Nadir eine solche Aufgabe anvertrauen.«

»Wie du sehr wohl weißt, gibt es einen unter meinen Priestern, der die Stärke besitzt, dieses Böse zu bewältigen«, sagte Dardalion. Er beugte sich dicht zu dem greisen Schamanen vor. »Aber sag mir, Kesa Khan, was ist noch da unten?«

»Hast du deine große Macht nicht benutzt, um das herauszufinden?« entgegnete der alte Nadir und konnte ein verächtliches Grinsen nicht unterdrücken.

»Kein Geist kann die unteren Ebenen durchdringen. Dort ist eine Kraft, die um vieles stärker ist, als ich je erlebt habe. Aber du weißt das alles, alter Mann, und noch mehr. Ich bitte nicht um deine Dankbarkeit – die ist mir gleichgültig. Wir sind nicht deinetwegen hier. Aber ich möchte um ein wenig Aufrichtigkeit bitten.«

»Bitte, um was du willst, Drenai. Ich schulde dir nichts! Du willst den Kristall – dann such ihn.«

Dardalion seufzte. »Also gut. Genau das werde ich tun. Aber ich werde nicht Ekodas in die Tiefe schicken. Ich gehe selbst.«

»Der Kristall wird dich vernichten!«

»Vielleicht.«

»Du bist ein Narr, Dardalion. Ekodas ist um vieles stärker als du. Das weißt du.«

Der Abt lächelte. »Ja, ich weiß.« Das Lächeln verblaßte, und sein Blick wurde hart. »Und jetzt ist die Zeit für Vortäuschungen vorbei. Du brauchst Ekodas. Ohne ihn sind deine Träume nur Staub. Ich habe die Zukunft gesehen, Kesa Khan. Ich habe mehr gesehen, als du ahnst. Alles hier ist in einem sehr empfindlichen Gleichgewicht. Eine falsche Strategie, und deine Hoffnungen sind zunichte.«

Der Schamane entspannte sich und legte Holz auf die Flammen in dem Becken nach. »Wir sind gar nicht so verschieden, du und ich. Also gut, ich werde dir alles sagen, was du wissen willst. Aber es muß Ekodas sein, der das Böse vernichtet. Einverstanden?«

»Laß uns reden, dann entscheide ich.«

»Einverstanden, Drenai.« Kesa Khan holte tief Luft. »Stell deine Fragen.«

»Welche Gefahren drohen in den unteren Ebenen?«

Der Schamane zuckte die Achseln. »Woher soll ich das wissen? Wie du schon sagtest, keine geistige Macht kann dorthin vordringen.«

»Wen würdest du mit Ekodas schicken?« fragte Dardalion leise.

»Die Drenaifrau und ihren Liebhaber.«

Dardalion sah das Funkeln in den Augen des Schamanen. »Dein Haß ist durchsichtig, Kesa Khan. Du brauchst uns zwar jetzt, aber am Ende möchtest du uns alle tot sehen. Vor allem die Frau. Warum?«

»Pah, sie ist ohne Bedeutung!«

»Und du lügst weiter«, fauchte Dardalion. »Aber wir werden uns wieder unterhalten, Kesa Khan.«

»Du wirst Ekodas schicken?«

Dardalion schwieg einen Augenblick. Dann nickte er. »Aber nicht aus den Gründen, die du meinst«, sagte er.

Der Abt stand auf und verließ den Raum. Der Schamane kämpfte seinen Ärger nieder und blieb mit verschränkten Beinen vor dem Feuer sitzen. Was wußte der Drenai noch? Was hatte er über den, der die Stämme eint, gesagt? Kesa Khan rief sich die Worte ins Gedächtnis: *›Ein riesiges Spinnennetz möglicher Zukünfte. Aber die meisten interessierten mich nicht. Ich folgte dem Pfad, der von Kar-Barzac ausgeht, und dem Kind, das hier empfangen wird. Ein Mädchen. Ein schönes Mädchen, das einen jungen Kriegsherrn heiraten wird. Ihr Sohn wird mächtig sein, ihr Enkel noch mächtiger.‹*

Kannte er die Identität des jungen Kriegsherrn? Wo man ihn finden konnte? Kesa Khan fluchte leise und wünschte, er hätte die Kraft, noch einmal über die Pfade des Nebels zu wandern. Aber er spürte sein Herz unter den Rippen schlagen, schwach flatternd wie ein sterbender Spatz. Seine dunklen Augen verengten sich. Er hatte keine Wahl. Er mußte seine Pläne fortführen. Sollte der Drenai doch den Kristall vernichten – für die Zukunft der Nadir war er nicht von Bedeutung. Aber es *war* lebenswichtig, daß Ekodas in die Kammer ging, und mit ihm die Frau, Miriel.

Ein Hauch des Bedauerns überkam ihn. Sie war eine starke Frau, stolz und liebevoll.

Es ist eine Schande, daß sie sterben muß, gestand er sich ein.

Angel blickte auf die vollständig verheilte Haut seiner zerschundenen Handflächen hinunter; dann schaute er in das Gesicht des jungen Priesters. »Man sieht gar nichts«, sagte er. »Keinen Schorf, keine Narbe.«

Der junge Mann lächelte erschöpft. »Ich habe nicht nur deinen eigenen Heilungsprozeß beschleunigt. Ich habe auch eine kleine Geschwulst aus deiner Lunge entfernt.«

»Krebs?« flüsterte Angel angsterfüllt.

»Ja, aber er ist weg.«

»Er hat mir gar keine Schmerzen bereitet.«

»Das wäre erst viel später gekommen.«

»Dann hast du mir also das Leben gerettet? Bei allen Göttern, Priester, ich weiß nicht, was ich sagen soll. Ich heiße Angel.« Er streckte seine frisch geheilte Hand aus.

Der Priester nahm sie. »Ekodas. Wie steht es auf der Mauer?«

»Wir halten den Feind hin. Er wird nicht noch einmal versuchen, die Mauer mit Leitern zu erstürmen. Das nächste Mal werden sie es beim Fallgitter versuchen.«

Ekodas nickte. »Du hast recht. Aber es wird nicht vor morgen geschehen. Ruhe dich etwas aus, Angel. Du bist kein junger Mann mehr, und dein Körper ist sehr müde.« Der Priester warf einen Blick über Angels Schulter. »Der Junge gehört zu dir?« fragte er.

Angel sah sich um. Das taube Kind stand dicht hinter ihm, Angels grünen Umhang um die Schultern geschlungen. »Ja. Dein großer Freund – Merlon? – schlug vor, dich zu bitten, ihn dir einmal anzusehen. Er ist taub.«

»Ich bin sehr müde. Meine Kräfte sind nicht unerschöpflich.«

»Dann ein andermal«, sagte Angel und stand auf.

»Nein«, widersprach Ekodas. »Ich kann ihn wenigstens untersuchen.«

Angel winkte den Jungen heran, aber er wich zurück, als der Priester die Hand nach ihm ausstreckte. Ekodas schloß die Augen. Sofort versank der Junge in Angels Armen in tiefen Schlaf. »Was hast du getan?«

»Ihm geschieht kein Leid, Angel. Er wird lediglich schlafen, bis ich ihn wecke.« Ekodas legte seine Handflächen über die Ohren des Kindes und blieb reglos ein paar Minuten so stehen. Schließlich trat er zurück und setzte sich dem Gladiator gegenüber. »Er hatte eine schwere Infektion, als er noch sehr klein war. Sie wurde nicht behandelt und breitete sich in den Knochen um die Ohren herum aus. Das hat das Trommelfell zerstört, so daß es nicht mehr in der Lage ist, Schwingungen an das Gehirn weiterzuleiten. Verstehst du?«

»Kein Wort«, gestand Angel. »Aber kannst du ihn heilen?«

»Das habe ich bereits«, sagte Ekodas. »Aber du mußt eine Weile bei ihm bleiben. Er wird verängstigt sein. Jedes Geräusch ist neu für ihn.«

Angel sah dem jungen Priester nach, als er durch die Halle davonging.

Der Junge regte sich in seinen Armen. Er schlug die Augen auf.

»Fühlst du dich besser?« fragte Angel. Der Junge versteifte sich, die Augen im Schock weit aufgerissen. Angel grinste und tippte sich ans Ohr. »Du kannst jetzt hören.« Eine Frau ging hinter ihnen vorbei. Das Kind fuhr herum und starrte ihre Füße an, die über den Steinboden tappten. Angel berührte den Jungen am Arm, um seine Aufmerksamkeit zu erregen; dann begann er rhythmisch mit den

Fingern auf den Tisch zu klopfen. Das Kind krabbelte von seinem Schoß und rannte aus dem Saal.

»Was bist du doch für ein großartiger Lehrer«, murmelte Angel. Erschöpfung übermannte ihn, und er stand auf und durchquerte die Halle. Ein kleines, unbenutztes Zimmer ging von dem dahinterliegenden Flur ab. Es war nicht möbliert, doch Angel legte sich auf den steinernen Fußboden und bettete den Kopf auf die Arme.

Und er schlief traumlos.

Miriel weckte ihn, und er setzte sich auf. Sie hatte ihm eine Schale dünner Brühe und ein Stück Brot gebracht. »Wie geht es deinen Händen?« fragte sie.

»Sind geheilt«, antwortete er und drehte die Handflächen nach oben. »Von einem der Priester – Ekodas. Er hat eine seltene Gabe.«

Sie nickte. »Ich habe ihn eben getroffen.« Er nahm die Suppe und begann zu essen. Miriel saß schweigend neben ihm. Sie schien in Gedanken versunken und zog ständig an einer Haarsträhne an ihrer Schläfe.

»Was ist los?«

»Nichts.«

»Lügen paßt nicht zu dir, Miriel. Sind wir denn keine Freunde?«

Sie nickte, sah ihm aber nicht in die Augen. »Ich schäme mich«, sagte sie so leise, daß ihre Stimme kaum zu hören war. »Hier sterben Menschen. Jeden Tag. Und trotzdem war ich nie glücklicher. Selbst auf der Mauer, wenn die Gothir vorrücken, fühlte ich mich auf eine Art lebendig, wie ich sie nie gekannt habe. Ich konnte die Luft riechen – so süß und kalt. Und mit Senta ...« Sie wurde rot und wandte sich ab.

»Ich weiß«, sagte er. »Ich war auch schon verliebt.«

»Ich weiß, es ist verrückt, aber ein Teil von mir wünscht, daß dies hier nie zu Ende geht. Weißt du, was ich meine?«

»Alles endet«, sagte er mit einem Seufzer. »Auf eine

seltsame Art wird gerade dadurch das Leben so schön. Ich kannte einmal einen Künstler, der Blumen aus Glas machte – wunderbare Dinge. Doch eines Nachts, als wir in einer kleinen Kneipe tranken, sagte er mir, er hätte noch nie etwas geschaffen, was so schön sei wie eine echte Rose. Und er wußte, daß er es auch nie schaffen würde. Denn das Geheimnis ihrer Schönheit liegt darin, daß sie sterben muß.«

»Ich will nicht sterben. Niemals.«

Er lachte. »Das Gefühl kenne ich, Mädchen. Aber, bei Shemak, du bist jung – noch nicht einmal zwanzig! Nimm jedes Gramm Freude, die das Leben bietet, koste sie, schmecke sie. Aber verschwende deine Zeit nicht mit Gedanken an den Verlust. Meine erste Frau war ein Drachen. Ich betete sie an, und wir kämpften wie die Tiger. Als sie starb, fühlte ich mich beraubt. Doch wenn ich die Gelegenheit hätte, noch einmal anzufangen, ich würde nicht anders leben. Die Jahre mit ihr waren golden.«

Miriel lachte ihn ein wenig einfältig an. »Ich will nicht den Schmerz erdulden, den mein Vater erlitten hat. Ich weiß, das klingt pathetisch.«

»Daran ist nichts Pathetisches. Wo steckt der Mann eigentlich?«

»Sammelt Fackeln.«

»Wozu?«

»Kesa Khan hat mich gebeten, Ekodas durch die unteren Ebenen zu führen. Wir sollen einen Kristall suchen.«

»Ich komme mit euch.«

»Nein«, sagte sie entschieden, als er aufstehen wollte. »Ekodas sagt, daß du erschöpfter bist, als du zugeben willst. Du brauchst nicht auch noch einen Marsch im Dunkeln.«

»Es könnte gefährlich sein«, wandte er ein.

»Kesa Khan sagt nein. Und jetzt ruh dich aus. Wir sind in ein paar Stunden zurück.«

Für den Kaufmann Matze Chai war der Schlaf eine Freude, die man hüten mußte. Jede Nacht – gleich, unter welchem Druck er durch seine Unternehmen stand – schlief er ungestört genau vier Stunden lang. Matze Chai glaubte fest, daß es diese selige Ruhe war, die seinen Verstand scharf erhielt, während er mit den verräterischen Gothirhändlern und gerissenen Adeligen verhandelte.

Deshalb war er nicht wenig erstaunt, als sein Diener, Luo, ihn weckte, und er feststellte, daß es noch einige Zeit bis zum Morgengrauen war; denn die Sterne waren noch durch das Balkonfenster zu sehen.

»Es tut mir leid, Herr«, flüsterte Luo, der sich im Mondschein tief verbeugte. »Aber da ist ein Mann, der dich sehen will.«

Matze Chai runzelte die Stirn. Kein gewöhnlicher Mann hätte Luo dazu gebracht, die Ruhe seines Herrn zu stören. Und von Matzes Bekannten hätte niemand den Diener in einen Zustand solcher Angst versetzt.

Matze Chai setzte sich auf und nahm das seidene Netz ab, das sein geöltes, schimmerndes Haar hielt. »Zünde ein oder zwei Laternen an, Luo«, sagte er.

»Ja, Herr. Es tut mir leid, Herr. Aber der Mann bestand darauf, daß ich dich wecke.«

»Schon gut. Denk nicht mehr daran. Du hast richtig gehandelt. Hol mir einen Kamm.« Luo zündete zwei Laternen an und stellte sie auf den Tisch neben dem Bett. Dann holte er einen Bronzespiegel und einen Elfenbeinkamm. Matze Chai neigte den Kopf zurück, und Luo kämmte sorgfältig den langen Bart seines Herrn, teilte ihn in der Mitte und flocht ihn mit kundigen Fingern. »Wo hast du den Mann gelassen?« fragte er.

»In der Bibliothek, Herr. Er bat um etwas Wasser.«

»Ah, Wasser!« Matze Chai lächelte. »Ich ziehe mich selbst an. Sei so gut und geh in mein Arbeitszimmer. Im dritten Schrank vom Gartenfenster aus gesehen findest du einige Pergamente, ich glaube, in rotes Papier eingewickelt und mit blauem Band zusammengebunden. Bring sie so rasch wie möglich in die Bibliothek.«

»Soll ich die Wache rufen, Herr?«

»Warum?« fragte Matze Chai. »Sind wir in Gefahr?«

»Er ist ein rauher, gewalttätiger Mann. Ich kenne mich mit solchen Dingen aus.«

»Die Welt ist voll von rauhen, gewalttätigen Männern. Und trotzdem bin ich noch immer reich und in Sicherheit. Mach dir keine Sorgen, Luo. Tu einfach, um was ich dich gebeten habe.«

»Ja, Herr. Rotes Papier. Dritter Schrank vom Fenster.«

»Mit blauem Band umwickelt«, erinnerte Matze Chai ihn. Luo verbeugte sich und verließ rückwärts das Zimmer. Matze Chai streckte sich, stand auf, ging zu seinem Kleiderschrank und wählte ein vorn offenes Gewand aus schimmerndem Purpur, das er in der Taille mit einer goldenen Schärpe gürtelte. In Pantoffeln aus feinstem Samt stieg er die Wendeltreppe hinunter in die langgestreckte, mit kostbaren Teppichen ausgelegte Eingangshalle und von dort in die Bibliothek.

Sein Gast saß auf einem seidenbezogenen Sofa. Er hatte ein schmutziges Sathuligewand und einen Burnus abgelegt; seine Kleider aus schwarzem Leder trugen deutliche Spuren der Reise und waren staubig. Neben ihm lag eine kleine, schwarze Armbrust.

»Willkommen in meinem Heim, Dakeyras«, sagte Matze Chai mit einem breiten Lächeln.

Der Mann lächelte zurück. »Ich würde sagen, du hast mein Geld gut angelegt – wenn ich mir die Antiquitäten hier anschaue.«

»Dein Vermögen ist sicher und wächst zusehends«, erklärte Matze. Er setzte sich auf das Sofa gegenüber seinem Gast, nachdem er zuvor das übelriechende Sathuligewand mit spitzen Fingern aufgehoben und zu Boden hatte fallen lassen. »Ich sehe, du reist in Verkleidung.«

»Manchmal ist das ratsam«, erwiderte sein Gast.

Luo erschien mit den Schriftrollen und Kontobüchern. »Leg sie auf den Tisch«, bat Matze. »Oh … und nimm das hier mit«, fügte er hinzu und berührte die Gewänder mit der Spitze seines Samtpantoffels. »Bereite ein heißes Duftbad im unteren Gästezimmer vor. Schicke nach Ru Lai und sag ihr, daß wir einen Gast haben, der eine Massage mit warmen Öl braucht.«

»Ja, Herr«, antwortete Luo, nahm die Sathulikleider und zog sich zurück.

»Und nun, Dakeyras, möchtest du deine Konten prüfen?«

Der Mann lächelte. »Immer einen Schritt voraus, Matze. Woher wußtest du, daß ich es war?«

»Ein mitternächtlicher Gast, der Luo Angst einjagt und um ein Glas Wasser bittet? Wer sollte das sonst sein? Wie ich hörte, ist wieder mal ein Preis auf deinen Kopf ausgesetzt. Wen hast du jetzt beleidigt?«

»Praktisch jedermann. Aber Karnak hat den Preis ausgesetzt.«

»Dann dürfte es dich freuen zu hören, daß er zur Zeit in den Verliesen in Gulgothir schmachtet.«

»Ich habe davon gehört. Was gibt es hier sonst Neues?«

»Der Preis für Seide ist gestiegen. Und für Gewürze. Du hast Geld in beidem angelegt.«

»Ich habe nicht die Märkte gemeint, Matze. Was gibt es Neues aus Drenai?«

»Die Ventrier hatten einigen Erfolg. Sie haben Skeln gestürmt, wurden aber in Erekban zurückgeschlagen. Doch ohne Karnak werden sie den Krieg mit Sicherheit verlieren. Zur Zeit sind die Feindseligkeiten eingestellt. Die Ventrier halten das Terrain, das sie erobert haben, und eine Gothirarmee lagert in den Delnochbergen. Die

Kampfhandlungen sind unterbrochen. Niemand weiß, warum.«

»Ich könnte raten«, sagte der Gast. »In allen drei Lagern befinden sich Ritter der Bruderschaft. Ich glaube, es wird noch ein ganz anderes Spiel gespielt.«

Matze nickte. »Du könntest recht haben, Dakeyras. Zhu Chao hat in den letzten Monaten viel Macht gewonnen. Erst gestern wurde ein Dekret des Kaisers bekanntgegeben, das zwar das kaiserliche Siegel, aber Zhu Chaos Unterschrift trug. Unruhige Zeiten. Aber das sollte das Geschäft nicht beeinträchtigen. Wie kann ich dir helfen?«

»Ich habe einen Feind in Gulgothir, der meinen Tod wünscht.«

»Dann töte ihn.«

»Das habe ich vor. Aber ich brauche Informationen.«

»In Gulgothir ist alles zu haben, mein Freund. Das weißt du. Wer ist … dieser unkluge Mensch?«

»Ein Landsmann von dir, Matze Chai. Wir haben bereits von ihm gesprochen. Er hat hier einen Palast und steht dem Kaiser nahe.«

Matze Chai fuhr sich nervös mit der Zunge über die Lippen. »Ich hoffe, das ist nur ein schlechter Scherz.«

Sein Gast schüttelte den Kopf.

»Du weißt, daß sein Heim von Männern und Dämonen bewacht wird und daß er sehr große Macht hat. Er könnte uns selbst jetzt beobachten.«

»Ja, das könnte er. Aber dagegen kann ich nichts machen.«

»Was brauchst du?« fragte Matze Chai.

»Ich brauche einen Grundriß des Palastes und eine ungefähre Angabe über die Zahl der Wachen und ihre Positionen.«

Matze seufzte. »Du verlangst viel, mein Freund. Wenn ich dir helfe und du wirst gefaßt – und gestehst –, dann ist mein Leben verwirkt.«

»Allerdings.«

»Fünfundzwanzigtausend Raq«, sagte Matze Chai.

»Drenai oder Gothir?« erwiderte der Gast.

»Gothir. Der Drenairaq ist in den vergangenen Monaten gefallen.«

»Das ist fast die Summe, die ich bei dir angelegt habe.«

»Nein, mein Freund, das ist *genau* die Summe, die du bei mir angelegt hast.«

»Deine Freundschaft hat einen hohen Preis, Matze Chai.«

»Ich kenne einen Mann, der mal Mitglied der Bruderschaft war. Aber er wurde allzu süchtig nach Lorassium. Er war einst Hauptmann von Zhu Chaos Wache. Und es gibt noch zwei weitere Männer, die früher dem Herrn dienten, über den wir sprechen, und die Informationen über seine Gewohnheiten geben können.«

»Schicke morgen früh nach ihnen«, sagte Waylander und stand auf. »Jetzt nehme ich das Bad – und die Massage. Oh, noch eine Kleinigkeit. Ehe ich dich aufsuchte, ging ich zu einem anderen Kaufmann, der ebenfalls Geld für mich anlegt. Ich habe einen versiegelten Umschlag mit Anweisungen bei ihm hinterlassen. Wenn ich ihn nicht bis morgen mittag abgeholt habe, wird er ihn öffnen und entsprechend den Anweisungen handeln.«

»Ich verstehe«, sagte Matze mit einem gepreßten Lächeln. »Wir sprechen über den Auftrag, mich zu töten?«

»Ich habe dich immer gemocht, Matze. Du hast einen scharfen Verstand.«

»Deine Maßnahme läßt auf einen gewissen Mangel an Vertrauen schließen«, sagte Matze Chai betrübt.

»Ich traue dir in Gelddingen, mein Freund. Das soll genügen.«

Die Gothir griffen in der Nacht dreimal an. Zweimal versuchten sie, die Mauer zu erstürmen, doch beim drittenmal konzentrierten sie sich auf das Fallgitter. Die Nadir schickten wahre Hagelschauer von Pfeilen in die Reihen der Angreifer, jedoch ohne große Wirkung. Hunderte von Soldaten scharten sich um das Fallgitter und bildeten mit ihren Schilden eine Mauer vor dem verrosteten Eisen, während andere auf die Eisenstangen einhieben und daran sägten.

Orsa Khan, das Halbblut, ließ Lampenöl über die Barrikade aus Karren und Wagen gießen und setzte sie in Brand. Dicker schwarzer Rauch wirbelte um das Tor, so daß die Angreifer zurückgetrieben wurden. Auf den Mauern kämpften Dardalion und die letzten Überlebenden der Dreißig mit den Nadir und wehrten die Angriffe des Feindes ab.

Bei Morgengrauen war der letzte Angriff vorüber, und Dardalion ging zurück durch die Halle, während Vishna und die anderen auf den Wehrgängen blieben. Dardalion versuchte, mit Ekodas Verbindung aufzunehmen, konnte die Mauer der Macht jedoch nicht durchbrechen, die unter der Festung ausstrahlte. Er fand Kesa Khan allein in seinem Zimmer. Der alte Schamane stand an dem schiefen Fenster und starrte über das Tal hinaus.

»Wir haben nur noch drei Tage«, sagte Dardalion.

Kesa Khan zuckte die Achseln. »In drei Tagen kann viel geschehen, Drenai.«

Dardalion schnallte die silberne Brustplatte ab. Dann nahm er seinen Helm ab und setzte sich vor das glühende Kohlebecken auf den Teppich.

Kesa Khan setzte sich zu ihm. »Du bist müde, Priester.«

»Ja«, gab Dardalion zu. »Die Pfade der Zukunft haben mich ausgelaugt.«

»Wie auch mich bei vielen Gelegenheiten. Aber es war die Sache wert, die Zeiten Ulrics zu sehen.«

»Ulric?«

»Der die Stämme eint«, sagte Kesa Khan.

»Ach ja. Der erste, der die Stämme eint. Ich fürchte, ich habe nur wenig Zeit damit verbracht, ihn zu beobachten. Ich war mehr an dem zweiten Mann interessiert. Ein ungewöhnlicher Mann, findest du nicht? Trotz seines gemischten Blutes und seiner gespaltenen Loyalitäten hat er die Nadir zusammengezogen und alles erreicht, was Ulric nicht vollbracht hat.«

Kesa Khan schwieg einen Augenblick. »Kannst du mir diesen Mann zeigen?«

Dardalions Augen wurden schmal. »Aber du hast ihn doch bestimmt gesehen? Er ist der, der die Stämme eint. Der Mann, von dem du sprichst.«

»Nein, das ist er nicht.«

Dardalion seufzte. »Nimm meine Hand, Kesa Khan, und teile meine Erinnerungen.« Der Schamane schloß seine Hand fest um Dardalions. Er schauderte, und seine Gedanken verschwammen. Dardalion konzentrierte sich, und gemeinsam wurden sie Zeuge des Aufstiegs von Ulric Khan, dem Verschmelzen der Stämme; sie sahen die gewaltigen Horden die Steppe überfluten, die Plünderung Gulgothirs und die erste Belagerung von Dros Delnoch.

Sie sahen, wie der Bronzegraf die Nadir zurückschlug, die Unterzeichnung des Friedensvertrages, die Einhaltung der Bedingungen, die Hochzeit zwischen dem Sohn des Grafen und einer von Ulrics Töchtern, und die Geburt des Kindes Tenaka Khan, der Schattenprinz, der König Jenseits des Tores.

Dardalion spürte, wie Kesa Khans Stolz anschwoll, unmittelbar gefolgt von Verzweiflung. Die Trennung erfolgte abrupt und ließ den Drenai aufstöhnen. Er schlug die Augen auf und sah die Angst in Kesa Khans Gesicht. »Was ist los? Was stimmt nicht?«

»Diese Frau ... Miriel. Von ihr kommt die Linie der Männer, die zu dem Bronzegrafen führt?«

»Ja – ich dachte, das hättest du begriffen? Du wußtest, daß hier ein Kind empfangen würde.«

»Aber doch nicht von ihr, Drenai! Ich wußte nichts von ihr! Die Linie Ulrics beginnt auch hier.«

»Und?«

Kesa Khan atmete flach; sein Gesicht war verzerrt. »Ich ... ich glaubte, Ulric wäre der, der die Stämme eint. Und daß Miriels Nachkommen versuchen würden, ihn in Schach zu halten. Ich ... sie ...«

»Heraus damit, Mann!«

»Da sind Ungeheuer, die den Kristall bewachen. Es waren drei, aber ihr Hunger war groß, und so wandten sie sich gegeneinander. Jetzt gibt es nur noch eins. Zhu Chao schickte Männer her, um mich zu töten. Karnaks Sohn, Bodalen, war einer von ihnen. Der Kristall verschmolz sie.«

»Du konntest die Mauer die ganze Zeit durchbrechen! Was ist das für ein Verrat?« tobte Dardalion.

»Das Mädchen wird dort unten sterben. Es steht geschrieben!« Das Gesicht des Schamanen war bleich; er war schwer getroffen. »Ich habe die Blutlinie dessen, der die Stämme eint, zerstört.«

»Noch nicht«, sagte Dardalion und sprang auf.

Kesa Khan packte den Priester am Arm. »Du verstehst nicht! Ich habe einen Pakt mit Shemak getroffen. Sie wird sterben. Nichts kann das jetzt noch ändern.«

Dardalion riß sich los. »Nichts ist unveränderlich. Und kein Dämon wird mich beherrschen!«

»Wenn ich es ändern könnte, würde ich es tun«, jammerte Kesa Khan. »Der die Stämme eint – er bedeutet mir alles! Aber es muß einen Tod geben. Du kannst ihn nicht aufhalten!«

Dardalion stürmte aus dem Raum, die gewundene

Treppe zur Halle hinunter und weiter zu dem Treppenabgang, der zu den unterirdischen Kammern führte. Gerade als er die Dunkelheit betrat, pulsierte Vishna ihn von den Wehrgängen her an: »Die Bruderschaft greift an! Wir brauchen dich, Dardalion!«

»Ich kann nicht!«

»Ohne dich sind wir verloren! Die Festung wird fallen!«

Dardalion schrak vor dem Türdurchgang zurück; seine Gedanken rasten. Hunderte von Frauen und Kindern würden erschlagen, wenn er seinen Posten verließ. Doch wenn er es nicht tat, war Miriel verloren. Er fiel in der Tür auf die Knie, suchte verzweifelt den Weg des Gebets, doch sein Geist war verloren in Gedanken an das kommende Chaos. Eine Hand berührte seine Schulter. Er sah auf. Es war der narbenbedeckte, häßliche Gladiator.

»Bist du krank?« fragte der Mann. Dardalion stand auf und holte tief Luft. Dann erzählte er Angel alles. Das Gesicht des Mannes war grimmig, als er zuhörte. »Ein Tod, sagst du? Aber es muß nicht gerade Miriels Tod sein?«

»Ich weiß es nicht. Aber ich werde auf der Mauer gebraucht. Ich kann nicht zu ihr gehen.«

»Aber ich«, sagte Angel und zog sein Schwert.

19

Zhu Chao stand auf dem Balkon, lehnte sich über das vergoldete Geländer und starrte zu den Wehrgängen seines Palastes. Hier gab es nicht die üblichen, schmucklosen Zinnen, sondern schwungvolle Hohlkehlen und Kurven, wie es sich für einen Edlen aus Kiatze geziemte. In den Gärten wuchsen duftende Bäume und Blumen; kunstvoll angelegte Pfade wanden sich zwischen Teichen und künstlichen Bachläufen hindurch. Es war ein Ort stiller Schönheit.

Aber er war auch stark. Zwanzig Männer, bewaffnet mit Bogen und Schwert, marschierten über die vier Mauern, während vier weitere – aufmerksam und mit scharfen Augen – die Scheintürme an jeder Ecke bemannten. Die Tore waren verriegelt, und sechs wilde Hunde bewachten den Garten. Zhu Chao konnte im Augenblick einen von ihnen sehen, wie er auf allen vieren neben einem gewundenen Pfad lag. Sein schwarzes Fell machte ihn fast unsichtbar.

Hier bin ich sicher, dachte Zhu Chao. Nichts kann mir etwas anhaben.

Warum habe ich dann solche Angst?

Er schauderte und zog sein mit Lammfell gefüttertes Gewand aus purpurfarbener Wolle enger um seine schlanke Gestalt.

Kar-Barzac entwickelte sich zur Katastrophe. Kesa Khan lebte immer noch, und die Nadir verteidigten die Mauern wie besessen. Innicas war tot, die Bruderschaft praktisch vernichtet. Und Galen war bei seiner Rückkehr zur Armee der Drenai unerklärlicherweise ermordet worden. Er war ins Zelt von General Asten gegangen und hatte ihm von dem tragischen Verrat berichtet, der mit dem Tod von Karnak endete. Asten hatte schweigend zugehört, war dann aufgestanden und auf den Krieger der Bruderschaft zugetreten. Plötzlich packte er Galen bei den Haaren und riß seinen Kopf zurück. Ein Messer blitzte auf. Blut schoß aus Galens Kehle. Zhu Chao hatte alles mit angesehen – den sterbenden Krieger, der zu Boden fiel, den untersetzten General, der über ihm stand.

Zhu Chao schauderte. Alles lief verkehrt.

Und wo war Waylander?

Dreimal hatte er den Suchzauber gesprochen. Dreimal hatte er versagt. Aber heute abend wird alles wieder gut, beruhigte er sich. Der Vorabend von Mittwinter und das große Opfer. Macht wird mich durchströmen, das Geschenk des Chaos wird mein sein. Dann werde ich Kesa Khans Tod *verlangen*. Morgen wird der ventrische König tot sein. Seine Truppen werden sich an die Bruderschaft als ihre Führer wenden, ebenso die Drenaisoldaten. Galen war nicht der einzige loyale Ritter unter ihnen. Asten würde sterben, genau wie der Kaiser.

Drei Reiche würden eins.

Dann gelten für mich nicht mehr die kleinlichen Titel König oder Kaiser. Mit dem Kristall in meinen Händen werde ich der Göttliche Zhu Chao sein, Herrscher über alles, König der Könige. Der Gedanke gefiel ihm. Er warf einen Blick auf die nächste Mauer, beobachtete die Soldaten, die über die Brüstung marschierten. Starke Männer. Treu. Loyal. Ich bin sicher, sagte er sich noch einmal.

Er blickte zu dem links von ihm liegenden Turm. Der Soldat saß mit dem Rücken nach außen. Und schlief! Zorn flackerte auf. Zhu Chao pulste ihm einen Befehl zu, doch der Mann regte sich nicht. Der Zauberer rief in Gedanken Casta, den Hauptmann der Wache.

»Ja, Herr?« kam die Antwort.

»Die Wache auf dem Ostturm. Laß den Mann in den Hof bringen und auspeitschen. Er schläft.«

»Sofort, Herr.«

Wie sicher bin ich, wenn mich solche Leute bewachen? »Und noch etwas, Casta!«

»Ja, Herr?«

»Wenn er ausgepeitscht wurde, schneide ihm die Kehle durch.« Zhu Chao machte auf dem Absatz kehrt und ging in seine Wohnräume zurück. Seine gute Stimmung war dahin. Er hatte das Verlangen nach Wein, hielt sich jedoch zurück. Heute abend mußte das Opfer ohne jeden Fehler dargebracht werden. Er dachte an Karnak in Ketten, an das gekrümmte Opfermesser, das sich langsam in die Brust des Drenais bohrte. Seine Stimmung hob sich.

Dies ist mein letzter Tag als Diener anderer, dachte er. Ab morgen früh werde ich der Herrscher der drei Reiche sein.

Nein, nicht ehe der Kristall in deiner Macht ist. Denn nur dann erlangst du Unsterblichkeit. Nur dann wirst du wieder vollständig sein. Ein Muskel an seinem Kinn zuckte, und er sah wieder das unheilige Feuer und den scharfen kleinen Dolch in Kesa Khans Hand. Haß durchströmte ihn, und Scham stieg ihm wie Säure in die Kehle.

»Du wirst dein Volk sterben sehen, Kesa Khan«, zischte er. »Jeden Mann, jede Frau, jedes Kind. Und du sollst wissen, wer dafür verantwortlich ist. Das ist der Preis für das, was du mir gestohlen hast!«

Seine Erinnerungen hallten wider von dem erlittenen Schmerz und den Monaten des entsetzlichen Leidens, die auf seine Verstümmelung gefolgt waren. Aber der Kristall würde alles ändern. Das Dritte Buch der Beschwörungen sprach davon. Einst hatte man einen alten Ritter, dem eine Lichtwaffe den Arm abgehackt hatte, in die Kammer gebracht. Man hatte ihn auf ein Bett gelegt und die Macht des Kristalls entfaltet. In nur zwei Tagen war aus dem Stumpf ein neuer Arm gewachsen.

Aber besser noch – dem Vierten Buch der Beschwörungen zufolge hatten sich die Führer der Rasse der Älteren durch den Kristall verändern lassen; sie hatten ihre alten Körper wieder jung gemacht. Zhu Chaos Kehle war trocken, und jetzt gab er der Versuchung eines kleinen Bechers Wein nach.

»Herr! Herr!« pulste Casta. Angst lag in seiner Geiststimme.

»Was ist?«

»Der Wächter ist tot, Herr! Er hat einen Armbrustbolzen im Herzen. Und am Turm sind Spuren eines Enterhakens.«

»Er ist hier!« kreischte Zhu Chao auf. »Waylander ist hier!«

»Ich kann dich nicht hören, Herr«, pulste Casta.

Zhu Chao kämpfte Zorn und Angst nieder. »Hol die Männer von den Mauern. Durchsucht den Garten. Findet den Attentäter!«

Die ölgetränkte Fackel warf verrückte Schatten an die rauhen Wände des Treppenhauses, und schwarzer Rauch stieg in Angels Nase, als er die Treppen hinabstieg. Er hatte Angst wie nie zuvor. Es war die Angst vor dem Tod. Nicht vor seinem eigenen – darauf war er vorbereitet. Aber sein Entsetzen wuchs, als er an Miriel und das Ungeheuer dachte, an ihren verstümmelten jungen Körper, ihre toten Augen, die blicklos ins Nichts starrten.

Angel schluckte hart und ging weiter. Er konnte sich die Sicherheit nicht leisten, die ein Anschleichen bot, sondern polterte die Treppen hinunter, immer weiter und weiter. Dardalion hatte gesagt, die Kristallkammer befände sich auf der sechsten Ebene, doch das Ungeheuer konnte überall sein. Angel räusperte sich und spie aus; ein vergeblicher Versuch, sich den trockenen Mund anzufeuchten. Und er betete zu jedem Gott, der zuhören mochte, ob Dunkel oder Licht oder Schatten.

Laß sie leben!

Nimm mich statt dessen. Ich hatte ein langes und schönes Leben. Angel verfehlte eine Stufe und taumelte gegen die Wand, Funken regneten von der Fackel und versengten seinen nackten Unterarm. »Konzentrier dich, du Narr!« schalt er sich. Seine Worte hallten durch die leeren Gänge.

Wohin jetzt? überlegte er, als die Treppe in einem langgestreckten, niedrigen Gang endete. Er sah sich um. Alles hier war aus Metall – Wände, Decken, Fußboden. Schimmernd und rostfrei, war das Metall überall verknittert und gerissen, so, als wäre es nicht kräftiger als brüchiges Leinen.

Angel schauderte. Die Flure waren feucht und kalt, und seine Muskeln schmerzten. Ekodas hatte ihn darauf hingewiesen, wie müde er war, und jetzt spürte er es. Seine Glieder schienen wie aus Blei, seine Energie ließ nach. Er holte tief Luft, dachte an Miriel und eilte weiter.

Vor ihm lag ein hoher Türbogen. Er trat mit erhobenem Schwert hindurch. Hinter sich hörte er eine Bewegung. Er fuhr herum, sein Schwert sauste herab. Im letzten Augenblick zog er die Klinge zur Seite – und verfehlte nur um Haaresbreite das Kind, das seinen eigenen grünen Umhang trug. »Bei Shemak, Junge! Ich hätte dich töten können!«

Der Junge wich zum Türbogen zurück; seine Lippen zitterten, und seine Augen waren vor Angst weit aufgerissen. Angel steckte sein Schwert ein und zwang sich zu einem Lächeln. »Bist mir gefolgt, was?« sagte er, streckte die Hand aus und zog das Kind an sich. »Na, ist ja nichts passiert, hm?«

Er kniete neben dem Jungen nieder. »Du nimmst die Fackel«, sagte er und hielt sie ihm hin. In Wahrheit brauchte er das Licht nicht mehr, denn die Wandverkleidungen strahlten ein unheimliches Leuchten aus. Hier gab es metallene Betten und verfaulte Matratzen. Angel erhob sich. Wieder zog er sein Schwert. Er gab dem Jungen ein Zeichen und ging hinaus in den Flur, um nach weiteren Treppen zu suchen.

Trotz der Gefahr freute er sich, daß der Junge bei ihm war. Die Stille und die endlosen Gänge zerrten an seinen Nerven. »Bleib dicht bei mir«, flüsterte er. »Der alte Angel paßt schon auf dich auf.«

Ohne zu verstehen, nickte der Junge und grinste den Gladiator an.

»Hast du auch nur die leiseste Ahnung, wo wir sind?« fragte Senta Ekodas, als der silbern gepanzerte Priester wieder um eine Ecke im Labyrinth von Fluren auf der siebenten Ebene bog.

»Ich glaube, wir sind nahe dran«, sagte Ekodas, dessen Gesicht in dem schwachgelben Licht geisterhaft blaß wirkte.

Senta sah, daß er heftig schwitzte. »Ist alles in Ordnung, Priester?«

»Ich kann den Kristall fühlen. Er verursacht mir Übelkeit.«

Senta wandte sich an Miriel. »Du führst mich wirklich an romantische Plätze«, sagte er, legte den Arm um sie und küßte sie auf die Wange. »Vulkanische Höhlen, verzauberte Burgen und jetzt hundert Kilometer unter der Erde eine Reise in die Dunkelheit.«

»Nicht mehr als hundert Meter«, sagte Ekodas.

»Das war dichterische Übertreibung«, fauchte Senta.

Miriel lachte. »Du hättest ja nicht mitzukommen brauchen«, sagte sie.

»Und das hier verpassen?« rief er in gespieltem Erstaunen. »Was wäre das für ein Mann, der einen Spaziergang im Dunkeln mit einer schönen Frau ablehnt?«

»Und einem Priester«, betonte sie.

»Das ist allerdings ein Makel!«

»Still!« zischte Ekodas. Erstaunt wollte Senta schon zu einer zornigen Erwiderung ansetzen, als er sah, daß Ekodas angespannt lauschte. Seine dunklen Augen waren zu Schlitzen verengt, um die Dunkelheit am Ende des Ganges zu durchdringen.

»Was ist?« flüsterte Miriel.

»Ich dachte, ich hätte etwas gehört – wie ein Atmen. Ich weiß nicht, vielleicht habe ich es mir nur eingebildet.«

»Unwahrscheinlich, daß hier unten etwas lebt«, meinte Miriel. »Hier gibt es keine Nahrungsquellen.«

»Ich kann meine Gabe hier nicht einsetzen«, sagte Ekodas und wischte sich den Schweiß vom Gesicht. »Ich fühle mich so … eingeschränkt. Als wäre ich plötzlich blind geworden.«

»Sei froh, daß du deine Gabe nicht brauchst«, meinte Senta, immer noch gereizt durch den plötzlichen Ausbruch des Priesters. »Dies ist kaum …« Er hielt mitten im Satz inne, denn jetzt konnte auch er ein lautes Atmen hören. Vorsichtig zog er sein Schwert.

»Es könnte eine natürliche Täuschung sein«, flüsterte Miriel. »Ihr wißt schon, als wenn Wind durch einen Felsspalt pfeift.«

»In dieser Tiefe gibt es für gewöhnlich nicht viel Wind«, erwiderte Senta.

Sie gingen vorsichtig weiter, bis sie in einen langgestreckten Raum voller Metallschränke kamen. Die meisten der glühenden Wandpaneele waren erloschen, doch zwei warfen noch immer ein fahles Licht auf den eisernen Fußboden. Miriel sah einen Gegenstand unter einem umgeworfenen Tisch liegen. »Senta«, sagte sie leise. »Da drüben!«

Der Schwertkämpfer durchquerte den Raum und kniete nieder. Rasch stand er wieder auf und ging zu Ekodas und Miriel zurück. »Es ist ein menschliches Bein«, sagte er. »Oder was davon noch übrig ist. Und glaubt mir, über die Größe der Bißspuren solltet ihr lieber nichts wissen.«

»Kesa Khan sagte, hier bestünde keine Gefahr«, wandte Miriel ein.

»Vielleicht wußte er es nicht«, erwiderte Ekodas. »Der Kristall ist hinter diesem Durchgang. Laßt mich ihn suchen und vernichten, dann verschwinden wir so schnell wie möglich von hier.«

»Selbst wenn wir hier mit einem magischen Blitz verschwinden, wäre das nicht schnell genug«, erklärte Senta. Der Priester lächelte nicht, sondern ging weiter zu den Überresten des Türrahmens. »Sieh dir das an«, sagte Senta zu Miriel. »Die Steine in der Wand rings um den Rahmen sind herausgerissen. Weißt du – selbst wenn du mich langweilig findest, aber im Augenblick würde ich lieber in deiner Hütte sitzen, die Füße dem Feuer entgegenstrecken und darauf warten, daß du mir einen Becher Glühwein bringst.« Sein beiläufiger Tonfall konnte die Angst in seiner Stimme nicht verbergen, und als Ekodas aufschrie, offenbar vor Schmerzen, hätte Senta beinahe sein Schwert fallen lassen.

Miriel war als erste am Türrahmen.

»Zurück!« brüllte Ekodas. »Bleib hinter den Wänden! Die Macht ist zu groß, als daß du sie ertragen könntest!«

Senta packte Miriel am Arm und riß sie zurück. »Weißt du, meine Schöne, es macht mir nichts aus, dir zu sagen, daß ich Angst habe. Nicht zum erstenmal, aber so etwas habe ich noch nicht erlebt.«

»Ich auch nicht«, gab sie zu.

Vom anderen Ende des Ganges hörten sie ein schlurfendes Geräusch.

»Ich habe ein ungutes Gefühl«, flüsterte Senta.

Dann kam das Wesen in Sicht. Es war ungeheuer, fast vier Meter hoch, und Senta starrte voller Entsetzen auf die zwei Köpfe. Beide waren monströs und wiesen nur entfernt menschliche Züge auf: Die Münder waren breit, fast so breit wie sein Unterarm lang, die Zähne gekrümmt und scharf. Miriel zog ihr Schwert und wich zurück. »Was immer du tun mußt, Ekodas, tu es jetzt!« rief sie.

Das Wesen beugte sich vor und stützte sein Gewicht zum Teil auf die zwei riesigen Arme; die drei Beine hatte es unter den aufgeblähten Bauch gezogen. Es sah wie eine weiße Riesenspinne aus, die vor ihnen kauerte. Einer der Köpfe drehte sich nach links; die Augen öffneten sich und blieben auf Miriel gerichtet. Ein Stöhnen entrang sich den gräßlich geformten Lippen, tief und voller Qualen. Das Maul des anderen Kopfes öffnete sich, und ein durchdringender Schrei hallte im Saal wider. Das Wesen spannte sich und schlurfte wie eine Krabbe auf sie zu, stöhnend und schreiend.

Miriel wich nach links aus, Senta nach rechts.

Das Untier beachtete den Schwertkämpfer nicht, sondern griff das Mädchen an, wobei es Tische und Stühle umwarf. Es war nicht sehr schnell, doch seine ungeheure Masse schien den ganzen Raum auszufüllen.

Senta rannte auf das Wesen zu und warf sich auf den breiten Rücken. Einer der vier Arme hieb auf ihn ein, zerschmetterte seine Rippen. Er taumelte und wäre um ein Haar gestürzt. Das Wesen ragte nun drohend über Miriel auf. Sie hieb mit dem Schwert quer über einen riesigen Unterarm, so daß es tief ins Fleisch schnitt. Dann griff Senta wieder an und stieß seine Klinge in den geblähten Bauch der Bestie.

Erneut traf ihn eine Faust, und er flog wirbelnd zu Boden. Das Schwert entfiel seinen Händen. Er sah, wie Miriel sich unter dem Griff des Wesens duckte und sich abrollte. Senta versuchte aufzustehen, doch ein stechender

Schmerz in seiner Seite sagte ihm, daß er sich mehrere Rippen gebrochen hatte.

»Ekodas! Bei allem, was heilig ist, hilf uns!«

Ekodas kniete in der goldenen Kammer, den Kristall in den Händen, mit den Gedanken in weiter Ferne. Sämtliche Türen seines Geistes öffneten sich, und die Geräusche jenseits der Kammer hatten keine Bedeutung mehr für ihn. Sein Leben entfaltete sich vor seinen Augen, verschwendet und voller alberner Ängste. Die Zuflucht des Tempels schien ihm jetzt mehr als ein graues Gefängnis, das ihm die Reichtümer des Lebens vorenthielt. Er blickte in die vielen Facetten des Kristalls hinab, sah sich hundertfach widergespiegelt und fühlte, wie die Kraft seiner Seele in dem vergänglichen Fleisch seines Körpers wuchs.

In einem Augenblick konnte er nicht nur den Kampf draußen im Saal sehen, sondern auch das grausame Kämpfen hoch über ihnen draußen auf den Mauern. Und darüber hinaus sah er auch Waylander, der lautlos durch die dunklen Flure von Zhu Chaos Palast huschte.

Er lachte. Was spielte das für eine Rolle?

Und er sah Shia, die neben dem hochgewachsenen Orsa Khan stand, und das Loch im Fallgittertor, durch das Gothirsoldaten krochen. Bedeutungslos, dachte er, obwohl er einen Stich der Verärgerung spürte, weil er nun nicht mehr Gelegenheit haben würde, sich an ihrem Körper zu erfreuen. Sein verstärktes Gedächtnis rief ihm noch einmal den Duft ihrer Haut und ihres Haars in Erinnerung.

»Ekodas! Bei allem, was heilig ist, hilf uns!«

Bei allem, was heilig ist! Was für ein amüsanter Gedanke. Ebenso wie der Tempel war die QUELLE von Menschen als Gefängnis für die Seele geschaffen worden, um zu verhindern, daß starke Männer die Früchte ihrer Macht genießen konnten. Ich bin frei von solchem Ballast, dachte er.

Dardalion hatte gesagt, der Kristall wäre böse. Was für ein Unsinn. Er war schön, vollkommen. Und was bedeutete ›böse‹ überhaupt? So bezeichneten schwache Menschen eine Kraft, die sie weder begreifen noch kontrollieren konnten.

»Jetzt verstehst du«, flüsterte eine Stimme in seinem Geist. Ekodas schloß die Augen und sah Zhu Chao an einem Schreibpult in einem kleinen Studierzimmer sitzen.

»Ja, ich verstehe«, sagte Ekodas.

»Bring mir den Kristall, und wir werden eine solche Macht und solche Freude erleben!«

»Warum sollte ich ihn nicht für mich behalten?«

Zhu Chao lachte. »Die Bruderschaft ist bereits zur Stelle, Ekodas. Bereit zu herrschen. Selbst mit dem Kristall würdest du Jahre brauchen, um eine solche Machtposition zu erreichen.«

»Daran ist etwas Wahres«, gab Ekodas zu. »Es soll sein, wie du sagst.«

»Gut. Und jetzt zeig mir den Kampf, mein Bruder.«

Ekodas stand auf und ging, den Kristall in Händen, zu dem Türdurchbruch. Dahinter sah er Miriel, die sich zu Boden warf und abrollte, als die Bestie einen Satz auf sie zu machte. Senta, der mit einer Hand seine Rippen umklammerte, hatte einen Dolch gezogen und stolperte voran, um die Kreatur zu attackieren.

So ein Dummkopf! Als wollte man einen Wal mit einer Nadel töten.

Der verletzte Krieger stieß dem Wesen seinen Dolch in den Rücken. Das Untier drehte sich halb um, und eine mächtige Faust hämmerte in Sentas Nacken. Er sank zu Boden, ohne einen Laut von sich zu geben. Miriel sah ihn fallen. Und schrie, voller Wut. Sie warf sich nach vorn und stieß ihre lange Klinge in eins der offenen Mäuler, tief hinein ins Hirn der Bestie.

Ekodas kicherte leise. Er wußte, da war kein Hirn. Es lag – wenn man es überhaupt Gehirn nennen konnte – zwischen den Köpfen, in dem enormen Buckel auf den Schultern.

Das Wesen bekam Miriel zu fassen und hob sie von den Füßen. Ekodas fragte sich, ob es das Mädchen zerreißen oder ihr nur den Kopf von den Schultern beißen würde.

»In seinem Geist herrscht heillose Verwirrung«, sagte Zhu Chao. »Ein Teil von ihm ist immer noch Bodalen. Er erkennt das Mädchen als die Zwillingsschwester der jungen Frau, die er versehentlich getötet hat. Sieh nur, wie er zögert! Und kannst du den aufsteigenden Zorn der Seelen spüren, die einst von der Bruderschaft waren?«

»Kann ich«, sagte Ekodas. »Hunger, Begehren, Unverständnis. Amüsant, nicht wahr?«

Eine Gestalt bewegte sich im Hintergrund.

»Noch mehr Unterhaltung«, wisperte die Stimme Zhu Chaos. »Leider kann ich den Zauber nicht aufrechterhalten und muß den unvermeidlichen Ausgang verpassen. Wir werden die Erinnerung in Gulgothir teilen.«

Der Zauberer zog sich von Ekodas zurück, und der junge Priester wandte seine Aufmerksamkeit wieder dem Gladiator zu, der die Halle betreten hatte.

Du hättest nicht kommen sollen, dachte er. Du bist zu erschöpft für ein derartiges Abenteuer.

Angel hatte die schrecklichen Schreie gehört und rannte bereits, als er in die Halle kam. Er sah Senta bewußtlos am Boden liegen, während das Ungeheuer niederstieß, Miriel packte und in die Höhe riß.

Er griff sein Schwert wie einen Dolch, schlug einen Haken, sprang auf einen metallenen Tisch und warf sich dann auf den geschwollenen Rücken des Untiers. Er landete auf den Knien und stieß sein Schwert mit aller Kraft tief ins Fleisch. Das Wesen richtete sich auf und fuhr herum. Angel wurde abgeworfen. Die Bestie hielt Miriel noch immer in einer Riesenhand; jetzt aber wandte sie sich Angel zu. Halb betäubt kam er taumelnd auf die Füße.

Der Junge mit der Fackel rannte vorwärts und stieß mit der Flamme nach dem Ungeheuer. Einer seiner vielen Arme holte aus, doch der Junge war gewandt genug, um sich zu ducken und zurückzuspringen. Angel, dessen helle Augen vor Kampfeslust funkelten, sah, wie die Kreatur erneut attackierte. Statt davonzulaufen warf er sich dem grotesken Ungetüm entgegen. Seine Hand griff nach Sentas Schwert, das aus dem schwankenden Bauch ragte. Dicke Finger packten Angels linke Schulter, als seine Hand den Schwertgriff erwischte. Das Wesen hob ihn hoch, und diese Bewegung befreite das Schwert aus seinem fleischlichen Gefängnis. Blut schoß aus der Wunde. Angel schmetterte die Klinge an die Schläfe des zweiten Kopfes und spaltete den Schädel.

Das Wesen ließ Miriel fallen, als der Schmerz dieser schrecklichen Wunde es durchzuckte. Angel stieß wieder zu. Und wieder. Eine andere Hand packte Angels Bein und zog ihn zu dem klaffenden Maul und den säbellangen Fangzähnen.

Miriel wirbelte herum und sah Ekodas, der den Kristall umklammert hielt und vom Türrahmen her das Schauspiel beobachtete.

Sie rannte zu ihm, riß sein Schwert aus der Scheide und stürzte sich wieder in den Kampf.

»Zwischen den Schultern«, sagte Ekodas beiläufig. »Da sitzt das Gehirn. Kannst du den Buckel dort erkennen?«

Das Breitschwert mit beiden Händen haltend, hieb

Miriel mit aller Kraft dem Ungeheuer ins Bein, knapp oberhalb des Knies. Blut schoß aus der Wunde. Das Wesen stolperte zurück, und eine Hand gab Angels Bein frei. Der ehemalige Gladiator hackte mit seinem eigenen Schwert auf den Arm ein, der ihn gepackt hielt. Die großen Finger verkrampften sich, und er fiel zu Boden. Blut rann aus dem Leib des Ungeheuers, aus beiden Köpfen und zahllosen Wunden am Körper.

Dennoch kämpfte es weiter. Miriel sah, wie Angel zurückwich. Sie wußte, daß er versuchte, die Kreatur von ihr abzulenken. Aber jetzt spürte Miriel die Macht des Kristalls, wie sie ihre Gabe verstärkte, sie mit Wut erfüllte. Bilder, die das Ungetüm ausstrahlte, überfluteten ihren Geist: Verwirrung, Zorn, Hunger.

Doch ein Bild überlagerte alle anderen. Miriel sah Krylla durch den Wald rennen, gefolgt von einem großen, breitschultrigen Mann.

Bodalen.

Und plötzlich wußte sie. Gefangen in diesem abscheulichen Untier steckte der Mann, der ihre Schwester ermordet hatte.

Ein riesiger Arm sauste auf sie herab. Sie duckte sich unter dem schwerfälligen Hieb und warf sich nach links – dann griff sie an, sprang hoch, so daß ihr Fuß auf eins der Kniegelenke traf. Dieses als Fußstütze benutzend, zog sie sich auf den Rücken der Bestie. Eine Hand griff nach ihr, doch sie warf sich nach vorn. Sie stand hoch oben auf den Schultern des Wesens, packte das Schwert und schrie: »Stirb!« Die Klinge drang tief in den Buckel. Als sie die Haut durchdrang, schien das Schwert schneller zu gleiten, denn darunter lagen keine Muskeln, die es aufhalten konnten. Die Haut platzte auf wie eine überreife Melone; das Hirn quoll heraus.

Das Biest reckte sich noch einmal und warf Miriel ab. Dann schwankte es und fiel.

Angel lief zu Miriel und half ihr auf die Füße. »Der QUELLE sei Dank! Du lebst!«

Er legte den Arm um sie, doch Miriel versteifte sich, und er sah, wie sie die reglose Gestalt Sentas anstarrte. Sie riß sich aus Angels Armen los, rannte zu dem gestürzten Schwertkämpfer und drehte ihn auf den Rücken. Senta stöhnte und schlug die Augen auf. Er blickte Angel an und versuchte zu lächeln.

»Du bist schon wieder verwundet«, flüsterte er. Angel fühlte, wie Blut aus einer Platzwunde in seinem Gesicht rann.

Angel kniete neben Senta nieder. Er sah das Blut in den Mundwinkeln und die unnatürliche Regungslosigkeit seiner Glieder. Sanft drückte er Senta die Hand. Der Druck wurde nicht erwidert.

»Laß mich dir aufhelfen«, sagte Miriel und zog an seinem linken Arm.

»Laß ihn, Mädchen!« sagte Angel leise. Miriel ließ den Arm langsam sinken.

»Nicht gerade ein großartiger Ort, um seine Tage zu beenden, was, Angel?« sagte Senta. Er hustete, und Blut sprühte aus seinem schönen Mund auf sein Kinn. »Trotzdem, ich glaube, in besserer Gesellschaft hätte ... ich nicht ... sein können.«

Angel fuhr zu Ekodas herum. »Kannst du irgend etwas tun, Priester?«

»Nichts. Sein Genick ist gebrochen. Die Wirbelsäule ebenfalls an zwei Stellen. Und seine Rippen haben eine Lunge verletzt.« Der Tonfall des Priesters war nüchtern, fast gleichgültig.

Angel wandte seine Aufmerksamkeit wieder dem sterbenden Schwertkämpfer zu. »Man stelle sich vor, du läßt dich tatsächlich von einem solchen Wesen umbringen«, sagte er brummig. »Du solltest dich schämen.«

»Tue ich.« Er lächelte und schloß die Augen. »Ich habe

keine Schmerzen. Es ist wirklich sehr friedlich.« Seine Augen öffneten sich, und in seiner Stimme schwang plötzlich Angst mit. »Ihr holt mich doch hier heraus, nicht wahr? Ich will nicht die Ewigkeit hier unten verbringen. Ich möchte gern ... die Sonne spüren ... verstehst du?«

»Ich werde dich tragen.«

»Miriel ...!«

»Ich bin hier«, sagte sie mit zitternder Stimme.

»Es tut ... mir leid ... Ich hatte solche ...« Seine Augen schlossen sich wieder. Er war tot.

»*Senta!*« schrie sie. »Nein! Steh auf. Los!« Sie sprang auf und zerrte an seinem Arm.

Angel erhob sich und hielt sie fest. »Laß ihn, Prinzessin. Laß ihn gehen.«

»Ich kann nicht!«

Er zog sie fest in seine Arme. »Es ist vorbei«, sagte er leise. »Er ist nicht mehr hier.«

Miriel riß sich von ihm los, mit starrer Miene und glänzenden Augen. Sie machte auf dem Absatz kehrt und ging zu dem toten Ungeheuer, wo sie ihr Schwert zog. Dann wandte sie sich an Ekodas. »Du Bastard! Du hast dabeigestanden und nichts getan. Er wäre noch am Leben, wenn du nicht wärst.«

»Vielleicht«, gab er zu. »Vielleicht auch nicht.«

»Jetzt stirbst du«, sagte Miriel mit einem plötzlichen Ausfall. Ekodas hob die Hand. Miriel stöhnte und blieb so plötzlich stehen, als wäre sie gegen eine unsichtbare Mauer gelaufen.

»Beruhige dich«, sagte Ekodas. »Ich habe ihn nicht getötet.«

»Zerstöre den Kristall, Priester«, sagte Angel, »ehe er dich zerstört.«

Ekodas lächelte. »Du verstehst nicht. Das würde niemand tun, der einmal seine Macht gespürt hat.«

»Ich kann sie spüren«, sagte Angel. »Jedenfalls nehme

ich an, daß es der Kristall ist, der in mir den Wunsch weckt, dich zu töten.«

»Ja, das dürfte zutreffen. Bei einem geringeren Verstand könnte der Kristall diese Wirkung haben. Ich sollte mich zurückziehen. In die Festung zurückkehren.«

»Nein«, widersprach Angel. »Du wurdest hergeschickt von Menschen, die dir vertrauen. Sie glaubten, daß nur du die Stärke hättest, diesem … Ding zu widerstehen. Sie haben sich getäuscht, nicht wahr? Es hat dich überwältigt.«

»Unsinn. Es hat lediglich meine ohnehin beachtlichen Gaben verstärkt.«

»Also gut. Wir warten in der Festung auf dich«, sagte Angel mit einem tiefen Seufzer. Er machte einen Schritt vorwärts. »Eine Kleinigkeit allerdings …«

»Ja?«

Angel lehnte sich zurück und trat heftig zu, so daß sein Stiefel den Kristall traf und ihn dem Priester aus der Hand riß. Ekodas versuchte zuzuschlagen, doch der Krieger wich dem Hieb aus und ließ seinen Ellbogen in das Gesicht des Priesters krachen. Ekodas taumelte. Angel landete eine donnernde Linke gegen das Kinn seines Gegners. Ekodas stürzte mit dem Gesicht voran zu Boden – und rührte sich nicht mehr.

Befreit von dem Zauber, den Ekodas über sie geworfen hatte, ging Miriel zu der reglosen Gestalt.

»Laß ihn, Kind«, sagte Angel. »Er war nicht verantwortlich.« Als Angel sich dem Kristall näherte, spürte er, wie dessen Kraft auf ihn wirkte, ihm Stärke, Unsterblichkeit und Ruhm versprach. Angel wich zurück. »Gib mir das Schwert«, befahl er Miriel. Er nahm den Griff in beide Hände und zerschmetterte den Kristall mit einem einzigen furchtbaren Hieb.

Er explodierte in strahlende, glitzernde Fragmente, und ein plötzlicher kalter Wind fegte durch den Saal.

Ohne den gefallenen Priester zu beachten, ging Angel erschöpft zu Sentas Leichnam zurück und hob ihn auf, so daß dessen Kopf an seiner Schulter ruhte.

»Laß ihn uns in die Sonne bringen«, sagte er.

20

Zhu Chao zitterte. Schweiß rann ihm über die Wangen. Er kämpfte um Gelassenheit, doch sein Puls raste, und er spürte das unregelmäßige Pochen seines Herzens.

Er kann dich nicht erreichen, sagte er sich. Er ist nur ein einzelner Mann. Ich habe viele Krieger. Und da sind die Hunde. Ja, ja, die Hunde. Sie werden ihn aufspüren!

Er setzte sich an sein Schreibpult und starrte auf die offene Tür, an der zwei Wachen mit gezogenen Schwertern warteten.

Die Hunde waren ihm aus Kiatze geschickt worden, prachtvolle Tiere mit gewaltigen Kiefern und kräftigen Schultern. Man sagte ihnen nach, daß sie als Jagdhunde sogar Bären zur Strecke brachten. Sie würden ihn zerfleischen, ihm das Fleisch von den Knochen reißen!

Der Zauberer schenkte sich einen Becher Wein ein, doch er zitterte so sehr, daß er die Flüssigkeit über einige Pergamente verschüttete, die auf der eichenen Tischplatte lagen. Es war ihm egal. Nichts war mehr wichtig, nur daß er diese Nacht der Angst überlebte.

»Herr!« pulste Casta.

»Ja?«

»Einer der Hunde ist tot. Die anderen schlafen. Wir haben Reste von frischem Fleisch bei ihnen gefunden. Ich glaube, er hat sie vergiftet. Herr! Kannst du mich hören?«

Zhu Chao war wie betäubt, und er spürte, wie sein Verstand in einer Woge der Panik davongespült wurde.

»Herr! Herr!« pulste Casta. Doch Zhu Chao konnte nicht antworten. »Ich habe Befehl gegeben, daß alle Männer sich zum Hauptpalast begeben«, fuhr Casta fort. »Wir haben das Erdgeschoß abgeriegelt, und meine Männer bewachen alle drei Treppenaufgänge.«

Der Zauberer trank seinen Wein aus und schenkte sich einen zweiten Becher ein. Der Alkohol stärkte seinen schwindenden Mut. »Gut«, pulste er zurück. Er stand auf – und schwankte, so daß er sich am Schreibtisch festhalten mußte. Zuviel Wein, dachte er, und zu rasch getrunken. Egal. Es würde vorübergehen. Er holte ein paarmal tief Luft und spürte, wie seine Kraft zurückkehrte.

Rasch durchquerte er das Zimmer und trat in den Flur hinaus. Die beiden Wachen nahmen Haltung an. »Folgt mir«, befahl er und marschierte zur Treppe, die in die Verliese führte. Er ließ zuerst einen Mann die Treppe hinuntergehen; der andere folgte ihm mit gezogenem Schwert. Am Fuß der Treppe gelangten sie in einen fackelerhellten Gang. Am anderen Ende saßen drei Männer beim Würfelspiel an einem Tisch. Sie sprangen auf, als Zhu Chao ins Licht trat.

»Bringt die Gefangenen ins Innere Heiligtum«, sagte er.

»Herr!« pulste Casta triumphierend.

»Sprich!«

»Er ist tot. Einer der Wächter fand ihn, als er auf das Dach klettern wollte. Sie kämpften, und der Attentäter wurde getötet und fiel vom Dach auf die Steinplatten hinunter!«

»Ja!« brüllte Zhu Chao und reckte eine Faust in die Luft. »Bringt mir seinen Leichnam. Ich werde ihn zur Hölle schicken!« Oh, wie süß schmeckte das Leben in diesem Augenblick! Die Worte klangen in seinem Kopf wie das Lied der Nachtigall: *Waylander ist tot. Waylander ist tot!*

Er verließ die Männer, betrat einen kleinen Raum am Ende des Ganges und verschloß die Tür hinter sich. Aus einem Geheimversteck unter einem Eichenschreibpult holte er das Fünfte Buch der Beschwörungen und studierte das neunte Kapitel. Er schloß die Augen, sprach die Worte der Macht und schwebte über den Mauern von Kar-Barzac. Doch es gab keinen Weg an der pulsierenden Macht vorbei, die von unterhalb der Festung ausstrahlte. Dann, so plötzlich wie Sonne auf Sturm folgt, verblaßte die Macht und erstarb. Zhu Chao war verblüfft. Rasch schickte er seinen Geist auf die Suche in das Labyrinth unter der Zitadelle und fand den Priester Ekodas, der den Kristall an sich drückte. Er spürte das Aufwallen seiner Gabe, seinen wachsenden Ehrgeiz, seine keimenden Begehren.

Er sprach mit dem Priester und spürte einen verwandten Geist. Als Ekodas sagte, er würde den Kristall nach Gulgothir bringen, wußte Zhu Chao, daß der Priester die reine Wahrheit sagte. Er hatte Mühe, seinen Triumph vor Ekodas zu verbergen, und kehrte in seinen Palast zurück.

Waylander war tot. Der Kristall war sein. Und in wenigen, kurzen Augenblicken würden die Seelen der Könige Shemak geopfert.

Und der Sohn eines Schuhmachers würde Herrscher der Erde sein!

Wieder hatte sich die Armee der Gothir zurückgezogen, doch die Verteidiger auf den Mauern waren jetzt dezimiert und erschöpft bis zur Verzweiflung. Dardalion ging von einem zum anderen der Dreißig und blieb nur beim Leichnam des dicken Merlon stehen. Er war an dem zerstörten Tor gestorben, als er sich in die Masse der Krieger geworfen hatte, die durch das zerbrochene Fallgitter gestürmt waren. Orsa Khan und eine Schar von Nadirkriegern waren zu ihm geeilt, und gemeinsam hatten sie die Angreifer zurückgeschlagen. Doch gerade als die Gothir sich in ihr Lager zurückzogen, war

Merlon zu Boden gesunken, aus zahlreichen Wunden blutend.

Er starb binnen weniger Augenblicke. Dardalion kniete neben dem Toten nieder. »Du warst ein guter Mann, mein Freund«, sagte er leise. »Möge die QUELLE dich willkommen heißen.«

Aus dem Augenwinkel sah er Angel aus der Halle kommen, den Leichnam des Schwertkämpfers Senta in den Armen. Dardalion seufzte und stand auf. Miriel kam als nächste; an ihrer Seite war ein kleiner Junge. Der Abt ging zu ihnen und wartete schweigend, als Angel seinen toten Freund hinlegte. Vor dem silbergerüsteten Abt wich der kleine Junge zurück und verschwand in die Halle.

»Wo ist Ekodas?« fragte Dardalion schließlich.

»Er lebt«, sagte Angel. »Und der Kristall ist zerstört.«

»Die QUELLE sei gelobt! Ich war nicht sicher, ob selbst Ekodas die Kraft haben würde.«

Er sah, daß Miriel etwas sagen wollte, doch Angel kam ihr rasch zuvor. »Es war eine Schöpfung des Bösen«, sagte er.

Ekodas erschien in der Tür und blinzelte im nachlassenden Tageslicht. Dardalion lief zu ihm. »Du hast es geschafft, mein Sohn. Ich bin stolz auf dich.« Er wollte den Priester umarmen, doch Ekodas stieß ihn weg.

»Ich habe gar nichts getan – nur einen Mann sterben lassen«, flüsterte er. »Laß mich, Dardalion.« Der Priester taumelte davon. Der Abt wandte sich wieder an Miriel. »Erzählt mir alles«, sagte er. Miriel seufzte und berichtete von dem Kampf mit dem Ungeheuer, von Sentas Tod. Ihre Stimme war leise und tonlos, ihr Blick leer. Dardalion spürte ihren Schmerz und ihren Kummer.

»Es tut mir leid, mein Kind. So schrecklich leid.«

»In allen Kriegen sterben Menschen«, sagte Miriel tonlos. Wie im Traum ging sie davon zu den Wehrgängen.

Angel deckte Senta mit seinem Mantel zu; dann stand er auf. »Ich würde Kesa Khan am liebsten umbringen«, zischte er.

»Damit erreichst du nichts«, erwiderte Dardalion. »Geh mit Miriel. Sie ist gefährdet und könnte zu Schaden kommen.«

»Nicht, solange ich lebe«, sagte Angel. »Aber sag mir, Abt, wozu? Warum mußte Senta dort unten sterben? Bitte sag mir, daß es einen Sinn hatte. Und ich will nichts von Stammeseinern hören.«

»Ich kann nicht alle deine Fragen beantworten. Ich wünschte, ich könnte es. Aber kein Mensch weiß, wohin ihn seine Schritte letzten Endes lenken, oder zu welchen Ergebnissen seine Taten führen. Aber eins kann ich dir sagen, und ich bitte dich, es in deinem Herzen zu bewahren und zu keiner lebenden Seele ein Wort davon zu sagen. Dort ist sie, da auf dem Wehrgang. Was siehst du?«

Angel blickte auf und sah Miriel, gebadet in das feurige Licht des Sonnenuntergangs. »Ich sehe eine schöne Frau, zäh und doch sanft, stark und doch liebevoll. Was sollte ich deiner Ansicht nach sehen?«

»Was ich sehe«, wisperte Dardalion. »Eine junge Frau, die die Saat zukünftiger Größe in sich trägt. Selbst in diesem Moment wächst sie in ihr, winzig, nur ein Lebensfunken, geschaffen aus Liebe. Aber eines Tages, wenn wir hier überleben, könnte aus diesem Funken eine Flamme entstehen.«

»Sie ist schwanger.«

»Ja. Sentas Sohn.«

»Das wußte er nicht«, sagte Angel mit einem Blick auf den zugedeckten Leichnam auf den Steinen.

»Aber jetzt weißt du es, Angel. Du weißt, daß sie etwas hat, wofür es sich zu leben lohnt. Aber sie braucht Hilfe. Es gibt nur wenige Männer, die stark genug sind, das Kind eines anderen Mannes anzunehmen.«

»Das macht mir nichts, Abt. Ich liebe sie.«

»Dann geh zu ihr, mein Sohn. Setz dich zu ihr. Teile ihren Kummer.«

Angel nickte und ging davon. Dardalion schlenderte in die Halle. Der Junge saß an einem Tisch und starrte auf seine Hände hinunter. Der Abt setzte sich ihm gegenüber. Ihre Blicke trafen sich, und Dardalion lächelte. Der Junge erwiderte sein Lächeln. Kesa Khan betrat die Halle von der Treppe her, die nach oben führte. Er sah Dardalion und kam zu seinem Tisch. »Ich habe sie auf dem Wehrgang gesehen«, sagte er. »Ich bin … froh, daß sie es überlebt hat.«

»Ihr Geliebter hat nicht überlebt«, sagte Dardalion.

Der Schamane zuckte die Achseln. »Das ist nicht wichtig.«

Dardalion verkniff sich eine zornige Entgegnung und richtete seinen Blick wieder auf den Jungen. »Ich habe etwas für dich, Kesa Khan«, sagte er, immer noch das schwarzäugige Kind betrachtend.

»Ja?«

»Der junge Kriegsherr, der Shias Tochter heiraten wird.«

»Du weißt, wo er zu finden ist?«

»Du sitzt neben ihm«, sagte Dardalion und stand auf.

»Er ist stumm. Wertlos!«

»Bei allem, was heilig ist, Schamane, ich verabscheue dich!« brüllte Dardalion. Mühsam um Beherrschung kämpfend, beugte er sich vor. »Der Junge hatte eine Infektion im Ohr, die ihn taub machte. Da er nicht hören konnte, lernte er auch nie zu sprechen. Ekodas hat ihn geheilt. Jetzt ist alles, was er braucht, Zeit, Geduld und etwas, das dir wohl abgeht – Liebe!« Ohne ein weiteres Wort drehte Dardalion sich auf dem Absatz um und marschierte aus dem Saal.

Vishna traf ihn im Hof. »Sie sammeln sich wieder. Wir werden es schwer haben, sie aufzuhalten.«

Waylander kauerte auf dem Dach und beobachtete, wie die Männer sich unten um den Toten scharten. Der Wächter hätte ihn um ein Haar überrascht, aber der Mann hatte sein Schwert zu langsam gezogen, und ein schwarzes Wurfmesser war ihm in die Kehle gedrungen und hatte seine Unentschlossenheit beendet – und sein Leben. Waylander hatte den Mann schnell entkleidet, dann seine eigene Weste und die Beinkleider abgelegt und sie dem Mann angezogen.

Der Tote war etwas kleiner als Waylander, doch die schwarze Brustplatte und der Vollvisierhelm paßten ihm gut, wenn ihm auch die dunklen, wollenen Beinkleider nur halb über die Waden reichten. Dieser Mangel wurde jedoch von den knielangen Stiefeln verdeckt. Sie waren eng, aber das Leder war weich und nachgiebig, so daß sie Waylander nur wenig Unbequemlichkeit verursachten.

Als er sich über die Brüstung beugte, sah er die Wachen unten im Hof. Er zog das Schwert des Toten und hielt seine eigene Klinge in der rechten Hand. Dann rief er sie an. »Er ist hier! Auf dem Dach!« Außer Sichtweite der Männer unten klirrten zwei Schwerter gegeneinander; der mißtönende Klang hallte über dem Palast. Dann stieß Waylander dem Toten sein Schwert dreimal ins Gesicht, so daß die Knochen brachen und die Züge unkenntlich wurden. Anschließend legte er die Schwerter beiseite, hievte den Toten auf die Brüstung und warf ihn hinunter.

Er wartete ein paar Minuten und beobachtete, wie die Soldaten den Toten in den Palast trugen. Dann setzte er den Helm auf, sammelte sein zweites Seil wieder ein und lief zur Rückseite des Daches, wo er sich vorbeugte und die unter ihm liegenden Fenster prüfte. Nach der Information, die er von Matze Chai erhalten hatte, gab es eine Treppe an der Ecke des Gebäudes, die zu den unteren Etagen führte.

Er schlang sein Seil über eine vorstehende Säule, kletterte zur Wand hinunter und seilte sich ab, an zwei Fenstern vorbei, bis er zum dritten kam. Es stand offen, und drinnen brannte kein Licht. Er hakte sich mit einem Fuß über das Sims; dann kletterte er hinein. Es war ein Schlafzimmer mit einem schmalen Bett. Da keine Decken oder Laken darauf lagen, nahm er an, daß es sich um ein unbenutztes Gästezimmer handelte. Er verbarg seine Armbrust in den Falten des schwarzen Umhangs des Toten und trat hinaus in den Gang. Die Treppe war rechts von ihm, und er eilte darauf zu. Auf den Stufen hörte er Schritte, ging jedoch weiter. Zwei Ritter kamen um eine Biegung und stiegen zu ihm hinunter.

»Wer hat den Attentäter getötet?« fragte der erste.

Waylander zuckte die Achseln. »Ich nicht, leider«, sagte er und setzte seinen Weg fort.

»Wer ist denn sonst noch da oben?« fragte der erste Mann und faßte Waylander an der Schulter. Der Attentäter fuhr herum, die Armbrust im Anschlag.

»Niemand«, sagte er – und schoß einen Bolzen ab, der dem Mann in den offenen Mund und weiter ins Hirn drang. Der zweite Ritter versuchte davonzulaufen, doch Waylander schoß noch einmal und traf den Mann im Nacken. Er fiel auf die Stufen und regte sich nicht mehr.

Der Attentäter lud die Armbrust mit seinen letzten beiden Bolzen; dann ging er weiter.

Als seine Ketten gelöst wurden, spannte Karnak sich, doch eine Messerspitze berührte seine Kehle, und er wußte, daß ein Kampf sinnlos wäre. Der große Drenaigeneral starrte die Männer, die seine Arme hielten, finster an. »Bei allen Göttern, ich werde mir eure Gesichter merken«, erklärte er.

Einer von ihnen lachte. »Dann mußt du dich nicht mehr lange erinnern.«

Sic zerrten ihn aus dem Verlies in den fackelerhellten Korridor. Er sah Zhu Chao bei einer Tür stehen. »Die Pest auf dich, du gelber Hund!« rief er.

Der Kiatze antwortete nicht, sondern trat beiseite, als Karnak in das Innere Heiligtum geführt wurde. Auf dem Steinboden war mit Kreide ein Pentagramm gezeichnet, und man hatte Golddrähte so zwischen Kerzenhalter aus rostigem Eisen gespannt, daß sie einen sechszackigen Stern über der Kreidezeichnung bildeten. Karnak wurde zu einer Wand gezerrt, wo er wieder an den Handgelenken angekettet wurde. Er sah, daß schon ein anderer Gefangener da war, ein großer, schlanker Mann, der trotz der Schrammen und Blutergüsse im Gesicht königlich wirkte.

»Ich kenne dich«, flüsterte Karnak.

Der Mann nickte. »Ich bin der Narr, der Zhu Chao vertraute.«

»Du bist der Kaiser.«

»Ich war«, erwiderte der Mann verdrießlich. Er seufzte. »Die Schlange tritt ein …«

Karnak drehte den Kopf und sah die purpurgewandete Gestalt Zhu Chaos näher kommen.

»Heute abend, meine Herren, werdet ihr das höchste Geschenk der Macht miterleben.« Seine schrägstehenden Augen glänzten, als er sprach, und der Hauch eines Lächelns umspielte seinen dünnlippigen Mund. »Ich schätze, daß ihr mein Vergnügen nicht teilt, obwohl ihr wesentlich dazu beitragen werdet.« Er beugte sich vor und legte eine Hand auf Karnaks massige Brust. »Ihr müßt wissen, ich beginne damit, dir das Herz herauszuschneiden und es auf den goldenen Altar zu legen. Diese Gabe wird den Diener unseres Gottes Shemak herbeirufen.« Er wandte sich an den Kaiser. »Und dann kommst du an die Reihe. Du wirst als Ganzes geopfert, und der Dämon wird dich verschlingen.«

»Mach, was du willst, Zauberer«, fauchte der Kaiser, »aber langweile mich nicht länger.«

»Ich versichere, Eure Hoheit wird sich nicht mehr lange langweilen.« Drei Männer betraten den Raum, die einen blutüberströmten Körper trugen. Zhu Chao drehte sich um. »Ah«, sagte er. »Meine angebliche Nemesis! Bringt ihn her!«

Die Ritter legten den Toten auf den Fußboden. Zhu Chao lächelte. »Seht nur, wie kümmerlich er im Tod aussieht, das Gesicht vom scharfen Schwert eines tapferen Ritters wegrasiert? Seht ihr, wie ...« Er brach ab. Seine Augen starrten die rechte Hand des Toten an. Der Mittelfinger fehlte; es war eine alte Wunde, bedeckt von einer weißen Narbe. Zhu Chao kniete nieder und hob die rechte Hand des Mannes hoch. Am Ringfinger steckte ein rotgoldener Ring, geformt wie eine zusammengerollte Schlange. »Ihr Idioten!« zischte Zhu Chao. »Das ist Onfel! Seht doch nur den Ring!« Zhu Chao kam ungeschickt auf die Füße. Wütend und fassungslos brüllte er: »Waylander lebt! Er ist im Palast. Raus! Ihr alle! Findet ihn!«

Die Ritter stürmten aus dem Raum. Zhu Chao knallte die Tür zu und ließ einen schweren Riegel zufallen.

Karnak lachte dröhnend. »Er wird dich umbringen, Zauberer. Du bist schon so gut wie tot!«

»Halt dein stinkendes Maul!« kreischte Zhu Chao.

»Wie willst du mich dazu bringen? Womit willst du

mir drohen?« fragte der riesige Drenai. »Mit dem Tod? Das glaube ich nicht. Ich kenne den Mann, der dich jagt. Ich weiß, wessen er fähig ist. Bei den Gebeinen Missaels, ich habe ihn selbst jagen lassen. Mit den besten Meuchelmördern, den besten Schwertkämpfern. Doch er lebt noch immer.«

»Nicht mehr lange«, sagte der Zauberer. Ein langsames, grausames Lächeln krümmte seine schmalen Lippen. »Ach ja, du hast Meuchelmörder angeheuert – um deinen geliebten Sohn Bodalen zu beschützen. Er hat mir erst kürzlich davon erzählt.«

»Du hast meinen Sohn gesehen?«

»Ihn gesehen? Oh, ich habe ihn oft gesehen, mein lieber Karnak. Er gehörte mir, weißt du. Er hat mir alle deine Pläne verraten, weil ich ihm versprach, daß er über die Drenai herrschen würde, wenn ich dich erst getötet hätte.«

»Du lügnerischer Hurensohn!« tobte Karnak.

»Aber nein. Frag doch deinen Nachbarn, den ehemaligen Kaiser. Er hat keinen Grund zu lügen. Er wird an deiner Seite sterben. Bodalen war schwach, ohne Rückgrat und letztendlich nur wenig von Nutzen für mich.« Zhu Chao lachte. Es war ein hohes, schrilles Geräusch, das in der Kammer widerhallte. »Selbst wenn er die Kraft von zehn Männern besaß, hatte er Schwierigkeiten, seine Aufgabe zu erfüllen. Der arme, dumme, tote Bodalen.«

»Tot?« flüsterte Karnak.

»Tot«, wiederholte Zhu Chao. »Ich habe ihn in eine verzauberte Festung geschickt. Du würdest bestimmt nicht gern sehen, was aus ihm geworden ist. Deshalb werde ich es dir zeigen.«

Der Zauberer schloß die Augen, und in Karnaks Kopf drehte sich alles. Er starrte in eine schwach erleuchtete Kammer, in der ein Wesen wie aus einem Alptraum gegen eine junge Frau und den Gladiator Senta kämpfte. Er sah, wie Senta zu Boden ging und wie ein zweiter Arenakrieger, Angel, zum Angriff ansetzte. Dann verblaßte das Bild.

»Ich würde dir gern mehr zeigen, aber leider mußte ich gehen«, sagte Zhu Chao voller Bosheit. »Aber das Ungeheuer war Bodalen – und ein paar meiner Männer, durch Magie verschmolzen.«

»Ich glaube dir nicht«, sagte Karnak.

»Das dachte ich mir. Also, Drenai, zeige ich dir zu deiner Erbauung eine andere Szene aus Kar-Barzac.«

Wieder verschwamm ihm alles vor Augen, und Karnak stöhnte, als er sah, wie Bodalen und die anderen Krieger in der Kristallkammer in Schlaf fielen, wie ihre Körper sich zu winden begannen und verschmolzen …

»Nein!« schrie er und zerrte wild an den Ketten, die ihn hielten.

»Oh, ich genieße deine Qual, Drenai«, sagte Zhu Chao. »Und hier ist noch eine Quelle der Pein für dich. Morgen wird Galen deinen Freund Asten töten, und die Drenai werden, wie schon die Gothir, unter die Herrschaft der Bruderschaft kommen. Und auch Ventria. Drei Reiche unter einem Herrscher. Mir selbst.«

»Du vergißt Waylander«, schnaubte Karnak. »Bei allen Göttern, ich würde meine Seele geben, um den Augenblick zu erleben, wo er dich tötet.«

»Ehe die Nacht vorüber ist, wird meine Macht so groß sein, daß keine Klinge mich mehr verletzen kann. Dann werde ich diesen … Drenaiwilden … willkommen heißen!«

»Heiße ihn jetzt willkommen«, tönte eine kalte Stimme auf der anderen Seite des Raumes.

Zhu Chao fuhr herum. Seine dunklen Augen verengten sich, als er in die Schatten bei der Tür spähte. Ein Ritter trat hinter einer Säule hervor und nahm den Vollvisierhelm ab, den er trug.

»Du kannst nicht hier sein!« flüsterte Zhu Chao. »Du kannst nicht!«

»Ich kam mit den Männern herein, die den Toten brachten. Zu freundlich von dir, daß du sie ausgesperrt hast.«

Der Attentäter trat näher, die Armbrust erhoben. Zhu Chao rannte nach links und sprang über die goldenen Drähte, um zur Mitte des Pentagramms zu kommen. Waylander schoß einen Bolzen auf den Hals des Zauberers ab, aber Zhu Chao drehte sich im letzten Moment um und riß die Hand hoch. Der Bolzen durchschlug sein Handgelenk – und er schrie vor Schmerzen. Waylander zielte. Doch der Zauberer duckte sich hinter den goldenen Altar und begann zu singen.

Schwarzer Rauch waberte um den Altar, wirbelte hoch und formte eine massige Gestalt, mit Haaren und Augen aus grünem Feuer.

Waylander schoß einen Bolzen in den gewaltigen Brustkasten, doch er drang einfach hindurch und prallte gegen die dahinterliegende Mauer.

Zhu Chao erhob sich und stellte sich vor das Wesen aus Rauch und Feuer. »Und was machst du jetzt, kleiner Mann?« höhnte er. »Was für armselige Waffen willst du jetzt benutzen?« Der Attentäter erwiderte nichts. Er hatte keinen Bolzen mehr; deshalb ließ er die Armbrust fallen und zog seinen Säbel.

»Shemak!« kreischte Zhu Chao. »Ich verlange den Tod dieses Mannes!«

Die Gestalt mit den Flammenaugen breitete die gewaltigen Arme aus, und eine Stimme wie ferner Donner grollte durch den Raum. »Du erteilst mir keine Befehle, Sterblicher. Du bittest um einen Gefallen, und du bezahlst dafür mit Blut. Wo ist die Bezahlung?«

»Dort!« sagte Zhu Chao und deutete auf die angeketteten Männer.

»Sie leben noch«, sagte der Dämon. »Das Ritual ist unvollständig.«

»Ich werde dir ihre Stärke opfern, Herr, ich schwöre es! Aber zuerst, ich bitte dich, gib mir das Leben des Mörders Waylander.«

»Es würde mir besser gefallen, zu sehen, wie du ihn tötest«, sagte der Dämon. »Soll ich dir die Kraft verleihen?«

»Ja! Ja!«

»Wie du willst!«

Plötzlich schrie Zhu Chao vor Schmerzen auf; sein Kopf bog sich nach hinten. Sein Körper verrenkte sich und wuchs, dehnte sich, schwoll an. Seine Kleider fielen von ihm ab, als sich neue, dicke, harte Muskeln bildeten. Sein Körper verkrampfte sich, und seiner deformierten Kehle entrang sich ein schreckliches Stöhnen. Nase und Kinn wölbten sich vor; glattes, samtenes Fell drang durch seine Haut und überzog die inzwischen ungeheure, zweieinhalb Meter große Gestalt. Sein Mund öffnete sich und ließ lange Fangzähne sehen, und aus seinen Fingern, die jetzt drei Gelenke hatten, wuchsen Klauen.

Das Wesen, das einst Zhu Chao gewesen war, stolperte vorwärts, zerriß die zarten goldenen Drähte und warf die schwarzen Kerzenhalter um.

An der Wand zerrte Karnak mit seiner gewaltigen Kraft an seinen Ketten. Zwei der Glieder dehnten sich, gaben aber nicht nach. Wieder und wieder warf der Drenai sein Gewicht dagegen.

Waylander wich vor dem Ungeheuer zurück, und das Gelächter des Rauchdämons erfüllte den Raum.

Außerhalb des Heiligtums hämmerten die übriggebliebenen Ritter des Blutes gegen die Tür und riefen nach ihrem Meister. Waylander rannte zu seinem Helm zurück. Er stülpte ihn über, hob den Riegel hoch und trat beiseite. Die Tür wurde aufgestoßen. Drei Ritter schossen herein. Einer fiel direkt vor dem entsetzlichen Ungeheuer auf die Knie. Der Mann schrie auf und versuchte, aufzustehen. Das Untier grub seine Klauen in den Leib des Mannes und hob ihn in die Luft. Die tödlichen Fangzähne rissen ihm die Kehle auf. Blut sprühte auf den Altar.

Die anderen Ritter blieben wie gelähmt stehen.

»Es hat den Meister getötet!« brüllte Waylander. »Nehmt eure Schwerter!«

Doch die Ritter machten kehrt und flohen. Das Ungeheuer sprang mit einem Satz auf Waylander zu. Er duckte sich unter den zuschlagenden Klauen und ließ sein Schwert auf den Bauch des Wesens sausen, doch seine Klinge ritzte lediglich die Haut. Waylander ließ sich fallen und rollte sich ab.

Mit einer letzten Anstrengung spannte Karnak die rechte Kette, drehte sich um, nahm beide Hände und riß die linke Kette aus ihrer Verankerung. Er drehte sich um sich selbst, schwang die Ketten über seinem Kopf und griff das Ungeheuer an. Die Eisenglieder trafen das Biest an der Kehle und wickelten sich um seinen Hals. Es drehte sich um und richtete sich zu voller Größe auf, so daß es Karnak von den Füßen riß. Waylander warf sich nach vorn und stieß sein Schwert mit aller Kraft und seinem ganzen Gewicht in den ungeschützten Bauch.

Es stieß ein lautes Heulen aus – und eine Klauenhand riß Waylander die Schulter auf. Er fiel rücklings. Karnak zerrte an den Ketten, die sich enger um die Kehle des Wesens schlossen. Es versuchte sich umzudrehen und seinen Angreifer zu zerfleischen, doch trotz seiner Masse bewegte sich Karnak gewandt und hielt die Kette straff gespannt. Waylander rannte zu dem gestürzten Ritter und nahm dessen Schwert an sich. Er hielt die Klinge mit beiden Händen, hob sie hoch und hämmerte sie auf den langgezogenen Schädel. Beim ersten Schlag prallte die Klinge ab, doch Waylander schlug noch zweimal zu. Beim drittenmal spaltete er den Schädelknochen, und das Schwert drang tief in den Kopf ein. Das Ungeheuer sank auf alle viere. Blut schoß aus seinem Maul, die Klauen scharrten auf den Steinen.

Und es starb.

Der Rauchdämon schwieg einen Moment. »Du machst mir viel Spaß, Waylander«, sagte er leise. »Aber das hast du immer schon getan. Und wirst du wohl auch immer tun.«

Der Rauch wallte auf und verging – und der Dämon verschwand.

Karnak wickelte die Kette vom Hals des toten Ungeheuers und ging zu Waylander. »Gut, dich zu sehen, alter Knabe«, sagte er mit breitem Lächeln.

»Die Männer, die du ausgeschickt hast, sind alle tot«, erwiderte Waylander kalt. »Jetzt bist nur noch du übrig.«

Karnak nickte. »Ich habe versucht, meinen Sohn zu schützen. Keine Entschuldigung. Er ist … tot. Du lebst. Laß es damit zu Ende sein.«

»Ich wähle das Ende selbst«, sagte Waylander und ging an dem großen Drenai vorbei zum Kaiser, der noch immer angekettet an der Wand stand. »Es hieß immer, du wärst ein Mann von Ehre«, sagte Waylander zu ihm.

»Darauf war ich immer stolz«, antwortete der Kaiser.

»Gut. Wie du siehst, habe ich zwei Möglichkeiten, Majestät. Ich kann dich töten, oder ich kann dich gehen lassen. Aber dann mußt du einen Preis bezahlen.«

»Nenne ihn, und wenn es in meiner Macht steht, soll er dir gehören.«

»Ich will, daß der Angriff auf die Nadirwölfe eingestellt wird, daß die Armee zurückbeordert wird.«

»Was bedeuten die Nadir dir?«

»Weniger als nichts. Aber meine Tochter ist bei ihnen.«

Der Kaiser nickte. »Es wird geschehen, wie du wünschst, Waylander. Und für dich selbst willst du nichts?«

Der Attentäter lächelte müde. »Das kann mir niemand geben«, sagte er.

Angel schob den Tisch zur Treppe, wo er ihn auf die Seite kippte, so daß die feindlichen Bogenschützen auf dem Absatz oben keine Sicht mehr hatten. Dann sank er in die Hocke und blickte sich in der Halle um.

Die Gothir hatten am elften Tag der Belagerung das Fallgittertor bezwungen, und die Verteidiger hatten sich in die trügerische Sicherheit der Inneren Festung zurückgezogen. Die älteren Frauen und Kinder verbargen sich in den unteren Ebenen der Festung, während – wie Angel es vorhergesagt hatte – die jüngeren Frauen nun mit den Männern die Verteidigung der Zitadelle übernommen hatten.

Es waren nur noch fünfundachtzig Männer übrig, und diese waren müde bis zur Verzweiflung, als die Belagerung in den dreizehnten Tag ging. Die Barrikaden am Eingangstor zum Burgfried hielten, doch die Gothir hatten die äußeren Mauern erstiegen und waren durch unbewachte Fenster hineingeklettert. Jetzt kontrollierten sie alle oberen Ebenen und unternahmen gelegentlich einen Angriff auf die schmalen Treppenabgänge. Noch öfter aber schickten sie einfach Pfeile in die dichtbevölkerte Halle hinunter.

Ein Pfeil traf mit einem dumpfen Laut den umgedrehten Tisch. »Ich weiß, daß du da bist, Arschgesicht!« brüllte Angel.

Miriel kam zu ihm. Sie hatte abgenommen. Die Haut

ihres Gesichts spannte sich, und ihre Augen glänzten unnatürlich. Seit Sentas Tod hatte sie gekämpft, als wäre sie von einem Todeswunsch besessen. Angel hatte es schwer gehabt, sie zu schützen, und hatte zwei kleinere Verletzungen davongetragen, eine an der Schulter, die andere am Unterarm, als er sich den Kriegern, die Miriel umringten, in den Weg warf.

»Wir sind am Ende«, sagte sie. »Die Barrikade wird sie nicht mehr lange aufhalten.«

Angel zuckte die Achseln. Eine Antwort war nicht nötig. Miriel hatte offensichtlich recht, und Angel spürte, wie sich unter den Nadir eine düstere Resignation ausbreitete. Miriel setzte sich neben ihn und lehnte den Kopf an seine Schulter. Er legte den Arm um sie. »Ich habe ihn geliebt, Angel«, sagte sie kaum hörbar. »Ich hätte es ihm sagen sollen, aber ich wußte es nicht, bis er nicht mehr da war.«

»Und deswegen fühlst du dich schuldig? Daß du die Worte nicht ausgesprochen hast?«

»Ja. Er hat mehr verdient. Und es ist so schwer hinzunehmen, daß er …« Sie schluckte, unfähig, das Wort auszusprechen. Mit einem gezwungenen Lächeln hob sich ihre Stimmung für einen Augenblick. »Er hatte eine solche Lebensfreude, nicht wahr? Und er war immer so geistreich. Senta war ein ganzer Kerl, oder?«

»Ja, ein ganzer Kerl«, stimmte Angel ihr zu. »Er hat sein Leben in vollen Zügen gelebt. Er kämpfte, liebte …«

»… und starb.« Sie sagte es rasch und versuchte, die Tränen zurückzuhalten.

»Ja. Aber – bei Shemak! – wir alle sterben.« Angel seufzte; dann lächelte er. »Um mich selbst tut es mir nicht leid. Ich hatte ein erfülltes Leben. Aber es macht mich traurig zu wissen, daß … du jetzt hier bei mir bist. Alles liegt noch vor dir – oder sollte es zumindest.«

Sie nahm seine Hand. »Wir werden in der Leere

zusammen sein. Wer weiß, welche Abenteuer auf uns warten. Und vielleicht ist er da … und wartet!«

Ein weiterer Pfeil krachte in den Tisch; dann hörte Angel Stiefelgetrappel auf der Treppe. Er sprang auf und zog sein Schwert. Als die Gothir herunterschwärmten, zerrte Angel den Tisch beiseite, um sich ihnen zu stellen. Miriel war dicht hinter ihm.

Angel tötete zwei Krieger, Miriel einen dritten, und die Gothir wichen zurück. Ein Bogenschütze tauchte oben an der Treppe auf. Miriel warf ein Messer, das ihn in die Schulter traf, und der Mann fiel hintenüber. Angel wich zurück und verkeilte den Tisch im Treppenaufgang. »Na«, sagte er mit einem breiten Grinsen, »noch sind wir nicht am Ende.«

Als er durch die Halle marschierte, sah er den Priester Ekodas, der neben dem getroffenen Dardalion kniete. Der Abt schlief noch, und Angel blieb stehen. »Wie geht es ihm?« fragte er.

»Er stirbt«, antwortete Ekodas.

»Ich dachte, du hättest die Wunde geheilt.«

»Habe ich auch, aber sein Herz hat aufgegeben. Es ist nahezu zerrissen, und die Klappen sind dünner als Papyrus.« Es war das erste Mal, daß die beiden Männer seit dem Kampf gegen das Ungeheuer miteinander sprachen. Ekodas blickte auf; dann erhob er sich und stand vor dem ehemaligen Gladiator. »Es tut mir leid, was geschehen ist«, sagte er. »Ich … ich …«

»Es war der Kristall«, warf Angel rasch ein. »Ich weiß. Er hatte eine ähnliche Wirkung auf mich.«

»Aber du hast ihn zerstört.«

»Ich hatte ihn auch nie in den Händen. Quäl dich nicht, Priester.«

»Ich bin kein Priester mehr. Ich bin nicht würdig.«

»Ich bin kein Richter, Ekodas, aber wir alle haben unsere Schwächen. Wir sind so geschaffen.«

Der schlanke Priester schüttelte den Kopf. »Das ist sehr großmütig von dir. Aber ich schaute zu, wie dein Freund starb – und ich schloß einen Pakt mit dem Bösen. Zhu Chao kam zu mir in jene Kammer. Er schien wie … wie ein seelenverwandter Bruder. Und in dieser kurzen Zeit hatte ich solche abscheulichen Träume. Ich hätte nie gedacht, daß eine solche … Dunkelheit in mir steckt. Ich werde jetzt einen anderen Pfad wählen.« Er zuckte die Achseln. »Der Kristall hat mich nicht verändert, verstehst du. Er hat mir lediglich die Augen geöffnet, was ich bin.«

Dardalion regte sich. »Ekodas!«

Der junge Priester kniete neben dem Abt nieder und nahm seine Hand. Angel ging zur Barrikade hinüber.

»Ich bin hier, mein Freund«, sagte Ekodas.

»Alles … tat ich … im Glauben, mein Sohn. Und ich fühle, daß die anderen auf mich warten. Rufe die Lebenden zu mir.«

»Es ist nur noch Vishna da.«

»Ah. Dann hole ihn.«

»Dardalion, ich …«

»Du möchtest von … deinen Gelübden entbunden werden. Ich weiß. Die Frau, Shia.« Dardalion schloß die Augen, und Schmerzen verkrampften seine Züge. »Du bist frei, Ekodas. Frei zu heiraten, zu leben … zu sein.«

»Es tut mir leid, Vater.«

»Es gibt nichts, was dir … leid tun müßte. Ich habe dich dort hinuntergeschickt. Ich kannte dein Schicksal, Ekodas. Von dem Augenblick an, als Shia zum Tempel kam, bestand ein Band zwischen euch. Lebe in Frieden, Ekodas … und genieße die Freuden der Liebe.« Er lächelte schwach. »Du hast deine Pflicht mir und den anderen gegenüber getan. Jetzt … hol Vishna, denn die Zeit wird knapp.«

Ekodas schickte einen Gedankenimpuls aus, und der

große Krieger mit dem gegabelten Bart rannte von der anderen Seite der Halle herbei und kniete neben dem sterbenden Abt nieder. »Ich kann nicht mehr sprechen«, flüsterte Dardalion. »Nimm Verbindung mit mir auf.«

Vishna schloß die Augen, und Ekodas wußte, daß ihre beiden Geister jetzt vereint waren. Er machte keinen Versuch, sich ihnen anzuschließen, und wartete geduldig darauf, daß es vorbei war. Er hielt Dardalions Hand, als der Abt starb. Vishna riß sich stöhnend los; dann schlug er die dunklen Augen auf.

»Was hat er gesagt?« fragte Ekodas und ließ die Hand los.

»Wenn wir überleben, soll ich nach Ventria reisen und einen neuen Tempel gründen. Die Dreißig werden weiterleben. Es tut mir leid, daß du mich nicht begleitest.«

»Ich kann nicht, Vishna. Ich habe es verloren. Und, um die Wahrheit zu sagen, ich möchte es nicht zurückhaben.«

Vishna stand auf. »Weißt du, in dem Moment, als er starb und mir entglitt, spürte ich die Gegenwart der anderen – Merlon, Palista, Magnic. Sie alle warteten auf ihn. Es war wunderbar. Wirklich wunderbar.«

Ekodas blickte in Dardalions totes Gesicht, das vollkommen ruhig und ernst war. »Lebwohl, Vater«, flüsterte er.

Die Stille außerhalb der Festung wurde durch ferne Trompetenstöße durchbrochen.

»Die QUELLE sei gelobt«, sagte Vishna.

»Was bedeutet das?«

»Es ist das Signal der Gothir zum Rückzug.« Vishna setzte sich und schloß die Augen. Sein Geist flog aus der Festung. Wenige Augenblicke später kehrte er zurück. »Ein Bote kam vom Kaiser. Die Belagerung ist aufgehoben. Es ist vorbei, Ekodas! Wir leben!«

An der Barrikade spähte Angel in den Hof hinaus. Die Gothir zogen sich geordnet zurück, schweigend und in Dreierreihen. Angel steckte sein Schwert ein und wandte sich an die Verteidiger. »Ich glaube, ihr habt gesiegt, Freunde!« rief er.

Orsa Khan sprang auf die Barrikade und beobachtete die abziehenden Soldaten. Dann stürmte er zu Angel, schlang die Arme um den Gladiator und küßte ihn auf beide vernarbten Wangen. Die noch übriggebliebenen Nadir rannten herbei, hoben Angel auf ihre Schultern und brachen in Jubel aus.

Miriel lächelte, als sie dieses Bild sah, doch ihr Lächeln verging, als sie sich in der Halle umschaute. Die Toten lagen überall. Kesa Khan tauchte an der Treppe aus den unteren Ebenen auf und führte Frauen und Kinder zurück ans Tageslicht. Der alte Schamane ging auf sie zu.

»Dein Vater hat Zhu Chao erschlagen«, sagte er, ohne ihr in die Augen zu sehen. »Ihr habt für uns gesiegt, Miriel.«

»Zu einem hohen Preis«, erwiderte sie.

»Ja, der Preis war nicht gering.« Der kleine Junge, der Angel gefolgt war, stand neben dem Schamanen, und Kesa Khan strich ihm über den Kopf. »Wir haben noch immer eine Zukunft«, sagte der alte Mann. »Ohne dich wären wir nur noch Staub in den Bergen. Ich wünsche dir alles Glück.«

Miriel holte tief und langsam Luft. »Ich kann nicht glauben, daß es vorbei ist.«

»Vorbei? Nein. Nur diese Schlacht. Aber es wird andere geben.«

»Nicht für mich.«

»Auch für dich. Ich bin in der Zukunft gewandert, Miriel. Du bist ein Kind des Kampfes. Und das wird auch so bleiben.«

»Wir werden sehen«, sagte sie und wandte sich von ihm ab. Sie sah Angel kommen. Sie blickte in sein vernarbtes, verwüstetes Gesicht, die zwinkernden grauen Augen. »Es sieht aus, als bliebe uns trotz allem noch etwas Zeit«, sagte sie.

»Es sieht allerdings so aus«, stimmte er ihr zu. Angel bückte sich und hob den kleinen Nadirjungen auf seine Schultern. Das Kind kicherte glücklich und schwenkte sein Holzschwert durch die Luft.

»Du kannst gut mit Kindern umgehen«, stellte Miriel fest. »Er betet dich an.«

»Er ist ein mutiges Bürschchen. Er folgte mir in die Tiefen, und dann griff er das Ungeheuer mit einer brennenden Fackel an. Hast du ihn gesehen?«

»Nein.«

Angel wandte sich an Kesa Khan. »Wer wird sich um ihn kümmern?« fragte er.

»Ich. Wie um einen Sohn«, antwortete der Schamane.

»Gut. Ich werde euch hin und wieder besuchen. Ich nehme dich beim Wort.« Er setzte den Knaben ab und sah ihm nach, als Kesa Khan ihn wegführte. »Was jetzt?« fragte er Miriel.

»Ich bin schwanger«, sagte sie und blickte in seine hellen Augen.

»Ich weiß. Dardalion hat es mir gesagt.«

»Es macht mir angst.«

»Dir? Der Kriegsgöttin von Kar-Barzac? Das glaube ich nicht.«

»Ich habe zwar kein Recht, dich zu bitten, aber …«

»Sag es nicht, Mädchen. Dessen bedarf es nicht. Der alte Angel wird dasein. Er wird immer dasein. Auf jede Art, wie du ihn haben willst.«

Die Mauern von Dros Delnoch ragten hoch in den südlichen Himmel, als Waylander sein Pferd zügelte. Karnak trieb sein Pferd neben den schwarz gekleideten Attentäter. »Der Krieg ruft«, sagte er.

»Ich bin sicher, du wirst sie erobern, General. Das kannst du gut.«

Karnak lachte. »Ich denke schon.« Dann verblaßte sein Lächeln. »Was ist mit dir, Waylander? Wie stehen die Dinge zwischen uns?«

Der Attentäter zuckte die Achseln. »Was wir hier sagen, wird kein Jota an dem ändern, was kommen wird. Ich kenne dich, Karnak, immer schon. Du lebst für die Macht, und du hast ein langes Gedächtnis. Dein Sohn ist tot – das wirst du nicht vergessen. Und nach einer Weile wirst du mich – oder die Meinen – dafür verantwortlich machen. Wir sind Feinde, du und ich. Und das werden wir auch bleiben.«

Der Führer der Drenai lächelte dünn. »Du hältst nicht gerade viel von mir. Ich kann nicht sagen, daß ich dich dafür tadele, aber du irrst dich. Ich *bin* bereit, die Vergangenheit zu vergessen. Du hast mein Leben gerettet – und damit wahrscheinlich die Drenai vor dem Untergang bewahrt. Daran werde ich mich erinnern.«

»Vielleicht«, meinte Waylander und ritt den Mondbergen entgegen.

Epilog

Karnak kehrte nach Dros Delnoch zurück, sammelte dort seine Armee und führte sie gegen die Ventrier. In zwei entscheidenden Schlachten bei Erekban und Lentrum schlug er sie vernichtend.

In den folgenden zwei Jahren begann Karnak, sich vor einem Attentat zu fürchten, und war überzeugt, daß Waylander ihn eines Tages aufspüren und töten würde. Gegen den Rat von Asten nahm er wieder Kontakt zur Gilde auf und erhöhte den Preis, den er auf den Kopf des Attentäters ausgesetzt hatte.

Eine wahre Armee von Suchern wurde ausgeschickt, doch in Drenan war nichts von Waylander zu erfahren.

Bis eines Tages drei der besten Jäger zurückkehrten, mit einem verwesten Schädel, in Leintuch gewickelt, und einer kleinen Doppelarmbrust aus Ebenholz und Stahl. Vom Fleisch befreit, wurde der Schädel zusammen mit der Armbrust im Museum in Drenan ausgestellt, unter der in Bronze gegossenen Inschrift: ›Waylander der Schlächter, der Mann, der den König tötete‹.

An einem Wintertag drei Jahre später – fünf Jahre nach der Belagerung von Kar-Barzac – wurde die Armbrust gestohlen. In derselben Woche, als Karnak an der Spitze der jährlichen Siegesparade marschierte, trat eine junge Frau mit langen, dunklen Haaren aus der Menge. In ihrer rechten Hand lag die gestohlene Armbrust.

Die Menschen in der Menge sahen sie mit dem Drenaiführer sprechen, unmittelbar bevor sie ihn tötete, indem sie ihm zwei Bolzen in die Brust schoß. Ein Reiter, mit einem zweiten Pferd am Zügel, galoppierte auf die Königsallee, und die Frau schwang sich in den Sattel, als die Leibwache Karnaks auf sie zustürzte, um sie festzunehmen.

Die beiden Attentäter entkamen, und es gab zahlreiche Theorien, was diesen Mord betraf: Der Sohn des ventrischen Königs, des Kriegsmonarchen, dessen Leiche nach der Niederlage bei Erekban in ein Massengrab geworfen worden war, hatte sie angeheuert. Oder sie war eine von Karnaks Mätressen, wütend, weil er sie eines jüngeren, hübscheren Mädchens wegen hatte fallen lassen. Irgend jemand wollte in dem männlichen Reiter Angel erkannt haben, einen ehemaligen Gladiator. Niemand kannte die Frau.

Karnak erhielt ein Staatsbegräbnis. Zweitausend Soldaten marschierten hinter dem Wagen, auf dem er aufgebahrt lag. Die Königsallee war von Menschen gesäumt, und zahlreiche Tränen wurden für den Mann vergossen, der auf seinem Grabstein als ›der größte aller Helden von Drenai‹ bezeichnet wurde.

Der Schädel Waylanders wurde acht Jahre später verkauft. Ein Gothirhändler namens Matze Chai erwarb ihn auf einer Versteigerung, im Namen eines Kunden, eines geheimnisvollen Edlen, der in einem Palast in der Gothirstadt Namib lebte. Als er gefragt wurde, welcher Ausländer eine solche Riesensumme für den Schädel eines Drenai-Mörders bezahlen wollte, lächelte Matze Chai und breitete mit einer eleganten Geste die Arme aus.

»Aber du mußt es doch wissen?« beharrte der Kurator des Museums.

»Ich versichere dir, daß ich es nicht weiß.«

»Aber der Preis ... er ist ungeheuer!«

»Mein Kunde ist sehr reich. Er hat sein Geld seit Jahren bei mir angelegt.«

»War er ein Freund von diesem Waylander?«

»Ich glaube, sie standen sich nahe«, gab Matze Chai zu.

»Aber was will er mit dem Schädel? Ihn ausstellen?«

»Das bezweifle ich. Er sagte mir, er beabsichtige, ihn zu begraben.«

»Warum?« fragte der Mann erstaunt. »Vierzigtausend Raq, nur um ihn zu beerdigen?«

»Er ist ein Mann, der gern selbst das Ende bestimmt«, erwiderte Matze Chai.

ENDE